KB267189

# 이라터 마니아

e·ro·to·ma·ni·a [ìròutəméiniə]

**이라터 마니아**(erotomania)

초판 1쇄 찍은 날 § 2005년 6월 20일
초판 1쇄 펴낸 날 § 2005년 6월 30일

지은이 § 하나이
펴낸이 § 서경석

편집장 § 문혜영
편집책임 § 이종민
편집 § 한지윤

펴낸곳 § 도서출판 청어람
등록번호 § 제1081-1-89호
등록일자 § 1999. 5. 31
어람번호 § 제5-0046호

주소 § 경기도 부천시 원미구 심곡1동 350-1 남성B/D 3F (우) 420-011
전화 § 032-656-4452  팩스 § 032-656-4453
http://www.chungeoram.com
E-mail § eoram99@chollian.net

© 하나이, 2005

ISBN 89-5831-596-2 03810

이라터 마니아
e·ro·to·ma·ni·a [irɔutəméiniə]
도서출판 책여람

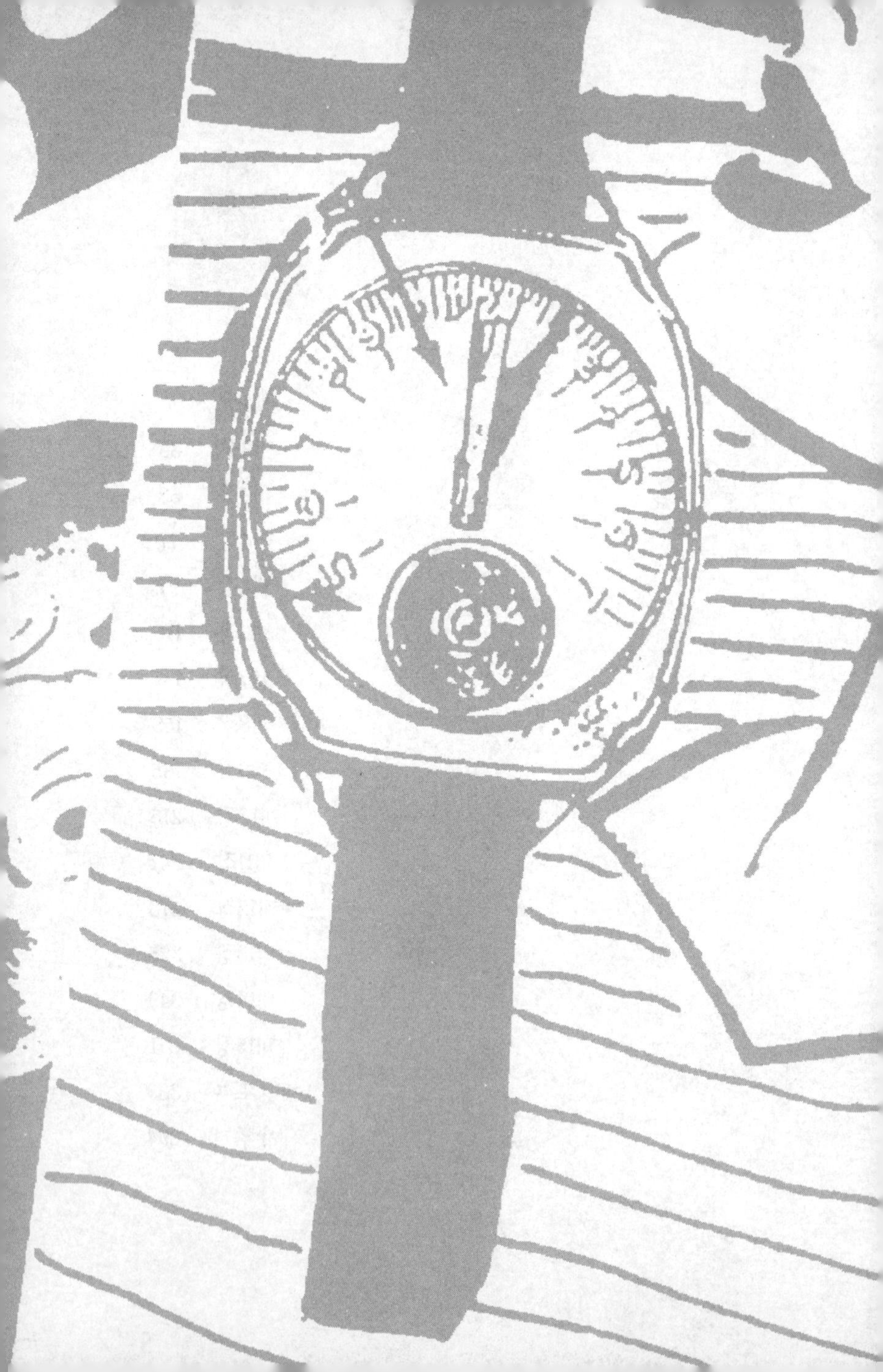

제
1
장

나는 하루의 일과 중 오전은 글을 쓰는 데 투자한다. 나는 글로 밥을 먹고사는 사람이다. 글을 쓰는 시간은 일과 중 가장 신성한 작업이며 값진 시간이기도 하다. 글을 적을 때의 나는 새벽 기도를 드리는 신도의 마음과 같이 경건함을 잃지 않는다. 그 시간은 나에게 유일하게 인간임을 증명하며 나의 존재가 결코 동물이 아님을 말한다. 그러나 그 시간을 뺀 모든 시간은 나에게 끊임없이 동물임을 증명한다. 내 눈을 붙잡는 수많은 여자들의 모습들이 내가 동물임을, 남자임을 깨닫게 만든다.

마음이 움직인 후에야 몸이 따르며, 몸을 주는 것은 자신의 모든 것을 준다고 생각하는 너무 진지하다 못해 심각하기까지 싶은 게 내가 아는 한국 여자들의 가치관이다. 이 때문에 여자를 사귈 때마다 이런 가치관과 부딪쳤고, 그들과의 불협화음으로 매번 곤욕을 겪곤 했다. 섹스는 생활의 일부분이다. 밥을 먹듯이 성의 충동을 느끼는 것은 지극히 정상이며, 그걸 해소하기 위해 파트너를 찾는 것은 결코 나쁜 일이 아니라고 생각한다. 친구를 사귀듯 누구든 여자를 사귈 수 있으며 서로의 마음이 안 맞으면 헤어질 수 있는 일이다. 내가 꿈꾸는 이상은 나와 사귄 여자가 헤어질 때 웃으며 악수를 하거나 애인은 아니지만 영원한 친구로 남는 것이다.

여자들의 시각은 독특하다. 참으로 주관적이다. 뭐든 자신의 관점에서 보려는 독단적인 경향이 있으며 연애에서도 마찬가지다. 나는 이런 일로 해서 곤욕을 치르기도 했었다. 이미 마음이 떠났고 당신에게는 더 이상 관심이 없다고 얘기해도 여자들의 태도는 한결같다. 그럴 리가 없다는 것이다. 절대 믿을 수 없다고 얘기하며 그 다음 순서인 매달리기로 진행된다. 자신이 좀 더 노력할 테니 다시 한 번 시작하자는 것이다.

나는 좋은 놈은 못 된다. 그리고 여자의 소원을 들어줘 봤자 오래가지 못하며 결국은 더 큰 상처를 주게 된다는 것을 이미 경험을 통해서 알고 있다. 그럴 때는 모질다는 소리를 듣더라도 여자가 미련을 갖지 않도록 끊어버려야 하며 그것이 결국 포기하는 데 더 큰 도움을 주는 결과가 된다.

물론 그전에 그들의 입속에서 나는 천 번도 넘게 욕의 구렁텅이에 빠져야 하며 때로는 살지 말아야 하는 놈이 되기도 하지만, 그 과정을 거치고 나면 그들은 거짓말같이 다른 남자를 찾느라 눈을 번득인다. 모든 여자들이 다 그렇다는 것은 아니다. 이건 어디까지나 나를 거쳐 간 여자를 두고 하는 말이다.

얼마 전 나와 헤어진 여자는 그중 가장 입이 걸었는데 나를 내 어머니와 붙어먹은 놈으로까지 비하시켰다. 하지만 이 여자 역시 두 달 뒤 기생오라비 같은 놈과 팔짱을 끼고 보란 듯이 거리를 활보하고 있었다. 처음 사귈 때의 여자는 무척 순진해 보였고 그 선한 미소에 속았지만 시간이 지날수록 자신의 본색을 드러내기 시작했다. 육체적 관계가 길어질수록 여자의 행동은 조심성이 없었고 말 또한 거칠어졌다. 초기에는 예쁜 외모 때문에 봐줄 만했다. 그러나 교제 기간이 길어질수록 여자의 외모는 더 이상의 방패막이 될 수 없었다. 나는 여자에게 흥미를 잃어갔으며 그녀의 추한 행동에 혐오감을 느끼기까지 했다. 나는 헤어지자고 말했고 여자는 이성을 잃은 모습으로 여태껏 들어본 욕 중에 최고 등급의 욕을 했다. 그리고 헤어질 때 뺨을 때리는 것도 잊지 않았다.

지금 여자의 옆을 지키는 남자는 내가 볼 때 나보다 더한 놈이다. 분명 몇 달 못 갈 것이 불을 보듯 뻔하지만 여자에게 그걸 가르쳐 주고 싶은 생각은 없다. 나에게 그토록 심한 욕을 한 여자를 위해 조언해 주고 싶은 생각은 없다. 하지만 예상되는 점은 있다. 그는 분명 나보다 더한 욕을 듣게 되리라는 걸. 아마도 동네 사람들하고 다 붙어먹었다는 소리를 들을지도 모른다.

나는 많은 것을 바라지는 않는다. 지극히 이성적이며 현명한 여자를 원할 뿐이다. 남들은 이런 나를 가리켜 미친놈이라고도 말할 수 있고 이기적인 발상이라고 이야기할 수도 있다. 내가 꿈꾸는 이성 관계는 자신을 조절할 줄 아는 성숙한 인간관계를 가진 여자다. 현실에서 그런 여자를 찾기는 낙타가 바늘구멍 들어가기보다 힘들 것이며 헤어질 때마다 욕의 구렁텅이로 빠져야 할지도 모른다.

나는 늘 여자를 벗긴다. 벗기면서 느끼는 것은 마음은 벗기고 싶지 않다는 것이다. 그들은 그들 자신의 생활과 삶의 방식이 있고 나는 그걸 굳이 간섭하고 싶지는 않다. 내가 그들에게 원하는 것은 옷은 벗기되 마음은 벗기지 말자는 것이다. 여자들이 내 삶에 개입하기를 원하지 않으며 나 또한 그녀의 삶에 개입하는 걸 원치 않는다. 내가 마음을 벗기지 않는 것은 마음을 허락하지 않겠다는 뜻이기도 하다. 그래서 지금껏 여자를 사귀면서 헤어질 때도 많이 아파해 본 적이 없으며 헤어지면 쉽게 다른 여자를 사귀어왔다.

아마도 남들이 이런 나를 본다면 죽일 놈이라고 욕할 것이다. 그러나 굳이 변명을 하라고 한다면 할 말은 있다. 나에겐 어떤 규칙이 있다. 여자를 사귀기 전에 그녀에게 내 의사를 명백히 밝힌다. 결혼을 전제로 한 만남은 원하지 않으며 단지 인생을 즐겁게 지낼 파트너가 필요할 뿐이다. 애초부터 진지함을 원한다면 다른 상대를 찾아라. 그리고 서로가 마음이 바뀌었을 때는 숨기지 말고 솔직히 얘기하자. 그것이 쿨한 마무리며 좋다고 생각한다.

상대방도 처음엔 웃으며 얘기한다. 자기도 그런 걸 좋아한다며, 재밌을 거 같다며 손뼉까지 치며 동조한다. 나는 안심하며 이번에는 정말 괜찮은 상대를 만났다고 생각한다. 그러나 그렇게 몇 달이 지나면 여자의 모습은 변해간다.

서로의 개인적인 생활을 터치하지 않기로 했지만 여자는 서서히 압박해 오기 시작한다. 제일 처음이 잦은 전화다. 보고 싶어서 전화했다는 애교는 뭐 하냐는 간섭으로 진행되고, 다음에는 내가 어디서 누구와 있는지 체크하려 한다.

이때가 되면 나는 서서히 여자에게 질리기 시작한다. 여자의 육체에 질리는 것이 아니라 조여오는 행동들이 나를 뒷걸음질 치게 만들며 그녀에 대한 마음을 식게 만든다. 그래서 내가 사귀어왔던 여자들은 일 년을 넘기기가 힘들었다.

여자들은 유교의 잔재로, 자신의 환상으로 성의 본능을 옭아매고 있다. 그것이 당연한 진실이라고 생각한다. 그건 관점의 차이이다. 나에게 성은 생활이며 일상적인 일이다. 매번 여자들에게 속으면서도 늘 찾는다. 언젠가는 나의 이상과 맞는 여자가 나타날 것이라고. 그렇게 되면 나의 연애 기록을 깰 장기간의 연애가 시작될 것이라고. 그녀는 나를 질리게 하거나 뒷걸음질

치게 하지 않을 것이며 우린 마음껏 자유롭게 성의 유희를 즐길
것이므로.


　새벽 산책은 하루를 시작하기 위한 워밍업이다. 젖은 공기 속
에서 차가운 바람을 느끼며 하는 산책은 깨어나지 못한 몸을 회
복시켜 준다. 저만치서 개를 끌고 오는 사람이 보인다. 자신의
운동을 위해서가 아니라 애완동물의 운동을 위해 아침잠을 쫓
고 나오는 사람이다. 꼬리를 살랑거리며 혀를 한껏 빼놓고 오고
있는 개의 모습은 가히 공포스럽다. 커다란 덩치는 당장이라도
나를 덮칠 것 같다.
　"허니, 일루 와!"
　허니? 애인에게나 붙일 이름을 왜 개에게 붙인 것일까. 이름
과는 어울리지 않는 개의 못생긴 외모는 내 기분을 잡쳐 놓는
다. 개는 주인의 애원에도 불구하고 곳곳에 영역 표시를 한다.
그리곤 커다란 덩어리를 실례한다.
　"우리 예쁜 허니, 잘도 누네?"
　저런 인간들을 보면 불쾌감이 앞선다. 자신의 개가 볼일을 보
고 나면 언제 그랬냐는 듯이 모른 척 가버리는 인간들도 저런
인간들이다. 역시나 내 기대를 저버리지 않고 자신의 개가 남겨
놓은 흔적을 치울 생각도 하지 않고 가버린다.
　나는 정의로운 인간은 못 된다. 그를 붙잡고 따질 용기가 없
기 때문이다. 현대인의 병 중에 가장 흔한 병이 이런 무관심이

다. 자신과 무관한 일에는 상관하지 않겠다는 것이다. 나 또한 다를 바 없다.

　최근 들어 산책이 즐거워지기 시작한 이유는 다른 데 있다. 이 시간이면 늘 나의 옆을 스쳐 가는 여자가 있다. 탄력, 그 자체로 보일 만큼 활력이 넘치는 몸과 풍성하게 찰랑거리는 긴 머리 하며 특히나 무엇보다도 내 눈길을 끈 것은 그녀의 눈이다. 단정하고 지적으로 보이는 분위기와는 달리 그녀의 눈은 어떤 은밀한 유혹을 느끼게 만든다. 고수만이 느낄 수 있는 감각이다. 그녀의 눈은 숨겨진 끼를 담고 있다. 무엇보다 예민한 감각은 그 끼를 놓치지 않는다. 내가 가장 유혹을 느끼는 순간은 바로 이런 끼를 발견할 때다.

　다시 한 번 바라본다. 조깅을 하는 여자의 뒷모습은 역시나 멋있다. 내 눈은 이미 그녀의 옷을 벗겨보았으며 모든 스타일을 체크한 상태다. 나는 내 레이더에 걸린 여자를 놓친 적이 없다.

　나는 포획해야 할 먹잇감을 바라봤다. 쉬운 상대는 아니다. 물론 그런 상대일수록 내 사냥 본능은 더욱 강해진다. 나에게 있어 잡지 못할 먹잇감이란 없다. 내가 여자를 고르는 조건에 따르면 그녀는 최고의 스타일을 갖고 있다.

　원하는 것은 한 가지다. 나와 같은 사고관을 가진 여자일 것. 그렇게 된다면 내 오랜 염원은 이루어질 것이며 나는 멋진 연애를 하게 될 것이다. 중요한 것은 상대방에게 달렸다.

　나는 멀어져 가는 그녀를 보며 만족스런 미소를 지었다.

'이제 미끼를 던질 시간이다!'

앞 여자와의 결별로 나는 석 달을 혼자 지냈고 욕구는 강바닥
에 누적된 내용물처럼 급격히 쌓여 있는 상태다. 그러나 욕구를
위해 여자를 구하지는 않는다. 욕구라면 몸을 상품으로 생각하
는 여자에게서 구할 수도 있는 일이며 때로는 미디어를 통해서
해소할 수도 있다. 나에게 여자는 삶의 풍요며 연애는 일종의
활력소다.

사람의 삶은 끊임없는 자극과 아드레날린을 필요로 하며 연
애도 그중 하나다. 사람들이 결혼을 왜 무덤이라고 하겠는가.
결혼은 삶의 생기를 장기간 빼앗는 최고의 형벌이다. 서로 간에
부딪치게 되는 스트레스와 권태는 상대방의 자유와 행복을 빼
앗는 감옥과 같은 것이다.

물론 사람을 사귀고 헤어지는 일이 결코 쉬웠다고는 말할 수
없다. 마음에 드는 여자를 만나기도 힘들지만 헤어지는 것은 더
욱 힘들다. 하지만 여자를 사귀는 동안은 최대의 시간과 공을
들였으며 다른 어떤 것에도 한눈팔지 않았다. 또 한 번에 한 여
자라는 나름대로 최소한의 룰은 가지고 있다. 사귀는 동안은 최
선을 다한다. 그럼에도 여자들은 한결같이 나와 헤어지면 욕을
해댄다.

물질적이든 마음적이든 아낌없이 투자하고 끝을 내는데도 그
녀는 내가 마치 죽일 놈인 것처럼 말한다. 나도 당연히 마음이

아프다. 미운정이라 해도 정이 든 여자와 남 같은 관계로 돌아가는데 조금의 고통도 없다면 그게 인간이라 할 수 있는가?

서로의 필요에 의해 만난 사이라고 하더라도 늘 헤어지는 순간이 찾아오면 마음이 아프기는 매한가지다. 헤어지는 순간은 항상 고통스럽다. 그러나 인간에게는 망각이라는 좋은 장치가 있으며 그걸 가장 자주 사용하는 인간도 나다.

세상에 사람은 많고 그중 반은 여자다. 그런 당연한 사실을 알면서도 이상하게도 사람들은 결혼이라는 형식에 집착해 하나만을 끈질기게 물고늘어지려 한다. 결국 그 하나와 평생을 살아야 한다는 따분한 진리를 깨닫지 못하고 직접 발을 들여놓고 빼지도 못할 때가 되어야만 땅을 치고 후회한다.

"시준아, 넌 결혼 안 하냐?"

어느 날 친구가 나에게 물었다.

"생각없어! 누군가가 납득할 만한 명확한 해답을 준다면 결혼할 수도 있겠지."

난 그들보다 좀 더 영리한 사람이다. 여자 하나와 살기가 얼마나 따분한지를 일찍 깨우친 사람이다. 내 경우 여자와 일 년을 넘긴 적이 없었다. 특별한 경우는 한 달을 채 넘기지 못한 경우가 있었는데 이건 정말 다시는 겪고 싶지 않은 더러운 경험이었다.

내가 원해서 사귄 여자가 아니었다. 여자 쪽에서 적극적으로 매달렸고 처음에는 귀찮았으나 그렇게 열성적으로 따라붙는 여자를 뿌리치는 것도 야박하단 생각이 들어 약해졌던 게 실수였다. 내가 고른 여자가 아니면 절대 눈을 돌리지 않았는데 아마도 그땐 내 눈에 뭐가 씌웠던 모양이다. 어쨌든 여자의 애원에 사귀게 되었고 딱 한 번 잠을 같이 잤다.

역시나 느낀 거지만 내 취향이 아닌 여자와 잔다는 것은 그다지 좋은 기분이 아니었다. 여자는 흥분이 고조되어 울고불고 난리였지만 그럴수록 가라앉는 내 자신을 발견했다. 역시나 내린 결론은 이제 이쯤에서 끝내야겠다는 생각이었다. 사귄 지 보름 만에 가진 관계였다.

모텔을 나오는 우리의 모습은 상반됐다. 여자가 붉게 상기된 얼굴로 창녀 같은 요기를 흘리며 나에게 넝쿨 식물처럼 들러붙는 데 반해 내 얼굴은 말 그대로 벌레 씹은 표정이었다. 설상가상이라고 했던가. 우리 앞을 누군가가 가로막았다. 구겨진 기분으로 바닥을 향했던 내 시선은 장애물로 옮겨갔다.

"인규 씨!"

눈앞의 사내가 내가 그토록 버리고 싶어하는 여자의 애인이라는 사실을 깨달았다. 남자는 뒷골목에서나 볼 수 있는 음침하고 폭력적인 인상을 하고 있었다. 반듯한 각진 머리를 배경으로 하고 있는 험악한 굴곡의 인상. 덩치는 내 두 배를 차지하고 있었으며 지금 일어난 상황으로 인해 남자의 얼굴은 붉게 끓어오르고 있었다. 줄기같이 얽혀 있는 여자의 팔이 순간적으로 떨어져 나가며 나에게서 멀어지기 시작했다. 남자의 눈은 금세라도 불똥이 떨어질 듯 이글거리고 있었다.

"이런, 썅!"

남자의 한 방이 내 배에 정통으로 들어갔다. 나는 숨을 쉴 수 없을 정도로 밀려오는 묵직한 통증에 기역 자로 그대로 땅바닥으로 고꾸라졌다.

"안 일어나, 새꺄!"

일어날 수 없었다. 속으로 밀려오는 통증에 구역질까지 나오려 했다. 내가 일어나려 애쓰는 사이 남자의 시선은 저만치 멀리 도망가고 있는 여자에게 꽂혔다.

"거기 안 서! 이런 화냥년!"

남자는 누워 있는 나와 여자를 번갈아 보고 잠시 갈등하더니 줄행랑치고 있는 여자를 선택했다. 방정맞게 달음질치는 여자 뒤를 쫓아가는 산만한 남자의 덩치는 하나의 코미디였다. 속된 그들만큼이나 속된 마무리였다.

속을 뒤집는 역겨운 통증과 함께 입으로 신물이 올라왔다. 여자만큼이나 역한 결과였으며 그 뒤로 그들을 만나는 일은 없었다.

내가 당한 경우 중 가장 황당한 일이었다. 이 일로 한 가지 얻은 결론은 자신의 스타일과 무관한 여자와는 절대 사귀지 말라는 것이었다.

내가 살아온 내력은 대충 이렇다. 이제 서른하나며 앞으로도 끊임없이 여자들이 스쳐 갈 것이다. 그리고 그 속에서 내 스타일을 고를 것이다. 여자를 향하는 지칠 줄 모르는 열정은 식지 않을 것이며 발기하는 동안 넘치는 테스토스테론(남성 호르몬)은 여전히 나를 자극할 것이다. 이번 여자는 어떨까.

석 달 만에 최고의 여자를 만났다. 내 이상형과 가장 부합되는 완벽한 여자를 만난 것이다. 물론 그녀 같은 여자는 많다. 외모든 풍기는 분위기든, 어찌 보면 그녀보다 훨씬 나은 여자도 있을지 모른다. 하지만 그녀에게선 다른 여자에게서 느낄 수 없는 어떤 매력이 있었으며 그게 나를 매료시켰다.

'어떤 여잘까?'

한 달간의 산책을 그녀를 관찰하는 시간으로 보냈다. 운동보다는 삶의 활력을 위한 파트너를 끌어들일 기간으로 보았다고 하면 옳을 것이다. 그건 재미있다기보다는 인내와 집중력을 요하는 일이었다. 물론 난 그 두 가지 장점을 모두 갖고 있었다.

가장 참을 수 없는 것은 그녀의 무관심이었다. 한 달 가까이 마주친 상대를 어찌 그렇게 무생물 보듯 할 수 있는지. 화가 나기는 하지만 얻어진 수확이 없는 것은 아니었다. 그녀가 무관심했기 때문에 부담없이 마음껏 관찰할 수 있었으며 그 덕분에 몇 가지 사실을 알아낼 수 있었다. 이곳에서 조깅을 한다면 분명 근처에 산다는 얘기였고, 운동을 하면서도 아는 사람 하나 만나지 못했다면 그건 주변과 친분이나 내왕이 없다는 소리였다.

관찰한 지 한 달째 되던 날, 나는 그녀의 뒤를 밟았다. 물론 산책하는 척하며 멀찍이서 떨어져 걸었지만 조깅하는 그녀와 보조를 맞추자면 거의 경보 수준이었다. 관자놀이와 미간으로 땀이 흘러내렸다. 산책을 하며 한 번도 흘려보지 못한 땀을 전혀 알지도 못하는 여자 때문에 흘리고 있는 것이다.

'제길! 내가 왜 이 짓을 하고 있는 거야?'

소금기 있는 액체는 인중을 지나 입 안으로 사라졌다. 입 안에 느껴지는 짠맛이 흥분된 마음을 진정시켰다. 내가 그녀를 미행하는 이유는 간단했다. 거처를 알아내어 광범위한 접근을 모색하고 있었고, 그것에 내 자유로운 직업적 특성을 이용하기 위함이었다. 그녀는 나와 그다지 멀지 않는 곳에 살고 있었으며 그것은 그녀와 만남의 기회를 많이 만들 수 있다는 것을 뜻했다.

그녀는 독신자들이 기거하는 원룸 아파트에 살고 있었으며 정문 앞에 보이는 엘리베이터 앞에 서 있는 것으로 봐서 일층에는 살지 않는다는 소리였다. 나는 그녀가 엘리베이터로 사라지는 것을 보고 돌아섰다. 이제 나는 집으로 돌아가서 인간적인 작업으로 돌아갈 것이고 그 일이 끝나면 여유롭게 남는 시간을 그녀를 포획하기 위한 계획을 짜는 일에 할애할 것이다.

하지만 집으로 돌아가는 걸음걸이가 경쾌하지 못했다. 그건 내가 세울 계획에 확신이 없다는 걸 뜻했다. 머리 속으로 구상조차도 잡히지 않았다. 어떻게 할 것인가. 그러나 본능은 이미 알고 있다. 어떤 계획으로든 조만간 그녀는 낚여올 것임을. 내가 마음먹으면 누구든 벗어날 수 없음을.

난 애초부터 무언가를 시도할 생각은 없었다. 뭐든 자연스러운 게 좋은 것이다. 몸으로 접근하는 건 삼류들이나 하는 짓이다. 고단위의 수법은 상대방이 접근해 올 때까지 기다리는 법이다. 은근히 틈을 만들어주고 그럴 기회를 부여하는 것. 겉으로 볼 때는 상대방이 접근해서 자연히 알게 되었다는 느낌이 들도록 하라는 소리다.

그러나 그 틈을 만들기가 쉽지 않았다. 며칠 관찰한 바로는 직장에서 퇴근하면 꼼짝도 하지 않는다는 것이 문제였다. 대부분의 직장 여성들은 퇴근하고 오면 남는 시간을 밖에서 보내거나 간단한 물건을 사러 나갈 법도 한데 여자는 퇴근길에 필요한 물품들을 미리 사 와 집 안으로 들어가면 두문불출하는 것이었다. 그래서 한 달 하고 보름이 지나도록 나는 어떤 미끼도 던질 수 없었다. 돌도 부딪쳐야 소리가 나는 법이다. 우리 사이에는 그럴 기회조차 주어지지 않았다. 서서히 조바심이 났으며 내 욕망은 들썩거렸다.

하지만 현실에선 거짓말같이 뜻밖의 기회가 주어지기도 한다. 글에 대한 자료 조사가 필요했던 난 집 근처 도서관을 들렀다가 그녀를 발견하게 되었다. 그렇게 궁리해도 안 됐던 일이 엉뚱한 곳에서 어이없게 풀린 셈이다.

하지만 내 쪽에서 먼저 접근할 수는 없었다. 그런 접근은 나중에 헤어질 때 빌미가 될 원인을 제공한다. 당신이 먼저 접근해서 순진한 나를 망쳐 놓지 않았냐 하는 꼬투리를 주지 않기 위함이며 개인적으로 그런 유치한 방법은 선호하지 않는다. 그렇다고 그녀가 영화에서나 보듯이 책을 들고 가다 떨어뜨리는 요행 같은 건 일어날 것 같지 않았다.

'어떡하지?'

그녀는 책을 고르기 위해 신중한 표정으로 서 있기는 했으나 많은 서적을 원하지는 않는 것 같았다. 나는 그녀 옆에서 역시나 신중한 표정으로 고르는 시늉을 했다. 그녀는 유럽 서적에 관심이 많아 보였으며 나 또한 그런 걸 즐겨 읽기는 했다.

취향은 비슷한 편이었다. 그녀는 아고타 크리스토프의 〈악동일기〉를 빼 들었다. 원제목이 〈장부책〉이라는 소설이다. 내가 두 번 이상 읽은 책으로 누군가에게 추천한다면 저 책을 권하고 싶을 만큼 아끼는 소설이기도 했다. 훑어보던 그녀는 그 책을 겨드랑이에 끼웠다. 그리고 다시 다른 책을 고르기 시작했다.

두 번째 고른 책은 토마스 버나드의 〈호흡〉이란 책이었다. 그것 역시 인상 깊게 봤던 책이다. 그녀가 점점 마음에 들기 시작했다. 그러나 난 안면 틀 기회를 잡지 못했다. 마음만 초조할 뿐 어떤 행동도 취할 수 없었다. 그녀가 책을 고르고 나가기 위해 옆을 지나가려 했다. 나는 책과 책 사이의 공간을 최대한 넓혀 주기 위해 옆으로 바싹 붙어 섰다.

'지금 내가 뭐 하는 짓이야?'

기회는 그때 왔다. 내 사이와 책 사이를 지나가려던 그녀는 자신의 손에 들고 있던 책을 떨어뜨리고 말았다. 손아귀 힘이 약한 여자였다. 내 경험에 따르면 그런 여자는 대체로 억척스런 기질을 갖고 있지 않다. 난 억척스럽다는 단어를 별로 좋아하지 않는다. 왜냐하면 그 억척스러움이 가장 잘 나타나는 게 헤어지는 순간이기 때문이다. 그건 피곤한 일이며 여자를 고를 때 고려하는 요소이기도 했다. 어쨌든 전혀 일어날 것 같지 않은 일이 일어났다.

'지금이야!'

나는 그녀보다 먼저 책을 주워 들었다. 여자가 미안한 표정으로 미소를 지으며 나에게서 책을 건네받았다. 순간 눈이 마주쳤다. 여자를 확실하게 넘어오게 하는 순간이 바로 이때다. 나의 강렬한 눈빛은 매번 여자들에게 잊지 못할 인상을 남겼다. 그런데 여자의 반응이 영 시원치 않다. 별 반응이 없는 눈치였다. 이런!

"잠깐만요! 제가 눈이 많이 나빠서……."

여자는 조그만 가방에서 안경을 꺼내 썼다. 그리고 나를 보며 휘파람을 불었다. 난 그녀의 점잖지 못한 태도에 주변 눈치를 살폈다. 다행히도 사람들은 눈치를 볼 정도의 커다란 휘파람 소리를 듣지 못했는지 독서 삼매경에 빠져 있었다. 그러나 이미 내 눈은 강렬한 빛을 잃고 난 후였다.

"안경이 눈에 익지 않아서 눈이 나쁨에도 불구하고 착용을 안해요. 직장 다닐 때는 렌즈를 끼고 다니구요.”

　결국 한 달을 넘게 나에게 무심했던 것은 그녀의 높은 눈높이도 아니었으며 고고한 자존심 때문도 아니었다. 오로지 눈이 나빠서 못 봤다는 단순한 이유였다. 어쨌든 내 자존심은 보상받은 셈이었다. 그렇다고 해서 그녀를 포기하고 싶은 생각은 없었다.

　“그런데 유, 무척 차밍하네요.”

　“유?”

　“아, 죄송해요. 제가 외국에서 살았거든요. 그래서 말 중에 영어가 섞여 나와요.”

　“교포십니까?”

　“네.”

　가장 이상적인 조건이었다. 최소한 그녀의 사고방식은 내가 만난 다른 여자처럼 닫혀 있지는 않다는 소리였다. 난 눈앞에 있는 사냥감이 생각했던 것보다 최고의 물건임을 알고 회심의 미소를 지었다. 여자는 관심을 나타내듯 검은 눈이 반짝거리고 있었다. 처음부터 이런 반응이 나왔어야 했다. 나는 그녀와 보조를 맞추기 위해 애초의 계획을 수정해 아무거나 대충 골라 뽑아 들고 사서에게로 갔다. 내가 내민 책은 〈내 이름은 개〉란 책이었다.

　‘젠장!’

　“차 한 잔 하실래요?”

　도서관을 나설 때 그녀가 한 소리였다. 마다할 리가 없었다. 미소를 지으며 여자의 말에 고개를 까딱이는 것으로 긍정을 표했다. 여자는 가벼운 미소를 짓더니 앞서서 걸었다. 자신이 인도하겠다는 뜻이었다. 이 근처에 커피숍이 있었던가 되새겨 보며 여자를 따라갔다. 놀랍게도 여자가 가는 곳은 자신의 아파트였다. 역시 다른 여자들과는 달랐다. 가장 이상적인 연애 상대가 비로소 눈앞에 나타난 것이다.

　엘리베이터를 따라 들어간 나는 여자가 오층 버튼을 누르는 것을 확인하고 서로 어색하지 않게 시선을 문으로 향했다. 여자를 배려한 내 행동과는 달리 여자는 계속해서 나를 주시하고 있었다. 그 시간이 길어지자 나도 여자에게 시선을 주었다. 여자의 눈에는 즐거움이 가득 차 보였다. 내가 묻듯이 눈에 힘을 주며 크게 뜨자 여자의 입가에 미소가 걸렸다.

　"당신 같은 분위기의 남자는 처음 보거든요."

　"그런가요?"

　"이상해요. 냉소적인 듯하면서도 묘하게 모성애를 자극하는 구석이 있어요."

　나는 웃었다. 바람둥이의 특징을 잘 꼬집어내고 있었기 때문이다. 하지만 이 여자도 연애가 끝나는 시점이 오면 이 냉소적인 기질 때문에 화를 내게 될 것이다.

　엘리베이터에서 내리자 여자는 복도를 걸어 제일 안쪽 문으로 향했다. 앞서 가는 여자의 힙은 역시나 멋있다. 내 좋은 점

중 하나는 이런 관찰력이다. 어떤 순간에도 기회를 놓치지 않고 포착하는 민첩성. 문을 열며 여자는 먼저 들어가라고 나에게 고개를 까딱였다.

'이 여자는 나이가 얼마나 됐을까.'

먼저 현관을 들어서며 가늠해 보았다. 그래도 나보다 한두 살 어려 보였다. 집은 한 사람이 살면 딱 좋을 9평짜리 공간이었다. 원룸만큼 좋은 곳은 없다. 모든 것이 오픈 스타일이라 한눈에 볼 수 있다는 장점이 있었다. 그녀가 늘 자고 일어났을 침대는 생각과 달리 심플한 회색 계통이었다. 깔끔하긴 하지만 남성적인 느낌의 침구였다. 전체적으로는 비교적 정리가 되어 있긴 하지만 아기자기한 여자의 방이라고 보기엔 어려움이 있었다. 그저 실용적으로 쓰기 편한 방이라는 느낌이 강했다. 탁자는 유리로 되어 있어 안이 훤히 보였는데 그 안에 있는 작은 선인장 화분이 이 집 주인이 여자라는 것을 느끼게 하는 유일한 것이었다.

주방으로 간 여자가 무얼 하는지는 굳이 말하지 않아도 알 수 있었다. 헤즐넛의 달콤한 냄새가 온 사방에 감돌았기 때문이다.

'좋은 냄새야.'

원두가 걸러지기를 기다리는 동안 여자는 한쪽에 있는 오디오를 눌렀다. 스산한 흑인 여자의 목소리가 흘러나왔다. 가을의 음색을 지닌 여자였다. 다시 주방으로 간 여자는 모락모락 연기가 나는 차를 두 잔 들고 와 한 잔을 내 앞에 놓았다. 향만큼이나 연기도 분위기있게 느껴졌다. 차의 향기가 여자만큼이나 나를 자극시킨다. 나는 심취한 듯 그 향기를 마시며 잠시 감각에 빠져들었다. 여자의 목소리가 그 감각에서 깨어나게 했다.

"몇 살이세요?"

긴 머리는 그녀의 얼굴에 가벼운 웨이브를 만들어주고 있어 성숙해 보였다.

"서른하납니다."

"그럼 저랑 동갑이네요?"

나는 잠시 얼떨떨했다. 여자는 생각했던 것보다 나이가 더 많았다. 서른한 살의 얼굴로 보기엔 소녀적인 면이 있었다. 그녀는 커피를 한 모금 마신 뒤 잠시 찻잔을 갖고 장난을 쳤다. 찻잔 테두리를 훑는 여자의 손가락이 에로틱하다. 눈에 잠시 열기가 뻗쳤다. 뛰는 심장을 가라앉히기 위해 심호흡을 해야 했다.

"그럼 어설프게 호칭을 부르느니 차라리 친구로 지내기가 편하겠군요. 오늘 쉬시는가 봐요?"

"외국계 회사에 다니고 있는데 주 오 일제죠."

"조건이 좋군요."

둘 다 영양가없는 대사를 나누고 있었다. 처음의 대면이 분위기를 어색하게 끌어가고 있었다. 이럴 때일수록 화술이 필요한 법이다. 여자는 뭔가를 필요로 했고 그 분위기를 이끌어갈 사람은 나였기에 부드러운 미소를 지으며 그녀에게 말했다.

"아침에 운동하는 걸 봤습니다."

여자는 놀란 표정을 짓고 있었다. 역시나 나를 못 본 것이다. 그것 때문에 그녀를 더 매력적으로 봤다는 사실을 알까.

"조깅을 빠지지 않고 하시더군요."

"그쪽도 조깅을 하시나요?"

"전 빨리 달리는 걸 별로 좋아하지 않습니다. 주로 산책을 하는 편이지요."

"제가 눈이 나빠서 사람을 일일이 알아보기 힘든 데다 원래 남의 일에 관심이 없는 편이라……."

"전 반대죠. 남을 관찰하길 좋아합니다."

여자는 의아한 듯이 바라봤다. 동그랗게 눈을 뜬 여자의 눈망울이 천진스러워 순간적으로 안아버릴 뻔했다.

"직업병이라고 해두죠."

"무슨 일을 하시는데요?"

여자는 자못 궁금한 듯 쳐다봤다. 처음부터 빨리 알려줄 필요는 없었다. 어차피 알게 될 일이지 않는가. 햇볕을 받아 여자의 정수리가 옅은 갈색으로 반짝였다. 이상하게도 그런 모습을 보면 나는 감동을 느낀다. 같은 사람이라도 남자에게서는 받을 수 없는 느낌이었다. 왜 여자에게서만 이런 느낌을 받는 것일까? 그건 어떤 부드러운 감동이었으며 그 감동의 여파는 내 가슴으로 들어와 잔잔한 파동을 일으켰다. 물론 마음에 드는 여자에게서만 받는 느낌이었다. 지금 눈앞의 여자는 내 마음에 무척 드는 여자였다.

"차차 알게 될 겁니다."

음모를 숨긴 듯한 장난스런 내 미소를 여자 또한 장난스럽게 받아들였다. 여자의 눈에 아이의 익살스러운 표정이 어렸다.

"불공평한 거 아시죠? 저에 대해선 다 알아내시고 본인은 숨기다니. 어쨌든 오래 궁금하게 하지 않았으면 좋겠어요."

"약속드리죠."

미소로 모종의 거래가 오갔다. 세 번 정도의 만남 안에 밝혀질 일이었다. 중요한 건 서로에 대한 이런 분위기 형성이었다. 이런 대화를 주고받음으로써 여자는 나에게 좀 더 은밀한 매력을 느낄 것이다. 자신에 대한 어떤 것이든 쉽게 밝히지 않는 것은 매력을 가중시킨다. 이미 경험으로 잘 알고 있고 늘 시도하며 효과는 충분히 있다.

찻잔에 차가 비었다. 더 이상 있는 것은 서로 간에 어색함만 더할 뿐이었다. 나는 일어섰다.

"가시려고요?"

여자는 말리는 듯 말했지만 중압감에서 풀려났다는 듯 반가운 기색이 엿보였다. 그녀도 둘이서만 있다는 설정이 서로에게 어색할 뿐만 아니라 분위기가 이상하게 흘러가리라는 걸 잘 알고 있었다. 물론 더 있으면 그런 분위기로 흘러갈 수도 있지만 처음 인상이 중요하듯 나는 여자에게 매너있는 남자로 인식되고 싶었다.

섹스란 급한 게 아니었다. 중요한 건 서로 간에 흐르는 분위

기 조성이었다. 분위기와 마음의 준비가 다 된 상태에 이루어져
야 섹스는 더 즐겁고 행복한 것이다. 나는 프로답게 서두르지
않는다. 오히려 여자 쪽에서 안달이 나도록 말이다. 나의 매력
에 한층 더해질 멋있는 미소를 여자에게 날리며 현관 쪽으로 향
했다. 뒤따라 나온 여자가 급하게 말했다.

"내일도 산책하실 건가요?"

"전 꾸준히 합니다. 제 일을 위해서도."

"그럼 내일 봐요!"

여자가 밝게 웃으며 말했다. 이제 모든 일은 끝났고 서로에게
천천히 익숙해지는 일만 남았다. 내일 그녀는 좀 더 친근한 태
도로 나올 것이다. 만남에 있어서 제일 어려운 것은 처음 시도
며 나는 지금 그 첫 번째 관문을 무사히 끝냈다. 이제 남은 것은
하나다. 내가 바라던 이상적인 연애를 실행하는 것이다. 그건
많은 난관을 필요로 할지는 몰라도 필시 즐거울 것임에는 틀림
없다.

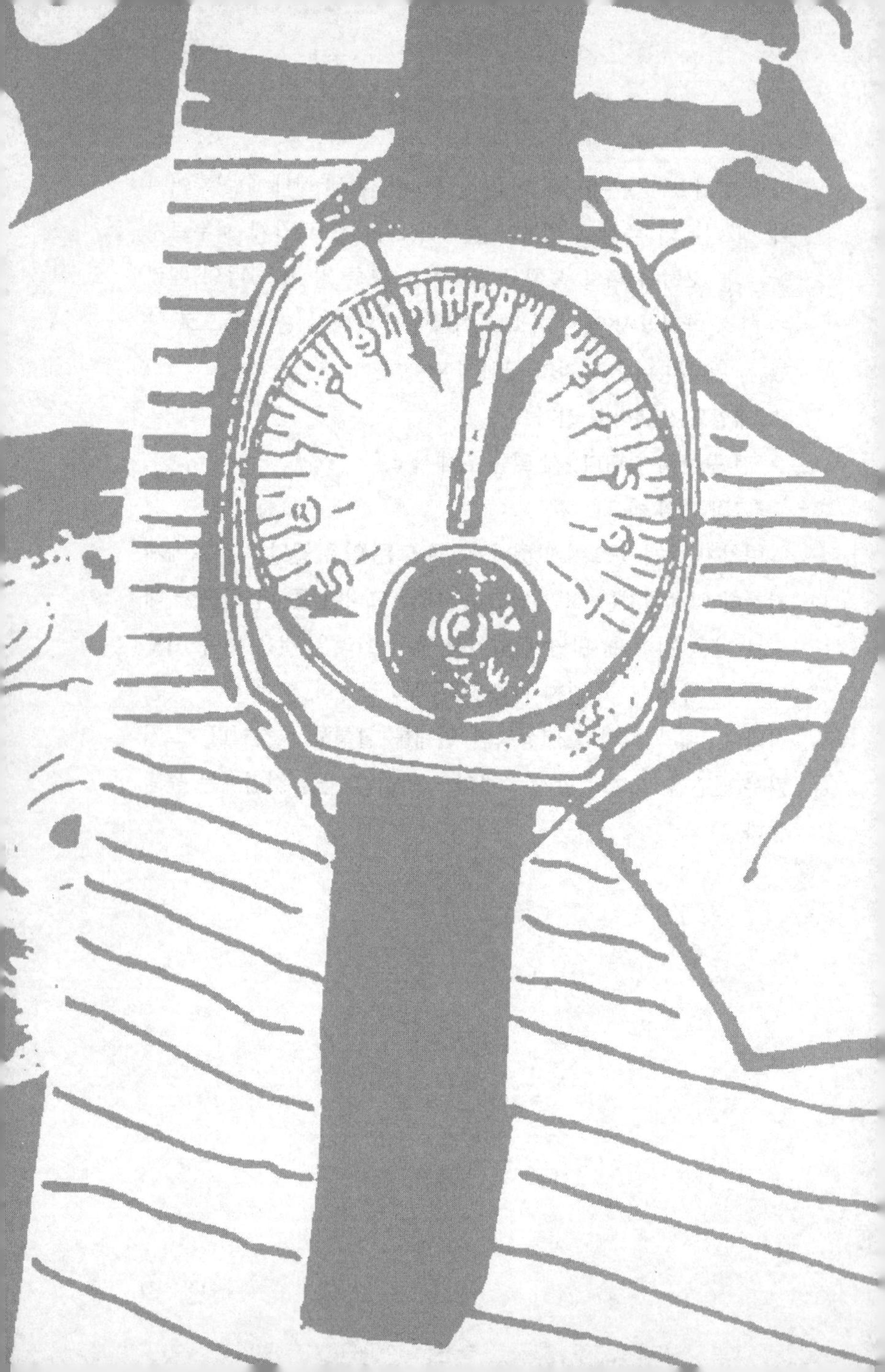

제
2
장

**환**상은 짜릿하다. 난 때로는 적당한 이벤트로 여자들의 환상을 만족시켜 주기도 한다. 조금의 이벤트는 그녀들이 연애에 빠지게 하는 데 결정적인 양념 역할을 한다. 오늘 난 여자의 환상을 만족시켜 주기 위해 그녀의 회사 앞에서 기다렸다.

그동안 여자와는 산책으로 만났고, 때로는 식사를 하기도 하며 달콤한 데이트를 즐겼다. 이젠 여자가 넘어오는 데 확실한 계기가 될 이벤트를 할 때였다. 물론 그녀에게는 간다는 말을 하지 않았다. 이벤트의 목적은 놀라게 하는 것이니까.

회사는 생각보다 컸다. 퇴근 무렵이라 직원들이 정문으로 쏟아져 나왔다. 대부분은 한국 사람이었지만 때론 외국인도 섞여 있었다. 많은 무리들이 빠져나가고도 그녀는 보이지 않았다. 하지만 그녀가 나온다는 직감이 순간적으로 느껴졌다. 흔히 말하는 페르몬으로 느껴지는 직감이다.

'매력적인 미소로 맞아야지.'

웃으며 정문을 본 순간, 나오는 건 그녀가 맞았지만 혼자가 아니었다. 상큼한 내 모습을 보여주려 했던 계획은 무너진 지 오래였고 정신은 급속도로 흥분 상태로 돌입했다. 여자의 옆에 서 있는 덩치 큰 저 수컷은 누군가. 마치 자신의 소유인 양 그녀의 어깨를 다정히 치는 수컷이 마음에 들지 않았다.

눈앞에 불이 켜지며 열기가 뻗쳤다. 나는 여자를 앞에 두고 절대 흥분하지 않지만 예외도 있는 법이다. 자신이 찍어놓은 물건에 손대는 놈은 용서하지 않았고, 지금이 그 예외였다.

여자는 미소까지 지으며 수컷과 대화를 주고받고 있었다. 내가 생각했던 이상적인 연애는 생각처럼 녹록하지 않을지도 모른다. 오늘은 그냥 이대로 물러나는 것이 좋은가, 아니면 앞으로 나서서 저 수컷과 맞붙는 게 좋은가. 흥분했던 내 정신은 이성적이고 현명한 선택을 위해 잠시 망설이고 있었다. 그러나 어떤 결정을 내리기 전에 여자가 날 발견했다.

"시준 씨!"

난 평소 때의 매너있는 얼굴로 돌아와 그녀를 향해 미소 지으며 다가갔다. 뻔뻔스런 수컷은 나를 향해 능청스럽게 웃어 보였다. 놈을 훑어본다. 덩치는 나보다 크긴 했지만 키는 비슷했고 외모도 평가해 볼 때 내가 더 나은 선이라고 자부한다. 여자는 나를 그놈에게 소개한다.

부장이라고 한다. 이제 서른 중반쯤 된 자가 부장이란 소리에 잠시 내 어깨가 움츠러들었으나 곧 펴졌다. 경제력이 꼭 능력이 아니다. 나는 더 나은 능력이 있다고 자부한다. 물론 그건 쉽게 남에게 보여줄 수 있는 능력이 아니며 나를 은밀히 아는 여자만이 알 수 있는 능력이다.

"반갑습니다."

아주 정중하지만 지극히 냉정한 어조로 인사를 하며 손을 내밀었다. 놈은 내 의도를 전혀 눈치채지 못하고 사람 좋게 웃어 보인다.

"이준우라고 합니다."

무딘 놈이다. 상대방은 생각보다 위험인물이 아니다. 남자가 남자를 바라볼 때 보는 것은 딱 하나다. 여자 입장에서 보면 무식할 만큼 단순한 논리지만 그건 태곳적부터 내려오는 하나의 습성이다. 상대방이 나보다 강한가, 그렇지 않은가이다.

놈이 그다지 위험인물이 아니라는 나의 결정에 내 전투력은 서서히 식어갔다. 상대가 되지 않는 수컷을 굳이 경계까지 할 필요는 없다. 중요한 건 여자의 태도다. 그녀가 이 수컷을 남다르게 생각하고 있다면 내가 그녀를 낚는 데 많은 걸림돌로 작용하게 된다. 그러니까 문제는 수컷이 아니라 수컷을 생각하는 그녀의 마음이란 얘기다.

나는 그녀를 관찰했다. 여자를 보는 남자의 눈은 아직까지는 따뜻한 호감 표시 정도다. 그녀의 눈이 그를 향하고 있다. 예민한 관찰력은 그녀의 어떤 부분도 놓치지 않으려고 열심히 발동하고 있다. 그녀가 남자를 향하는 눈의 열기를 감지했지만 생각만큼 심각한 상황은 아니다. 여자는 아직까지 열정을 담고 있지 않다.

내가 잠깐 불안했던 것은 은연중에 나오는 그녀의 은밀한 끼였다. 눈빛에서 발산되는 그 끼를 이 수컷은 아직까지 깨닫지 못하고 있다. 나 같은 섬세한 사람만이 빨리 자각할 수 있는 일이다. 여자가 그 끼를 발휘하고 상대방이 발견하기 전에 그녀를 내 사냥감으로 포획해야 한다.

"두 분이서 약속하셨나요?"

먼저 넘겨짚음으로써 선수를 쳐야 할 필요가 있다. 분위기를 유도하는 사람이 나여야 한다. 둘은 서로를 마주 보며 어쩔까 망설이고 있다.

"그냥 식사나 할까 생각했었는데……."

남자가 말끝을 흐린다. 나를 무시해야 할지 아니면 식사를 권유해야 할지 망설이는 눈치다. 내 출현은 그들에게 갑작스러울 수밖에 없었다. 그녀와 나는 두세 번 만난 정도였고, 그다지 심각하다 말할 사이도 아니었으니 아주 어정쩡한 이상한 상황이 되었다. 남자도 내 존재가 여자의 어떤 부분을 차지하는지 애매해하고 있다. 누군가 이 상황을 마무리지어야 하며 그 해결사는 당연히 나다.

"잘됐네요. 셋이서 식사나 하죠."

"괜찮죠, 부장님?"

여자는 대수롭지 않게 말한다. 분명 이 수컷은 여자에게 호감을 갖고 있으며 이성으로 자각시키려고 시도하는 상태다. 여자는 나든 저놈이든 둘 다 아직까지 심각하게 받아들이고 있지 않다. 그녀에게 저 수컷은 좋은 직장 상사며, 나는 아직까지 좋은 이웃이고 남자 친구로도 괜찮겠다고 생각하는 정도다. 그녀의 이런 편안하고 넓은 사고방식도 물론 서구적인 인간관계에서 나온 것이다. 놈은 어색하게 긍정의 의사를 표했다.

우리는 가까운 레스토랑으로 향했다. 내가 셋의 시간을 마련한 것은 다분히 의도적인 것이다. 두 남자를 철저하게 비교하게 할 생각이다. 어떤 면으로든 난 그놈보다 뛰어나다고 자부할 수 있다.

바람둥이들이 가지고 있는 단점 중 하나가 경박함이다. 무언가 깊은 사고를 가지고 있다는 것 자체가 따분하다 여길 정도로 그들은 재미와 즐거움을 추구한다. 감각적인 부분을 중요시하는 그들에게 사고는 뒤로 밀려날 수밖에 없다.

하지만 그들이 간과하고 있는 것이 하나 있다. 여자들에게는 그 사고가 함부로 맞붙을 수 없는 권위로 작용하기도 한다. 상대방을 호락호락하게 보지 않는다는 것이다. 흔히 말하는 카리스마로 작용한다는 소리다. 나는 일찍부터 이 점을 인식했다.

그래서 나를 알던 여자들은 헤어질 때 한동안은 나를 욕하지만 많은 시간이 흐르고 나면 다시 그리워하게 된다는 것이다. 아직까지도 만나자고 연락이 오는 경우도 종종 있었다. 하지만 난 맺고 끊는 게 정확한 사람이다. 한 번 끊은 관계는 그것으로 끝이다. 다시 만나서 지저분한 끈을 만들고 싶은 생각이 없다.

자리를 잡고 앉은 우리들 사이에는 어떤 어색함이 감돌고 있다. 그대로 놔둘 생각이 없는 나다.

"이준우 씨라고 하셨죠? 참 인상이 좋네요. 저는 서영 씨를 안 지는 얼마 되지 않았습니다. 그저 좋은 이웃으로 지내고 있죠. 그냥 친구라고 생각하시면 됩니다. 오늘 이 친구 맛있는 거 사주려고 왔다가 오히려 두 분을 방해하는 꼴이 됐네요."

상대방에게 자신이 라이벌이 아님을 인식시킬 필요가 있다. 그래야 상대방도 마음 놓고 편안하게 분위기를 형성할 수 있다. 생각대로 분위기가 누그러졌다.

"아닙니다. 저도 서영 씨와는 직장 동료죠. 서영 씨도 그렇고 저도 집이 외국이다 보니 제 나라 땅이긴 하지만 타향이라 느낄 수밖에 없죠. 서로의 힘든 생활을 털어놓는 사이라고나 할까요."

둘 사이에 같은 처지에 있는 사람만이 공유할 수 있는 분위기가 흘렀다. 흐름이 그렇게 흘러서는 안 된다.

"저 역시 뉴욕에 가면 같은 처지겠지요. 하지만 여긴 같은 동족이니 어떤 설움 같은 건 없을 겁니다. 제가 알고 있기론 미국

쪽도 인종 차별이 심한 것으로 아는데요.”

“겉보기론 전혀 표가 나지 않지만 은근히 내비치죠. 대놓고는 말하지 않습니다만 그들의 표정은 말하고 있죠. 왜 남의 나라에서 얼쩡거리느냐. 그렇지 않은 사람도 간혹 있긴 하지만 대부분의 생각들이 그렇죠.”

이야기는 미국 생활을 하는 한인들의 어려운 점으로 화제가 넘어갔다. 남자의 말에 어느 정도 동조하면서 나는 대화의 흐름을 바꿔놓고 있었다.

“무슨 일을 하십니까?”

남자가 대뜸 물었다. 난 그 물음에 선뜻 대답하지 않았다. 여자도 궁금한 듯 나를 보았다. 아직까지 그녀는 내 직업을 알아내지 못했다. 정보망이 없는 그녀는 내가 말하지 않으면 알 도리가 없다.

“어떤 직업을 갖고 있을 것 같습니까?”

장난스럽게 되레 묻는 내 말투에 남자의 얼굴은 내 직업을 가늠하려는 듯 생각에 잠겼다. 그의 분석적인 머리가 어느 정도 되나 평가해 볼 기회였다. 나는 쉽게 답할 생각이 없을뿐더러 혼자만이 가지고 있는 즐거움을 쉽게 내주고 싶은 생각이 없다. 물론 내 직업을 흥미있게 생각하는 여자도 있지만 반대로 매력 없다고 생각하는 여자도 있었다. 남자다운 활동적인 직업이라 말할 수 없기 때문이다. 그러나 나를 깊게 알면 그 생각은 바뀌기 마련이다.

분위기는 내 위주로 흘러가고 있었다. 바라는 바였다. 언제나 주인공은 내가 돼야 한다. 내 자만심이 비위에 상하는 여자는 나를 보지 않으면 그만이다. 나는 삼십일 년을 이렇게 잘난 맛에 살았고 그 기분을 버릴 생각이 아직까지는 없다.

"직장을 다니시는 것 같진 않고 프리랜서시죠?"

눈치와 머리가 제법 잘 돌아가는 놈이다. 하긴 그러니까 젊은 나이에 부장을 맡고 있는 거겠지. 나는 미소로 일관했다. 놈은 내 미소를 긍정의 뜻으로 받아들이고 다음 단계로 넘어갔다. 지금의 분위기는 거의 스무고개 수준이었다.

"조용하신 걸로 봐서 활동적인 일을 하시는 건 아닌 거 같군요."

역시 미소로 답한다. 여자는 점점 흥미진진하다는 표정이다. 미간에 주름을 잡으며 생각을 모으던 남자는 고개를 절레절레 흔들었다.

"더 이상은 감이 잡히지 않습니다."

남자는 그 자리에서 포기했다.

"음악가!"

여자는 눈을 빛내며 말한다. 고개를 저었다. 여자의 얼굴에 실망의 기색이 보이다 다시 미소가 어렸다. 시작은 남자가 했지만 맛을 들인 것은 여자다. 그녀의 얼굴이 호기심에 더욱 빛을 발했다. 나는 가슴이 두근거려옴을 느꼈다.

"칼럼니스트!"

"어느 정도 비슷했어요."

여자의 얼굴에 의기양양한 빛이 어렸다.

"저널리스트!"

"땡! 그만 하죠."

나는 이쯤에서 끝을 내야겠다고 생각했다. 너무 끄는 것은 오히려 분위기를 늘어뜨리는 부작용이 있었다.

"대체 하시는 게 뭡니까?"

"글쟁이라고 해두죠."

남자의 말에 나는 종지부를 찍었다. 여자가 아하! 하는 긍정의 소리를 낸 데 반해 남자는 뜻밖이라는 표정이었다.

"글을 쓰시는 분으로는 안 보이는군요. 대체로 작가들은 좀 지저분하거나 괴팍하지 않나요?"

"전 지저분한 걸 못 참습니다."

웃음으로 마무리하며 대답하는 내 말에 남자는 역시 뜻밖이라는 표정이다. 작가를 싸잡아 이상한 놈으로 치부하는 놈의 말이 신경에 거슬렸지만 그냥 넘어가기로 했다. 물론 그는 부연설명을 했다. 자신이 한국 와서 보니 작가들이 지저분한 경향이 있더라는 것이다. 그가 본 건 일부의 작가들이다.

"작가라고 지저분한 것은 아닙니다. 그건 사람들의 저마다의 성향이겠죠. 제가 그런 식으로 바뀔 일은 노아가 홍수를 한 번 더 만난다면 가능하겠죠."

내 말에 여자는 재밌다는 반응을 보인다. 웃는 여자의 눈빛을 내 눈으로 가둬놓자 민망함을 느낀 듯 시선을 피했다. 좋은 반응이다. 그녀의 이런 반응은 나를 의식하기 시작했다는 소리다. 무엇보다도 눈빛 하나만큼은 자신있다. 나에게 넘어온 여자들 대부분은 이 눈빛 때문이었다.

놈이 업무 능력은 뛰어날지 몰라도 여자에 대해서는 얼뜨기다. 나는 속으로 놈을 마음껏 비웃어줬다. 사실 이런 자리를 만들 필요도 없는 놈이었다. 여자가 어떤 반응을 보이기 전에는 어떤 것도 시도 못할 놈이었다. 그냥 둘이 놀라고 해도 될 일이었다. 하지만 놈과 내 가치를 비교해 보도록 여자에게 인식시킬 필요는 있었다.

"재밌는 얘기 하나 해드릴까요?"

내 말에 여자도 남자도 모두 관심있는 표정을 짓는다.

"제가 고등학교 시절에 학교에 개미와 베짱이 같은 놈이 있었습니다. 말 그대로 개미란 놈은 학교에서 인정받는 우등생이었으며 모범생의 표본이 될 정도로 성실한 학교 생활을 했지요. 반면에 베짱이란 놈은 공부와는 담을 쌓고 살았으며 노는 곳이라면 어디든 빠지지 않는 놈이었지요. 심지어는 선생 입에서 저 놈 나중에 빌어먹기 딱 좋겠군 하는 말까지 들었으니까요. 개미란 놈은 장래가 촉망되는 놈이었습니다. 결국 대학도 명문 대학까지 갔지요. 그럼 베짱이란 놈은 어떻게 됐을까요?"

여자가 반응을 보였다.

"대학을 들어갔겠죠. 아니면 다른 일을 찾았거나."

"한국에서는 제대로 된 기술이 없다면 고등학교를 나와서는 어떤 일도 하기 힘듭니다. 더구나 취업 자체가 힘든 요즘 현실에선."

"대학을 갔군요."

"물론이죠. 놈은 머리는 좋았지만 공부에 뜻이 없어 안 했을 뿐이죠. 아무래도 안 되겠다 싶었던지 시험을 여섯 달 앞두고 책을 파기 시작하더군요."

이번엔 남자가 관심있게 물었다. 나는 남자에게 호의적인 미소를 보냈다. 그건 관심에 감사하다는 표시였다.

"내신은 엉망이었지만—여기서 나는 남자에게 내신이 무언지 따로 설명해야 했다—대학은 수석으로 들어갔죠. 아까도 말했듯이 머리가 좋은 놈이었으니까요. 물론 보통 대학이긴 했지만요. 뭐든 마음만 먹으면 잘했으니까요. 개미란 놈은 대학 때도 물론 기대를 저버리지 않았죠. 지금은 어떻게 됐는지 압니까?"

남자나 여자 모두 이야기에 빠져 있었다. 이거야말로 기대했던 반응이었다.

"어떻게 됐나요?"

여자가 궁금증을 이기지 못하고 물었다.

"지금은 큰 회사에 월급쟁이 과장으로 있습니다."

"그럼 베짱이란 친구는?"

남자는 아무래도 그쪽이 궁금한 모양이었다.

"글을 쓰고 있지요. 첫 소설이 대박나는 바람에 웬만한 부자 정도의 재산을 모았죠.”

내 말에 여자는 지대한 관심을 나타내며 물었다. 물론 돈 때문이 아니라 그 인물에 대해서였다.

“그렇게 잘 아시고 계신 걸 보니 아무래도 베짱인가 하는 사람은 시준 씨랑 친한 친구인가 봐요?”

“그렇습니다.”

나는 만족한 미소를 보였다. 여자가 의혹에 찬 시선으로 눈을 가늘게 뜨고 보더니 어떤 사실을 알아낸 듯 입가에 미소를 담뿍 머금고 있었다.

“베짱이란 사람이 혹, 시준 씨?”

고개를 끄덕였다. 의도한 효과는 최고치로 나타났다. 여자는 나를 새삼스러운 눈으로 봤으며 재밌는 사람으로 인식한 듯했다. 세 사람이 먹는 식사였지만 레스토랑의 분위기는 내가 장악하고 있었다. 그 뒤부터 여자의 시선을 줄곧 나에게 머물렀고 남자는 미미한 존재로 남았다.

식사를 끝내고 나온 우리는 남자의 차로 여자의 집 근처에서 내렸다. 남자는 우리에게 작별의 인사를 하고 점잖게 물러갔다. 나도 여자에게 헤어질 인사를 하고 가려고 마음먹는 순간 그녀는 뜻밖의 제안을 했다.

“차 한 잔 하고 가시겠어요?”

“좋죠.”

나는 여자의 원룸으로 따라 들어갔다.

  여자는 내 기대를 저버리지 않고 커피를 가져왔고 기쁘게 받아들었다. 나는 커피 대식가다. 남들이 말하는 애호가라 하기엔 좀 무리가 있다. 왜냐하면 애호가는 어떤 질을 즐기는 반면에 나는 양을 즐기는 편이다. 내 하루는 커피로 시작해서 커피로 끝날 만큼 자주 마실 뿐 아니라 어떤 커피든 다 좋아하는 편이다. 그래서 커피를 따로 가려 먹지 않는다. 남들이 나에게 커피 애호가란 호칭을 쓰면 고개를 젓는다. 나 스스로 커피 대식가라고 정정한다. 그게 가장 적합한 말이기 때문이다. 여자도 자신의 커피를 들고 맞은편에 앉았다. 침대 옆에는 앉은뱅이 탁자가 있고 여자는 침대 모서리에 자신의 오른쪽 어깨를 기댄 채 커피를 마셨다.

  "남자는 사랑하는 사람을 잊기 위해 술을 마시고, 여자는 사랑하는 사람을 기억하기 위해 술을 마신다."

  "네?"

  갑작스런 내 말에 여자가 의아해한다. 하지만 이런 돌발적인 말들은 사람들의 마음에 강한 인상을 주기 마련이다.

  "남자와 여자가 술을 먹는 이유에는 그런 차이가 있다고 하더군요."

  여자는 말의 뜻을 다시 한 번 생각해 보더니 공감하듯 미소를 지었다.

  "그런 것 같아요. 연인을 잊을 수 없어서 술을 마시니까요. 여자는 감성이 뛰어나서 그런 것 같아요."

"경험이 있으시군요?"

"물론이죠. 이 나이까지 없다면 그게 이상한 거죠. 시준 씨도 물론 있었겠죠?"

나는 대답 대신 고개를 끄덕였다.

"어떻게 견뎌내셨나요?"

반짝거리는 여자의 눈빛이 매혹적으로 빛났다. 그것도 침대에 팔을 기댄 채 얼굴을 고인 모습이라 더욱 그러해 보였다. 여자의 행동은 의도된 것일까, 아니면 무의식적인 행동일까.

"힘들죠. 일주일 동안 바깥출입을 금하고 집 안에서 지냅니다. 내 자신을 자중하는 시기로 잡죠. 그리고 훌훌 털고 일어납니다. 과거에 얽매여 있는 것은 바보 같은 짓이죠."

"맞아요, 나도 오래도록 마음에 두는 스타일은 아니에요. 그래도 시준 씨보다는 오래 걸려요. 한 달 정도? 나 같은 경우도 두문불출하지만 조용히 지내지는 못해요. 방을 돌아다니며 속이 시원해질 때까지 고함을 지르기도 하고, 욕을 하기도 해요. 심지어는 술을 먹고 엉엉 울기도 하고. 하지만 그걸 지겨울 정도로 하고 나면 마음속의 앙금은 깨끗이 없어져요. 그리고 거짓말같이 정상으로 돌아오죠. 그 모습이 그리 보기 좋은 모습은 아니라서 집 안에서 나 혼자 치르는 거예요. 하지만 그러고 나면 거짓말같이 앞의 일을 잊어버려요. 제 두뇌는 아주 편리한 구조를 갖고 있죠. 과거에 얽매이는 짓은 바보다, 그거 딱 맞는 말이에요."

여자의 지론은 유쾌할 뿐만 아니라 나와 맞아떨어지는 구석이 있었다. 다만 과격한 그녀의 행동에 부작용이 걱정되긴 하지만 상대방을 향한 게 아니라면 무슨 상관이 있겠는가.

"많았나요?"

호기심에 물은 말이었다. 설마 여자가 답하리라고는 생각지 않았다.

"한 아홉 명 정도?"

역시 보통 여자들과는 다르다. 남자가 있었다는 걸 흉으로 여기지 않는다. 거기다 아홉 명……. 실로 놀라운 숫자다. 내가 여자를 사귄 기간은 스무 살 때부터며 지금까지 그녀까지 쳐서 열한 명이었다. 그런데 이 여자는 아홉 명이라고 했다. 그럼 나 같은 선수란 말인가. 하지만 동질의 인간에게서 느껴지는 느낌은 없다. 단순히 서구적인 사회에서 살다 보니 기회가 많았을 뿐이라고 생각한다.

어쩌면 내가 머리를 굴릴 필요가 없었는지도 모른다. 그냥 우리 파트너로 지내죠 하고 담담하게 얘기해도 여자는 선뜻 받아들일 수도 있다. 그렇다고 대놓고 말할 용기는 없다. 만약이란 여지를 생각하지 않을 수 없기 때문이다. 그러나 내 그런 여러 가지 상황의 대비에도 불구하고 여자가 던진 말은 나를 놀라게 했다.

"우리 섹스 파트너로 지내는 거 어때요?"

그녀가 나에게 던진 충격의 여파는 상당히 컸다. 순간 멍해졌

으며 머리의 회로가 끊긴 기분이었다. 아무 생각도 할 수 없을
뿐만 아니라 아무 생각도 나지 않았다. 여자는 그 말을 아무렇
지 않게 자연스럽게 내뱉었으며 날씨 얘기를 하듯 차분한 모습
이었다. 나는 표정을 바로잡으며 그녀의 얼굴을 뚫어져라 보았
다.

"당신이 원하는 게 그거예요?"

여자가 고개를 끄덕였다. 이제는 차라리 여유롭기까지 하다.
그녀의 표정에선 예전부터 벼르고 있던 말을 했을 때 오는 후련
함이 엿보였다.

"처음 도서관에서 봤을 때부터 그런 말을 하고 싶었어요. 대
체적으로 전 제 감정에 솔직한 편이에요. 처음 필이 오는 남자
에게는 솔직히 말하는 편이죠. 하지만 제가 바로 얘기하지 않은
것은 당신이 뭔가 망설인다는 느낌이 들어서였어요. 전 솔직하
긴 하지만 남을 전혀 생각하지 않는 여자는 아니에요. 나름대로
눈치가 있죠."

"내가 어떤 사고방식을 가지고 있는 남잔지 아나요?"

나는 그녀를 주의 깊게 보며 물었다. 지금은 내 생각을 확실
히 알릴 필요가 있었다. 그녀가 아무리 사고가 깨인 여자라고
하더라도 확실히 하고 가야 나중에 뒤탈이 없는 법이다.

"그게 중요하나요? 요는 내가 당신을 원한다는 사실 아닌가
요? 전 불같은 여자예요. 누굴 좋아하게 되면 아무것도 보지 않
아요. 그 사람만을 원하죠. 제 에너지를 모두 태울 만큼의 열정

적으로 대해요. 그러나 늘 느끼는 거지만 그런 감정은 오래가지 않더군요. 태우면 소진되기 마련이에요. 난 미래를 장담하지 않지만 그렇다고 희망적이지도 않아요. 어차피 사랑은 개인적인 플레이예요. 내가 싫어지면 상대방이 이별을 원치 않아도 결국 헤어지게 되어 있어요.”

“내가 원하는 것도 그겁니다. 난 사랑을 믿지 않아요. 시작이 있으면 당연히 끝도 있기 마련이죠. 다만 끝이 났을 때 서로에게 추해지기보다는 친구로서 쿨하게 헤어지길 원합니다.”

여자의 얼굴에 미소가 어렸다.

“난 열정적이긴 하지만 이성적이기도 해요. 혼자서 무슨 짓을 하더라도 상대방 앞에서는 감정을 자제할 수 있죠. 비록 헤어지고 나서는 당신을 욕하더라도 당신 앞에서는 웃으며 헤어지도록 하죠. 그 정도의 절제력은 갖고 있으니까요.”

“이로써 우린 파트너 계약을 성립한 겁니까?”

“계약? 재밌군요. 굳이 계약이라고 한다면 그렇게 해두죠. 그쪽은 확실한 걸 원하는 거 같으니. 단, 조건이 있어요. 나는 누구라도 내 사생활에 애정이라는 이름으로 간섭하는 건 무엇보다 싫어해요. 내가 원하는 건 사랑의 상대지 남편이 아니에요.”

“그건 저도 원하는 바입니다. 누구에게 강한 집착을 보인다는 것은 피곤한 일이죠. 일일이 전화로 확인하는 일. 본인뿐만 아니라 상대방도 힘듭니다.”

“맞아요!”

여자가 손뼉을 치며 호응했다. 우린 은밀한 미소를 주고받으며 계약을 성립시켰다. 그녀의 숨결이 거칠어졌다. 커피 잔을 탁자에 놓은 그녀는 침대에 누웠으며 눈은 여전히 나에게 고정시키고 있었다. 여자의 눈이 물기로 인해 짙어졌다. 입가에 눈빛과 같은 미소가 흘렀다. 내 가슴은 흥분으로 거칠게 뛰기 시작했다. 지금 그녀는 나를 원하고 있었다. 무언의 요기를 흘리며 나를 유혹하고 있었다.

나는 일어서서 침대로 다가갔다. 누워 있던 여자의 몸이 용수철처럼 벌떡 일어나더니 손을 내 바지 지퍼에 갖다 대었다.

난 한 번도 내 바지를 남에게 벗기게 한 일이 없었다. 그건 철칙이라기보다는 그럴 필요성을 느끼지 못했기 때문이다. 하지만 여자는 손을 서서히 접근시키며 위 후크를 푼 뒤 지퍼를 내리기 시작했다. 나는 머리로 몰리는 격정을 참을 수 없어 여자를 밀어 넘겼다. 자! 이제 사냥을 즐길 시간이다!

제
3
장

아침에 산책을 다녀온 뒤 내가 하는 일은 문 안으로 들어와 있는 여러 종류의 신문을 집는 일로 시작한다. 내가 사는 곳도 그녀와 다를 바 없는 아파트다. 다른 점이 있다면 그녀보다 평수가 훨씬 클 뿐이다.

난 젊은 세대임에도 불구하고 인터넷을 즐기지 않는다. 인터넷을 사용할 때는 대부분 글과 관련된 자료를 찾을 때지만 그것도 대다수는 도서관을 이용할 때가 많다. 물론 참고 문헌 같은 경우는 대학 쪽에 있는 은사나 선배의 도움을 받을 때가 대부분이다. 어떤 면에서 나는 구세대이며 신문 특유의 냄새를 맡으며 기사를 보는 것을 즐긴다.

작가는 비현실적인 꿈을 꾸는 사람이다. 현실적인 사람은 자신의 꿈을 글로 풀어내지 못한다. 나는 비현실적인 사람이고, 그래서 날마다 꿈을 풀어내는 일을 한다. 글을 쓰는 시간 동안은 꿈을 꾼다.

주인공이 되기도 하며 때로는 악역을 맡기도 한다. 나는 여러 사람의 입장이 되어 상황을 이끌어 나간다. 내 안에서 나조차 깨닫지 못했던 무의식적인 잔인한 습성이 글에 칼날을 들이대며 소름 끼치게 한다. 그렇게 풀어낸 글은 독자를 공포에 젖게 하며 원했던 효과를 얻어내기도 한다. 하지만 그런 상황을 그려내기 위한 내 상상은 독자들이 상상하는 것보다 몇 배나 구역질 나는 것이며 비위 상하는 일이라는 걸 그들은 알지 못한다. 그만큼의 상상을 단지 내 글이 풀어내지 못하기 때문이다. 글을 완결하고 나면 그동안 받았던 심한 압박감에 나는 악몽을 꾸기 일쑤다.

이 정도 설명하면 알 것이다. 나는 스릴러 작가다. 남들이 가장 꺼리고 혐오스러워할 인간의 원초적 잔인함을 그려내는 사람이다. 선뜻 다가서진 못하지만 가장 호기심을 가지는 장르가 스릴러 물이다. 그래서 스릴러를 좋아하는 사람들은 거의 마니아 수준으로 강하게 빠져드는 경향이 있다. 그런 점 때문에 내가 책을 낼 때마다 내 독자층은 항상 확보되어 있다.

나는 글을 쓰면서 내 내면을 많이 들여다보게 됐고 사람들 내면을 보려고도 노력했다. 그러나 알아낼 수는 없었다. 인간이란 복잡한 동물은 안으로 들어갈수록 더욱 알 수 없는 실체를 갖고 있다는 사실만을 깨달았을 뿐이다.

내가 사람들에 대해 알고 있는 부분은 일부이며 특히나 여자에·대해서 아는 것은 속성일 뿐이다. 그리고 그 속성을 나는 여자를 만나는 데 이용할 뿐이다.

다시 앞의 얘기로 돌아가자. 첫 관계를 가진 다음날 아침, 그녀는 말짱한 얼굴로 샤워를 한 뒤 출근 준비를 했다. 첫 관계 시 난 여자를 재우지 않는다. 그 의미가 무슨 뜻인지는 알 것이다. 대부분의 여자들은 그런 전쟁을 치르고 나면 몸을 가누지 못해 뻗기 마련인데 이 여자는 아주 개운하다는 표정으로 출근 준비를 하고 있었다. 여자가 준비를 한 상태로 침대에서 겨우 일어난 나에게 다가왔다. 그녀의 모습만큼이나 상큼한 레몬 향기가 나고 있었다. 그녀는 내 귀에다 속삭였다.

"당신 합격이에요."

그리고 나에게 모닝 키스를 날리고는 손에 커피 한 잔만 쥐여준 채 나가 버렸다. 자신의 보조키를 주는 것도 잊지 않았다. 갈 때 잠그고 나가라는 소리였다. 물론 자신을 찾을 때 이 키를 유용하게 이용하라는 암시도 담겨 있었다. 보통의 여자들의 반응과는 너무도 다른 그녀의 태도가 나를 멍하게 만들었다.

뭔가가 허전했다. 서로 개인 플레이 하자는 말은 했지만 너무도 쉽게 행하는 그녀의 행동에 불만스러운 생각도 들었다. 그러나 나는 마음을 바꿨다. 조금 허전한 거야 어떤가. 가벼운 만남

이 주는 자유로움이야말로 그동안 가장 바라던 것이 아니었던
가.

　나는 일어나 샤워를 하고는—생각하느라 식어버린 커피는 싱크
대에 부어버렸다—여자의 집을 나섰다. 산책을 빼놓을 수는 없었
다. 나는 하나의 규칙을 정하면 무슨 일이 있어도 지키는 편이
다. 그런 생활 방식을 바꿀 생각은 없으므로 나는 산책길에 올
랐다.

　산책길에서 나는 평소 때와는 달리 생각에 잠겨 있었다. 늘
새롭게 나를 사로잡던 여자들의 탄력있는 몸매가 오늘만큼은
내 관심을 끌지 못했다. 허탈감이 밀려왔다. 처음 관계 후의 여
자들의 반응은 늘 만족감을 주었다. 먼저 자리에서 일어나는 것
도 나였다. 물론 그녀의 행동은 오늘따라 이른 출근 때문에 빚
어진 것이었지만 최소한 관계 후의 답례로 나른한 행복감이나
무언가를 원하는 눈빛이 되어야 했다. 그러나 그녀는 나를 무심
히 쳐다봤을 뿐만 아니라 간절히 원하지도 않았다. 그녀의 태도
는 운동을 하고 났을 때의 개운한 모습을 나타냈을 뿐이다.

　볼일 봤으니 알아서 가라는 그녀의 태도는 나의 자존심에 상
처를 입혔다. 처음엔 갑자기 당한 일이라 그저 황당하다는 생각
만 했지만 곰곰이 생각해 보니 여자는 자신을 아주 가볍게 보고
있었다. 단순히 놀이 상대로 취급하고 있었다. 물론 내가 원하
는 바이긴 했다.

　'그런데 왜 기분이 나쁠까?'

산책을 끝내고 온 후에도 기분은 나아지지 않았다. 신문을 보아도 활자가 눈에 들어오지 않았다. 노트북을 열었다. 이럴 때는 글에 몰입하는 것이 최고의 방법이었다. 불쾌함의 정체는 나중에 분석해 봐도 되는 일이다. 지금은 가장 인간적일 필요가 있었다. 동물적인 욕구를 해소하고 난 후에는 정신적인 질을 높일 필요가 있다. 그래야 신체의 균형이 맞는 법이다. 호흡을 가다듬은 나는 경건한 자세로 일에 돌입했다.

늘 그랬듯 자판을 두드리는 손이 마법에 걸린 듯 이야기 속으로 빠져들어 갔다. 나 자신은 이미 없었다. 소설 속의 인물만이 존재할 뿐이었다. 타자 치는 손의 속도는 빨라져 갔고 그보다 더 빠르게 머리 속의 얘기들이 진행되어 갔다.

나는 이야기 속에 있었다. 유령 속에 갇혀 길을 찾고 있었다. 주인공이 된 나는 긴박한 상황에서 통로를 빠져나갈 해결책을 찾고 있었다.


"만족해?"

행위를 끝내고 옷을 입는 여자를 향해 던진 말이었다. 내가 그녀에게 최초로 던진 반말은 육체의 관계를 끝낸 후의 친밀한 느낌을 뜻하는 의도였으며 이제 당신과 나는 남이 아니라는 의미이기도 했다. 여자는 내 반말에 별 거부감 없이 만족스런 표정을 지으며 웃어 보였다. 그녀의 손이 침대에 걸터앉아 담배를 피우는 내 얼굴을 쓰다듬었다.

"뭐가 불만이에요?"

눈치가 빠른 그녀는 내가 뭔가 내켜하지 않는다는 것을 알고 있었다.

"그냥 이렇게 끝내는 걸로 만족하냐고? 욕심이 생기지 않아?"

웃기는 일이었다. 그런 걸 바라지 않은 건 바로 나였다. 여자가 자유롭게 성의 유희를 즐기면서 구속하지 않을 것, 참견하지 않을 것, 집착하지 않을 것이라고 늘 생각해 왔으면서도 정작 무심한 태도를 취하자 알 수 없는 불만이 솟아올랐다.

이건 나를 너무 무시하는 건 아닐까. 그저 섹스만을 위해서 이러는 거라면 나는 그저 도구 취급을 당하는 것이 아닌가. 사람의 심리가 참으로 아이러니해서 싫어하는 짓도 막상 하지 않으니 어쩐지 허전하고 아쉬운 생각이 들었다. 여자는 의아한 표정으로 나를 보았다.

"욕심이라뇨? 우리는 단지 육체적인 파트너예요. 더 이상 뭘 바라요? 당신이나 나나 건강한 사회생활을 하고 있잖아요. 물론 스트레스를 배출할 수 있는 섹스를 나눈 덕분에 가능한 일이지만요. 애초부터 당신이 원한 것도 이런 것 아니었나요?"

그녀의 말은 구구절절 옳았다. 할 말이 없었다. 여자는 아주 이성적이었으며 나는 그 앞에서 떼를 쓰는 아이같이 유치하게 느껴졌다. 내 이상에 맞는 제대로 된 여자를 만났는데 왜 만족이 되지 않을까? 이유를 알 수 없었다. 그녀는 내가 생각하는 만큼도 좋아하지 않는 것 같아 억울했으나 자존심이 그런 생각을 하도록 용납하지 않았다.

"물론이지! 그냥 당신의 생각을 알고 싶었을 뿐이야. 당신이 여태껏 거쳐 왔던 남자 중 나보다 더 나은 파트너도 있었나?"

나는 우월감을 느끼면서도 그녀의 대답 하나로 그 우월감이 타격을 입을 수 있음을 알고 있었다. 여자는 나를 빤히 보았다. 말하는 의도가 무엇일까 가늠하는 표정이었다. 여자의 눈가에 미소가 번지더니 전염처럼 온 얼굴로 퍼져 갔다. 은밀한 긍정이었다.

"당신이 최고였죠. 그건 본인도 알고 있잖아요?"

나는 능글스럽게도 순진한 표정을 지으며 말했다.

"그래? 난 몰랐지. 뭐, 세상은 넓고 당신은 외국에서 산 사람이니 그쪽 남자들 중에 더 나은 조건을 가진 사람이 많으리라 생각했지."

여자는 눈을 찡긋거리며 말했다.

"당신이 하나 간과하는 게 있어요."

"그게 뭔데?"

"파워와 테크닉이 다가 아니라는 거. 여자에게는 한 가지 더 중요한 게 있죠."

나는 말을 하지 않은 채 묻듯이 그녀를 보았다.

"감성요, 여자의 마음을 읽을 수 있는 감성이 중요해요. 그런 면에서 당신은 아주 뛰어나요. 그리고 결정적으로 당신을 고른 이유는 잘 맞을 것 같아서였죠. 살아오면서 느낀 건 섹스도 서로가 맞는 사람이 있고 안 맞는 사람이 있다는 거예요. 느낌으로 알 수 있었어요, 당신과 내가 아주 잘 맞으리라는 거. 처음에는 그 느낌이 확실치 않아 망설이기도 했지만 일단 확신이 서자 머뭇거릴 필요가 없었죠."

옷을 다 입은 그녀는 주방 쪽으로 가며 말했다.

"커피 탈 건데 마실래요?"

"부탁해."

나는 옷을 입을 생각도 하지 않은 채 여전히 침대에 앉아 있었다. 나에게는 느긋한 분위기가 흐르고 있었고 그녀를 그냥 보낼 생각이 없었다. 그녀는 생각할수록 매력적인 존재였다. 생각보다 더 쿨했으며 더 독립적이었다. 커피 대식가에 맞게 그녀는 머그잔에 내 커피를 담아왔다. 내가 마음에 드는 것 중에 하나가 이런 눈썰미였다. 사귄 지는 얼마 안 됐지만 그녀는 나에 대해서 섬세하게 체크하고 있었다.

"여긴 훨씬 넓네?"

그녀는 주위를 둘러보며 말했다. 집으로 초대하기는 처음이었다. 늘 그녀 집에서 모든 일들이 이루어졌고 오늘은 첫 방문이었지만 들어오자마자 서로에게 몰두해 주위 여건을 돌아볼 여유가 없었다. 모든 일을 치르고 난 뒤에야 그녀는 한가하게 주변을 둘러보았다.

커피를 들고 있는 그녀의 모습이 배경과 조화를 이루었다. 내 공간에서 여자를 포함해서 생각해 본 적은 없었지만 그녀는 잘 어울렸다. 길게 늘어뜨린 머리가 아무렇게나 흩어져 자연스럽게 컬을 만들고 있었다. 단정하게 찰랑거리는 머리보다 이런 흐트러짐이 묘한 성적 매력을 풍겼다.

흥분된 마음을 진정시키기 위해 미지근해진 커피를 꿀꺽 삼켰다. 그러나 내 몸은 카페인이란 흥분제 때문에 오히려 반응하고 있었다.

나는 일어나서 그녀의 허리를 끌어안았다. 그녀가 몸을 일으키는 바람에서 달짝지근한 냄새가 났다. 여자는 놀라는 듯 눈을 크게 떴으나 싫지 않은 듯 거의 빈 커피 잔을 한쪽에 올려놓고 내 쪽으로 몸을 돌렸다.

"당신 욕심 많은 거 알아요?"

대답 대신 씨익 웃는 내 모습에 여자의 호흡이 빨라졌다. 나는 여자를 번쩍 안아 침대에 눕혔다. 순간에 최선을 다할 것, 내 좌우명이었다. 그 원칙을 지키며 모든 생각들을 밖으로 밀어냈다. 넘칠 것 같은 욕망은 그녀에게 집중되었으며 그것만이 머리 속을 지배하고 있었다.

여자의 눈빛을 보았다. 물기를 머금고 있는 눈빛과 붉게 상기된 얼굴은 준비가 되어 있다는 표시였다. 난 숨을 깊게 들이마시며 경건한 자세로 돌입했다. 무슨 일이든 시작하기 전의 버릇이었다.

지금 내 눈에는 여자의 흥분된 눈빛과 유혹하는 자태만이 보일 뿐이었다. 늘 그렇듯 눈이 먼저 벗기고 그 뒤를 손이 따라갔다. 손으로 벗겨가는 작업은 눈이 벗겼던 모습과 별반 다르지 않다. 이미 나는 그녀의 몸을 여러 번 보았고 익숙하게 알고 있었다.

여자에게서 묘한 한숨 소리가 났다. 내가 시간을 끄는 것에 불만스럽다는 항의의 소리였다. 난 놀리듯 입 한쪽을 올리며 웃었다. 여자가 불만스럽게 어깨를 툭 치며 내 몸을 확 끌어안았다. 여전히 빨리 시작할 생각은 없었다. 그녀를 안달나게 하는 것도 하나의 게임이며 즐거움이다. 나는 천천히 여자의 반응에 호응했다. 흥분 속에서도 감정의 절제, 내가 가진 장점 중의 하나다.


어처구니없는 일을 한 번씩 당할 때가 있다. 이번 경우도 그런 예였다. 그녀의 주말 시간을 내가 점령하게 된 것도 바뀐 것 중의 하나였다. 우린 때론 바람을 쐬러 나가기도 했지만 주로 밀폐된 공간에서 시간을 보냈다.

모처럼 우린 영화를 볼 결심을 했다. 물론 나보다는 그녀의 바람이었다. 나는 체질적으로 그다지 움직이는 걸 좋아하지 않았다. 폐쇄형 인간이라고 하기는 그렇지만 대체로 조용한 곳을 좋아하며 혼자 생각하기를 즐겼다. 처음엔 마지못해 따랐으나 뒤에는 잘했다는 생각이 들었다. 오염 수치가 높은 도시 공기도 오랜만의 외출을 망치지는 못했다. 오히려 바람조차 신선하게 느껴졌다.

분위기는 좋게 흘러가고 있었다. 우리는 표를 끊었고 영화를 보았으며 나온 뒤에는 즐거운 대화로 기분이 들떠 있는 상태였다. 나는 평상시의 표정으로 차분하게 가라앉은 태도를 취했지만 마음은 유쾌하고 즐거웠다. 하루의 마감이 즐거우리라 생각했다. 그 누군가가 내 어깨를 치기 전까지는 말이다.

뒤돌아본 나는 손의 임자가 결코 반갑지 않은 기억을 갖고 있는, 예전에 알았던 여자라는 것에 얼굴이 굳어졌다. 그녀는 험상궂은 애인을 두고 나에게 꼬리를 쳤던 장본인이었다.

그녀의 얼굴을 보는 순간 갑자기 내 뱃속은 그때의 통증을 기억하듯 묵직하게 아파왔고 순간적으로 화가 치밀어 입가에 힘이 들어갔다.

"시준 씨, 오랜만! 요즘 잘 나가나 보네?"

마지막으로 봤을 때보다 더 천박한 모습으로 나타난 그녀는 여전히 눈가에 웃음을 흘리고 있었다. 나에게 조금의 미안함이라도 있다면 차마 알은체는 못했을 텐데 그녀는 타고난 뻔뻔함으로 오히려 큰소리까지 치고 있었다.

"혹시나 했는데 이렇게 만날 줄 몰랐어."

여자는 나에게 천박한 웃음을 흘린 뒤 내 옆의 여자를 향해 깔보듯이 쏘아보았다. 그 눈빛에 기죽지는 않았지만 서영은 나를 향해 말했다.

"나 저기 커피숍에서 기다리고 있을게요. 얘기 천천히 하고 와요.”

자신과는 무관하다는 방관적인 태도가 섭섭하면서도 자리를 피해주는 것에 한시름 놓이기도 했다. 그녀가 옆에 있다면 제대로 이야기를 할 수 없다는 이유가 가장 컸다. 서영이 저만치 가버리고 나자 나는 곧바로 본론으로 들어갔다.

“난 댁하고는 더 이상 엮이고 싶지 않는 사람입니다. 이름이 뭐였는지도 기억나지 않아요. 그러니 제발 내 인생에서 꺼져 주시죠?”

진저리 쳐질 만치 매정한 말에도 여자는 전혀 반응이 없었다.

“나 그 남자랑 정리됐어. 이제 홀가분한 몸이라고.”

“그런데요?”

“그러니까 우리 둘이 사귀는 데 문제될 게 아무것도 없다는 말이야.”

정말 눈치없는 여자다. 애초부터 자신이 따라다녀서 사귄 것이었고, 그 피해를 고스란히 내가 당하게 해놓고 이제 와서 또 사귀자고 말하고 있었다.

“물론 문제는 없겠죠. 하지만 정말 큰 문제는 내가 당신에게 조금의 관심도 없다는 사실이죠.”

정이 뚝 떨어질 것 같은 냉정한 말이었다. 나의 진심을 무딘 여자는 전혀 깨닫지 못하고 있었다. 단지 지난번 자신이 가했던 행동에 내가 아직까지 삐쳐 있다는 단순한 생각을 하고 있었다.

“에이~ 이제 그만 화 풀어. 나 그동안 반성 많이 했고, 당신이 얼마나 멋있는 사람인지도 새삼 깨달았어. 다른 사람을 사귀어보려 했지만 역시나 당신을 잊지 못하겠더라고.”

나는 자제력을 서서히 잃어가고 있었으며 서둘러 이 상황을 끝내고 싶다는 생각이 점점 강해지고 있었다. 이 여자, 정말 사람 질리게 만든다.

“기억나, 그날 밤의 일? 난 그 생각만 하면 아직도 가슴이 두근거려. 어느 누가 그런 느낌을 줄 수 있겠어?”

여자는 눈을 게슴츠레 뜨고 끈적거리는 눈빛을 보내고 있었다. 물론 난 언제나 줄 수 있다. 하지만 상대는 결코 그녀가 아닐 것이다. 이미 내 마음은 정나미를 떠나 혐오감을 느끼고 있었다. 나는 여자에게 가까이 다가갔고 내 접근에 여자는 반색을 했다.

“당신!”

눈에 힘을 주며 말하자 그제야 여자는 무언가 분위기가 심상치 않게 돌아간다는 걸 느꼈다. 여자의 얼굴에 어색함과 두려움이 나타났다.

“내 앞에서 꺼져! 당신을 생각한다는 자체만으로도 구역질이 나!”

낮지만 으르렁거리는 내 말에 여자는 겁을 잔뜩 집어먹고 뒤로 물러났지만 돌아서기 전에 자신의 자존심을 지키기 위해 한마디 던지고 갔다.

“당신은 짐승이야! 여자에 미친 짐승이라고!”

여자는 내가 혹 자기를 쫓아올까 봐 서둘러 도망갔다. 나는 쫓아갈 생각 따위는 애초에 없었다. 참으로 재밌는 일이었다. 좀 전까지 두근거린다던 여자는 그 느낌을 짐승으로 바꿔놓고 있었다. 졸지에 매력있는 남자에서 짐승으로 전락한 셈이다.

난 코웃음을 쳤다. 그런 여자의 평가 따위는 중요하지 않았다. 이미 나는 내가 짐승이란 걸 알고 있었다. 그게 뭐가 나쁜가. 나는 즐길 뿐이다. 그리고 즐기는 그 순간에 최선을 다하는 게 나쁜가. 나는 남들보다 섹스에 좀 더 강할 뿐이다. 그것도 어찌 보면 장점일 수 있다.

여자가 사라진 것을 확인하고 그녀가 기다리는 커피숍으로 향했다. 서영은 내가 화가 날 정도로 여유작작한 모습으로 커피를 즐기며 시간을 보내고 있었다. 그러나 내색하지 않고 가까이 다가갔다. 그녀를 혼자 내버려 둔 원인이 나에게 있었기 때문이다. 여자는 나를 발견하고 조용히 미소 지었다. 다가오는 종업원에게 커피를 주문하고 그녀를 보았다.

"끝났어요?"

너무나 평온한 모습이다. 조금의 질투심도 엿보이지 않는다. 왠지 섭섭한 마음이 들었다.

"괜찮아?"

"그럼 괜찮죠. 그 사람은 나와 사귀기 전 사람이에요. 두 사람 간의 일은 제가 개입할 일이 아니죠."

그녀는 지극히 이성적이었으며 공평했다. 다른 여자들과는 다른 그녀의 명쾌한 말이 좋으면서도 역시나 섭섭했다. 나는 무엇을 바라는 것일까. 잠시 고민했지만 자신의 감정을 파악하기 힘들었다. 어쨌든 그녀는 현명한 처신을 했고 나는 높은 점수를 주었다.

"해결은 잘됐어. 지저분한 건 내 자신이 싫어. 난 깨끗한 마무리가 좋아."

여자는 덤덤한 모습으로 나를 보았다. 거기엔 칭찬도, 비난도 아닌 있는 그대로를 보는 자연스런 표정이 어려 있었다. 그럼에도 무언가 잘못된 일을 한 것 같은 가책이 느껴졌다.

항상 살아온 것에 자부심이 있었다. 조금의 부끄러움도 없이 정당하다고 생각했었다. 그러나 요즘 들어 많이 달라졌다는 생각이 들었다. 내가 해온 일들에 어쩐지 가책을 느끼게 됐으며 그녀의 행동에 비해 나 자신은 편협하다는 생각을 버릴 수가 없었다. 그녀만큼 열린 사고방식을 가진 사람이 아니라는 생각이 드는 것이다. 그럴 리 없었다. 나는 누구보다도 자유로움을 꿈꾸는 사람이 아닌가. 나는 고개를 저었다. 요즘 들어 글에 치여서 과민해진 탓일 뿐이라며 여자를 향해 환한 미소를 지었다.

여자는 좀 전에 본 영화에 대해서 말했다. 나는 그녀의 말에 어느 정도 동조하며 의견을 내놓았다. 토론이 시작되었다. 대화는 이래야 하는 법이다. 어느 한쪽으로 치우치지 않은 공평한 관점에서 이야기해야 하는 법이다. 그녀는 보통 여자들의 시각과는 달리 객관적이었으며 분석적이었다. 인간관계를 많이 가져본 사람들이 가질 수 있는 시각이었다. 나는 그녀를 보며 뿌듯했으며 만족스러웠다. 깊이 생각하지 말자. 나는 단지 예민했을 뿐이다.

그날 커피숍을 나오며 기분이 다시 밝아졌다. 이제 모든 것이 순조로우며 행복할 것이다. 나는 그렇게 나 자신에게 이해시키고 있었다.


친구를 만나기로 한 날이었다. 네 명 중 두 명은 결혼을 한 상태였고 자리에 앉아 있는 모습도 기혼과 미혼은 차이가 있었다. 기혼인 친구들이 지쳐 보이는 어깨를 한 반면에 미혼인 친구와 나는 어딘가 여유로운 느낌이 있었다. 그들을 지치게 하는 것은 삶의 현실이었다.

딸려 있는 가족이 있다는 것은 남자에겐 커다란 책임이었다. 결혼이 여자에게도 불이익이지만 남자에게도 마찬가지였다. 결혼한 그날로 모든 것에서의 자유로움은 종식되었다. 밖에서 있는 모든 시간이 체크되며 늦으면 어김없이 변명이 뒤따라야 했다. 신혼 때야 자진해서 빨리 들어가고 싶겠지만 시간이 많이 경과하고 애라도 낳게 되면 그건 커다란 구속감으로 작용했다.

술이 들어가고 시간이 열 시가 넘어가자 가정을 가진 친구에게선 어김없이 전화가 걸려왔다.

"어, 여기? 친구들이랑 있지. 응, 잠깐만."

그는 걸려온 전화에 미안함을 느끼며 밖으로 자리를 피했다.

내가 여자라면, 그리고 남자의 술자리가 어떻다는 걸 안다면 전화를 거는 일은 하지 않을 것이다. 아마도 친구는 나가서 아내에게 자신의 늦을 수밖에 없는 처지를 설명할 것이다. 친구와 술자리에 대한 이해를 구할 것이다.

결혼한 남자들의 모습을 내 입장에서 보면 불쌍하기 짝이 없다. 어떤 친구는 더 이상 성의 욕구를 느낄 수 없다고 했다. 그저 그러려니 하며 의무적으로 한다는 것이다. 삶에 치인 육체는 자극을 원하지 않았다.

나는 이런 친구들을 보면 결혼이란 결코 해선 안 된다는 결심이 들었다. 하지만 그런 눈치를 보면서도 이상하게도 미혼보다는 기혼 친구들이 술을 하자는 연락이 잦았다. 집에서의 갑갑함이 탈출하고 싶다는 욕구로 작용했고 그 자유로움을 누리기 위해 친구와의 술자리로 피신하게 만드는 것이리라. 그런 친구에게 가정은 더 이상 따뜻한 곳이 아니며 감옥이나 다를 바 없었다.

한 번은 물었었다, 그 싫은 결혼은 왜 지속하냐고. 친구의 대답은 단순했다. 그냥 사는 거라고. 이 상태에서 이혼한다고 해서 더 나아질 건 없다고 했다. 애도 커가고 키우는 재미도 있어 혼자 사는 것보다는 덜 외롭다는 것이다.

이해가 되지 않았다. 세상은 나날이 무서워지고 애를 키울 만한 환경은 더 이상 없었다. 나는 애를 낳지 않는 것이 태어날 생명에게도 죄를 짓지 않는 것이라 생각했다. 아마도 그래서 그 친구는 결혼을 해서 사는 것이고 나는 혼자 사는 것일 게다.

삶이란 보는 방식에 따라 다를 것이다. 또 다른 파트의 친구들은 달랐다. 나는 여러 종류의 친구를 알고 있고 그 나름대로의 스타일에 따라 내 색깔을 바꿨다. 이쪽 친구들은 결혼을 당연시 생각했고, 그래서인지 그곳 술자리에 나가면 여섯 명 중에 두 명만이 미혼이었다. 물론 그중 하나는 나였다.

"넌 좋겠다! 여우 같은 마누라도 있지, 토끼 같은 자식도 있지."

"인마! 여우는 무슨, 여우는 예쁘기라도 하지. 이건 곰탱이가 따로 없어."

미혼인 한 친구는 결혼한 친구를 부러워했다. 왜냐하면 이 파트에 친구는 아내에게 큰소리치는 부류였으며 술자리에 전화 따위는 하지 않았고 자신의 뜻대로 새벽까지 술을 마시다 들어가면 그만이었다.

"그렇게 늦게 가면 쫓겨나지 않아?"

"그럴 거면 내가 데리고 살지도 않는다."

미혼인 친구의 말에 결혼한 친구는 그렇게 답변했다. 이런 자리에서 나는 그저 관찰할 뿐 내 생각을 말하지 않는다. 내 사고방식 자체가 그들에게 받아들여지지 않는 것임을 알고 있기 때문이다.

술자리에 따라서 자리를 이끄는 리더로, 때로는 방관자로 참

석했지만 내가 내린 결론은 결혼은 결코 좋은 제도는 못 된다는 것이었다. 결혼 생활을 무슨 권위쯤으로 아는 친구의 아내 되는 사람은 행복하지 못할 것임을 알고 있었다. 결혼엔 회의적인 생각을 갖고 있긴 하지만 결혼한다면 서로 간에 공평해야 한다고 생각한다. 하나가 더 우세한 처지를 차지한다면 열세인 사람에게는 많은 희생을 강요하기 마련이었다.

우세인 사람에겐 그 제도가 행복인데 반해 열세인 사람에게는 불행 그 자체였다. 끊임없이 희생을 요구하기 때문이다. 나는 결혼 생활을 우울하게 보는 친구도 행복이라 말하는 친구도 다 불쌍하다고 생각했다. 누구에게도 피해를 주지 않고 자신의 자유로움을 누리는 내 삶이야말로 진정한 행복이라는 생각이 들었다.

잠시 서영의 생각을 했다. 그녀는 자신의 일에 성취감을 느끼고 있었고 연애에 있어서도 만족스러워했다. 만약 결혼 생활이라는 걸 굳이 해야 한다면 연애하듯이 이런 서로의 생활을 존중하며 하는 것이 이상적이라는 생각이 들었다. 그 속에 아이라는 존재는 포함되어 있지 않았다. 물론 전통적인 사고방식을 갖고 있는 사람들이 듣는다면 돌 맞을 일이었다. 그들의 사고에서는 결코 용납되지 않으며 이해되지도 않는 일이었다.

"왜 사는지 모르겠다!"

그날 앞의 파트에 얘기한 우울한 친구의 말을 들으며 내 기분도 가라앉아 있었다. 사람의 삶이란 짧다. 그동안을 힘든 길을 택해서 살아갈 필요는 없다. 누군가가 그런 삶은 아무것도 남는 것이 없다고 하면 할 말은 없다. 자식을 낳고 가정을 이루는 것이야말로 진정한 삶이며 뜻있는 일이라고 한다면 그 또한 할 말이 없다.

어차피 인생이란 많은 모래 속에 묻혀지는 한 알의 모래와 무엇이 다른가. 우리 조상들이 그런 삶을 살았고, 나 또한 후손들에게는 잊혀질 존재였다. 그들이 결혼을 해서 평범한 삶을 살아가는 것이 진정한 성찰이며 완벽한 삶이라고 한다면 나는 지금 자신에게 만족하는 삶이야말로 나에 대한 성찰이며 더 이상의 만족한 삶은 없다고 자부할 수 있다.

물론 그들은 이해 못할 것이다. 이해를 바라고 싶은 생각도 없다. 나 또한 그들을 이해할 수 없기 때문이다. 이 넓은 세상에는 많은 부류의 사람들이 있고, 동질의 부류끼리 살아가면 되는 것이다.

친구의 처진 어깨를 툭툭 쳐주며 위로의 말을 할 수밖에 없었다.

"결혼이 꼭 불행한 것은 아니잖아? 너에게는 힘들 때 같이 힘을 내줄 가족이 있잖아."

난 가족이 필요치 않는 사람이다. 어떤 일이든 나 혼자 해결하는 것이 스타일에 맞으며 그래도 힘들면 연인의 어깨를 잠시 빌리면 될 일이다. 그건 마음의 위로 차원이었으며 실질적인 일처리는 혼자서 다 해왔다. 늘 그렇게 살았고 앞으로도 그럴 것이다. 가족이라도 내 일에 간섭하는 것은 원하지 않았다.

그래서 돈을 벌기 시작하면서 독립해 살았다. 부모는 그런 날 매정하다 할지 몰라도 어쩔 수 없는 일이다. 난 원래 그렇게 생겨먹은 인간이고 대신 가족들에게 어떤 부담을 주기보다는 항상 베풀며 살았다. 그로써 난 효도한 것이라 생각한다. 알아서 저 혼자 잘살아주는 것 만한 효도가 어디 있는가.

그러나 집에 내려갈 때마다 부모님은 나에게 장가는 언제 갈 것이냐고 매번 한숨을 쉬신다. 쓸데없는 걱정이라 생각하면서도 어떤 말도 하지 않는다. 그들이 내 생각을 바꿀 수 없듯 나 또한 부모의 생각을 바꿀 수 없기 때문이다.

술자리를 끝내고 드는 생각은 한 가지였다. 친구는 좋은 것이며 연인은 더욱 좋은 것이지만 아내는 결코 좋은 존재는 못 된다는 사실.

나는 서영이 보고 싶었다. 기분이 이렇게 착잡하고 울적할 때면 그녀를 만나서 스트레스를 풀고 싶었다. 어딘가 하나의 일에 몰입한다면 이런 울적한 기분 따위는 순식간에 날아갈 거라는 걸 난 알고 있었다.

내 발길은 자연히 그녀의 집으로 향했다. 늦은 방문을 그녀는 짜증스러워하겠지만 곧 반기게 될 것이다. 앞으로 일어날 일에 벌써부터 기분이 풀어지는 걸 느꼈다.

벨을 누르자 그녀가 자다 깬 나른한 모습으로 나를 맞았다. 졸린 눈을 비비며 웃는 모습이 사랑스럽다. 원룸 안으로 들어섰다.

"이 밤중에 어쩐 일이에요?"

역시나 난 지금의 내 자신이 마음에 든다.

제
4
장

초인종 소리에 문을 연 나는 문 앞에 서 있는 그녀의 모습을 보고 깜짝 놀랐다. 그녀는 여느 때와 같이 아름다웠지만 평소 때와는 다른 분위기를 갖고 있었다. 게다가 그녀 옆으로 커다란 짐 가방이 하나 놓여 있었다. 황당한 내 표정에 그녀의 대답은 말없는 미소였다.

"아무래도 이편이 더 경제적이지 않을까 생각했어요."

아닌 밤중에 홍두깨였다. 이보다 더 놀라운 일이 있을까. 그녀는 마치 나를 놀래키기 위해 작정한 사람 같았다. 어느 정도 적응했다 싶으면 문득문득 나를 이렇게 놀래켰다.

"기본 가구들은 원룸에서 제공하는 거였으니 처분할 게 별로 없던걸요.”

“언제부터 생각한 거야?”

“일주일 전.”

그녀는 싱긋 웃으며 말했다. 이미 일주일 전부터 계획을 짜고 차곡차곡 정리해 왔다는 소리다. 그럼에도 어떻게 나에게 일언반구도 없을 수 있나! 어느 정도 의논했어야 되지 않았을까? 잠자다 벼락을 맞은 듯 정신을 차릴 수 없어 아무 말도 할 수가 없었다.

“당신한테도 손해는 아닐 거예요. 이건 어디까지나 동거니까 나도 내 몫의 생활비를 내겠어요. 이의없죠?”

“이것 봐…….”

내 말은 그녀에 의해서 잘렸다.

“빈방 있던데 저 방 맞죠?”

그녀는 스스럼없이 내 방 맞은편 방문을 열고 들어갔다. 어이없었다. 그 누구라도 내 공간에 사람을 들일 생각을 해본 적이 없었다. 남이 내 생활을 터치하는 걸 무엇보다도 싫어했고 내 영역을 침범받고 싶은 생각조차 없었다. 이건 일대 사건이었다. 그런데도 나는 아무 말도 하지 못하고 있었다. 그녀는 편안한 차림으로 나오며 마치 당연한 권리를 누리듯 나를 향해 말했다.

“여기가 욕실 맞죠?”

내가 대답을 하기 전에 그녀는 욕실 용품을 가지고 안으로 들어갔다. 서영은 이미 알고 있는 곳이었지만 확인하는 차원에서 물었을 뿐이다. 이대로 있어서는 안 된다. 지금이라도 당장 이야기해야 한다. 나는 욕실 앞에 서서 문을 두드렸다. 안에서는 물소리가 세차게 들려왔다. 더욱 크게 문을 두드렸다. 물소리가 잠시 멈추더니 여자의 목소리가 안에서 들려왔다.

"무슨 일이에요?"

"당신한테 할 말이 있어."

그녀의 목소리에 맞춰 내 목소리도 크게 반응했다.

"지금 샤워 중이니까 끝나고 얘기해요."

내가 뭔가 다시 이야기하려 했을 때 다시금 물소리가 들려왔다. 나는 어깨를 으쓱거리곤 거실 소파에 앉았다. 말하는 시간을 조금 지체한다고 해서 나쁠 건 없었다. 그녀가 샤워를 한다고 큰일날 일이란 없었다. 나와 즐거운 시간을 가진 뒤에도 늘 하던 샤워가 아닌가.

여자를 배려하기 위해 주방으로 가 커피를 끓였다. 물이 끓을 즈음 여자는 샤워를 마치고 욕실에서 나왔다. 나는 커피 잔을 들고 거실 탁자에 올려놓았다.

"할 얘기가 뭐예요?"

여자는 젖은 머리를 타월로 닦아내며 나에게 물어왔다. 팬티 바람으로 허벅지까지 오는 티를 입은 여자의 모습은 성적 매력을 물씬 풍기고 있었다. 거기다 젖은 듯 헝클어진 머리와 화장기없는 말간 얼굴이 묘하게 섹시했다.

나는 하려던 이야기가 갑자기 뭐였는지 생각이 나지 않았다.

뭐였지? 뭐였더라? 생각을 떠올리려 애를 써도 나의 머리 속은 지금 앞에서 눈길을 끌고 있는 그녀를 안고 싶다는 생각밖에 들지 않았다. 에라! 나는 그녀를 번쩍 안아 들었다.

"어머머! 지금 뭐 하는 거예요?"

여자는 나의 돌발 행동에 놀라는 시늉을 했지만 어떤 일이 생길지는 그녀도 알고 있는 듯했다. 바동거리던 서영의 몸부림은 금세 그쳤고, 이미 손은 내 목을 두른 지 오래였다. 침대에 눕혀진 그녀의 눈과 마찬가지로 내 눈에도 열기가 뻗쳤다. 나중에 말해도 될 일이다. 일단 지금은 눈앞의 여자가 중요하다. 모든 일을 끝내고 난 뒤 말해도 늦지 않았다. 나중에 말해도 될 일이다…….


사랑을 끝내고 이야기하려고 했지만 그녀의 모습이 너무 사랑스러워 차마 말을 꺼낼 수가 없었다. 그래, 하루만 자고 가라고 하자. 그 다음에 해도 늦지 않지.

하지만 다음날이 되자 이미 말할 시기가 지났다는 걸 느꼈다. 스스로 뒤통수를 친 격이었다.

그러나 그리 나쁘다는 생각은 들지 않았다. 그녀는 아주 사랑스러웠고 마음만 먹으면 언제든 옆에서 즐길 수 있다는 점이 날 그리 생각하게 만들었다. 한 번도 여자를 집 안으로 끌어들인 적이 없던 내가 여자의 무단침입을 허용하기로 마음먹은 것이다. 그건 놀라운 변화였으며 나 자신으로도 이해하기 힘든 사실이었다.

　이 여자는 무언가 특별했다. 나로 하여금 끊임없이 눈길이 가도록 만들었으며 무언가 늘 자극을 주고 있었다. 이런 느낌이 오래 못 갈 것은 경험으로 알고 있지만 어쨌든 이 기분을 느끼는 순간 동안은 즐거운 일이었다. 나는 그렇게 여자와의 생활에 적응해 가고 있었다.

　내 생활 패턴은 조금의 변화를 가지게 되었다. 산책으로 정신을 가다듬었던 일과는 그녀와의 모닝 섹스로 바뀌었다. 욕구의 배출은 스트레스를 가장 잘 푸는 방법이며 일의 능률을 올리는 방법이기도 했다.

　그녀가 출근을 하면 나의 작업은 시작되었다. 겉으로 보았을 때 산책이 더 큰 상상의 배출을 주리라 생각하지만 실질적으론 그 반대였다. 의자에 앉아 있는 시간이 예전보다 더 길어졌다. 집중력이 높아져 시간의 흐름을 알지 못했고 고개를 들면 원래 시간보다 오버되기 마련이었다. 요즘 들어 늘어나는 작업량이 만족스러웠다.

　떨어진 커피를 사기 위해 밖으로 나왔다. 늘 느끼는 거지만 밖으로 나오면 느끼는 것은 주위의 시선이다. 대부분의 여자들은 나를 한 번이라도 흘끔거렸으며 그 눈에는 관심의 빛이 어려 있었다. 그들은 나에게 향한 눈길을 쉽게 거두려 하지 않았으며 내가 눈을 돌리고 다른 일을 하고 있을 때조차도 여전히 머물러 있었다. 때로는 남자 친구를 옆에 두고도 그런 눈길을 주는 여자도 보았다. 나는 그들의 눈길을 붙잡을 만큼 잘난 남자다. 하지만 내 잘남이 착각이라 해도 할 수 없는 일이다. 어려서부터 살아온 환경이 그랬다. 게다가 남자들은 누구나 우월주의에 빠져 있다.

"넌 이 집안의 장손이며 기둥이다."

우리 나라 어머니들은 자신의 아들이 세상에서 제일 잘난 줄 알고 있으며 나도 그렇게 알고 자랐다. 한국이란 나라는 모든 여건이 남자를 우월주의에 빠지게 만든다. 남자니까 하며 쉽게 눈물을 보여도 안 되며 강하게 커야 한다는 생각을 주입시켜 왔고, 그런 강한 남자이기에 잘날 수밖에 없는 환경을 조성해 왔다. 남자에게는 파워가 주어졌으며 혜택이 주어졌다. 아마도 우리 나라 남자들 99%는 자신을 잘났다고 생각할 것이다. 거기다 외모가 받쳐 주는 나라면 더 말해서 무엇하겠는가.

마트에 들러 커피와 필요한 담배를 산 후 그곳을 나오자 긴장감이 풀리며 숨이 터져 나왔다. 나는 인기 작가치고는 유명세가 없다. 왜냐하면 꽤 많은 부수가 팔린 책이지만 어느 책에도 내 얼굴이 나와 있지 않기 때문이다. 얼굴을 밝히기 싫어하는 나에 대한 출판사 측의 배려였다. 그럼에도 누군가 알아보지 않을까 하는 긴장감을 완전히 떨쳐 버리지는 못했다. 그래서 사람이 이렇게 군집한 곳을 오면 나도 모르게 긴장하고 그곳을 벗어나면 안도의 한숨을 쉬게 되는 것이다.

내 얼굴을 알리고 싶지 않은 가장 큰 이유는 여자에게 작업하는 동안 내가 가지고 있는 인기 작가라는 타이틀을 눈치채지 못하게 하기 위함이다. 나를 스쳐 간 여자들은 내가 작가라는 것은 알았지만 유명한 스릴러 작가라고는 생각하지 못했다. 그녀들의 눈에 나는 아직 무명 작가일 뿐이었다.

지금의 서영은 내가 인기 작가라는 것을 알고 있지만 여기 실정에 밝지 못했으며 그녀 나라의 사고방식은 인기 작가든 일반이든 별반 다를 게 없었다. 그녀는 보통 남자로서 나를 대하고 있었으며 그 행동이 나를 기쁘게 했다.

오늘도 그녀는 활력이 넘치는 용수철 같은 탄력으로 퇴근을 하고 나면 신선한 바람을 몰고 올 것이다. 둘 다 먹는 것은 좋아하지만 요리하는 것은 좋아하지 않았기에 늘 외식이 아니면 간단하게 만들어서 해결했다. 그러나 불만은 없었다. 나는 요리사를 고용한 것이 아니며 더 큰 즐거움이 그녀에겐 있었다. 음식은 중요하지 않았다. 맛없는 식사를 하며 하는 대화는 우릴 즐겁게 했다. 그녀는 사람의 기분을 좋게 해주었으며 사회생활을 하는 사람답게 대화를 유도할 줄 알았다.

조만간 내 오랜 계절병인 여행을 떠날지 모르지만 당분간은 미뤄질 듯싶었다. 나는 한철이 지나면 어김없이 여행을 떠났고 그런 여행은 나를 정화했으며 힘을 비축시켰다. 그러나 최근 그녀와 살게 된 뒤부터는 가야 할 여행이 자꾸 미뤄지고 있었다.

집으로 돌아온 나는 그녀의 전화를 받았다.

[루체(Luce), 오늘 회식 있어서 늦을 거예요.]

루체는 이탈리아 어로 빛이라는 뜻이다. 그녀가 나를 애칭으로 부르는 말이다. 서영은 밀라노에서 자랐다. 밀라노 대학 앞 중심가인 두오모란 곳에서 살았다. 비교적 좋은 환경에서 자랐다고 할 수 있다. 서영이 자란 곳은 이탈리아였지만 대학 생활은 영국에서 한 까닭에 그녀의 영어 실력은 유창했고 그 능력은 회사에서도 유용하게 사용되었다.

그녀는 좋은 물에서 자랐고 그 환경을 뒷받침해 줄 똑똑함도 갖고 있어서 서영에게선 자연스러운 지성미가 풍겼다. 그건 누구나 가질 수 있는 게 아니었다. 하지만 한 가지 흠이라면 그런 모습으로 나에게 사랑을 속삭이면서도 결코 집착을 보이지 않는다는 점이다.

애정의 다른 표현이 집착이다. 애정의 시작이 집착이다. 그 집착 때문에 진저리쳤으면서도 나는 이상하게도 그 표현이 그리워졌다. 그녀에게서 그런 것을 끌어내기란 불가능할 듯싶었다. 그게 싫어서 그녀를 원했으면서도 나는 이율배반적인 또 다른 자신을 보고 있었다.

그녀는 오늘 늦는다고 했고 그 사실이 화가 났다. 어이없게도 나는 바가지 긁는 아낙처럼 불평을 하고 있었다. 그런 자신의 모습에 놀라 마음을 가다듬었다. 변화가 생긴 탓이야. 이런 후유증은 혼자 살던 공간을 뺏긴 탓이라고 생각했다. 예민해진 탓이라고.

"언제 들어올 거야?"

[늦을 거예요. 그냥 주무세요. 내가 열고 들어갈게요.]

전화를 끊은 나는 허탈감에 젖었다. 내가 그녀의 퇴근에 매달리는 남자였던가. 괜한 심술에 예전에 만났던 여자에게 전화를 했지만 결국 몇 번의 신호음이 울리기도 전에 끊어버렸다. 한 번 헤어진 여자는 다시는 만나지 않는다는 원칙을 깰 수는 없었다. 그 대신 밖으로 나갔다. 밖에는 사냥감이 널려 있었다. 담배를 피워 물며 성큼성큼 걷는 보폭에 여자들이 힐끔거렸다. 보폭이 큰 남자는 키가 크다는 소리다.

난 담배를 멋있게 피우는 남자다. 홍콩 영화를 보며 이런 이미지를 갖기 위해 노력했다는 사실을 여자들이 안다면 유치하다고 웃을 것이다. 남자들은 이런 유치함 때문에 목숨을 걸기도 한다. 이런 점들을 여자들은 이해 못한다. 하지만 그 유치함 덕에 지금 여자들의 눈길을 끌고 있지 않은가.

카사블랑카에서 험프리 보가트 같은 바바리는 없지만 그 분위기 비슷한 시니컬함은 어느 정도 낼 수 있다. 조금은 냉소적이면서 우울한 이미지. 내가 노리는 효과다. 짝이 없는 젊은 여자들은 하나도 빠짐없이 나를 보았고 짝이 있는 여자 또한 나를 보았다. 나는 전혀 관심없다는 무심함으로 그들을 대했지만 그것이 더욱 매력적인 조건으로 작용한다는 사실을 이미 알고 있다.

가까운 커피숍으로 들어갔다. 여자 하나가 나를 따라 들어온다. 이미 나에게 필이 꽂힌 여자임을 알지만 전혀 모르는 척 구

석진 곳으로 가 앉았다. 그리고 다시 담배를 하나 꺼내서 피웠
다.

글을 쓰는 사람 중에 담배를 피우지 않는 사람도 있겠지만 나
는 골초에 속한다. 고도의 긴장감은 니코틴을 필요로 한다. 지
금은 하나의 기술로 피울 뿐이지만.

여자가 머뭇거리다가 내 앞에 다가오며 말을 한다.

"저, 실례 좀 해도 될까요?"

나는 여자를 힐끗 쳐다보곤 고개를 끄덕였다. 외모가 비교적
괜찮은 편이다. 평소의 취향에서 크게 벗어나지 않는다. 아마도
서영을 알기 전이라면 본격적으로 작업에 들어갔을 여자다.

여자는 맞은편에 살포시 앉는다. 굳이 바람둥이가 아니라도
남자는 열 여자 마다하지 않는 법이다. 종업원이 와서 주문을
하라고 한다. 내가 커피를 시키자 여자는 우유를 시켰다. 센스
가 꽝인 여자다. 내가 젖먹이를 상대할 입장인가. 여자의 나이
를 보아하니 스물넷 정도로 보인다. 서영이와 비교하니 젖비린
내가 난다. 나는 성숙한 여자가 좋다. 그런 여자는 처신을 잘할
뿐만 아니라 눈치도 빠르다. 센스가 있다는 얘기다. 그리고 헤
어질 때도 쉽게 포기한다. 여자가 다시 말을 걸어온다.

"저, 여자 친구 있으세요?"

나는 여자를 사귈 때는 다른 여자가 말을 걸어와도 애인이 있
다고 얘기한다. 그러나 지금은 그녀에 대한 반동으로 나온 상태
다. 여자에게 작업을 걸어야 한다면 여자 친구는 없다고 해야

한다. 그 짧은 순간 엄청난 갈등을 했지만 끝내는 사실을 애기
했다.

"……있습니다."

비록 화가 나서 나왔다고는 하지만 다른 여자와의 만남은 또
다른 사람과의 만남이며 그건 책임을 요구한다. 지금 이 상태에
서는 어떤 시도도 할 수 없었다. 그리고 아직까지 서영은 충분
히 매력적이었다.

시킨 우유를 다 마시고 나서도 여자는 쉽게 일어설 생각을 안
한다. 미련이 남는 모양이다. 어떤 관계도 형성하지 않은 여자
를 성격상 매정하게 대하지는 못한다. 다시 여자가 말을 했다.

"저, 다른 사람을 사귈 생각 없으세요?"

"없습니다."

이건 솔직한 내 마음이다. 뭔가 끊어야 할 때는 냉정해야 하
는 법이다. 여자는 얼굴을 붉히며 일어섰다. 그리고 인사를 꾸
벅하고는 빠른 걸음으로 나갔다. 계산도 하지 않은 상태로 나갔
다. 물론 그런 건 상관없다. 그녀의 우유 값을 내줄 여력이 나에
겐 충분히 있었다.

일어섰다. 바보 같았다. 어떤 시도도 못할 거면서 왜 나왔단
말인가. 여자와 만남이 성립되었다면 서영은 나에게 이별을 고
했을 것이다. 자칫하면 스스로 그녀와의 관계를 끊을 뻔했다.
아직은 그녀와 헤어질 생각이 없다. 옹졸하기 짝이 없는 일이
다. 그녀가 늦는다는 이유로 유치하게도 애같이 반항한 셈이다.

커피숍을 나오며 담배를 피웠다. 이번에는 심란한 마음 때문이었다. 집으로 발길을 돌렸다. 자신을 반성하며 마트에 들러서 맥주를 샀다. 집으로 가서 맥주를 마시며 재즈를 들을 것이다. 느긋한 마음으로 시간을 즐길 것이며 다정한 애인으로서 그녀를 맞을 것이다. 글 때문에 예민해진 탓이야. 나는 픽 웃으며 집 안으로 들어섰다.


서영의 핸드폰으로 전화가 걸려왔다. 그녀가 샤워를 하고 있는 욕실 쪽을 바라보았다. 물줄기 소리가 세찼으며 흥얼거리는 노랫소리도 들려왔다. 지금은 나올 수 없는 상황이었다. 가만 놔둬도 목욕이 끝나면 그녀는 부재중이라고 뜬 전화번호로 전화를 할 것이다.

'누굴까?'

그러나 불현듯 내 머리 속으로 의문 부호가 찍혔다. 끊긴 전화가 다시 울리기 시작했다. 몇 번의 갈등 끝에 나는 그녀의 핸드폰을 집었다. 심히 의심스러운 전화다. 전화번호를 확인하고 플립을 열었다.

[여보세요.]

남자 목소리다. 내 감각은 긴장 상태에 돌입했다.

"누구시죠?"

여자의 목소리가 나올 것이라고 예상했던 상대방은 굵은 남자의 목소리에 잠시 놀란 듯 말을 잇지 못하더니 물어왔다.

[김서영 씨 핸드폰 아닌가요?]

"맞습니다만."

[좀 바꿔주시겠습니까?]

"지금 샤워 중인데요."

다시 말이 끊겼다. 적어도 상대방이 관심을 갖고 있는 상대라면 심히 쇼크 상태일 것이다. 여자가 샤워 중이라 그녀의 전화를 남자가 대신 받는다면 그림이 그려지지 않는가.

[그럼 끝나시면 전화 한 통 넣어달라고 해주시겠습니까? 이준우라고 하면 압니다.]

오호라! 네놈이었군. 나는 보이지도 않는 상대를 강하게 쏘아보았다. 물론 시선은 바닥을 향해 있었다.

"알겠습니다."

플립을 화풀이하듯 거칠게 닫았다. 그때 수건으로 물이 뚝뚝 떨어지는 머리를 닦으며 그녀가 나왔다. 몸에는 역시나 즐겨 입는 긴 면티만을 입고 있었다.

"내 전화 왔어요?"

"잘난 부장이더군. 전화해 달래."

"아! 내일 있을 브리핑 건 때문이구나. 그런데 말투가 왜 그래요? 비딱한 게."

그녀는 이상하다는 듯이 나를 보았다. 물론 심사가 뒤틀렸다.

"회사 일을 끝내고 온 직원에게 집에까지 전화해서 말할 게 뭐가 있는지 모르겠군."

"그게 뭐가 어때서요. 내일 있을 브리핑은 중요한 거라 부장님 입장에서는 챙기는 게 당연한 거예요."

그녀는 이해할 수 없다는 표정으로 나를 보았다.

"루체, 이럴 때 보면 애 같아요. 마치 먹을 걸 뺏긴 것 같은 표정을 짓고 있잖아요?"

그녀는 제대로 보고 있었다. 그놈은 내 밥그릇을 넘보고 있었다.

"전화하고 있을 테니 커피 좀 타줘요."

그녀는 업무적인 얘기를 하기 위해 자신의 방으로 들어갔다. 침대는 내 방을 썼지만 자신의 일을 보거나 옷을 갈아입을 때면 그녀는 그 방을 찾았다. 나는 어쩔 수 없이 커피를 탔다. 그녀는 여태껏 겪어본 여자와는 확실히 달랐다. 모든 여자들이 미주알고주알 자신의 얘기를 듣기 싫을 정도로 세세하게 얘기하는 데 반해 이 여자는 자신의 일에 대해서는 함구무언이었다. 사생활 터치는 용납하지 않겠다는 태도였다. 그래서 무언가 늘 허전했고 반쪽과 사는 기분이었다. 그걸 원했던 것이 나였기에 따질 수도 없었으며 그녀가 나에게 어떤 선을 두고 더 이상 관여하지 않는 것이 섭섭해 울적해지기도 했다. 그건 채워지지 않는 갈증과 같았다. 그녀는 나를 안달나게 만들었으며 초조하게 만들었다.

커피를 젓는 손길이 거칠어졌다. 우라질! 속에서 거친 말이 튀어나왔다. 이런 감정의 충돌이 빚는 불안감이 가장 싫었다.

한 번도 느껴본 적이 없는 일이었다. 갑작스레 찾아온 감정의 흔들림이 나를 당혹하게 했다. 글 때문이라고 하기엔 뭔가 문제가 있었다.

저 여자, 알고 보면 무서운 여자인지도 모른다. 어쩌면 나보다 더한 고수인지도 모른다. 아니면 어찌 이렇게 사람 피를 말리는 불안감을 만들겠는가. 어쨌든 감정을 조절할 필요가 있었다. 나는 심호흡을 하며 감정에 제동을 걸었다. 더 이상 몰입하지 말자. 그녀는 단지 섹스 파트너일 뿐이다.

"음, 커피 냄새 좋은데요?"

그녀는 은은한 향수 냄새를 풍기며 나타났다. 눈앞에 아른거리는 그녀가 다시 내 눈길을 잡았다. 이놈의 테스토스테론! 남자에게는 이 호르몬이 문제였다. 제동이 걸렸던 내 마음은 다시 흔들리며 흥분하기 시작했다. 여자는 내 표정은 읽지도 못한 채 무릎에 덜렁 앉았다.

"오늘 하루 어땠어요?"

눈을 내리뜬 듯 치켜뜨는 도발적인 그녀의 모습이 호르몬을 더욱 자극하고 있었다.

"여느 날과 다를 바 없었어."

그녀의 목덜미에서 방금 한 샤워로 인한 상큼한 냄새가 풍겨왔다. 목덜미의 솜털이 나를 향해 가까이 오라고 손짓하고 있었다. 입술을 대고 싶은 유혹을 이기고 그녀가 무슨 말인가를 하길 기다렸다.

"내일 모이는 날이죠?"

"그렇지."

"꼭 보러 가고 싶은데……. 늘 시간이 안 나네요."

"언젠가 시간이 나겠지."

그녀는 아쉬운 한숨을 쉬었다.

나는 한 달에 한 번씩 연주 모임을 나가고 있다. 나와 같이 글을 쓰는 사람들끼리 뜻이 맞아 만든 팀이었다. 아마추어 수준의 연주이긴 하지만 나름대로 열정이 있었으며 오래 한 덕분에 이제는 남 앞에 나설 정도는 되었다. 아는 바 주인의 허락을 얻어 미니 콘서트도 몇 차례 가진 상태였다. 거기서 나는 드럼을 맡고 있었다. 그것은 나에겐 도를 닦는 일과 다를 바 없었다. 연주하는 동안 나는 더 이상 존재하지 않으며 또 다른 나를 버리는 일이기도 했다. 내일은 그 모임이 있는 날이었다. 담배를 입에 물고 하는 연습이야말로 무엇과도 바꿀 수 없는 낭만이었다.

전신이 흠뻑 젖도록 무언가에 몰두하는 일. 그건 글이나 섹스와는 또 다른 쾌감을 주었다. 나는 감각을 즐기는 일이 좋았으며 내가 하는 이 모든 일은 감각을 사용하는 일이기도 했다. 애초부터 사무실에 앉아서 업무를 보는 일이나 무언가를 연구하는 학자 같은 스타일은 나와는 맞지 않았다.

나에게도 백수 시절이 있었다. 그때 재미 삼아 글을 적기 시작했다. 나는 두 개의 작품을 투고했는데 출판을 원했던 작품이 아닌 아주 가벼운 마음으로 적은 작품을 출판사에서는 요구했다. 어이없어하며 계약을 했지만 기분은 만족스럽지 못했다. 그러나 독자들의 커다란 호응과 풍족한 여건이 나를 만족시켜 갔다. 첫 번째 작품의 놀라운 성공으로 내 이름 앞에 꼬리말처럼 스릴러 작가라는 푯말이 붙여졌다. 그 즈음 작가들과의 모임이 이루어졌다.

기타를 맡고 있는 김훈, 베이스에 양선우, 싱어에 배도우, 그리고 드럼에 나 이렇게 4인조로 구성되어 있으며 특별한 일이 아닌 다음에는 작업에 몰두해 있다 하더라도 연주하는 날만은 빠지지 않았다.

"참, 오늘은 가까이 오지 말아요."

그녀는 못 박듯이 말했다.

"왜?"

분출할 곳을 찾지 못한 욕망은 짜증스러운 말투로 묻어나왔다.

"터졌어요."

"터져?"

그녀가 고개를 끄덕였다. 그녀의 눈빛에서 무언가를 읽으려던 나는 그것이 무엇인지를 깨달았다.

"나흘간 출입 금지예요!"

그녀가 장난스럽게 웃어 보이며 방으로 향했다. 사람을 미치게 하는 방법도 여러 가지였다. 한껏 기대하게 해놓고 사람을 갖고 노는 그녀의 심사가 못마땅해 곱지 못한 시선을 보냈다.

내 시선을 읽었는지 말았는지 별 반응을 보이지 않는다. 끓어오
르는 감정을 삭이지 못한 채 그녀를 따라 방으로 들어서며 혼자
중얼거렸다.

"젠장! 받들어 총 자세로 나흘을 견뎌야 한단 말이야?"

제
5
장

**앞**에서 언급했던 팀 멤버 중에 싱어를 맡고 있는 배도우란 친구에 대해서 말하자면 그는 우리들끼리 쓰는 말로 물건이다. 좋은 말로는 기인이며 남들이 볼 때는 미친놈이라는 소리를 듣는다. 이놈의 특징이 무엇이든 겪어봐야 되며 그래야 참다운 글이 나온다는 철학을 갖고 있었다.

남들이 눈살을 찌푸릴, 하지 말라는 짓은 다 해본 놈이다. 술독에 빠져 본 건 기본이고, 마리화나에 흠뻑 젖기도 했으며 하다못해 수를 헤아릴 수 없을 정도로 많은 여자와 문란한 성생활을 해보기도 했다. 어떤 여자든 가리지 않았다. 아가씨에서 거의 할머니 수준의 여자까지 자신에게 붙으면 무조건 오케이였다.

놈은 남들과 달리 돋보이는 외모를 갖고 있었고 그 껍질을 굳이 숨기려 하지 않았으며 마음껏 활용했다. 무엇이든 절제력이 없으면 폐인이 되는 요소를 갖고 있는 중독 물질들을 어느 순간 아니다 싶으면 거짓말 같이 잘라 버렸다. 그런 칼 같은 냉정함 때문에 아직까지도 살아남아 있는지도 모른다.

그놈의 말을 빌면 마리화나를 피우는 이유는 고도의 집중력을 갖게 한다는 것이었다. 그걸 피우는 순간은 어느 잡생각도 들지 않으며 시간의 흐름도 모르게 된다고 했다. 약 기운이 떨어져 깨어나 보면 어느덧 며칠이 지나 있다는 것이다. 많은 예술가들이 마약을 하는 이유가 거기 있는지도 모른다. 고도의 집중력은 예술가로서는 가장 필요한 요소이므로.

시원스럽게 뻗은 콧날 하며 두툼한 입술, 시원스런 눈까지 처지는 곳 없이 조화를 이루며 살아 있었고, 뒤로 묶은 머리도 그를 개성있게 하는 데 한몫했다. 다른 사람이 그런 머리를 하면 이상하게 보겠지만 워낙 잘난 외모 덕분에 놈의 그런 모습조차 하나의 개성으로 나타났다.

유일하게 외모적으로 라이벌 의식을 느끼게 하는 놈이다. 남자인 내가 봐도 잘생긴 얼굴이다. 그놈에 비하면 내 외모는 초라하게 빛을 잃는다. 한 번도 내 자신의 외모를 잘났다고 생각해 본 적이 없었다. 하지만 이상하게도 여자들은 그런 내 외모에도 꿀에 벌이 꼬이듯 걸려왔고 그런 시간들이 계속되다 보니 어느새 자신을 잘났다고 생각하게 됐을 뿐이다.

하지만 그런 자신감을 갖고 있음에도 외모적 인식에는 오류를 범하지 않았다. 거울을 보는 눈은 나 자신의 외모를 정확하게 인식하고 있었다. 그의 하는 짓에는 어린아이 같은 순진함이 있었고 그런 모습이 나로 하여금 그를 미워할 수 없게끔 만들었다. 그를 경계하던 내 마음은 어느 사이엔가 풀어졌고 라이벌로 인식하던 생각들은 점차 사라져 갔다. 그는 라이벌보다는 챙겨 줘야 할 동생 같을 때가 많았다. 내가 그에게 호감을 가진 결정적인 요인은 남의 눈에는 잘 드러나지 않는 그의 인간성이었다.

처음 이 친구를 봤을 때 격의를 두지 않는 태도가 마음에 들었다. 나는 누군가를 볼 때 어떤 편견을 두지 않는다. 나름대로 내 사고는 열려 있으며 누구를 볼 때 그 사람 본질을 보려고 하지 겉모습에 선입견을 두지 않는다. 내가 시야에 에고를 두고 있는 것은 여자에 한정되어 있다. 사람을 평가할 때 겉모습은 중요하지 않다는 것이 내 생각이다. 이 친구나 나나 한 번도 여자가 궁해본 적은 없다. 늘 원하기만 하면 내 쪽에서 구하지 않아도 여자들은 자연히 접근해 왔다.

서영은 내가 처음으로 접근을 시도한 여자였다. 사실 그동안은 별다른 계획을 세울 필요도 없이 괜찮다 싶으면 여자 쪽에서 자연히 말을 걸어왔었다. 단지 이 친구와 내가 다른 점은 나보다 더 나은 외모를 갖고 있으면서도 여자를 가려 사귀지 않는다는 점이다. 깔끔한 내 취향과는 달리 음식으로 치면 가리는 것

없이 아무거나 잘 먹는 편이라고 보면 된다.

난 까다로운 편이다. 그래서 여자를 가려가며 사귀는 편식을 일삼는다. 대신 그 친구는 헤어지는 것이 훨씬 수월했다. 그의 광적인 욕구와 잡식성은 한 여자를 사귀는 동안에도 다른 여자를 넘봤고, 그것이 상대방 여자에게 질투심을 불러일으키기보다는 질리게 만들었다. 늘 헤어지자고 말하는 쪽은 여자였지만 그런 점이 부럽다고 해서 그놈처럼 행동하고 싶은 생각은 없었다. 나는 나만의 룰이 있고, 그런 원칙이 나름대로는 정조가 있다고 자부한다.

사람이란 많이 사귀어보는 것이 좋다. 그것도 여러 부류로. 그렇게 함으로써 사고가 열리며 시야가 넓어진다. 자신이 모르는 세계를 남을 통해서 알아간다는 것은 정보며 지식이다. 생각에 에고이즘을 갖지 않는 넓은 시각이다. 나는 배도우란 친구를 통해서 내 사고의 폭을 좀 더 넓힐 수 있었다.

"반갑네, 친구!"

초인종 소리에 문을 연 난 소리의 임자에 흠칫거렸다. 귀신도 안 물어가는 놈. 이놈은 신이 만든 영장류의 부작용을 극명하게 보여주는 놈이었다.

"어쩐 일이야?"

자연히 나오는 말투가 퉁명스러울 수밖에 없었다. 눈치가 적어도 백 단은 되는 놈은 이미 내 태도를 눈치챘음에도 불구하고 여전히 능글스러운 미소로 대했다.

"우정을 돈독히 해야 하지 않겠나? 오늘은 자네와 술이나 한 잔할까 해서 들렀네."

말투가 장난기 가득한 걸 보니 역시나 술동냥을 하러 온 것이다. 빈대라는 어원이 어디서 왔는지 모르겠지만 그 단어가 의미하는 바를 정확히 알고 싶다면 이놈을 보면 된다.

"시간이 없을 것 같군. 글을 독촉해서 말이야."

"시간은 만들기 나름이야. 내가 와서 그냥 돌아가는 걸 봤나? 어렵겠지만 시간을 내줘."

이놈의 땡강은 아무도 당할 수 없다. 한 번 고집을 부리면 들어줘야지 그러지 않았다가는 뒤에 어떤 보복을 당할지 몰랐다. 놈의 보복은 엽기적이기로 유명했다. 친구 중에는 평생 고개를 들지 못할 정도의 창피를 당한 경우도 있었다. 그래서 어쩔 수 없이 놈과 술을 하게 됐다.

우리는 아파트 근처의 술집으로 향했다.

"일자린 구했어?"

"나도 일하고 싶어. 그런데 그렇게 되면 좋은 친구들을 만날 시간이 없지 않겠어? 난 일보다 우정이 중요하거든."

곧 죽어도 능력없다는 소리는 하지 않는 놈이다. 큰 해악은 끼치지 않지만 한 번씩 찾아오는 놈의 출현은 나를 긴장시켰으며 가끔은 짜증나게 만들기도 했다.

"여자 친구는?"

"잘 있지, 물론."

"너 같은 녀석에게 여자 친구라니. 가장 기이한 일 중의 하나야. 끈기없는 네가 여자에게 있어서만은 오래 사귀는 강함을 보여주다니."

"나야 사람을 사귀면 평생 가지 않냐? 여자라고 예외일 순 없지."

그의 말은 맞았다. 문제는 상대방이 그를 상대하고 싶지 않다는 것에 있었다.

"희정 씨도 대단한 사람이야, 자네 같은 사람을 잘 견디며 사귀는 걸 보면."

"뭐, 한두 번 정도는 다투기도 했지."

"그래서 어떻게 해결했어?"

서로 간에 술이 오가고 적당히 오른 취기는 그놈에 대한 감정을 호의적으로 바꿔놓았다. 술집 특유의 적당히 어두운 분위기는 은밀한 얘기나 사소한 일들을 꺼내놓기에 적합했다. 놈의 얼굴도 어느 정도 상기되어 생기있어 보였고 술에 풀어진 내 마음도 상당히 호의적으로 변해 있었다.

"한 번은 극장 앞에서 삐쳐서 안 들어가려고 하는 거야. 그래서 내가 삐친 거 빨리 안 풀면 그 앞에서 춤춘다고 했거든. 마침 앞에는 테이프 장사가 음악을 틀어놓고 있었거든."

"그랬더니?"

"결국 춤을 췄지."

놈의 막춤은 친구들 사이에서는 유명했다. 술이 아주 많이 취해야 볼 수 있는 춤을 놈은 맨정신에 추려고 한 것이다. 자기 딴에는 여자의 마음을 풀어주겠다는 이벤트라는 명목 아래.

"희정 씨 반응은?"

"말도 안 하고 가버리더군."

"그래서 어떻게 했어?"

"물론 쫓아가서 잡았지. 그리고 그 자리로 다시 데리고 왔어."

안 봐도 뻔했다. 여자는 창피함에 도망갔을 것이고 무신경한 놈은 그런 여자를 억지로 끌고 데려왔을 것이다.

"그리곤?"

"이번엔 도망갈까 봐 아예 한쪽 손을 꼭 붙잡고 춤을 췄지."

"사람들이 안 봐?"

"많이 봤지. 우리들을 에워싸서 틈이 보이지 않더라니까."

"희정 씨가 뭐래?"

"지가 어쩔 거야. 감동해서 울더만."

나는 웃을 수밖에 없었다. 여자에게는 상당히 힘들었을 상황이었지만 그 장면이 연상되자 웃음이 터져 나왔다. 여자는 남자의 창피함에 울고 말았을 것이다.

"다시는 안 삐칠 테니까 제발 그만 춰달라고 하더라. 자기 딴에도 내 행동이 과분했던 모양이야."

주접을 가지가지로 떠는 놈이 있다면 바로 이놈이다. 나는 놈이 제공하는 콩트에 마음껏 웃었다.

"그런데 말이야, 여자들은 다 그러냐?"

"뭘?"

놈이 처음으로 음성을 낮춰 물었다.

"몸에 조금이라도 손댈라치면 막 난리를 치는 거야. 벌써 사귄 지가 육 개월이 넘었는데……."

"어떻게 했기에?"

"그냥 밀어붙였지."

"밀어붙여?"

"여자는 원래 강하게 나와야 좋아하는 거잖아. 그냥 냅다 밀어붙였지."

"어디서?"

"집 앞에서."

"여자 집?"

놈은 고개를 끄덕였다.

"키스하고 가슴을 더듬었더니 개가 확 밀치는 거야. 그래도 키스할 때까지는 순순했는데."

"너 정신이 있는 애냐?"

"왜?"

놈은 멀뚱한 표정으로 나를 본다.

"부모가 언제 튀어나올지 모르는 집 앞에서 그런 짓을 하면 여자가 맘이 편하겠어?"

"그게 상관있냐? 나만 좋으면 되지."

기본적 매너가 되어 있지 않은 놈이다. 상대방의 기분 따위는 애초부터 고려하지 않는 놈에게 사랑은 과분한 일이다. 나는 놈의 무신경에 화가 났다.

"그럴 거 왜 나한테 묻냐? 여자 기분 상관하지 않는 놈이 알아서 뭐 하겠어?"

내 말에 마음이 상했는지 놈은 더 이상 아무 말도 하지 않았다. 대신 술과 안주를 작정이라도 한 듯 작살 내고 있었다. 차라리 잘된 일이었다. 돈은 깨지겠지만 더 이상 상대를 할 필요가 없어진 셈이다.

나는 놈을 보았다. 놈의 얼굴이 술이 들어감에 따라 잘 익은 과일처럼 점점 붉어져 갔다. 그의 연애가 끈질긴 인간관계에도 불구하고 곧 깨질 것임을 예상할 수 있었다. 그놈의 이름은 주영훈. 그러나 친구들은 그를 개돼지만도 못한 놈이라고 불렀다.


베이스를 맡고 있는 양선우라는 친구는 깡마른 체형에 섬세한 손가락을 갖고 있으며 고집의 표본인 곱슬머리를 가지고 있다. 그런 모습이 주는 분위기 때문에 예술가적으로 보이며 때로는 여자들이 매료되기도 한다.

그러나 아쉽게도 그는 여자에게 관심이 없다. 처음엔 호기심에 가까이 다가갔던 여자들도 제풀에 지쳐 떨어져 나갔으며 그가 여자 자체에 관심이 없음을 알고 혹시 호모가 아닐까 의심하기도 했다. 자신에게 그런 일이 있었는지도 모르는 그는 중키에 광산의 갱도만큼이나 움푹 꺼진 눈을 가진 비극적인 우울질 인간이다.

무언가 시도하면 한 번도 제대로 된 적이 없으며 그런 악습적인 좌절로 인해 비극의 주인공을 자처하는 인물이다. 항상 주변의 분위기를 어둠으로 물들게 만들며 연주를 하는 동안에도 침묵만이 모든 것을 대신한다.

비사교적인 그를 팀에 끌어들인 것은 물론 나지만 그럴만한 이유가 있었다. 그의 연주가 팀 내에서 가장 탁월했다. 내면적인 잠식이 오히려 예술적인 혼을 불러일으키는 듯했다. 그는 내 관점에서는 상당히 독특한 성질의 인간이었으며 오래도록 사귀어볼 만한 연구 대상이었다. 그를 만나는 것은 하나의 과제를 안은 듯한 기분이었고, 조금씩 보여지는 내면이 상당한 즐거움을 주었다.

한 가지 애석한 것은 그의 다분한 예술적 기질이 글에는 전혀 영향을 미치지 못했다는 점이다. 글에서만은 모든 감정을 차압당한 듯 내가 읽어본 몇 줄의 글들은 건조하고 삭막하다 못해 바삭거렸다. 이렇다 할 줄거리도 없이 길을 헤매고 있었으며 결말은 늘 죽음으로 끝이 나고 있었다. 물론 자신의 글처럼 그는 몇 번은 자살을 시도한 적이 있지만 우울질 인간의 전형적인 삶처럼 죽음조차도 실패하고 말았다. 늘 그의 입은 조개처럼 꽉 다문 채 열릴 기미가 보이지 않았다.

연주를 끝내고 각자 갈 준비를 서두르는데 그 친구가 나에게 다가왔다. 남에게 다가선다는 것은 그로서는 대단한 용기가 필요한 일이었다. 내가 얘기하면 따라주기는 했지만 그쪽에서 한 번도 나선 적이 없었다.

"시간 좀 돼?"

마른 낙엽처럼 건조하기 이를 데 없는 목소리였다. 그가 먼저 말을 걸어왔다는 것은 상당히 심각하다는 뜻이었다.

"무슨 일 있어?"

그는 불안한 눈빛으로 눈을 끔뻑거리고 있었다. 나는 안심시키듯 그의 어깨를 툭 쳤다.

"한잔하자."

한 달 만의 모임인 연주가 끝나면 네 명은 약속이나 한 듯 술자리를 가졌지만 오늘은 다른 두 명이 바쁜 용무가 있었다. 양선우의 문제로 인해 나는 생략하려 했던 술자리를 가졌다. 우린 근처 술집으로 발길을 옮겼다. 연주 후 자리를 갖던 술집이었고 들어가는 우리를 가게 주인은 반색하며 맞았다.

"총각들 왔구만. 근데 오늘은 두 명이네? 뭘로 할 건가?"

여전히 그는 입을 닫고 있었고 주문은 내가 했다. 그 후로도 먼저 자리를 청했던 양선우는 쉽게 입을 열려 하지 않았다. 가게 주인은 발 빠르게 소주를 먼저 내왔다. 병을 따서 그에게 먼저 따르고 내 잔에도 술을 따랐다. 그는 갈증난 사람처럼 단숨에 들이켰고 말을 시키지 않으면 일어날 때까지 말을 하지 않을 기세였다. 나는 고달픈 한숨을 쉬며 입을 열었다.

"고민이 뭐야?"

그는 대답 대신 술병을 잡아 자신의 잔에 한 잔을 따라 벌컥 들이켰다. 마신 그의 얼굴에 힘이 들어갔다. 관자놀이께에 불끈 정맥이 솟았으며 눈 흰자위에 벌건 핏발이 섰다. 마침 가져온 안주를 그는 얼른 입으로 털어 넣었다.

"좋아하는 여자가 생겼어……."

그는 힘들게 말을 뱉어냈다. 나로선 놀라운 사실이었다. 이성에 대한 감정마저도 말라 버렸을 것 같은 그의 입에서 여자 얘기가 나왔다. 그의 내면은 관찰할수록 놀라울 따름이었다.

"어떤 여자야?"

그다지 술을 즐기지 않는 난 그의 잔에 다시 술을 따랐다. 내 잔은 아직 비워지지 않았다.

"화장품 가게를 하는 여자야."

이야기를 들으며 속으로 웃음을 참을 수 없었다. 그와 이렇게 이야기한다는 것 자체가 믿을 수 없었으며 지금 그가 뱉은 말만 해도 오랜 시간 동안 지내면서 했던 말보다 더 많을 터였다.

"처음에는 가게를 지나가다 무심코 봤는데 그녀가 눈에 들어왔어. 집으로 왔는데 무슨 이유에선지 윈도우로 보이던 그녀의 모습이 눈앞에서 아른거리는 거야. 열병이 걸린 듯 가슴도 울렁거리고 정신을 차릴 수가 없는 거야. 그래서 곰곰이 생각했어,

내가 이러는 이유가 뭔가 하고."

　그는 안주를 입으로 가져갔다. 꿈틀거리는 낙지의 다리가 그의 입 안으로 사라졌다. 나는 다시 그의 잔에 술을 따랐다. 그의 얼굴은 붉게 상기되었으며 취기 때문인지 눈가도 조금 풀려 있었다.

　"그래서 다음날부터 화장품들을 사기 시작했어. 그녀를 좀 더 가까이서 보려고. 그러다 보니 집에는 필요없는 화장품만 쌓이고 수중에 돈은 더 이상 남아 있지 않았어. 그러던 어느 날 여자가 그러더군, 여태껏 산 화장품을 가져오면 다 환불해 주겠다고. 여자는 내가 왜 화장품을 사러 왔는지 이미 알고 있었던 거야. 그 다음날 창피함을 무릅쓰고 샀던 화장품을 갖고 갔어. 쥐구멍에라도 숨고 싶은 심정으로 고개도 들지 못한 채 물건들을 내밀었어. 여자는 여전히 환하게 웃으며 나에게 돈을 건네면서 그러는 거야. 미안해서 점심 사겠다면 거절하지 않겠다고. 물론 난 그 자리에서 당장 데이트를 신청했지. 여자는 가게 문을 잠그고 나를 따라왔어. 그때의 기분은 말로 표현할 수 없었어. 태어나서 처음으로 느끼는 행복감이었어."

　그는 평생을 거쳐 해야 할 말을 한꺼번에 다 하는 듯 말이 많았다. 그의 성격으로는 절대 있을 수 없는 일임에도 나는 자연·스럽게 들어주고 있었다.

　"거기까지는 좋았어. 몇 번을 만났어. 여자는 눈치가 빨라서 내가 돈이 없다는 걸 파악하고 항상 데이트 비용을 자신이 지불했어. 그것도 기분 나쁘지 않게 다음번에는 나보고 내라며 이번 것은 자신이 지불하겠다고 말하더군. 그러나 다음번에 돈을 지불할 일이 생기면 여자는 똑같은 말을 되풀이했어. 사실 내가 무슨 돈이 있겠어? 책 한 권 못낸 놈이. 가진 거라곤 말라비틀어진 쓸모도 없는 자존심뿐이지. 그리고 모텔을 갔어.”

드디어 내 흥미를 자극하는 단어가 나왔다. 과연 그는 어떻게 행동했을까.

“여자가 샤워를 하고 나왔어.”

이제 그는 스스로 자신의 잔에 술을 따랐다. 병이 거의 비워져 가는 걸 보고 나는 한 병을 더 시켰다.

“내 옷을 벗기더군. 솔직히 밝히자면 난 동정이었어. 여자는 아주 친절하고 따뜻하게 나를 안았지만 난 도저히 자신이 없었어. 어떻게 해야 할지 모르겠는 거야. 여자를 침대에 넘어뜨렸어. 그리고 급하게 삽입했지. 그래도 그녀는 나를 향해 웃어 보였어. 그런데 내가 망쳤어. 여자가 어떤 기분을 느낄 새도 없이 넣자마자 사정해 버린 거야. 죽고 싶었어. 여자는 괜찮다고 했지만 나는 바로 그곳을 나와 버렸어. 자신을 용서할 수 없었을 뿐만 아니라 창피했어. 다시는 그녀를 볼 수 없을 거 같아. 어떡하지?”

이럴 때 따뜻하게 웃으며 위로하는 것이 내 역할이다. 그러나 나는 참던 웃음을 터뜨려 버렸다. 순진한 그의 행동이 몰고 온 결과에 대해 당황해하는 모습이 나로 하여금 웃음보를 터뜨리게 만든 것이다. 나는 기침까지 하며 웃어댔고 그의 얼굴은 모멸감으로 익을 대로 익은 홍시처럼 빨갛게 물들어 있었다. 나는 그에게 손을 휘저으며 말했다.

"널 비웃은 게 아니야. 단지 너의 바보 같은 행동이 웃겼을 뿐이야. 그 자리를 나와서는 안 되었어."

웃음을 거둔 나는 그를 똑바로 보며 말했다.

"여자는 나에게 실망했을 거야."

고개를 떨군 그는 자신을 향한 혐오감에 떨고 있었다.

"물론 만족하지야 않았겠지. 하지만 그녀는 널 정말 좋아하고 있어. 그런 여자라면 충분히 이해할 수 있을 거야. 괜찮다고 했잖아?"

그는 고개를 끄덕였다.

"처음엔 다 그런 거야. 그리고 익숙해지면 그 시간이 길어지지. 애초에 자신이 없다면 여자한테 기다려 달라고 해. 그리고 욕실로 가서 미리 한 번 사정하고 난 뒤에 시도해 봐. 그럼 완벽하진 않아도 서로가 만족할 수준은 될 거야. 그리고 지날수록 그 시간은 자꾸 길어져 나중에는 조절할 수준까지 올 거야."

"그럴까?"

그는 확신을 구하듯 물었다.

"믿어도 돼. 나 선수잖아. 그리고 경험자이기도 하고."

그의 입가에 밝은 미소가 걸렸다. 그의 머리 위에 걸린 보름달만큼이나 미소는 빛나고 있었다. 그는 덥석 내 손을 잡았다.

"고마워."

"고맙긴. 알고 있는 사실을 말했을 뿐인데."

그는 앞서서 술집을 나섰다. 날아갈 것 같은 기분이 그를 밀폐된 공간에 잡아두려 하지 않았다. 결국 뒤에 남은 내가 술값을 지불했다. 밖으로 나오자 그는 하늘을 향해 주먹질을 하고 있었다. 그는 술기운에 누구의 눈치도 보지 않고 소리를 지르고 있었다.

"난 병신이 아니다! 난 하루 종일도 할 수 있다!"

술은 영웅이다. 초라한 인간을 용감하게 만드는 마술이다.

여자는 찰흙이다. 주무르는 남자의 손길에 따라 색채와 모양이 바뀐다. 그는 여자를 자신의 스타일로 바꿔갈 것이다. 나는 그의 사랑에 미소를 보냈다. 사랑을 믿지 않는 냉소적인 나지만 그에게는 축복을 해주고 싶었다. 그것이 비록 몇 년 안 간다 할지라도.

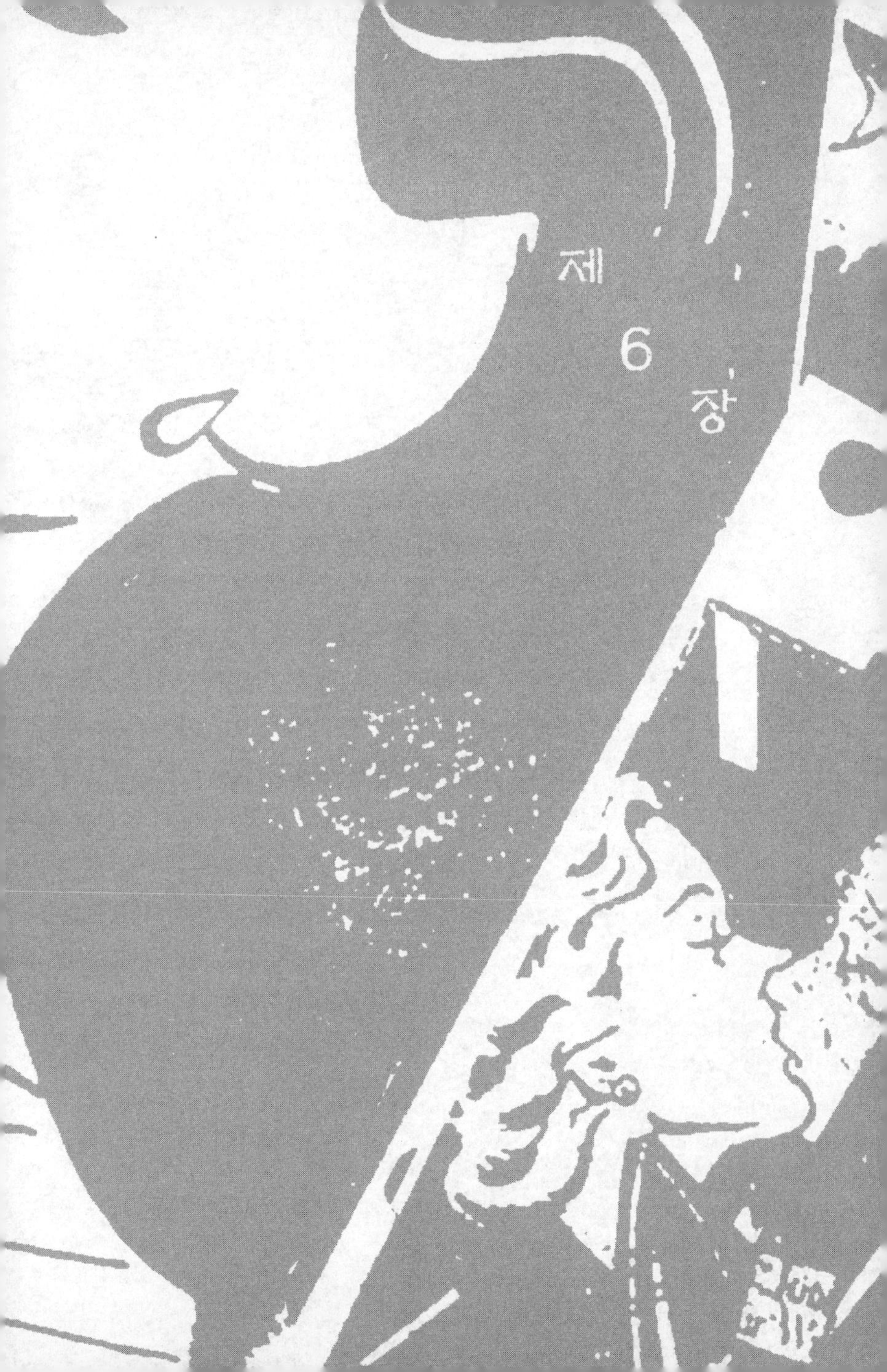

제
6
장

**"예쁘죠?"**

앞에서 한들거리며 패션쇼라도 하듯 서 있는 여자를 향해 내가 보여줄 수 있는 표정은 황당함이었다. 여자는 상상을 초월한 기발함으로 나를 놀라게 한다. 아름다운 미소와 지적인 외모를 하고 있는 그녀의 하반신에 걸쳐져 있는 것은 오십대 아줌마들이나 입음직한 소위 말하는 몸빼라는 바지였다. 그녀는 그것이 무슨 큰 자랑거리라도 되는 듯 내 앞에서 과시하고 있었다.

"루체, 이거 오늘 시장에서 산 거예요. 옷을 파는 사람이 집에서 입는 가장 편한 옷이라고 하더니 그 말이 딱 맞아요. 안 입은 느낌이에요."

　그럴 수밖에. 저런 옷을 백화점에서 팔 리가 만무했다. 내 떫은 표정을 읽은 그녀는 의아한 표정으로 묻는다.

　"내가 뭔가 잘못했나요?"

　"그거 할머니들이나 입는 옷이야. 남들이 뭐라든 신경 안 쓰는 할머니들이나 입는 옷이라고."

　"할머니?"

　반문하듯 묻는 그녀의 말에 고개를 끄덕였다. 그녀가 환한 미소를 지었다.

　"어때요, 누가 입든. 너무 편해서 정말 좋아요! 앞으로 이거 집에서 입어야겠어요. 한두 벌 더 사 와야겠네."

　뜻밖의 반응에 내 입은 멍하니 벌어졌다. 앞으로 내 앞에서 몸뻬 입고 돌아다닐 그녀의 모습을 상상하니 끔찍했다. 그녀가 입고 있는 몸뻬를 억지로 벗겨서 쓰레기통에 얼른 처넣었다.

　"왜 그래요?"

　그녀가 뒤따라왔지만 이미 다른 쓰레기와 섞인 뒤였다.

　"난 여자가 이런 바지 입고 돌아다니는 거 절대 못 봐!"

　"그게 어때서요?"

　그녀의 미의 기준이 의심스러워지기 시작한다. 한 번도 그녀의 의상에 불만이 없었건만.

　"이 옷이 예쁘다고 생각해? 내가 보기엔 최악이라고!"

　"그건 보는 관점의 차이예요. 내가 할렘의 여자라고 생각해 봐요. 아랍 쪽 의상과 그 바지는 비슷해 보여요."

어딜 봐서 몸뻬와 할렘의 여자 의상이 공통점이 있다는 말인가.

"무얼 입든 내 몸속에 있는 몸은 변하지 않아요. 당신도 잘 알잖아요?"

물론 알고 있다. 하지만 날마다 그녀의 몸뻬를 눈에 징이 박힐 정도로 봐야 한다면 미쳐 버릴지도 모른다. 몸뻬를 입은 몸은 그 속이 아무리 예쁘다 하더라도 결코 마음이 동하지 않는다. 그녀를 말리고 싶었다.

"키아라, 그만 하자."

그녀의 이탈리아 이름이다. 밝고 맑음이라는 뜻을 가진 이름이다. 아잇적 이름이라면 모를까 삼십을 넘은 지금의 그녀에게는 어울리지 않는 이름이다. 물론 이름처럼 그녀는 여전히 어려 보였고 밝고 맑기는 했다. 서영의 눈길이 매서워졌다.

"왜요?"

"난 이런 옷 입고 처져 있는 여자들이 제일 싫어."

그녀는 더 이상 나와 말하기를 거부한다는 듯 입을 앙다문 채 쓰레기통을 뒤져 몸뻬를 꺼낸 뒤 욕실로 갖고 갔다. 한 치도 물러서지 않겠다는 고집이 엿보였다. 첫 싸움이었다. 나는 할 말을 잃었다. 잘못한 일도 아닌데 왜 죄책감을 느껴야 하지? 그냥 이쯤에서 고개를 숙이고 들어가서 화해를 해? 그러나 속에는 죽어도 지기 싫어하는 남자의 쓸데없는 고집이 자리잡고 있었다. 자존심을 죽이기 싫어서 나 또한 그녀에게 아무 말도 하지 않았다.

서영은 욕실에서 비누를 몸뻬에 문지르며 빨고 있었고 나는 거실에서 갈등하며 초조하게 담배를 피우고 있었다. 우리들의 냉전은 그렇게 시작되었다. 누구의 잘못도 아니었다. 다만 관점의 차이일 뿐이었다. 그 뒤로 나는 그녀의 몸뻬를 자주 봐야 했다.


처음 동거를 시작할 때 집안일을 배분했다. 집 안 청소는 내가 했고 빨래는 그녀가 맡았다. 자주 해야 하는 설거지는 요일을 정해서 했으며 음식은 때에 따라서 시켜먹거나 마음 내키는 사람이 했다.

세탁실에서 나오는 그녀의 인상이 구겨져 있었다. 오늘은 주말이었고 밀린 빨래를 하기 위해 들어갔던 그녀는 들어간 지 채 오 분도 지나지 않아 불편한 표정으로 나왔다.

"루체, 제가 몇 번이나 말했어요!"

그녀의 손에는 쥐며느리처럼 말려진 양말이 들려 있었다.

"양말 벗을 때 뒤집지 말라고 했잖아요! 꼭 더러운 양말을 내 손으로 다시 뒤집어서 세탁을 해야겠어요?"

빨래를 하기 위해 양팔을 걷어붙인 그녀의 팔은 강인해 보였으며 다부진 모습이었다. 생활과 연결된 여자는 여성스러움을 잃으며 미소를 잃지 않던 입가의 고운 선은 사소한 트러블로 인해 향기를 잃어버린다. 결혼을 하고 싶지 않은 이유 중의 하나가 이런 것이다. 나는 약한 모습으로 애교를 떨기보다는 무심한 눈으로 그녀를 보았다.

"왜, 더러워?"

"당연히 더럽죠. 그럼 당신은 내 양말이 안 더러워요?"

"안 더러워. 난 당신 팬티라도 빨아줄 수 있어."

물론 진심은 아니었다. 내 생애 한심스럽게 여자 팬티를 빨 일이 있을 리가 없다. 하지만 이런 자리에선 필요한 말이다. 그녀는 따지려던 마음을 누그러뜨렸다. 표정에서 변화가 왔다. 계산이 깔린 내 행동을 그녀는 눈치채지 못했다.

"앞으로는 양말 좀 신경 써줘요. 다시 뒤집어서 빨려면 짜증 나요."

나는 평온한 표정으로 그녀를 보았다.

"그대가 원한다면."

거실에 앉아서 느긋하게 책을 보던 나는 다시 시선을 책으로 돌렸다. 이미 집 안 청소를 끝낸 후 갖는 휴식이었다. 주말이라 늘어지게 늦잠을 잔 그녀는 내가 청소를 끝낸 후에야 일어나 빨래를 하려던 참이었다. 주방에는 커피가 향기를 풍기며 주인을 기다리고 있었다. 내 입은 아침의 달콤한 커피 향을 음미한 뒤였다. 세탁기를 누르고 온 그녀는 내 무릎에 앉으며 시야를 방해하고 있었다.

"아침 뭐 먹을래요?"

내 무릎 위에서 그녀는 발을 까닥거리며 장난스럽게 물어왔다. 책 읽기를 포기하고 한숨을 쉬며 그녀를 보았다. 그녀의 몸에서 나른한 향이 풍겨온다. 햇살은 그녀의 목덜미에 상주하는 것을 즐기듯 마음껏 밝은 빛을 뿜고 있었다. 저곳에 코를 묻으면 바닐라 향이 날까? 나는 잠시 나른한 꿈에 젖었다.

"토스트로 먹을까요?"

그녀는 내 목에 두 손을 두르며 눈에 물기를 담고 본다. 볼을 발갛게 물들인 그녀의 모습이 사랑스럽다.

"키아라, 당신을 먹고 싶어."

여자의 입에서 수박을 한 움큼 배어 물은 듯한 물기 젖은 웃음소리가 새어나왔다. 그 물기가 눈에도 번져 있었다.

"남자는 역시 짐승이야. 하지만 난 그 짐승을 사랑해."

여자가 장난기있는 은근한 미소를 보이며 허락의 눈짓을 한다. 나는 그녀를 안아 들었다. 그리고 빠끔히 열려 있는 문을 어깨로 열어젖히며 그녀를 침실에 뉘었다. 여자가 자진해서 옷을 벗었다. 나 또한 벗었다.

여자의 선은 도자기처럼 곱다. 처음 그녀를 봤을 때 늘씬한 몸매라고 생각했지만 벗긴 몸은 생각과 좀 달랐다. 그녀의 실루엣은 동양적인 선을 갖고 있었다. 도자기처럼 곱고 매끄러운 선을 갖고 있었다. 여성의 몸은 예술적인 가치가 있다. 전 세계를 통틀어 화가들의 주 모델이 된 것은 남자보다 여자가 많았다. 난 여자를 감상할 때 전체적인 분위기와 느낌을 좋아하지만 둘만의 공간에서 감상하게 되는 것은 여자의 나신이었다. 어둠에서 달의 실루엣을 받고 있는 여자의 선은 명화와는 비교가 되지 않는 것이며 예술 그 자체였다.

어느 날인가 그 실루엣을 발견한 나는 한동안 멍하니 선의 아름다움에 빠져들었다. 늘 보던 몸이건만 그녀의 정지된 모습은 어떤 경탄을 불러올 만큼 아름다운 것이었다. 명암 사이에 보이는 곡선과 드러나는 모습이 나를 감탄하게 만들었지만 그 환상은 그녀의 움직임으로 인해 깨졌다. 가장 아름다웠던 순간이다.

그녀는 과일 같은 여자다. 나로 하여금 갈증을 느끼게 하며 한입 베어 물고 싶게 만든다. 그녀를 베어 물면 모든 갈증이 사라질 것 같으나 막상 욕망을 분출하고 나면 남는 것은 더한 갈증이었다. 지금도 갈증을 느끼며 그녀를 구하지만 끝내고 난 뒤에 남겨질 목마름을 예견하고 있었다.

그녀가 내 손을 잡아끌었다. 목 안이 바짝 마름에도 담배가 피우고 싶어졌다. 담배 생각은 그녀의 손이 내 손을 은밀한 곳으로 이끌자 순식간에 사라졌다. 전희가 시작되자 그녀의 온몸이 노곤하게 풀어져 갔다. 나긋나긋한 육체는 내 육체를 맞이하기 위한 준비를 서두르고 있었다. 침대가 흔들거렸다. 흔들거림에 여자의 호흡이 더욱 가빠졌으며 파르르 떨리는 그녀의 눈가의 흥분을 바라보며 서서히 욕정의 고삐를 올리기 시작했다.

여자의 손톱이 내 등을 파고든다. 짜릿한 쾌감이 등줄기를 타고 흐른다. 내 입에선 거친 짐승의 소리가 터져 나왔다. 허리의 힘찬 놀림이 여자를 더욱 자극하는 듯 흐느끼는 듯한 신음 소리가 커졌다. 여자는 잠깐 눈을 뜨고 나를 바라본다. 몽환적인 눈빛이다. 그녀는 현실 감각을 잃은 꿈을 꾼다. 온몸이 욕망덩어리가 되어 한 뭉텅이의 오르가즘을 토해내고 있다. 나는 더욱 박차를 가하며 클라이맥스를 향해 맹렬하게 내달리고 있었다. 그녀의 소리가 커질수록 욕망도 막바지에 다다르고 있었다.

"루체! 오, 나의 루체!"

그녀의 탄성과 함께 내 기합 소리가 엑스타시(Ecstasy)의 분비물을 뿜어냈다. 절정에서의 마지막 오르가즘을 발산하는 소리는 그녀에게 신기함으로 작용했다. 서영은 이런 내 버릇을 좋아했다.

"아침으로 뭘 먹을까요?"

졸린 눈으로 여자가 다시 물어왔다. 그녀의 고운 나신이 내 눈을 어지럽힌다. 시간은 얼마든지 있으며 밥을 한 끼 안 먹는다고 해서 무슨 일이 일어나는 것도 아니다. 나는 싱긋 웃으며 눈을 빛냈다.

"당신!"

다시 열정의 시간이 찾아왔다. 그녀의 한숨에 만족감과 흥분이 느껴졌다. 나는 다시 그녀를 베어 물었다.

"당신은 만족을 모르는 남자야. 하지만 여자가 무얼 원하는지를 아는 남자야. 루체, 그래서 당신을 좋아해."

그녀가 다리로 나를 감아왔다. 열정의 노예가 된 내 몸은 뇌를 마비시키고 있었다. 어떤 것도 보이지 않았으며 어떤 것도 생각나지 않았다. 오로지 눈앞의 여자에게 나의 모든 것이 집중되어 있었다. 나는 베어 물은 과일을 조용히 음미했다.

　오늘은 우리가 만난 지 백 일째 되는 날이었다. 나는 다른 남자들과 다르게 여자가 무엇을 중요하게 생각하는지 파악하고 있는 섬세한 남자다. 특별히 주문한 와인과 꽃다발, 케이크가 거실 탁자를 장식하고 있었다. 아마도 그녀는 퇴근을 하고 들어서다 뜻밖의 이벤트에 감동할 것이다.

　시계를 확인한 난 그녀가 올 시간이 다 된 것을 알고 가슴이 설레기 시작했다. 그녀의 얼굴에서 나타날 표정이 자못 기대되었다. 한동안 냉전 상태로 서먹해진 둘의 사이를 회복할 기회이며 오랫동안 참은 내 욕구를 충족시킬 수 있는 기회였다. 동거란 더 할 수 없는 최고의 상대와도 으르렁되게 만드는 좋지 못한 조건이었다. 나는 케이크에 미리 초를 꽂아놓았다. 작은 초를 백 개 꽂아놓을까도 생각했지만 그건 빵에게 못을 수십 개 박는 거 같아 그냥 큰 거 하나 꽂는 것으로 만족하기로 했다.

　서로 다른 환경에서 자란 두 사람이 한집에 산다는 것은 많은 노력을 필요로 한다. 많은 의견 차이를 보였으며 사소한 행동들이 트러블을 불러일으키기도 했다. 얼마 전 나는 그녀와 또 싸웠고 그녀는 지금 자신의 방에서 잠을 자고 있었다. 늘 혼자 살아온 나였지만 이미 여자의 체온에 익숙해져 버렸다. 사람이란 참 간사한 것이다. 독립하고 몇 년을 계속 홀로 살아와 놓고 그녀와 살아온 석 달 넘은 기간이 더 익숙한 느낌으로 다가오니 말이다. 텅 빈 한쪽 자리는 나를 우울하게 만들었으며 그런 자신에게 화가 치밀었다.

처음엔 좋았다. 따로 살면서 만날 때는 서로가 싸울 일이 없었으며 사소한 차이 때문에 얼굴을 붉힐 일도 없었다. 우리는 같이 살지 말았어야 했다. 지금의 상태는 연애라고 보기 힘들었으며 계약 동거에 가까웠다. 처음 만날 때의 연애의 신선한 기분이 바랜 지는 오래되었다. 그렇다고 그녀에게 흥미를 잃었다는 소리는 아니었다. 다만 떨림이 많이 줄어들었을 뿐이다. 떨림이 없는 만남은 재미를 반감시킨다. 그러나 그녀가 나에게 끼치는 영향은 아직까지 막강했다.

그런 까닭에 남자들이 보면 재수없다고 생각하는 짓을 천연덕스럽게 하고 있는 것이다. 퇴근할 여자를 위해 이벤트를 준비하는 것은 남자다운 짓이 못 되며 아마도 친구들이 봤다면 내시 같은 놈이라고 말했을지 모른다. 남자는 친구가 중요하며 사랑보다 의리라고 부르짖는 친구들을 나는 부러워하지 않는다.

왜냐하면 그 까닭에 그 부류에 있는 놈들 중에는 변변하게 연애라는 걸 해본 놈이 없다. 그러면서 자신들이 인기없는 탓을 여자보다는 친구가 우선이라서 그렇다는 말도 안 되는 이유를 갖다 붙인다. 속 빈 강정 같은 명분은 위력을 발휘할 수 없다. 내가 그들을 만나서 보는 시선은 불쌍한 인생들이라는 동정의 눈빛이었다. 그들과 만나면 주변에 보이는 여자들을 내가 초연한 시선으로 바라보는 반면에 의리가 우선이라는 놈들은 끊임없이 곁눈질을 하고 있었다. 어떤 여자든 그들에게 가까이 다가간다면 의리고 뭐고 당장이라도 팽개칠 놈들이었다.

늘 현실은 냉혹하기 마련이다. 그토록 원하는 놈들에게는 어떤 여자도 붙지 않았다. 여자가 우리 테이블로 걸어오긴 하지만 말을 거는 상대방은 항상 내가 되었다. 놈들은 부러우면서도 마치 관심이 없다는 듯 인생에 여자란 아무런 의미도 되지 않는다는 헛소리를 지껄이고 있었다. 내가 여자의 프러포즈를 받아들인다면 당장이라도 이를 갈 그들의 심보를 잘 알고 있기에 때로는 마음에 드는 여자임에도 나는 과감히 청을 뿌리쳐 버린다. 내가 여자를 보내고 나면 그들은 비로소 안도의 표정을 지으며 역시나 인생에서 친구가 최고라며 고개를 끄떡거리며 공감의 분위기를 조성하는 것이다. 어쨌든 그들은 내 친구임에는 틀림없으며 나름대로 좋은 구석이 있기에 교류를 계속하고 있었다.

벨이 울렸다. 그녀가 온 것이다. 나는 얼굴 가득 환한 미소를 지으며 문을 열었다. 그녀는 나에게 커다란 꾸러미를 안겼다. 역시나 알고 있었던 것이다. 백 일 기념 선물을 나에게 주는 것일까. 당장이라도 녹을 것 같은 매력적인 미소를 지으며 선물을 받은 나는 그 꾸러미라는 것이 좀 이상하다는 생각이 들었다.

알록달록한 겉무늬가 무언가 이상했으며 한쪽엔 구멍이 뚫려 있었다. 인형 비슷한 완구이거니 생각한 나는 꾸러미라고 착각했던 것을 유심히 살펴보기 시작했다. 뚫린 구멍 사이로 무언가

꼼지락거리는 것이 보였다. 구멍으로 가까이 얼굴을 들이댄 나는 얼굴을 덮치는 축축한 물체의 정체에 흠칫 놀라 하마터면 그것을 떨어뜨릴 뻔했다. 축축한 물체는 구멍에서 얼굴을 내밀며 정체를 밝혔는데 그건 내가 무척 싫어하는 강아지라는 족속이었다. 놈은 혀로 내 얼굴을 핥은 것이다. 경악 그 자체였다.

"시준 씨, 왜 그렇게 놀란 표정이에요?"

백 일 기념으로 화해를 시도하려던 내 마음은 강아지를 보는 순간 불쾌함으로 가득 찼다.

"이 강아지는 뭐야?"

"오다가 샀어요. 진열장에서 나를 보는 눈이 너무나 애처로워서 그냥 지나올 수 없었어요."

그녀의 충동적인 행동은 나에게 인내심을 요구했다. 이 집으로 들어올 때 동거를 하는 것이 경제적으로 합리적이라고 생각했던 그녀의 이성은 강아지 앞에서는 전혀 작용을 하지 않는 모양이었다. 어이없다 못해 떨떠름한 내 표정을 본 그녀는 내가 자신이 사 온 것을 반기지 않는다는 것을 깨달았는지 얼굴에서 미소가 사라졌다. 호의적이던 표정은 내 태도로 다시 싸웠던 그전의 모습으로 돌아가려 했다. 한 번은 양보할 때도 있는 거지 뭐. 나는 마음을 돌려먹고 그놈을 반기기로 했다.

"예쁘네. 어디서 이런 놈을 골랐대?"

"그렇죠? 난 시준 씨가 싫어한다고 오해했잖아요. 너무 귀여워서 가게에서 얼마나 안고 있었는지 몰라요."

놈의 생김새를 얘기하자면 참으로 특이했다. 지구 외 별에서 나 볼 수 있을 듯한 외모는 연민의 마음은커녕 당장이라도 두드려 패고 싶을 정도였다. 정이 안 가는 외모는 물론이고 쳐다보는 것조차 싫을 정도로 미운 외모를 하고 있었다. 얼굴 양옆을 덮고 있는 유난히 큰 귀는 우스꽝스러웠으며 축 처진 눈꼬리는 한없이 늘어져 있었다. 더 기분 나쁜 것은 눈과는 반대로 입 끝이 올라간 놈의 모습은 마치 나를 조롱하듯 느낌이라는 점이었다.

놈은 내 냄새를 맡더니 으르렁거렸다. 이미 내가 자신을 반기지 않는다는 것을 놈은 느낌으로 깨달은 것이다. 오 개월 됐다는 놈의 모습은 모든 세월을 잡아먹은 듯 온 얼굴이 주름으로 덮여 있어 당장이라도 이 세상을 하직할 것 같았으나 먹어치우는 식성과 움직이는 양으로 봐서는 끈질긴 생명력을 보유하고 있었다.

나는 개를 보는 건 그다지 싫어하지 않지만 키우는 건 결사적으로 반대였다. 더러운 걸 싫어하는 깔끔함과 발달된 후각은 개 냄새를 견디지 못했다. 거기다 불운처럼 털 알레르기까지 있어 그놈의 꾸러미 같은 개집을 안자 기침이 터져 나왔다.

그녀가 같이 사 온 사료를 개 밥그릇에 담아주자 놈은 게눈 감추듯이 먹어치워 버렸다. 그러곤 주위를 어슬렁거리기 시작했다. 순간 놈의 눈이 번뜩였다. 위험 신호를 깨달은 내가 개를 잡기 전에 그놈은 재빠르게 탁자 쪽으로 달려갔다. 달려가는 놈의 귀가 팔랑개비처럼 펄럭거렸다. 쫓아갔지만 이미 놈의 주둥이는 탁자에 닿아 있었다.

순식간이었다. 나의 이벤트는 놈의 먹성으로 엉망이 되어버렸다. 뭉개진 케이크만큼이나 내 가슴도 처참하게 무너졌다. 이가 갈렸다. 놈을 당장이라도 창문 밖으로 던져 버리고 싶었다. 내가 놈을 쳐다보자 무언의 메시지를 깨달았는지 으르렁거리며 짖어댔다. 놈의 온몸은 케이크로 범벅이 되어 있었다. 오늘의 주인공인 그녀는 이런 내 심정을 조금도 깨닫지 못한 채 개를 안고 욕실로 향했다. 남겨진 나는 탁자를 정리해야 했다.

"갈아 마셔도 시원치 않을 놈."

그녀 앞에서는 차마 내뱉지 못한 말을 중얼거렸다. 와인은 피해를 입지 않았지만 꽃다발 역시 케이크와 함께 엉망이 된 지 오래였다. 탁자를 치우는 나는 입을 굳게 다문 채 무언의 불만을 나타내고 있었다. 물에 젖은 생쥐 꼴을 한 놈이 그녀의 품에 안겨 욕실에서 나온 후 여전히 조롱 섞인 표정으로 나를 물끄러미 봤다. 된장 발라먹을 놈!

그녀는 개를 타월로 깨끗이 닦은 다음 드라이어로 털을 말리기 시작했다. 내가 한 번이라도 저런 대접을 받은 적이 있는가. 놈은 분명 나보다 팔자가 좋은 놈임에 틀림없었다.

개의 털이 날리기 시작했는지 나는 다시 재채기를 시작했다. 여자는 내가 기침을 함에도 별로 신경 쓰지 않는 눈치였다. 매정한 여자였다.

"그런데 오늘 무슨 날이에요? 웬 케이크예요?"

개의 털이 다 마르자 그제야 여자는 나에게 관심을 돌리며 물어왔다. 비싼 생크림 케이크의 반이 놈의 뱃속으로 들어간 뒤에 말이다. 나머지는 개가 먹었다는 이유로 쓰레기통으로 직행했다. 나는 그녀의 질문에 퉁명스럽게 내뱉었다.

"오늘 우리 만난 지 백 일째잖아."

"어머, 정말요? 몰랐네! 루체, 당신 속상했겠어요."

그녀는 개를 내버려 둔 채 나에게 와서 허리를 감아 안아왔다. 그녀의 향긋한 내음이 코끝을 스쳤다. 그래, 오늘은 백 일인데 이해해 주자. 나는 입가에 미소를 띠며 그녀의 감은 팔을 두 손으로 감쌌다.

끼잉~

놈이 여자의 발목에 매달린 채 불쌍한 표정을 짓고 있었다. 처음부터 밉보인 놈은 끝까지 내 신경을 건드리고 있었다. 여자의 몸이 나에게서 떨어졌다.

"아유, 귀여워!"

그녀는 얼른 쭈그리고 앉아 개를 안아 들었다. 주인을 잃은 내 손은 빈 공간에서 위치를 찾지 못하고 있었다. 놈의 표정은 그녀가 얘기하듯 귀여운 모습이 아니었다. 외모에 어울리지 않는 귀여운 짓에 비위가 상했다. 놈의 눈이 여전히 나를 조롱했다.

심사가 뒤틀린 난 아직 따지 않은 와인이라도 한잔할 량으로 주방으로 향했다. 잠시 후 그녀가 들어왔다. 이미 심정이 상해 버린 지 오래다. 그녀가 맞은편 식탁에 앉는데도 나는 보지도 않았다. 여자의 섬세한 손이 식탁을 거쳐 잔을 들고 있는 내 손을 잡았다. 내 눈은 고개를 들지 않은 채 식탁을 향해 있다.

참 이상한 일이다. 여자의 손만을 집중하고 있으니 그건 살아 있는 하나의 개체로 보인다. 그리고 유일한 생명체다. 하얗고 둥근 곡선과 기다란 모양을 하고 있는 물체는 내 손에게 따스한 체온을 전한다. 아무 말도 하지 않는데도 그 느낌이 정겹다. 잠시 손에만 몰입되어 있던 정신은 그녀의 말로 인해 깨어났다.

"나도 한 잔 줘요."

나는 찬장에서 잔을 꺼내 그녀 앞에 놓고 와인을 따랐다. 그리고 이미 비워진 내 잔에도 다시 한 잔을 따랐다. 그녀가 잔을 치켜들며 내 잔에 부딪쳤다.

"우리의 백 일을 기념하며!"

난 울적한 눈빛으로 여자를 보았다. 백 일의 멋진 밤은 빌어먹을 멍청한 개로 인해 망쳐 버린 지 오래였다. 그녀를 향해 솟아오르던 욕구도 식어버렸다. 지금은 와인으로 잘 하지도 못하는 술을 먹고 취하고 싶었다.

여자도 보기 싫다. 지금은 혼자 있고 싶을 뿐이다. 그녀의 말에 대꾸도 하지 않으며 나는 잔을 입으로 가져갔다. 놈은 자는지 감감무소식이다. 아니라면 이미 여자의 발목에 앵겨 붙었을 것이다.

여자의 생각없는 결정으로 우리의 백 일 기념일은 망쳐 버린 셈이다. 일 주년은 바라지도 마라. 하긴 그 기간까지 간다면 말이다. 나는 될 대로 되라는 심정으로 와인을 마셨다. 단숨에 먹어버려서 그런지 술이 금방 올랐다.

"화났어요?"

여자가 은근하게 물어온다. 나를 뭘로 보는 건가. 여자의 행동이 뻔뻔스럽게 느껴진다. 화가 치밀어 오른다. 난 화가 나면 말을 하기보다는 입을 다물어 버리는 나쁜 버릇이 있다. 그것이 서로 간에 오히려 안 좋은 영향을 끼침에도 이 버릇은 고쳐지지 않는다. 여자가 내 무릎에 앉았다. 나는 거부의 의사로 여자의 허리를 잡고 내 무릎에서 밀어냈다.

"루체."

여자가 내 목을 끌어안으며 뜨거운 입김을 귀에 불어 넣는다. 그런다고 내가 쉽게 넘어갈 남자라고 생각했는가.

"나의 루체, 당신이 그리워."

귀에 바짝 붙여 속삭이는 그녀의 목소리에도 난 절대 넘어가지 않는다. 난 고집이 있는 남자다. 그런데 속절없이 일어서는 이 반응은 무엇인가. 그리고 거칠어지는 이 호흡은 무엇이란 말인가. 나는 쉽게 풀어질 정도로 물러 터진 남자가 아니다.

"나를 봐요. 나 지금 당신을 원해."

그제야 난 여자의 얼굴을 보았다. 여자는 내 손을 잡아 자신의 가슴속으로 집어넣었다. 여자의 물기 어린 눈이 유혹하듯 나를 본다. 내가 좋아하는 끼를 눈에서 발산하고 있었다. 손에 느껴지는 뭉클거리는 감촉이 미칠 정도로 나를 자극한다. 난 속없는 남자가 아닌데……. 왜 이 여자 앞에서는 이다지도 쉽게 무너지는가. 이미 내 아래 놈은 더 이상 참을 수 없을 정도로 긴장해서 나에게 화를 내고 있다. 에라, 모르겠다!

나는 그녀를 번쩍 안았다. 여자는 와인을 한 잔도 채 마시지 못하고 나에 의해 방으로 옮겨졌다. 그녀의 입술에 요기가 흘러나온다. 내가 견딜 수 없이 무너지는 순간이 바로 이런 때였다. 말할 수 없는 요기를 흘리며 나를 유혹하는 그녀. 그녀는 쉽게 잠이 들 수 없을 것이다. 내 사랑을 받아주자면 어쩔 수 없는 일이다. 나에게 시간은 많았고 지금 주체할 수 없이 넘치는 것은 에너지였다.

나는 우리의 시간을 놈이 방해하지 못하도록 문을 닫았다. 어떤 일이 있어도 문을 열어주지 않을 것이다. 아무리 낑낑대거나 짖어대도 문은 열리지 않을 것이다. 나는 그녀에게 미리 다짐을 받았고 그녀는 그러마 하고 약속했다. 이 순간만은 그놈도 어쩔 수 없다. 지금 그녀가 원하는 것은 바로 나였다. 지금 그녀에게 중요한 것은 오직 나뿐이었다.


아침에 일어난 나는 전신을 감도는 분노에 몸을 떨어야 했다. 거실에는 오물덩어리가 천지를 이루고 있었다. 어제 먹은 만만치 않은 양을 자랑하기라도 하듯 거실 여기저기에는 고약한 냄새를 피우는 배설물들이 장식하고 있었다.

　뒤따라 나온 그녀는 얼른 휴지를 들고 그것들을 치우기 시작했다. 나는 다시 재채기를 했다. 놈은 나를 물끄러미 쳐다보더니 소파에 걸쳐 놓은 내 카디건으로 가 한쪽 다리를 치켜들더니 여유작작하게 쉬를 하기 시작했다. 그리고는 하품을 하며 기지개를 한차례 켠 뒤 베란다 한쪽으로 가 몸을 주저앉혔다. 나는 이를 갈았다. 하지만 그녀 앞에서 내 감정을 그대로 드러낼 수는 없었다. 그녀는 큰 배설물들을 치우고 나자 여기저기 널려 있는 오줌들을 걸레로 닦기 시작했다.

　"문제있군. 이런 일을 늘 해야 한다는 거잖아. 자신있어? 난 저 녀석을 키울 마음이 없으니까 원한다면 당신이 책임져. 조금도 도와줄 마음 없으니까. 거기다 난 털 알레르기라고. 물론 당신은 조금도 관심없겠지만."

　그녀는 서운한 표정으로 나를 보았다. 이미 나는 많은 양보를 하고 있었고 더 이상의 희생은 무리였다. 그녀가 뻔뻔스럽게 느껴졌다. 나른한 육체의 여운으로 시작한 하루는 녀석의 존재로 인해 둘에겐 행복감보다는 불쾌감을 제공했을 뿐이다.

　"당신이 사랑하는 저 외계인은 이미 내 카디건에다 자신의 의사를 표현했다고. 아마도 내가 우습게 보였을 테지."

　나는 소파에 있는 윗도리를 그녀에게 던졌다. 그녀는 젖은 옷을 살피더니 나에게 말했다.

　"개가 뭘 알겠어요? 그리고 내가 당신이 알레르기인지 아닌

지 어떻게 알았겠어요? 당신에게 짐승을 위해 할애할 인간적인 따스함은 전혀 없군요.”

“많은 것을 바라지 마. 이미 나는 많은 것을 양보했어.”

“알량한 자존심이군요.”

그녀의 비꼬는 말로 우린 다시 냉전 상태로 돌입했다. 화해의 순간이 너무도 짧았던 셈이다. 며칠 동안 개와 실랑이하면서 계속해서 개를 돌본다는 것이 힘들다는 사실을 깨달은 그녀는 며칠 후에 개를 누군가에게 말없이 주어버렸다. 그리고 우리는 곧 화해했다.

나의 분노를 끊임없이 자극하던 우리의 외계인은 또다시 누군가에게 인간의 극한이 어디인지 실험하고 있을 것이다. 나는 그 누군가에게 연민을 느낀다. 우리로선 축복이지만 그에겐 화의 근원을 떠안은 셈이다. 놈과의 짧았던 해프닝은 그렇게 끝났다.

개를 향한 그녀의 애정은 금세 솟은 애정만큼이나 쉽게 잊혀졌지만 난 한 번씩 떠올리곤 한다. 그놈의 못생긴 외모만큼이나 역겨운 식성을. 그건 나에게 쉽게 잊혀지지 않는 악몽을 남겼다.

제
7
장

"**네,** 부장님. 그럼 거기서 뵙죠."

"누구야?"

플립을 닫는 그녀에게 나는 조바심을 내며 물었다.

"당신도 알죠? 우리 회사 부장님."

물론 알고 있다. 그놈의 눈앞에서 그녀를 확실한 내 것이라고 표시를 하고 잡아챘으니까. 그럼에도 놈은 간간이 여자를 넘보고 있었다. 여자를 늑대의 아가리로 순순히 들어가게 할 수는 없는 일이었다.

"만나기로 한 거야?"

"두 달에 한 번씩 갖는 만남이에요. 부장님도 이곳 생활이 여전히 익숙지 않고 저 또한 때때로 이질감을 느껴요. 만나면 서로가 편안하게 심정을 토로해요."

"그럼 나도 같이 가지."

나의 뜻밖의 행동에 그녀는 놀라는 눈치였다.

"시준 씨가 왜 가는 거죠?"

눈앞에서 내 것을 뺏길 정도로 멍청한 놈이 아니라고! 나는 미소까지 지으며 말했다.

"왜긴, 당신이 어떤 생각을 갖고 있는지 알고 싶기도 하고. 그냥 당신을 좀 더 알고 싶을 뿐이야."

그녀는 어깨를 으쓱하더니 별다른 말 없이 승낙했다.

"어쩌면 시준 씨는 따분할지도 몰라요."

"아니, 당신의 모든 부분이 나에겐 소중해."

나는 진심을 담은 눈빛으로 그녀를 보았다. 물론 헛소리다. 그녀는 조금 감동하는 눈짓으로 나를 보았다. 그리고 손을 들어 내 볼을 쓰다듬었다.

"루체, 당신은 알 수 없는 사람이야. 내가 보는 당신은 냉소적인데 때때로 센티멘털해질 때가 있어요. 지금의 당신이 그래요."

약속 장소에서 놈은 이미 전작하고 있어 나른한 분위기를 풍기고 있었다. 들어서는 그녀를 보고 웃으려던 그의 얼굴이 나를 보자 약간 일그러졌다. 놈이 그녀에게 다른 마음을 품고 있다는 증거였다. 사심이 없다면 나란 존재 때문에 기분이 상할 리가 없을 것이다.

센스있는 그녀가 그걸 눈치채지 못했을까, 아니면 알면서 일부러 즐기는 것일까. 그녀의 표정을 살폈지만 알아내기는 힘들었다. 그렇다고 추궁할 수는 없었다. 우리는 개인적인 사생활은 서로 존중하기로 했으며 어느 정도는 자유로운 부분을 인정하기로 서로 간에 합의되어 있었다.

"부장님, 먼저 드시고 계셨네요. 기분 상하시진 않겠죠? 이 사람이 그냥 우리의 대화에 참여하고 싶다고 해서요."

"나야 좋지. 인원은 많을수록 좋은 거니까."

그렇게 말하는 놈은 말과는 반대로 불편한 기색을 드러냈다. 그는 마시던 양주를 종업원이 갖고 온 잔에다 따랐다. 서영은 웃으며 그의 잔을 받았지만 받는 내 기분은 그다지 유쾌하지 못했다. 그렇다고 내 손으로 따라 먹을 수는 없는 일이었다.

"뉴욕은 어때요?"

여자의 말에 그는 심란한 표정이 되었다.

"아내가 자꾸 미루기만 해. 한국으로 떠나올 때만 해도 당장이라도 사인할 것 같더니 그사이 사귀던 남자와 헤어지고 다시 나에게 돌아오고 싶다는 의사를 전달해 왔어."

놈은 유부남이었다. 이혼도 안 한 상태에서 남의 여자를 넘보다니. 뭐, 나도 같은 남자로서 그런 행동을 이해 못하는 것은 아니다. 서류 절차만 남은, 남과 같은 상황이니 이해는 되지만 문제는 그가 노리는 여자가 내 여자라는 데 있다. 그는 머리가 아픈지 손으로 이마를 문질러 댔다. 손이 스쳐 간 자리의 머리는 헝클어졌다. 결혼이 낳은 후유증에 놈은 괴로워하고 있었고 관망하던 나는 즐거운 기분이 되었다.

말하자면 나는 좋은 놈은 아니다. 적당히 속되고 적당히 이기적인 남자다. 그리고 내 여자에게 집적거리는 놈의 괴로운 모습을 즐기는 적당히 나쁜 남자다. 물론 겉으론 전혀 표시를 내지 않았다.

"쉽게 해결되기 힘든가요?"

"아마도. 하지만 똑똑한 여자니 내가 자신에게 돌아가지 않으리라는 걸 깨달을 거야."

"재결합은 생각해 봤나요?"

서영의 말에 그는 당치도 않다는 표정이었다. 그 눈빛에 깃든 그녀에 대한 열정을 느끼고 내 표정은 사나워졌다. 하지만 그는 금세 자신의 감정을 감췄고 나도 마음을 누그러뜨리기로 했다.

"다시 생각하고 싶지 않을 만큼 진저리처져. 일에 너무 빠졌던 내 잘못도 인정해. 그래서 그녀가 다른 남자에게 갔을 때 돌아와 달라고 사정했어. 하지만 그녀는 '워크 홀릭'이라며 냉정하게 거절했지. 나를 보던 그 여자의 경멸스런 미소를 지금도 잊을 수 없어."

서영은 그의 손을 다독거렸다. 마음이 불쾌해졌다. 그러나 여자에게 옹졸한 사람으로 비춰지기 싫었기 때문에 아무런 말도 할 수 없었다. 차라리 그들의 대화에 끼어드는 게 나을 듯싶었다.

"누구든 살아가다 보면 한 가지씩의 문제들이 생기기 마련이
죠. 잘 해결되리라 봅니다."

"감사합니다."

형식적인 대답이었다. 남자는 나 따위는 안중에도 없었다. 모
든 시선은 그녀에게 집중되어 있었고, 서영은 그 사실을 아는지
모르는지 일관된 태도로 그를 대하고 있었다. 속에서 울화통이
터지는데도 나는 그녀를 원망할 수 없었다. 서영의 행동은 정당
했으며 겉으로 보기에는 사심이 없어 보였다. 조금이라도 허술
한 틈을 보인다면 그걸 빌미로 여자를 닦달할 수 있었을 텐데
그럴 가능성도 없어 보였다.

"그래도 일이 있어 덜 힘들다는 생각이 듭니다. 남자는 역시
활동적인 직업을 갖는 게 좋다고 봅니다. 야심을 가질 수 있는
직업이야말로 자신이 남자임을 느낄 수 있는 일이죠."

오호라, 이놈 봐라! 그는 나에게 전면으로 도전해 오고 있었
다. 활동적이지 못하고 어떤 승진도 없는 내 직업을 대놓고 업
신여기고 있었다. 남자답지 못하니까 그녀에게서 물러나라고
우회적으로 위협하고 있었다. 물론 나는 물러설 생각이 없었다.
눈에서 불똥이 튀었다.

"인간의 궁극적인 목표는 양질의 삶과 행복 추구 아닌가요?
그런 면에서 본다면 그 삶의 질과 행복의 척도가 꼭 물질적인
것은 아니라고 봅니다. 물론 물질적인 부분이 사람을 행복하게
하는 데 상당 부분을 차지한다는 것은 인정합니다. 하지만 마음

이 깃들어 있지 않는 물질이란 공허한 것이지요. 직업에 대한 만족이란 개개인이 다 다르다고 봅니다. 자신이 지금의 직업에 만족한다면 야심은 이차적인 문제입니다."

물론 개소리다. 나는 누구보다도 물질 만능주의자다. 어떤 이유에서든 돈이 들어가지 않고서는 절대 행복할 수 없다고 생각하는 사람이다. 하지만 이놈에게 뭔가 보여주기 위해서는 좀 더 고매한 사람으로 보일 필요가 있고 탐욕을 초월한 생각이야말로 누구에게든 호감을 갖기 마련이다.

내 생각은 들어맞아 놈은 아무 말도 하지 못했고 여자는 고개를 끄덕이며 수긍하는 듯했다. 자신이 눈앞의 나보다 더 낫다는 것을 증명하려 했던 놈의 생각은 수포로 돌아간 셈이다. 누울 자리를 봐가며 발을 뻗으라는 말이 있다. 놈은 잘못 짚은 셈이다. 첫 대면에서 유순한 인상으로 사람 좋은 미소를 짓고 있었지만 나는 일찌감치 놈의 정체를 파악하고 있었다. 오늘 본색을 드러낸 셈이다.

"그래서 제가 이 모양이죠. 결국 어떤 것도 제 근본적인 문제를 해결하지 못했죠. 서영 씨, 참 고맙게 생각해요. 힘든 시기에 많은 위로가 되었어요. 친구 분도 감사하게 생각하고요."

친구 분? 놈이 풍기는 묘한 뉘앙스에 나는 한쪽 눈썹을 치켜떴다. 그는 지금 그녀와 나 사이를 구분 짓기 위해서 친구라는 경계선을 긋고 있었다. 어지간히 눈치가 없는 게 아니라면 이미 우리가 어떤 사이인지 짐작하고 있을 텐데도 굳이 친구라고 경계를 긋는 것은 우리 사이를 인정하지 않겠다는 소리였다.

내가 서영의 자유로운 사고를 선호했지만 놈의 자유롭다 못해 난잡한 사고는 역겨움만을 안겨줬다. 지금 그녀의 옆을 누가 지키고 있든 상관없다는 소리였다. 그의 마음이 그녀를 움직여 서영이 나를 차버린다 해도 할 말은 없었다. 우리의 계약이 어느 한쪽이라도 마음이 바뀌면 헤어지자는 합의 하에 이루어진 것이 아니던가. 그는 자신을 비참하게 여김으로써 그녀에게 동정표를 구하고 있는 것이다.

이가 갈렸다. 그러나 나는 그걸 밖으로 드러낼 만큼 애송이가 아니다. 미소를 짓고 있었지만 마음속의 감정으로 인해 입매에 힘이 들어갔다.

"키아라가 댁에게 도움이 됐다니 다행이군요. 전 그녀의 이런 성격이 좋습니다. 사람을 가리지 않고 따뜻하게 챙기는 자유로운 성격을 가진 그녀가 대견하기도 합니다."

서영은 자신을 좋게 봐주는 나에게 부드러운 미소를 지어 보였다. 대견은 쥐뿔! 참을 수 없을 만큼 화가 난다. 아무것도 모르고 남자에게 그런 빌미를 주고 있는 그녀 자신에게 분노가 솟는다. 지금 이 순간은 놈보다 자신도 모르게 나에게 타격을 가하고 있는 서영이 더 밉다.

"고마워요, 시준 씨."

"그녀는 누구에게나 따뜻한 마음을 베푸는 여자지요."

네놈을 특별히 생각하는 것은 아니라는 소리다. 나는 그녀가 내 소유라는 걸 인식시키듯 옆에 나란히 앉은 그녀의 어깨에 손을 올렸다. 놈의 동공이 커졌다. 네놈은 나를 따라오려면 아직 멀었다. 섣부르게 덤비다간 오히려 화를 입는다는 걸 명심해라. 나는 경고하듯 놈에게 강한 시선을 보냈다. 물론 입은 여전히 웃고 있었다. 자신의 영역과 소유욕을 보이는 수컷의 눈빛을 놈은 간파해 냈다. 수컷끼리만 통하는 신호다. 그녀는 여전히 눈치채지 못한 채 나와 그를 향해 웃고 있었다. 오히려 둘 사이가 친밀해졌다고 생각하는 눈치였다. 그러나 잠깐 동안의 애매모호한 시선으로 우리 사이를 의심하는 것 같기도 했다.

놈은 속이 타는지 좀 전부터 잔에 술을 따라서 연신 마셔대기 시작했다. 남은 과거도 힘들지만 자신이 시작하려는 새 출발도 순조롭지 않으리라는 걸 깨달은 눈치다. 가진 자의 아량이라 했던가. 나는 놈이 조금 불쌍한 생각이 들었다.

"부모님이 자꾸 이탈리아로 들어오라고 성화예요."

한숨을 쉬며 던지는 그녀의 말에 놈과 난 약속이나 한 듯이 눈을 들다 눈빛이 마주쳤다. 잠깐 동안의 공감대가 형성되었다. 좋아하는 여자를 놓칠지도 모른다는 생각이 둘 사이에 통하고 있었다. 나에겐 아무 내색도 하지 않았던 그녀가 지금 놈이 있는 자리에서 자신의 사심을 털어놓고 있었다. 난 말 그대로 섹스 파트너일 뿐인가.

"그래서 어쩔 생각이야?"

놈이 먼저 앞서 말을 했다. 내가 할 말을 그가 가로챘다는 괘

씸한 마음보다 그녀의 대답이 더 중요했다. 나는 긴장된 표정으로 그녀를 보았다. 아직까지 우리 간의 계약을 종결시키고 싶은 마음은 없었다. 그녀가 이탈리아로 떠나간다면 무척 당혹스러운 일일 뿐만 아니라 내 좋은 상대가 물 건너 가버리는 것이다.

"부장님 생각은 어때요? 시준 씨 생각은요? 아직 결정은 못 했어요."

심히 기분이 나빴다. 일착은 나여야 하지 않은가? 그런데 그녀는 놈에게 먼저 의견을 구했다. 나는 대답하고 싶은 생각이 없어졌다.

"서영 씨도 나름대로의 야망이 있을 거 아니야? 우리 회사에 단순히 경험을 쌓기 위해서 한국까지 들어오지는 않았을 테고. 만약 어떤 뜻을 두고 있다면 끝까지 승부해 보는 것도 좋겠지."

"물론 그래요. 하지만 파파가 성화예요. 우리 파파 호호 할아버지예요. 늦은 나이에 엄마를 만났죠. 두 분 열렬한 로맨스를 했대요. 엄마는 아직까지 젊지만 파파와의 사랑은 변하지 않았어요. 두 분을 보면 사랑이 어떻다는 걸 깨닫게 돼요. 그런데 파파는 자신의 나이가 많은 것이 걱정되나 봐요. 요즘 들어 자꾸 저에게 들어오래요. 그러다 덜컥 드러누우면 볼 날도 얼마 없다고."

"서영 씨는 사랑에 대해 어떻게 생각하지?"

고맙게도 묻기 껄끄러운 말을 놈이 알아서 물어줬다.

"전 사랑을 믿지 않아요. 부모님이 그렇다고 해서 세상 사람들이 다 그런 건 아니죠. 제 부모님은 특별한 케이스죠. 몇 번의

쓰린 경험을 한 후로는 믿지 않게 됐어요. 남자의 속성을 알아
버렸다고 해야 되나. 인간에게 회의감이 들었어요. 현실적인 사
랑 관계가 좋아요. 그건 최소한 서로에게 피해를 안 주며 자신
도 상처 입지 않죠."

그녀의 말투에서는 단호함이 느껴졌다. 최소한 그녀와 헤어
질 때 걱정할 일은 생기지 않을 것이다. 그런데 가슴속에서 느
껴지는 이 섭섭함은 무얼까.

"난 그래도 사랑은 있다고 믿고 싶어. 그렇게 생각하면 세상
이 삭막하지 않아?"

웃기는 소리다. 사랑이 세상을 즐겁게 해주긴 하지만 풍요롭
게 하지는 못한다. 세상을 풍요롭게 하는 건 역시 물질이다. 삼
십대 중반을 바라보는 남자의 입에서 나온 대답치고는 현실성
이 떨어지는 말이었다. 그의 지위가 심히 의심스러웠다. 아니면
그녀로 인해서 눈이 멀어버린 건가.

놈은 나보다 더한 얼뜨기다. 여자 하나에 저렇듯 목을 매고
있는 것은 바보들이나 하는 짓이다. 적어도 여자 하나로 인해
자신을 망치는 일은 막아야 한다. 그녀가 나에게 미치는 영향은
어느 정도일까. 서영이 나를 떠난다면 어떨까. 갑자기 고개를
쳐드는 이 불안감은 무엇인가? 나는 자신이 없어졌다.

"이미 세상은 삭막해요. 사랑으로 지켜 나가기에 세상은 너무
가혹해요. 그걸 첫사랑 때 깨달았죠. 사랑을 하려면 철저하게
자신을 부딪쳐 보는 것도 좋아요. 그 파장이 엄청나다 해도 철

저하게 부서지고 나면 얻어지는 교훈도 있어요. 자신을 남김없이 태워 버린 사랑은 어떤 찌꺼기도 남지 않을 정도로 감정의 잔재를 깨끗이 소각시켜 버리죠. 이미 저는 첫사랑에서 모든 감정을 태워 버렸어요. 저에겐 더 이상 사랑할 마음이 남아 있지 않아요. 조금 남아 있던 감정도 나머지 사랑들로 인해 말끔히 사라졌어요. 결국 결말은 같더군요. 사랑은 유치한 놀음이에요. 이제 전 현명해졌어요. 현명한 사람은 사랑을 믿지 않아요.”

그녀의 아픔이 전해져 와 가슴이 아려왔다. 하지만 적어도 그녀에게 상처를 준 장본인이 내가 아니라는 사실에 안도감이 느껴졌다.

그는 더 이상 아무 말도 하지 않았다. 우리 셋은 조용히 술잔을 기울였다. 중간에 드문드문 이야기가 오갔지만 그건 어디까지나 분위기를 다운시키지 않기 위한 노력이었을 뿐이다.

술집을 나오며 세 사람의 마음속에는 만감이 교차했을 것이다. 그는 자신의 이혼으로 골몰해 있을 테고, 그녀는 예전의 아픈 추억을 떠올릴 것이다. 반면 나는 내가 상처를 줬던 여자들을 생각했다. 서영이처럼 나는 그녀들의 눈에 사랑의 지독한 상처를 남긴 나쁜 놈이었을까? 처음부터 순수한 마음으로 시작한 관계가 아니라 해도 과정은 같았을지도 모른다. 처음으로 마음이 심란해졌다.

놈과 헤어진 후 그녀도, 나도 침묵 속에서 집으로 돌아왔다. 집으로 돌아와서 커피를 서로 나누면서도 각자의 생각에 골몰해 있었다. 그리고 눈이 부딪쳤다. 그녀도 나와 닮은 미소를 지었다. 우리는 같은 색깔의 인간이었다. 그녀가 과거에는 순수한 사랑을 꿈꿨다 하더라도 나와 다를 바 없이 지금은 사랑을 믿지 않았다.

중요한 건 그거였다. 우리 사이에는 평온이 자리잡았다. 우린 약속이나 한 듯이 손을 마주 잡고 방으로 향했다. 그리고 늘 그랬듯 사랑을 나눴다. 사랑이 끝난 뒤에는 안정감이 깃들었으며 그 편안함이 우리를 포근한 잠으로 이끌었다. 중요한 건 과거가 아니었다. 과거에 어떤 아픔이 있었든 누구에게 상처를 주었든 그건 중요하지 않았다. 우리에게 중요한 건 현재의 삶이었다. 그것이 즐겁다면 된 것이다. 미래를 미리 걱정할 필요도, 지나간 과거를 되돌아보며 아파할 필요도 없는 것이다. 가장 중요한 건 현재였다.


"파파, 싫어요. 아무리 그렇게 우기셔도 지금은 못 가요. 파파의 소원이 이루어지려면 오래 사시는 방법밖에 없어요. 전 몰라요, 안 돼요. 지금 바빠요. 아이 참!"

그녀는 난처한 표정을 짓더니 핸드폰을 나에게 넘겼다.

"파파가 당신 바꾸래요. 아무래도 고집을 당할 수 없네. 적당히 받고 넘기세요."

나는 핸드폰을 귀 가까이 되었다.

[이런 도둑놈을 보았나! 내 딸을 넘보는 것도 모자라 같이 지

낸다니!]

잠시 내 귀를 의심했다. 받는 순간 대뜸 몰아붙이는 나이 든 남자의 목소리가 나를 경악케 했다. 뜨악한 내 표정을 본 그녀가 묻는 표정으로 보았다. 귀에서 멀리 떼었던 핸드폰을 다시 가까이 대었다.

[내 딸을 소리소문도 없이 잽싸게 채가다니! 오, 맘마미아!]

나는 잠시 가만히 있다가 입을 열었다.

"처음 뵙겠습니다. 저는 도둑놈이 아닙니다. 그리고 댁의 따님은 제가 채간다고 쉽게 따라올 어린애가 아닙니다. 자신의 의지로 결정한 일입니다. 굳이 따지자면 먼저 제 집으로 걸어 들어온 건 당신의 딸입니다."

조용한 침묵이 흘렀다. 남자는 뜸을 들인 후 나에게 말했다.

[자네 이름이 뭔가?]

"강시준입니다."

[시준 군, 자네는 내 딸을 어떻게 보나?]

"자신의 앞가림 정도는 분명하게 하는 현명한 여자라고 봅니다."

[이런 도둑놈! 그런 식으로 자신의 책임을 회피하려는 거겠지.]

"무슨 말씀이십니까?"

[내 딸은 누구에게도 주고 싶지 않을 만큼 사랑스럽고 소중한 존재야. 그런데 네놈은 나한테 지금 내 딸과 놀다가 헤어져도 자신은 잘못이 없다고 말하고 있어.]

"전 그렇게 말한 적 없습니다."

[그런 뜻이 아니란 말인가?]

물론 맞았다. 어쨌든 누구에게도 코를 꿰이고 싶은 생각은 없었다. 나는 쉽게 대답을 하지 못한 채 숨소리만 내고 있었다. 두 사람 사이에 들려오는 것은 서로의 숨소리였다. 긴장의 시간이 흘렀다. 아무 말도 하지 않는 나를 그녀는 갸우뚱거리며 이상한 눈으로 보았다.

그 순간 막힌 둑이 터지듯 남자의 커다란 웃음소리가 들렸다. 나는 귀를 울리는 소리에 전화를 귀에서 멀리 떼었다. 웃음소리는 한참 동안 계속되었고 그녀에게도 들렸다. 서영은 무슨 일이냐며 어깨를 으쓱했다. 웃음소리가 잦아들어 가자 나는 다시 전화를 귀에 가까이 댔다.

[마음에 들었어. 최소한 거짓말은 하지 않는군. 난 딸애의 사생활에는 끼어들고 싶은 생각이 없네. 다만 궁금했을 뿐이야. 어떤 놈이 걸렸을까 하고. 일단은 안심했어, 상대방을 속이는 짓은 하지 않을 테니까. 만약 내 딸과 이탈리아로 올 결심이 생긴다면 그때 보세. 자네도 나처럼 행운의 사나이가 되길 바라네. 눈앞의 보석을 알아보지 못하는 자는 그 값어치를 즐길 자격이 없네.]

전화를 끊은 뒤에도 한동안 얼떨떨했다. 어떤 폭풍이 한차례 지나간 느낌이었다. 여자의 아버지에게 테스트를 당한 셈이었다. 기분이 묘했다. 마치 어떤 큰일을 당한 듯한데 그것이 무엇인지를 기억 못하는 그런 기분이었다.

"뭐래요?"

그녀는 내 목에 팔을 감으며 무릎에 달랑 앉았다. 그녀가 나에게 즐겨 취하는 자세였다.

"나보고 도둑놈이래."

그녀는 알겠다는 듯 키득거렸다.

"파파의 장난에 걸렸군요."

"장난?"

"한 번씩 치르는 관례라고 생각하세요. 나를 스쳐 간 남자들은 하나같이 당했어요. 하지만 간단하게 끝난 건 당신이 처음이에요. 아버지의 계속되는 짓궂은 장난으로 땀을 뻘뻘 흘려가며 말도 못하게 힘들어했죠."

기뻐해야 하는 것일까. 하지만 마음은 우롱당하는 기분이었다. 그녀의 아버지에게 당했을 남자들을 생각했다. 그들 부녀에게는 장난이었겠지만 남자들에게는 곤욕 같은 순간이었을 것이다. 열기로 뜨거워진 내 머리를 식히기라도 하듯 그녀는 시원한 한숨을 쉬었다.

"큰일이에요. 파파가 자꾸 들어오라고 성화예요. 일단은 고집을 부렸지만 얼마나 갈지 모르겠어요."

화가 났던 내 마음은 서영의 말로 금세 식어버렸다.

"들어갈 거야?"

"왜요? 걱정돼요?"

나는 짐짓 태평스럽다는 듯 여유를 부렸다.

"걱정은…… 그냥 궁금했을 뿐이야. 우리 약속했잖아, 누구든 마음이 바뀌면 그대로 헤어지기로."

그녀는 기분 좋게 픽 웃으며 말했다.

"당분간 갈 생각 없어요."

서영의 말이 나를 안심시켰다. 나는 우리들의 이상적인 연애를 아직까지는 지속시키고 싶었다. 그런 마음이 그녀가 떠남을 불안해했을 뿐이다. 나는 속으로 그녀의 아버지를 주책맞은 노인네라고 치부했다. 노인의 장난기는 악의적인 것이며 자신의 만족을 위한 고문이었다.

가해자는 즐겁게 웃을 수 있는 일이었으나 당하는 피해자는 상처 입기 마련이다. 나를 향해 내뱉던 첫마디를 생각하자 등골이 오싹했다. 늙은이의 목소리는 은근했으며 그 비밀스런 은근함과는 대조적으로 강한 힘을 지니고 있었다. 그것이 나로 하여금 섬뜩하게 만들었다. 그의 장난은 가히 위협적이었다.

코로 뭔가 매캐한 냄새가 스며들어 왔다. 처음엔 감을 잡지 못했으나 어떤 생각이 떠올랐다.

"키아라, 가스레인지에 뭐 올려놨어?"

순간 서영은 용수철처럼 튀어 일어나더니 급히 주방으로 향했다. 예상대로 주방에서는 자욱한 연기가 새어나오고 있었다. 들고 있던 냄비를 놓쳤는지 요란한 소리가 온 집 안을 채우더니 곧이어 '맘마미아'를 연발하는 그녀의 목소리와 콜록거리는 기침 소리가 났다.

주방에서 나온 서영은 계속해서 기침을 해댔다. 나는 사태를 수습하기 위해 베란다 문을 활짝 연 뒤 주방으로 달려갔다. 생각대로 밑바닥에 타서 달라붙은 음식물이 담긴 냄비는 바닥에 나뒹굴고 있었고 불은 꺼져 있었지만 중간 벨브는 잠겨 있지 않았다. 나는 서둘러 벨브를 잠그고 거실로 나왔다. 처음엔 조금씩 스며 나오던 연기는 이제 거실을 뿌옇게 채우고 있었다. 베란다로 흘러 들어오는 바깥 바람은 그런 연기를 맹렬하게 쫓아내고 있었다.

나도 기침을 하고 있었다. 그녀는 상처 입은 모습으로 내 앞에 서서 용서를 빌었다. 선생님에게 혼나는 학생처럼 모든 것을 체념한 순진한 모습을 하고 있는 서영을 보자 나는 차마 화를 낼 수가 없었다.

"시준 씨 미안해요. 파파 전화를 받는 바람에 잠시 깜빡했어요. 막 화내도 돼요. 나 욕먹어도 싸요. 시준 씨가 나한테 막 화내고 욕해도 나 할 말 없어요."

서영의 볼에는 그을음의 흔적이 있었다. 그 자국이 나로 하여금 웃음을 자아내게 했다. 내 웃음소리에 그녀는 눈치를 보듯 고개를 살짝 들어 빠끔히 나를 쳐다보았다.

"키아라, 나 화 안 났어. 비록 집을 태워먹을 뻔했지만 화를 낼 수 없어. 당신은 내가 화를 낼 수 없게 만들어."

서영은 활짝 핀 모습으로 이제는 장난기까지 담으며 추궁해

왔다. 그녀는 염치없다. 금방까지도 자신의 실수로 미안해했으면서 금세 장난스런 모습으로 몰아붙인다.

"왜요? 왜애?"

하지만 난 이 염치없음이 사랑스럽다. 그리고 짓궂게 눈을 빛내며 나에게 밀어붙이는 몸놀림도 말할 수 없이 자극적이다. 난 말 대신 그녀와 같이 눈을 빛내며 그녀의 몸을 간질이기 시작했다. 집요한 간질임에 서영의 몸이 기이한 자세로 뒤틀리기 시작했다.

"그만, 그만!"

그녀는 숨을 헐떡이고 손을 내저으며 도망가기 바빴지만 나는 쉽게 놓아줄 생각이 없다. 서영이 지쳐서 더 이상 말조차 할 수 없을 때쯤이야 나는 장난을 멈췄다. 서영의 호흡이 금방 경주를 하고 온 육상 선수처럼 헐떡인다. 볼은 발갛게 물들었으며 헝클어진 머리는 묘하게도 가슴을 흔든다.

"루체는 짓궂어!"

투정하듯 말하는 그녀를 끌어안았다. 나는 접촉이 좋다. 다른 사람의 살과 내 살이 겹치는 순간 육체의 교감은 시작된다. 이미 시각, 후각, 청각이 다 흥분된 상태라 해도 촉각이 닿아야지만 비로소 육체의 열림이 시작될 수 있는 것이다. 접촉을 하는 순간 내 욕망은 발기한다. 온몸을 돌고 있는 에너지는 머리 속에서 모든 이성을 비워 버리고 태산같이 솟구친다. 더 이상 참을 수 없게 된 내 육체는 그녀의 요기를 불러일으킨다.

“키아라, 못 참겠어.”

여자는 자신이 기득권을 쥐고 있다는 걸 안다. 입가 가득 퍼지고 있는 미소도 가진 자의 자만을 보여주고 있다. 그러나 상관없다. 그녀는 어리석은 사람이 아니다. 나에게 자신을 베푸는 것이 자신에게도 좋은 즐거움이 된다는 걸 이미 알고 있다.

여자는 나에게 다가오더니 내 스웨터 속으로 손을 넣어 맨살을 만진다. 여자의 부드러운 손바닥이 내 몸을 헤집고 돌아다니자 머리 속으로 피가 몰린다. 내 숨소리가 거칠어지자 여자의 속눈썹이 치켜지며 나를 향해 묘한 뉘앙스를 던진다. 눈이 그녀에게 고정되자 내 몸을 소파 위로 살짝 밀어버린다.

“당신 이런 모습 당신 아버지가 보면 뭐라 하실까?”

내 물음에 서영은 웃음을 터뜨리며 말했다.

“오, 맘마미아!”

아버지의 모습을 흉내 내는지 그녀는 눈썹을 씰룩거렸다. 그 모습에 내 입가에도 웃음이 비치지만 잠시 후 서영의 행동으로 미소는 사라졌다. 내 바지의 지퍼를 내린 그녀는 내 위에 올라앉는다. 마치 말을 타는 기수의 모습과 흡사하다. 그리고 서서히 허리를 요동치기 시작한다. 서영의 현란한 몸놀림이 내 눈을 어지럽힌다. 나는 속으로 나지막이 외쳤다.

‘오, 맘마미아!’

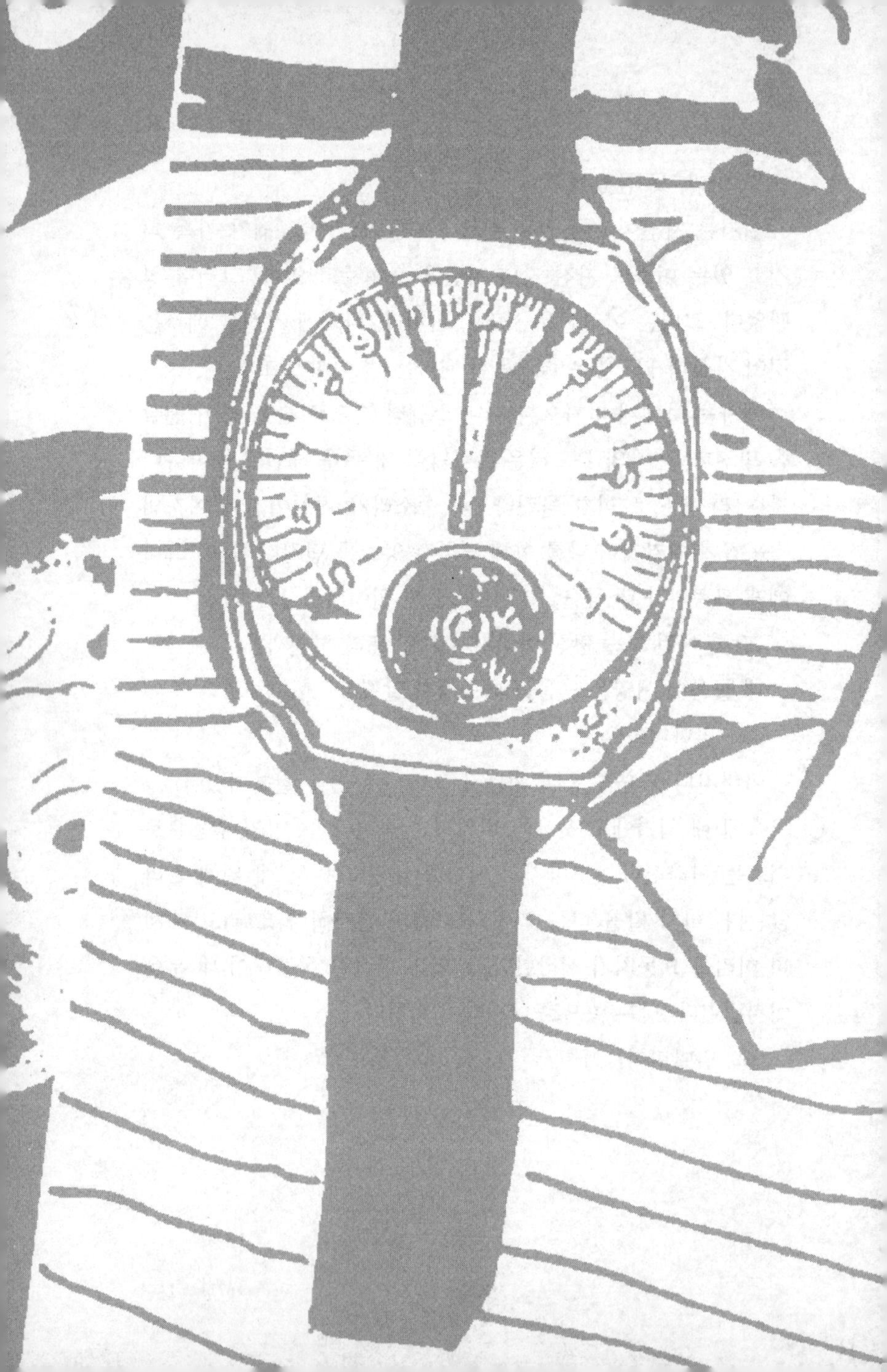

제
8
장

기타를 맡고 있는 김훈이라는 친구는 일반 사람과는 다른 사고방식을 갖고 있는 사람이다. 커다란 눈에서 풍기는 심상치 않는 기운이 그가 이미 보통 사람과 다른 부류임을 나타낸다. 이 친구는 한동안 명상을 한다고 인도를 가기도 했고, 절에 들어가 몇 년을 썩기도 했으며, 수련을 쌓는다고 도반(같이 도를 정진할 친구, 또는 벗)과 같이 지리산에 들어갔다. 몇 달 만에 나온 그의 모습은 많이 변해 있었다. 짧았던 머리는 길게 길러 뒤로 묶고 있었으며 훤칠하게 큰 키와 정기 어린 눈은 이미 그를 다른 사람으로 만들어놓았다.

남이 어떤 조언을 해주면 그걸 묵묵히 받아들이는 듯 말이 없었지만 이야기가 끝나면 조용히 자신의 주장을 말하는 가치관이 분명한 친구였다. 많은 수련의 결과 때문인지 보통 사람들은 그의 눈을 바로 보지 못했지만 유일하게 그 눈빛을 맞받아치는 사람이 나였다. 그의 눈에서 강함보다는 어린애 같은 순수한 빛을 봐버린 때문이었다.

글의 인연으로 알게 된 그는 웬만한 음악 평론가도 저리 가라 할 정도로 음악적 지식이 박식했으며 어떤 장르를 막론하고 어떤 음악이든 느낌이 좋은 음악은 심취해 빠져들었다. 무엇이든 관심이 가는 부분은 맹목적으로 파보는 성격 때문에 잡학에 능한 사람이었다. 그런 많은 지식에도 불구하고 그는 말이 많은 사람이 아니었으며 늘 지켜보기를 좋아했다. 그런 관망하는 자세는 방관자처럼 보이기도 했으나 그건 어디까지나 자신의 입김을 강요시키지 않으려는 행동이고, 좀 더 객관적인 시각으로 대하려는 태도였다.

누구에게도 나쁘다는 소리를 들은 적이 없었으며 자신을 필요로 하면 누구든지 어떤 때든 달려가 시간을 할애했다. 글쟁이는 어차피 그에게 맞는 직업이 아니었다. 다만 순간적인 객기로 끼적거린 것이 어쩌다 운이 좋아 출판 경로를 거쳐 책으로 나왔고 그 책은 생각보다 상당히 많은 판매량을 보였다.

그러나 정작 당사자는 그 책에 전혀 관심이 없었다. 인세로 받은 돈을 친구들을 불러 유흥비로 써버렸으며 돈이 없어 방을 못 구하고 있는 후배에게 남은 돈을 덥석 안겨주며 자신은 한겨울에도 재킷 하나만 걸치고 다니는 친구였다. 춥다고 해서 두꺼운 옷을 사 입어야겠다는 생각을 못하는 친구였다.

출판사는 다음 작품을 원했으나 그는 더 이상 글을 쓰지 않았다. 자신은 글쟁이가 아니라는 게 그의 생각이었다. 어쨌든 명분은 책을 냈던 사람이라 '작가들만의 모임'이라는 타이틀로 나는 팀 안에 그를 끌어들였고 평소 취미로 하던 기타 연주는 그에게 취미 이상의 관심을 갖게 해주는 계기가 되었다.

요즘 그는 카페 같은 곳을 전전하며 무료로 연주를 하고 있었다. 공짜로 해주겠다는 그의 제의를 카페 주인이 거절할 리 만무했다. 더구나 연주는 아마추어 수준을 넘고 있었다.

그의 복이라면 타고난 환경이었다. 물질적으로 풍족한 환경은 보통의 성인 남자들처럼 돈을 벌기 위한 직업이라는 경제적 생존방법을 삶의 방편으로 택하지 않았다. 그래서 그는 기폭이 심한 삶을 계속 누려갈 수 있었다.

살아가는 방식은 유별났을지 모르지만 그의 시각이나 사람을 대하는 따스함은 여성을 대하는 태도에도 나타났다. 그는 자신을 필요로 하는 여자에게 인간적인 따스함을 주었지만 초월한 사람답게 누군가에게 소속된다는 자체를 거부했다. 그래서 만나는 여자에게 항상 그런 태도를 유지해 왔다. 그러나 남자의 따스함을 알아버린 여자는 그의 말을 이해하면서도 받아들이려 하지 않았다. 몇 번의 회유와 배려에도 불구하고 여자가 말을 안 듣자 그는 대놓고 선을 긋듯 끊어버렸고 당한 여자는 신기하게도 순순히 물러났다.

여자들이 그의 강한 성격을 알아버린 때문인지도 몰랐다. 그는 한 번 아니다 싶은 일은 어떤 일이 있어도 바꾸지 않았다. 어쨌든 그도 누군가에게 머물기를 싫어했고 자신의 그늘에도 누군가가 머물러 있기를 원치 않았다.

한 번은 그가 이런 얘기를 했다. 술김에 들려준 얘기였는데 나는 상당히 관심을 갖고 들었다. 친구 둘과 여행을 간 일이 있었다고 한다. 도시에서만 살아온 그에게 시골은 기분 좋은 휴식이었고 영혼을 씻어내는 일이기도 했다. 길 한쪽은 논두렁이었고 다른 한쪽은 숲을 끼고 있었다. 한참을 걸어가던 한 친구가 같은 기분 나쁜 표정으로 말했다.

"어느 자식이야?"

이미 그도 이상한 냄새를 맡은 상태였다. 분명 냄새는 숲에서 나고 있었다. 사람의 그림자는 보이지 않았으며 성글어진 노인의 백발 같은 꽃이 나무에 흐드러지게 피어 있었다. 숲에는 같은 나무들이 몇 그루 자라고 있었다.

"어느 자식이 숲에서 그 짓거리 하고 퍼질게도 싸놓은 모양이네. 에이, 재수없어!"

먼저 역정을 낸 친구는 침을 바닥에 탁 뱉었다. 그도 이상하다 생각했다 한다. 아무리 정액 냄새가 강하다 해도 이렇게 강하게 진동할 리가 없다는 것이었다. 그러자 다른 한 친구가 그 친구를 보며 웃으며 말했다고 한다.

"인마! 그거 밤꽃 냄새야. 너 몰랐냐? 밤나무가 꽃이 피면 냄새가 남자 정액 냄새랑 비슷하다고 하잖아."

"정말이야?"

역정을 낸 친구는 눈을 휘둥그레 뜨고 되물었다. 그도 몰랐던 사실이다. 설명을 한 친구는 금방 봤던 그 나무를 가리키며 말했다.

"예전에는 과부랑 처녀는 밤꽃이 피는 유월 달이면 밤에 출입을 금했다고 하잖아. 불경한 냄새를 풍긴다는 이유 때문이었지."

그들 셋은 그 여행을 갔다 와서 가장 인상 깊었던 것은 그 밤나무라고 했다. 여행에 있어서 고달팠던 일이나 재밌었던 일들이 아니라 이상한 냄새를 풍기는 나무라고 했다. 그와 그의 친구가 겪었던 일을 들으며 내가 느낀 결론은 한 가지였다. 인간이 가장 관심을 가지는 부분은 성이라는 결론이었다.

수행을 했든 도인이든 도덕군자든 성에 대한 본능적인 욕구를 피해갈 수는 없다는 것이다.

인간에게 섹스는 밥을 먹는 것만큼이나 중요한 일이다. 고상함을 따지며 치부라도 되는 듯 섹스란 단어를 입에 담기를 꺼리는 인간도 밤에는 너나 할 것 없이 섹스를 한다. 그러면서 훤한 낮에는 마치 자신은 혼자 살기를 선택한 성직자라도 되는 듯 위선적인 모습을 보고 있으면 나는 비위가 틀린다.

모든 단점을 다 가진 인간이 나라고 할지라도 한 가지만은 확

실하다. 적어도 난 성에는 솔직한 인간이다. 나는 그것이 삶의
중요한 부분을 차지한다고 인정하는 인간이다. 난 섹스를 좋아
한다. 그리고 누구에게나 그 사실을 숨기지 않는다. 그 사실이
내 인격을 무너뜨린다 하더라도 무서워하지 않는다.

인간은 타고난 구조가 섹스에 민감하도록 만들어졌다. 좋은
시력, 발달된 후각, 섬세한 소리를 감지하는 귀와 조그만 자극
에도 반응하는 촉각. 이 모든 것이 섹스를 고조시키는 데 중요
한 역할을 하는 조연들이다. 신은 인간에게 주체할 수 없는 사
랑을 줬고 그것의 또 다른 형태로 섹스라는 걸 만들었다. 실질
적인 기능은 종족 보존이지만 그것만을 추구하기에 인간은 너
무 감성적이며 그 하나만으로 모든 걸 감당하기에 넘치는 애정
을 주체하기 힘들다. 나의 말을 궤변이라고 한다면 그건 그 사
람의 생각일 뿐이다. 물론 이런 이론도 나 혼자의 생각이다.

사람의 사랑의 형태는 여러 가지다. 그것이 자신의 기준에 안
맞다고 해서 그건 틀린 삶이라는 것은 이치에 맞지 않다. 나는
평범한 사랑을 택하는 이들을 틀리다고 말하지 않는다. 그들의
관점에서 그건 옳은 삶이다. 하지만 선호하지는 않는다.

앞에서 나는 그런 그들의 삶을 비웃기는 했었다. 그건 결코
내가 원한 뜻은 아니지만 자주 고개를 드는 잘난 척 때문인지도
모른다. 우월한 자존심이 간혹 나를 건방지고 이기덩어리로 만
들지만 나는 그들의 다른 방식을 대부분 존중한다.

한 달에 한 번 만나는 이들과의 만남이 단순한 연주만은 아니

다. 그들을 통해서 듣는 생각들이 나를 즐겁게 한다. 색다른 시각을 갖고 있는 범상치 않는 이들과 나누는 교류는 나에게 또 다른 생각을 하게 만든다.

나는 늘 성을 꿈꾼다. 성에 대한 지식을 어느 정도 섭렵했다고 생각하면 성이라는 놈은 생각지도 못한 느낌으로 나를 매혹시킨다. 불확실한 그 존재는 문제만 제시할 뿐 정확한 답을 주지 않는다. 그래서 나는 매번 다른 여자에게 다른 느낌을 받으며 환상적인 성을 꿈꾼다.

나는 다른 놈들처럼 감정이 식었으면서도 억지로 만나며 따분한 표정을 짓지 않는다. 난 여자를 만나면 최선을 다하며 자신의 감정에 충실하다. 그리고 그 감정이 사라지면 정직하게 말한다. 헤어질 때 욕을 하며 헤어지지만 시간이 흐르면 그런 여자들 기억에 나는 죽일 놈보다는 다시 보고 싶은 놈으로 남는다.

왜냐하면 그들의 기억에 있는 나란 존재는 헤어질 때만 나쁜 놈으로 기억되기 때문이다. 다른 여자가 생겼으니까 헤어지자는 소리도 아니며 단지 감정이 식었으니 끝내자는 것이다. 여자는 많은 시간이 지나면 그래도 그 시절은 행복했어 하며 추억한다. 실지로 그립다며 전화를 받은 적도 몇 번 있었다. 하지만 예외도 있는 모양이다.

서영과 사귄 지 벌써 사 개월이 되었지만 내 감정은 아직 식지 않았다. 그녀는 안을 때마다 새로운 느낌을 준다. 그것이 나로 하여금 식지 않는 꿈을 꾸게 만든다. 서영은 오늘밤도 눈을 빛내며 말할 것이다.

"루체, 당신을 원해."

생각만으로도 가슴이 떨린다.


"시준 씨, 이 음악 어때요?"

그녀가 틀어놓은 CD에서 조용한 재즈 음악이 흘러나왔다. 마일즈 데이비스다. 나는 이 뮤지션을 별로 좋아하지 않는다. 대체로 조용하게 가라앉은 음악을 연주하는 그는 체질적으로 나에게 맞지 않다. 차라리 버드가 좋다. 그의 음악은 어떤 틀을 벗어나 있으며 자유로움을 느끼게 한다. 음악을 들으며 눈을 지그시 감고 만족의 한숨을 쉬는 그녀의 표정을 좋아하지만 음악은 아니다.

"그냥 그래."

"그럴 리가. 이게 얼마나 좋은 음악인데 그래요!"

그녀는 믿을 수 없다는 듯이 이 음악이 어떤 음악이고 뮤지션이 어떻게 연주하며 얼마나 훌륭한 사람인지 이야기를 했지만 나는 심드렁하게 받아들인다. 그가 훌륭하든 음악이 좋든 말든 나와는 상관없는 일이다. 와 닿지 않는 음악을 좋다고 할 수는 없는 일이다. 물론 그녀의 기분을 좋게 하기 위하여 거짓말을 할 수도 있지만 앞에서 언급했듯이 나는 솔직하게 말하는 것을 좋아한다.

"강요하지 마."

"루체, 우린 너무 달라요."

맞는 말이다. 우리는 너무 다르다. 같은 재즈에서도 취향이
갈리며 영화에서도 마찬가지다. 내가 어떤 깊이를 시사하는 영
화를 좋아한다면 그녀는 꿈 같은 로맨스류를 즐겨 본다. 이해할
수 없는 것은 그녀 자신은 현실적인 사랑을 행동으로 옮기고 있
으면서도 그런 영화를 보며 행복에 젖어 있는 표정을 보면 여자
라는 동물은 정말 이해하기 힘들다란 생각이 든다. 한 번은 그
녀의 억지에 의해 로맨스 영화를 관람하던 날 물어보기도 했다.
영화를 보고 난 뒤의 여파로 그녀의 얼굴엔 그때까지도 행복한
미소가 남아 있었다.

"왜 저런 영화를 보는 거야?"

"꿈꾸는 게 나쁜 건 아니잖아요. 현실에선 힘들다 하더라도
꿈마저 꾸지 말란 법은 없잖아요?"

나는 여자의 이런 이중성을 이해할 수 없다. 현실이 아니면
아닌 거지, 꿈을 꿔서 어쩌겠다는 건가. 여자의 비현실적인 이
런 부분이 이해가 가지 않는다. 그걸 흔히 감성이라는 이름을
붙여 말하면서 남자는 이런 부분이 메말라서 이해하지 못한다
고 말한다면 나는 반박할 수 있다.

남자도 감성은 여자가 생각했던 것보다 훨씬 많다는 것을 알
아야 한다. 다만 남자는 다른 면에서 그 감성을 발휘할 뿐이다.
예를 들면 남자는 첫사랑을 잊지 못하나 여자에게는 현재의 남

자가 중요하다. 누가 감성적이고 누가 현실적인가. 서로가 갖고 있는 부분이 다를 뿐이다. 하지만 남자는 있지도 않은 일을 갖고 꿈을 꾸지는 않는다. 그런 감성은 시간 낭비라고 생각할 뿐이다. 그럼에도 많은 남녀들이 헤어지지 않고 관계를 잘 유지하는 것은 이해할 수는 없지만 최소한 이해하려고 노력하는 데 있다. 그래서 트러블이 일어났을 때 그들은 사랑한다는 명목으로 눈을 감고 넘어가 주는 것이다.

서영이와 나 또한 모든 면에서 공통된 부분이 없다. 우리에게 유일하게 일치하는 게 있다면 바로 섹스다. 그 때문에 다른 많은 부분을 감수하면서도 우리의 관계를 유지하고 있는지도 모른다. 우린 어떤 때든 필이 통하면 장소를 가리지 않고 행하며 그 열정은 지칠 줄 모른다. 우린 잘 맞는 상대다. 육체적으로 맞는 상대는 좀 더 큰 만족감을 느끼기 마련이다.

"그래서 내가 싫어?"

나는 싱긋이 웃으며 그녀를 건너다봤다. 서영의 얼굴은 뿌루퉁하니 입이 나와 있다. 이럴 때의 그녀를 보면 어린애 같다. 한마디로 귀여워서 미워할 수가 없다.

"싫어지려고 해요."

"일루 와."

나는 무릎을 두드리며 그녀에게 오라고 한다. 그녀는 마지못해 나에게 이끌리듯 다가와 무릎에 얌전히 앉는다.

"자! 내가 좋아할 수 있도록 처음부터 설명해 봐. 어떤 점이 그렇게 좋은 거야?"

　서영은 처음엔 시무룩한 표정으로 얘기했지만 금방 열에 들떠서 눈을 빛내며 말한다. 자신이 좋아하는 것을 말할 때의 사람의 표정은 열정적일 수밖에 없다. 나는 조용히 웃으며 그녀의 얘기에 관심이 있는 척 진지하게 들어준다. 하지만 역시나 좋아할 수는 없다.

　"당신의 얘기는 충분히 매력있군. 이제 음악을 들어볼까?"

　내가 호응하지 않아 심통이 나 꺼버렸던 음악을 켜기 위해 그녀는 오디오로 다가갔다. 가는 그녀의 발놀림이 가볍다. 음악을 틀고 오는 서영의 입가에는 미소가 걸려 있다. 자신이 좋아하는 음악을 나와 공유한다는 사실이 기쁘다는 의미였다. 할 수 없다. 이번 한 번만 거짓말을 하자. 이렇게 좋아하는 여자의 미소를 지워 버릴 순 없다. 그녀는 앉아 있는 내 무릎에 다시 앉는다.

　음악이 흐르자 우리는 두 눈을 감고 조용히 감상한다. 시간이 점점 흘러간다. 그러나 나에게 감동을 주는 것은 음악이 아니라 서영의 머리에서 풍겨 나오는 달콤한 향기다. 나는 음악이 아니라 그녀의 향기에 취했다. 시간이 좀 더 흐르고 음악이 끝나자 눈을 뜬 서영은 숨을 크게 내쉬며 나에게 물었다.

　"어때요?"

　"당신 얘기를 들어서 그런지 좋은데?"

　내 반응에 그녀는 기쁜 표정을 짓는다. 서영은 나와 같은 것

을 공유했다고 생각할 것이다. 늘 다르지만 때론 같은 부분도
있구나 하며 즐거워할 것이다. 둘 중 하나만 즐거우면 된다. 하
나의 즐거움으로 인해 둘이 행복해지면 되는 것이다.

사랑이라는 것은 다른 둘이 만나서 서로 닮아가려고 노력하
는 것이라지만 우리는 사랑을 하는 것도 아니며 좋지도 않는 취
향을 억지로 좋아하려는 것은 합리적인 생각이라 볼 수 없다.
한 번 좋아지지 않는 것은 시간이 지나도 마찬가지다. 특히나
내 성격은 까탈스러워서 한 번 아닌 것은 역시나 아니다.

"자꾸 들으면 좋아질 거예요. 어때요, 우리 이 음악 일주일 동
안 내내 들어보는 게?"

젠장! 나는 속으로 혀를 찼다. 좋아하지도 않는 음악을 일주
일 동안 듣는 것은 고문과 같다. 그러나 싫다고 말할 상황이 아
니었다. 이래서 나는 거짓말을 하기가 싫다. 팔자에도 없는 일
을 저지르고 나면 결과는 꼭 이런 식으로 나타난다. 나는 내가
저지른 일을 후회했다.

"괜찮겠지."

"좋아요! 그럼 일주일 동안 듣기로 해요."

"그럼 키아라도 다음 일주일 동안 내가 좋아하는 찰리 파커의
음악을 듣기로 하지."

그녀의 표정이 잠시 멈칫했다.

"찰리 파커?"

그녀의 얼굴에 맴돌던 미소는 거짓말같이 사라졌다. 나는 기

억하고 있다. 내가 버드의 음악을 틀을 때면 정신이 사납다는 표정을 지으며 귀를 막고 자신의 방으로 향하던 모습을.

"나도 찰리의 음악을 들으며 당신에게 설명해 줄게, 그가 얼마나 훌륭한 뮤지션인지."

서영은 갑자기 부산스런 모습으로 말했다.

"시준 씨, 가만 생각해 보니까 이번 일주일 동안 자료 정리랑 회사 일로 바쁠 거 같아요. 조용히 음악 들을 시간이 없을 거 같네요. 그냥 다음번으로 미루기로 하죠."

나는 속으로 웃음을 삼키며 여유로운 태도로 모르는 척 말했다.

"그래? 아쉽지만 할 수 없지. 나는 뜻있는 시간이 될 거 같아서 좋았는데……."

"내일 회사에서 처리해야 할 일이 있는데·지금 좀 정리할게요."

그녀는 노트북이 있는 자신의 방으로 향했다. 나에 대한 거짓말과 같이 있기 어색한 분위기가 그녀로 하여금 나에게서 도망가게 만들었을 것이다. 그녀가 방으로 들어가고 나자 나는 마음껏 웃었다. 물론 소리는 낼 수 없었다. 아까까지의 우울했던 기분은 말끔히 개였다. 모든 것이 해결되었다. 나는 마일즈에게서 벗어났으며 그녀 또한 찰리에게서 벗어난 것이다. 다시 생각해 봐도 참으로 기발한 해결법이었다.

나는 느긋한 기분으로 커피를 끓이러 주방으로 향했다. 원두를 갈아서 물을 부으며 스위치를 켰다. 잠시 후, 커피의 향이 주방에 퍼졌다. 커피 잔을 두 개 꺼내서 그녀에게 가져갈 생각이다. 그리고 우리의 어색한 분위기를 없애 버릴 것이다. 해결법은 별거없다. 자연스런 접근이 가장 빠르다. 나는 잔을 꺼내서 커피를 따랐다. 양손에 잔을 하나씩 들은 난 그녀의 방문 앞에서 말했다.

"커피 배달 왔습니다!"

익살스러운 내 말투에 방문이 열리며 웃는 그녀가 서 있었다. 나는 서영을 향해 한쪽 눈을 찡긋거렸다. 내미는 잔을 받아 들며 그녀는 문을 활짝 열었다. 사는 것은 매순간 머리를 쓰는 일이다. 그러나 나는 이 순간을 즐긴다. 조금씩 뇌를 자극하는 일은 즐거움이며 활력이 된다. 때로는 결과가 짜증으로 나타나기도 하지만 대부분은 만족스럽기 마련이다.

안으로 들어선 나는 현장 검증을 하는 형사처럼 주변을 눈으로 샅샅이 훑는다. 별 달라진 것은 없다. 노트북이 침대에 펼쳐진 채로 있었고 그녀의 코에는 안경이 걸쳐져 있다. 안경 낀 여자를 싫어했던 나. 지금의 그녀 모습은 안경을 썼음에도 사랑스럽다. 그녀의 콧잔등에 살짝 뿌려진 주근깨도 귀엽기만 하다.

"루체, 한 가지 묻고 싶은 게 있어요."

"뭔데?"

콧잔등에 주었던 시선을 들어 그녀의 눈에 맞춘다.

"금방 당신이 한 제안 의도적인 거죠?"

“그게 무슨 말이야?”

나는 능청스럽게 눈을 끔벅거리며 전혀 감이 잡히지 않는다는 표정을 지으며 그녀를 본다. 나를 찬찬히 훑어보던 그녀는 이내 손사래를 친다.

“아니에요. 그냥 의미없이 물어본 거예요. 신경 쓰지 마세요.”

그녀는 따뜻한 커피를 마시며 나를 향해 웃어 보인다. 나는 혹 내 생각이 들킬까 커피를 마시는 척하며 서영의 눈길을 잔으로 가려 버렸다. 커피를 끝까지 다 마시고 마음을 진정시킨 나는 잔을 탁자에 내려놓는다. 그녀가 가볍게 숨을 토해내며 말했다.

“이제 그만 나가주세요. 앞으로 한 시간 동안 이 일을 끝내야 하니까요.”

그녀의 손에 떠밀려 방에서 쫓겨났다. 나도 평소 때의 룰을 어기고 글을 써볼까? 갑자기 글이 쓰고 싶어진다. 나는 노트북이 있는 거실로 향했다. 거실 한쪽 구석을 차지하고 있는 책상 쪽으로.

노트북을 켜자 익숙하게 듣던 소리와 함께 파란 화면이 켜졌다. 내 머리 속은 벌써부터 글들로 채워졌다. 나열된 글자들은 제각각의 색채를 띠며 이야기를 꾸며갔다. 그녀가 옆으로 다가와 어깨를 잡을 때까지 범람하는 글의 소용돌이에 휩싸인 난 전혀 깨닫지 못했다.

　연주를 하던 팀원들은 연습실 문이 열리는 소리에 일제히 그 쪽으로 시선을 주었다. 문을 열고 들어온 사람은 생각지도 못한 사람이었다. 꼭 오고 싶다는 말을 연발하더니 소원을 이룬 셈이다. 늘 그렇듯 탄력있는 모습으로 들어서는 그녀는 눈을 뺏길 정도로 예뻤다. 나와 마찬가지로 다른 팀원들의 시선도 한동안 서영에게 머물렀다. 오직 양선우만이 볼을 붉힌 채 시선을 돌려버렸다.

“여긴 웬일이야?”

　뜻밖의 방문이었다. 그녀가 이곳으로 오리라고는 상상조차 못했다. 하얀 베레모를 쓴 서영은 나를 향해 방실거리며 웃고 있었다. 그 모습이 매혹적이라 긴장했다. 그녀가 뿌릴 매력의 여파가 다른 사람에게 미칠 영향이 크리라 생각했기 때문이다.

　“오늘 월차를 냈는데 시준 씨에게는 놀래켜 주려고 일부러 출근하는 척했죠. 밖에 나가서 영화도 한 편 보고 이래저래 시간 때운 뒤에 오는 길이에요.”

　서영의 깜찍한 거짓말을 받아들일 수밖에 없었다. 나는 그녀를 내 옆으로 끌어당긴 다음 팀원들을 하나씩 소개했다. 라이벌 의식을 느끼는 배도우를 소개할 때 나는 잠깐 긴장했다. 그는 서영을 말끄러미 보며 인사를 하긴 했지만 별다른 흥미는 보이지 않았다. 여자를 가리지 않는 잡식성이긴 했지만 먼저 말을 걸어오는 여자에게 익숙해 있는 습관 때문인지 자신이 먼저 시도해 볼 생각은 하지 않는 듯했다. 그녀 또한 그의 잘난 외모에 혹하지 않아 안도의 한숨을 쉬었다.

양선우를 소개할 때는 신경 쓰지도 않았다. 그는 서영의 얼굴을 마주 보지도 못했으며 그녀를 잡은 손을 금세라도 부서질 듯 앙상하게 말라 있었다. 서영도 그걸 느꼈는지 그의 손을 살짝만 잡았다 놓았다.

김훈을 소개할 땐 오히려 편안했다. 그의 기인 같은 풍모는 사람들에게 거부감을 주었으며 그녀 같은 세련된 도시 여자가 결코 관심을 가질 대상이 아니었다. 그를 소개하고 악수를 교환했지만 내 예상대로 서영은 별다른 반응을 보이지 않았다.

그녀는 자신이 가져온 보온병을 꺼내 준비해 온 일회용 잔에다 커피를 부어 모두에게 한 잔씩 돌렸다.

커피를 마시고 우리는 보답으로 그녀를 위해 공연을 했다. 세 곡의 연주가 끝나자 우리는 평가를 받는 학생처럼 그녀의 대답을 기다렸고 서영은 박수를 치며 우리의 연주를 높이 사주었다. 그녀는 앵콜을 외치며 한 곡을 더 요구했고 우리는 기쁘게 보답했다.

연주가 끝나고 나자 앞에 연습했던 연주의 피로로 우리들은 잠시 휴식을 취했다. 양선우는 여전히 침묵을 지킨 채 우울한 눈빛으로 자신의 세계에 빠져 있었고, 배도우도 계속해서 울리는 전화로 인해 핸드폰에 얼굴을 붙이고 있어야 했다.

김훈이 서영에게 혹 마일즈 데이비스를 아냐고 묻자 무심하던 그녀의 눈이 반짝였다. 망할 놈의 마일즈 데이비스. 그녀는 금세 반색을 하며 자신이 제일 좋아하는 뮤지션이라고 했고 그는 자기가 마일즈의 앨범을 몇 개 갖고 있는데 그중에는 시중에서 구하기 힘든 잼세션 음반도 있다고 말했다.

서영은 금세 기쁜 반응을 보였다. 그들은 대화 속에서 일치감을 보였는데 평소 나와 대화를 하면서 여러 번 끊겼던 때와는 대조적이었다. 그녀는 오랜만에 만난 마음에 맞는 대화 상대에게 즐거움을 표했고 그게 나를 울컥하게 만들었다. 그가 나에게 이런 감정을 불러일으키리라고는 생각도 못한 일이었다. 그건 분명 의외의 일이었으며 뒤통수를 치는 것 같은 충격적인 일이었다.

그들은 마치 내가 그들 옆에 존재한다는 것조차 못 느낄 만큼 친밀한 태도와 진지함을 보였다. 그들의 모습은 객관적인 시각이 못 되는 내 눈으로 봐도 이가 맞는 조각처럼 잘 어울렸으며 예전부터 그 자리에 있었던 듯 익숙한 모습으로 다가왔다.

배도우가 전화를 끝내고, 양선우가 자신의 고치에서 나와 우리를 바라볼 때까지도 그들의 대화는 끝나지 않았다. 그들의 마일즈에 대한 열정은 끝이 나지 않을 듯했다. 마일즈는 여태껏 자신을 인정하기는커녕 버려진 헌신짝 취급했던 나에게 확실하게 복수하고 있었다.

뚫어질 듯이 쳐다본다는 표현이 있다. 내가 김훈을 그렇게 쳐다보자 내 눈빛에서 살기를 느낀 배도우는 서둘러 그의 등을 툭

툭 쳤다.

"어이, 달마! 다른 사람은 눈에 안 보이냐?"

김훈의 별명은 달마였다. 그가 도를 닦는 도인같이 보이기도 했지만 짙은 눈썹과 부리부리한 강한 눈빛은 달마를 연상시켰다. 그래서 배도우는 그를 그렇게 불렀다. 자존심이 있었던 탓에 그녀가 나에게 시선을 향하기 전에 그에게서 시선을 거뒀다. 속 좁게 질투하는 인간으로는 보이고 싶지 않았다.

김훈은 자신이 얘기에 빠져 있었던 것에 대해 나에게 미안해했다. 어떤 나쁜 뜻을 갖고 있지 않았다는 것을 잘 알고 있었기 때문에 그가 사과를 하자 기분이 조금 풀렸다. 하지만 가슴에 스치고 간 응어리는 쉽게 풀리지 않을 것 같았다. 한차례 휴식을 취한 우리들은 다시 연주를 시작했다.

서영은 한쪽 구석에 있는 의자에 앉아 몸을 까딱거리고 다리를 흔들거리며 연주에 따라 리듬을 맞췄다. 김훈과의 일이 없었다면 참으로 즐거웠을 오후의 전경이었다. 나는 연주를 그녀에게 들려주고 있었고 서영은 즐거운 마음으로 음악에 심취한 채 흥얼거리고 있었으니까.

남자의 옹졸함이 그런 즐거움을 앗아가고 있었다. 누구보다 합리적으로 살아가자고 마음먹어 놓고 지극히 편협한 감정이 머리의 이성을 묶어두고 있었다.

연주를 끝내고 항상 그랬듯 술자리를 가졌다. 모두와 함께 서영도 동행했다. 양선우의 상담을 들어줬던 바로 그 자리에 앉았다. 양선우도 그때의 일이 생각나는지 얼굴에 처음으로 웃음이 스치고 갔다. 그 뒤로 아무 말이 없었으나 잘된 모양이다.

"안주 많이 시켜도 되죠?"

서영이 넉살 좋게 팀 멤버들에게 물어왔다. 모두들 고개를 끄덕이며 호응하자 그녀는 호기있게 주문을 했다.

"여기 닭똥집하고요, 산낙지 한 접시 하고요. 알탕으로 하나 하고 소주는."

그녀는 주문을 하다 우리를 보았다.

"소주는 세 병이면 되겠죠?"

모두들 고개를 끄덕였다. 말이 필요없었다. 그녀는 이곳 실정에 밝은 사람처럼 익숙하게 주문을 했다. 주문한 음식과 술이 나오자 서영이 모두에게 한 잔씩 돌렸다. 생각보다 적극적일 뿐 아니라 능동적인 여자였다. 그녀의 행동 중 가장 마음에 들었던 것은 그런 중에도 한 잔도 채 먹지 않는다는 사실이었다.

나는 술을 별로 즐기지 않는다. 그리고 여자가 많이 먹는 것도 좋아하지 않는다. 그녀에게는 어떤 정도가 있었고 술자리 분위기를 즐기는 걸 더 좋아한다는 사실을 알게 되었다. 사람들과 쉽게 어울리는 사교성은 장점이었으나 그 사람들이라는 게 남자라는 점에서 수컷의 본능이 작용했다. 자신의 것을 지키려는 본능은 조바심으로 작용했다. 나는 그녀 옆에서 감시의 눈을 게을리 하지 않았지만 겉으로는 철저하게 가면을 쓰고 태연자약하게 앉아 있었다. 다행히 술 화제로 더 이상 마일즈는 나타나지 않았고 내 비위를 뒤틀 일도 일어나지 않았다.

술자리가 끝나고 모두들 자리에서 일어났다. 잘 가라는 인사가 오갈 때 서영이 대뜸 김훈에게 말했다.

"집에 꼭 한번 놀러오세요. 마음 통하는 사람을 만나는 건 쉬운 일이 아니죠. 시준 씨랑 얘기도 나누고 재밌을 거 같아요."

그녀의 제안에 거절은커녕 김훈은 사람 좋은 미소를 지었다.

"그러죠. 시간 내서 한번 가죠."

그리고 잠깐이지만 친밀한 눈빛도 통했다.

서영과 같이 주차장으로 향하는 나는 화가 나 있었다.

"무슨 안 좋은 일 있었어요?"

이럴 때는 참으로 둔한 여자다. 내가 왜 화가 나 있는지를 정말 모른단 말인가. 그러나 내 입으로 말할 수는 없는 일이다.

"아니."

"아닌 게 아닌 거 같은데요? 에이, 무슨 일이에요?"

서영은 애교스럽게 팔짱을 껴왔지만 나는 팔을 풀어버렸다. 이러는 그녀가 밉고 화가 난다. 자신만 맛있는 크림을 핥아먹은 얌체 같은 고양이처럼 만족한 모습으로 나에게 물어오는 그녀가 오늘따라 많이 얄밉다. 내 표정은 가면을 벗은 지 이미 오래되었기에 심통맞은 아이의 모습으로 서영에게 투정을 부리고 있다. 그러나 그와 친밀하게 지냈기 때문이라고 유치한 내 감정을 말할 수 없다. 그들 간에 통하던 친숙함이 질투났다고는 절대 말할 수 없다.

"무슨 일이냐고요?"

서영은 다시 물었다. 나를 보는 표정을 보아하니 인내심을 발휘하고 있다. 옹졸함으로 내 이미지를 그녀에게서 망가뜨리고 싶은 생각은 없다. 나는 마음을 바꿔먹고 표정을 풀었다.

"요즘 안 좋은 일이 있어서 그래. 그것 때문에 심란해서 자기에게 투정 부린 거야. 개의치 마."

서영은 납득하기 어려운 표정을 지었지만 더 이상 추궁하지는 않았다. 하지만 얼굴을 찌푸리며 말했다.

"시준 씨는 어쩌다 한 번씩 사람을 피곤하게 해. 무슨 일인지는 모르겠지만 이유도 모르고 당하는 사람이 얼마나 곤란한지 생각해 줘요."

내 눈앞에서 보란 듯이 짝짜꿍되어 희희덕거리는 꼴은 뭐냐고! 순간 울컥 화가 치밀었지만 이내 감정을 가라앉혔다. 그런 생각을 말한다면 나는 분명 속물 취급을 받을 것이고 그녀에게 우리 사이의 계약을 위반하는 일이라고 질타를 당할 것이다. 무엇보다도 당신도 역시 보통 남자와 다를 바 없다는 소리를 듣게 될 것이다.

"알았어."

그녀는 운전석에 앉아서 시동을 걸었다. 주로 집에서 활동하는 나에겐 차가 없다. 차를 구입할 여건이 안 돼서가 아니고 있어야 할 필요성을 느끼지 못했기 때문이다. 서영에겐 차가 있었고 동거하기 시작하면서 우리가 함께 움직여야 할 때는 그녀의 차를 많이 애용했다. 운전을 해야 한다는 명목으로 술을 거의 마시지 않은 서영은 자신이 좋아하는 마일즈 노래를 틀어놓고 출발했다.

최근 들어 마일즈 때문에 고난의 기간이 계속되고 있었다. 나는 아마도 평생 동안 그를 증오할 것이다. 그리고 그녀가 떠나가면 가장 많이 떠올릴 것도 아마 마일즈일 것이다.

"얼마 전에 버드 음반을 하나 구입했는데 들어볼 테야? 수입 CD야. 우리 나라에선 그 음반이 나온 게 없더라구."

"집에 가서 쉬고 싶어요."

역시 단호한 거절이다. 우리 사이에 친밀감을 기대한다는 것은 힘든 일인가. 서로의 성향에 합일점을 보인 적이 한 번도 없었던 것 같다. 마일즈는 다른 놈의 품 안에서 놀고 있었으며 버드는 그녀의 발길에 차여 버렸다.

운전에 열중해 있는 서영의 모습을 보았다. 연습실에서 보여주던 생기는 이미 사라져 있었다. 나의 투정으로 인해 그녀의 감정은 상해 버린 것이다. 오늘 나는 서영을 안고 싶은 마음도 없지만 그녀 또한 굳이 나를 찾으려 하지 않을 것이다.

서로 간에 쌓인 응어리가 있다면 차라리 대놓고 퍼붓고 쏟아 버리는 것이 서로의 관계를 회복하는 길이다. 그러나 우리 사이에는 그런 부분이 빠져 있었다. 서로 간에 개인적인 사회생활에서는 일체의 간섭을 용납지 않았고, 그러다 보니 그런 일을 불만스럽게 표출할 수도 없었다. 그런 부분들이 그녀와 나 사이에 벽을 쌓고 있었다.

우리 사이에는 뭔지 모를 어떤 기운들이 떠돌고 있었다. 그 기운이 나를 불안하게 했다. 이제 서로에게 매력이 떨어질 데가 됐는가. 이것이 남들이 말하는 권태라는 건가. 내 경험에 의하면 나를 스쳐 갔던 여자들은 자극이 사라져 헤어지긴 했지만 권태라는 감정이 생기기 전이었던 것 같다. 어쩌면 서영과 너무 오래 지내왔는지도 모른다. 이제는 천천히 정리를 하는 것이 옳은가.

나는 깊게 한숨을 쉬었다. 마치 내 마음에 긍정하듯 그녀도 한숨을 낮게 내쉬었다. 서영은 여전히 아름다웠지만 예전 같은 설렘은 일지 않았다. 나는 밀려오는 피로감에 조용히 눈을 감았다.

제
9
장

주말이었다. 여느 주말과 다를 바 없이 나는 일찍 일어나 청소를 끝내고 커피를 한 잔 하고 있었고 서영은 세탁기를 돌리며 내가 만든 커피를 마시고 있었다. 모닝커피는 우리의 위를 자극하는 촉진제였다. 커피 대식가인 나 때문에 기계에서 커피가 비워져 있는 때는 드물었다. 나랑 살게 되면서 서영도 커피를 많이 마시게 되었다. 위가 눈을 뜨고 정신을 차릴 때쯤이면 우리는 늦은 아침을 먹기 위해 식당을 찾거나 배달을 시켰다.

벨이 울렸다. 우리 집을 방문할 사람은 없었다. 그녀의 직장에서는 나랑 동거하고 있다는 걸 몰랐으니—부장조차도 우리가 사귄다고 생각할 뿐 동거한다고는 전혀 생각도 하지 못했다—집을 알 리가 없었고 출판사에서도 나를 찾아올 일이 없었다. 친구들도 나를 부를 땐 항상 전화를 애용했다. 누굴까?

문을 여는 서영의 입에서 기쁨의 함성이 나왔다. 부산스럽게 옆으로 비켜서며 손님을 맞이하는 그녀의 모습은 생기가 넘쳤다.

김훈이었다. 그녀가 했던 말을 잊지 않고 방문한 것이다. 오늘따라 깔끔한 니트 티를 입은 그의 모습은 풍기는 이미지와 언밸런스했다.

"어서 와."

별로 반가운 손님은 아니었다. 아니, 아주 반갑지 않은 손님이었다. 오전부터 와서 남의 가슴에 염장을 지르기로 작정한 것인가. 서영에 대한 내 관심이 줄었다고는 하나 아직까지는 엄연히 내 여자였다. 그 주변을 어슬렁거리는 그의 행동이 마음에 들지 않았다. 물론 그의 눈빛에는 서영에 대한 어떤 사심도 보이지 않았지만 안심할 수는 없는 일이었다. 내가 참을 수 없는 것은 둘만이 공유하는 듯한 친밀한 분위기였다.

그는 들어오자 나에게 손을 들어 보이며 내가 앉았던 소파로 다가왔다. 차로 차분한 오전을 즐기던 난 뜻밖의 침입자의 방문으로 방해받은 탓에 기분이 좋지 않았다. 그 방문자가 김훈임에는 더 말할 필요가 없었다.

서영은 주방으로 가 새 잔에다 그의 커피를 따라왔다. 그녀의 즉각적인 대응도 마음에 들지 않았다. 그는 자리에 앉으며 서영이 내미는 잔을 받아 들었다.

"헤즐넛과 블루마운틴을 섞은 것인데 괜찮겠어요?"

"가리지 않는 편입니다."

그녀의 조심스러운 물음에 그는 평소 때처럼 사람 좋은 미소를 지으며 대답했다. 그의 강한 눈빛도 미소를 지으면 선한 눈빛으로 변했다. 그 미묘함이 참으로 신기했다. 남들이 쉽게 쳐다보지도 못할 정도로 강한 눈빛이 어떻게 한순간에 아이의 눈빛이 되는 것인지 궁금할 따름이었다. 서영은 마시던 자신의 잔을 들고 내 옆에 앉았다.

"약속을 지켜주셔서 감사해요."

"저야 초대해 주시면 좋죠. 공밥을 먹을 기회이기도 하고 밖으로 나올 기회이기도 하니까요. 사실 한 번 밖으로 나오면 많이 돌아다니는 편이지만 집에 있을 때는 두문불출할 때가 많으니까요. 뭐든 한자리에 머물면 오래 있는 편이라……. 그날 연습하고 집에 들어간 뒤 계속 집 안에서만 지냈으니까 오 일 만에 외출하는 셈이 됐네요."

"갑갑하지 않으세요?"

굳이 내가 끼어들어서 분위기를 맞출 필요조차 없었다. 나의 필요성을 못 느낄 정도로 그들은 너무도 자연스럽게 대화를 진행시키고 있었다.

"갑갑할 시간이 없습니다. 이제부터 아마도 전화에 불이 날 겁니다. 아는 친구들이 많아서 자주 불려 다녀요."

“그래요? 인간관계가 좋으신가 봐요.”

“영양가없는 인간들이죠. 부르면 전부 술만 퍼먹습니다. 그리고 구두 끈 매기 바쁘죠.”

“네?”

서영이 이해 못하고 그에게 반문했다.

“돈 내기 싫어서 구두 끈만 붙잡으며 상대방이 계산할 때까지 기다린단 뜻이야.”

내가 부연 설명을 하자 그녀는 그제야 이해가 간다는 표정을 지었다. 그리고 그가 한 농담에 킥킥거렸다.

“식사 안 하셨죠? 우리 밥 사 먹으러 갈 생각이었는데 같이 가실래요?”

“굳이 그럴 필요 있습니까? 그냥 시켜 먹죠. 물론 제가 쏘겠습니다.”

“말도 안 돼요! 집에 찾아온 손님인데 제가 대접해야죠.”

주거니 받거니 하는 양을 보니 비위가 틀렸다.

“누가 내든 무슨 상관이야. 어서 시켜.”

“시키는 일은 시준 씨가 했잖아요. 시준 씨가 해요.”

그녀는 아직도 무언가를 시키는 일이 서툴렀다. 서영이 가장 곤욕스러워하는 것은 위치를 말할 때였다. 어디에 있는 어느 아파트를 설명하는 게 그녀로서는 헷갈리는 모양이었다. 김훈이 넉살 좋게 나섰다.

“제가 하죠. 전화번호가 어떻게 됩니까?”

서영이 전화번호를 알려줬고 그는 버튼을 누르며 상세한 위치 설명을 한 뒤 각자의 기호에 맞는 음식을 시켰다. 시원스러우면서도 편안한 그의 성격이 사람들을 많이 따르게 하는 원인이었다. 그렇기에 기인이라는 소리를 들음에도 불구하고 그에게는 늘 사람이 몰려들었다.

인간관계에서도 선을 긋고 사는 덕분에 친구에 제한을 두고 있는 나와는 정반대였다. 그의 성격에 비하자면 나는 상당히 까다로운 사람이며 모가 난 사람이었다. 위생적으로나 성격적으로 깔끔한 내 성격이 늘 마음에 들었지만 지금의 그와 있으면 난 편협한 사람으로 비춰졌다.

식사를 하고 그릇을 밖으로 치운 뒤에도 대화의 주인공은 내가 아닌 그와 서영이었다. 나는 원하지 않아도 지켜볼 수밖에 없었다. 그들의 대화 속에는 내가 낄 자리는 없었다.

그들은 약속이나 한 듯이 오디오에 내가 그렇게도 한을 품고 있는 마일즈를 틀어놓고 그에 관련된 얘기들을 나누고 있었다. 머리 속에서 서서히 열이 올랐다. 하지만 어떤 행동도 하지 못한 채 나는 내 방으로 문을 쾅 닫고 들어가 버렸다. 금방 그녀가 따라 들어왔다.

"왜 그래요? 김훈 씨 무안하게시리."

"내가 뭘?"

난 퉁명스럽게 내뱉었다.

"무슨 불만 있어요? 저분 시준 씨 친구잖아요. 그런데 화난 사람처럼 들어와 버리면 입장이 어떻겠어요?"

대체 내 친구이긴 한 거야? 목구멍까지 솟구치는 말을 꿀꺽 삼키고 나는 서영에게 끌려 마지못해 거실로 나갔다.

"급히 찾을 게 있어 들어갔다네요. 문이 왜 소리 나게 닫히는 거야?"

서영은 내 행동을 변명하며 사태를 수습하려 했다. 그의 난처한 표정을 보자 갑자기 미안한 마음이 들었다. 둘의 성향이 비슷한 건 누구의 잘못도 아니었다. 나는 마음을 풀며 그녀의 장단에 맞장구를 쳤다.

"맞아, 갑자기 급하게 생각나는 게 있어서. 며칠 전부터 찾던 건데 어디 있는지 몰랐거든. 그게 갑자기 생각나서 확인한 거야."

"찾았어?"

그가 조심스럽게 물었다.

"으응……. 거기 있더라고."

그제야 김훈은 약간의 안심한 표정을 보였다. 그러나 우리 사이에는 어색한 기류가 흘렀고 그걸 감지한 김훈은 이 상황을 벗어나기 위해 이야기를 꺼냈다.

"참, 너 이후령이라는 남자 작가 알지?"

"알지. 대체로 괴기스러운 분위기의 음침한 소설만 쓰잖아. 중독성이 있어서 그 사람의 팬들이 골수 마니아잖아."

"그 사람 유부녀 사귀다가 남편한테 걸려서 작살났다잖아."

"조심해서 사귈 것이지."

"그게 어찌 된 거냐 하면……."

그는 나를 이야기의 중심에 끌어들였지만 여전히 그들 속에서 겉도는 느낌을 지울 수가 없었다. 마음속에서는 인정하기 싫었지만 그 둘의 성향은 비슷했으며 잘 맞았다. 닮은꼴의 두 사람 속에 서 있는 난 맞지 않는 자리에 얼떨결에 끌려온 이방인과 다를 바 없었다.

더 이상 화도 나지 않았다. 은연중에 나는 그들의 공통점을 인정했으며 조용히 관조했다. 대화를 나누는 그들의 모습은 아름다웠다. 이 공간에 맞는 사람들은 그들이었다. 내가 아닌 그였다. 그 사실이 나는 슬퍼졌다.


양선우의 연락을 받고 나간 난 커피숍을 들어서다 그가 혼자가 아닌 것을 깨달았다. 그에겐 동행이 있었다. 한겨울에 을씨년스러워 보일 낙엽 같은 그의 몸과는 대조적으로 동행인 여자는 떡시루 같은 푸짐한 몸을 하고 있었다. 그는 얼굴을 붉게 물들이며 여자를 소개했다.

"내가 얘기했지? 화장품 가게 한다는……."

그는 소심한 성격답게 말을 끝맺지 못했다.

"한영애라고 합니다."

여자가 남자의 말을 이으며 말했다. 그에 대한 배려가 엿보였다. 둥글납작한 얼굴에 뎅그런 눈은 쌍꺼풀이 져 영리해 보이긴 했지만 약아 보이진 않았다. 여자의 두툼한 입술이나 살집이 있어 보이는 얼굴에서 따뜻한 정감을 느낄 수 있었다. 그를 충분히 품어주고도 남을 애정을 여자는 갖고 있었다. 똑같이 커피를 시키고 마주 앉은 난 나란히 앉은 두 사람을 보았다. 참으로 언밸런스적인 모습이면서도 묘하게도 잘 어울렸다.

"애기는 많이 들었습니다."

인사치레로 하는 내 말에 여자의 얼굴이 환해졌다.

"제 얘기를 하던가요?"

"그럼요."

나는 그가 첫 관계에 창피를 느껴 도망갔던 장면이 갑자기 떠올라 웃음을 치미는 것을 가까스로 참고 말했다.

"참 좋은 분이라고. 저 친구 여태껏 여자라고는 사귀어본 적이 없는 숙맥이거든요."

"알고 있어요."

여자는 그의 쪽을 보며 은밀한 미소를 보냈다. 짚신도 짝이 있는 모양이다. 아무래도 저 친구는 내가 좋아하는 방식은 아니지만 보통 사람들처럼 결혼이라는 제도를 유용하게 쓰게 될 것 같았다. 나는 여자의 애정이 그에게 감싸여 있는 어둠을 조금이라도 없애주기를 희망했다.

주문한 커피가 나오고 우리는 아무 말 없이 잔을 들어 마셨다. 양선우는 그의 적은 말수를 자랑하듯 여전히 말이 없었고 나 또한 여자와 편한 사이가 아니었기에 우리들 사이에는 어색함과 정지된 분위기가 감돌고 있었다. 그의 우울한 눈빛은 그녀를 향하고 있었는데 눈가에 보일 듯 말 듯한 약간의 열정이 그녀에 대한 사랑을 말하고 있었다. 여자가 먼저 일어났다.

"저, 제가 가게를 잠깐 비우고 와서 가봐야 하거든요. 이 사람이 꼭 소개시켜 주고 싶다는 사람이 있다길래 급하게 나온 거라서요. 저는 먼저 일어날게요. 죄송해요."

"아, 괜찮습니다. 얼른 가세요."

나는 여자가 미안하지 않도록 편안하게 말했다. 여자는 양선우를 향해 무언의 인사를 한 뒤 서둘러 밖으로 나갔다. 여자가 나가는데도 눈치없이 가만히 앉아 있는 그를 나는 억지로 일으키며 차 잡아서 가는 걸 보고 오라고 시켰다. 그는 어기적거리며 구부정한 등을 보이며 커피숍 문을 밀고 나갔다. 잠시 후, 그는 돌아왔고 입가에는 미소가 어려 있었다.

"영애 씨가 좋아하네?"

"당연하지. 넌 많은 걸 좀 배워야 해. 여자에 대한 기본 에티켓조차 전혀 되어 있지 않아. 그래, 어떻게 된 거야? 여자의 하는 양을 봐선 잘 해결된 듯한데……."

"그게 말이야."

그는 자신의 이야기를 풀어놓기 시작했다. 고심을 하던 그는 경험을 쌓아볼 요량으로 아가씨들이 있는 곳으로 향했다고 한다. 하지만 경찰 단속으로 인해 그곳은 괴멸 상태에 있었고 어찌할 바를 모르던 그는 고민을 한 끝에 여자를 만나보기로 마음먹었다고 한다. 많은 부담감을 안고 간 그는 의외로 편안하게 받아주는 여자에게 무척 감동받았다고 했다. 그는 솔직히 자신이 동정임을 밝혔고 여자는 누구든지 그런 거 아니겠냐고 서툰 것을 부끄러워할 것 없다고 말했단다.

그렇게 해서 그와 여자는 여러 차례에 만남 끝에 어느 정도 만족한 상태가 되었다고 한다. 모든 이야기를 들은 난 그의 처신에 흐뭇했다. 여자를 만나서 그의 우울질이 고쳐지리라 생각하지는 않지만 개선의 여지는 분명 보였다.

그녀에 대해 말할 때 그의 눈은 빛났으며 파리한 안색이 다소나마 홍조를 띠었다. 나는 그에게 술이나 한잔하자고 권했다. 그는 선뜻 승낙했고 우리는 가까운 술집으로 향했다. 술을 좋아하지는 않는 나지만 이런 날은 별 볼일 없는 그와 술 한잔하고 싶다. 별 볼 일 없던 그를 별 볼 일 있게 만든 여자를 위해 축배를 들고 싶다.


서영은 뭔가 할 말이 있는 듯했으나 쉽게 입을 열지 못했다. 나에게 얘기하기에 상당히 곤란한 내용임에 틀림없었다. 몇 번을 멈칫거리던 그녀는 한숨을 쉬며 입을 열었다.

"우리 이제 이쯤에서 헤어져요."

나는 그녀가 전달하려는 의사가 이해되지 않아 망연히 보았다. 지금 무슨 소리를 하는 건가. 여전히 같은 모습인데 그녀가 내뱉는 말은 전혀 생소한 단어들이었다.

"서로가 좋은 느낌일 때 헤어지는 게 나을 것 같아요. 이제 우리 사이에 전기가 통하는 자극 같은 건 없어졌잖아요. 서로에게 매력을 느낄 수 없다면 이쯤에서 헤어지는 것도 좋은 방법일 것 같아요."

나도 그런 생각은 하고 있었다. 그런데 서영이 먼저 말을 꺼냈다. 처음으로 여자에게 차인 것이다. 누군가에게 차여본 경험이 없는 난 얼떨떨했다. 그러나 솟아나는 감정은 차인 것에 관한 상처 입은 자존심과는 다른 종류의 것이었다.

고개를 쳐드는 이 불길함은 무엇이지. 마음이 울렁거리는 게 이상해. 뭔가를 뺏겨 버린 억울한 이 느낌은 무엇일까. 가슴이 답답해지고 허전해졌다.

"그게 우리가 맺은 협정이었으니까. 그래, 언제 나갈 거야?"

나는 어떤 감정도 얼굴에 나타내지 않은 채 말했다. 서영 또한 덤덤한 말투로 얘기했다.

"이미 준비는 다 했어요. 어차피 짐이라고는 얼마 되지 않았으니."

올 때도 그녀는 나 모르게 모든 준비를 끝내서 놀라게 하더니 떠날 때도 마찬가지였다. 미리 모든 것을 다 정해놓고 통보하는 식이었다. 참으로 준비성이 철저한 여자였다. 우리에게 지내왔던 사 개월이란 시간은 서영에게 그다지 좋은 영향을 주지 못했던 모양이다. 헤어지는 마당인데도 여자는 눈물 하나 보이지 않았다. 하긴 먼저 헤어지자고 한 사람은 그녀였으니까.

여자는 자신의 방에서, 아니, 이젠 자신의 방이었던 곳에서 커다란 가방을 들고 나왔다. 그녀가 내 집을 무단으로 들어섰던 것처럼 나갈 때도 일방적이었다.

"루체, 우리의 관계가 다른 사람들과는 달라서 좋아요. 마음을 먼저 주고 시작한 관계는 이별하는 부분에 있어서는 힘들었어요. 당신과의 관계는 저에게 실험적인 케이스였어요. 역시나 육체가 먼저 이루어진 관계는 아픔이 덜하군요. 서로 기분 좋게 헤어질 수 있어서 다행이에요. 당신, 그동안 나를 행복하게 해줘서 고마웠어요. 나에게나 당신에게나 우리들의 관계가 좋은 기억으로 남길 바라요. 발전해서 친구로 남을 수 있다면 더욱 좋겠죠."

그녀는 내 얼굴을 손으로 쓰다듬으며 아쉬운 눈빛으로 바라보았다. 마지막이라는 타이틀이 그녀의 감정을 자극한 듯 슬퍼 보였다.

"당신, 나한테서 예전 같은 매력을 못 느끼잖아요?"

서영이 말하듯 예전의 느낌은 없었다. 여자는 예민하게 그걸 감지하고 있었다. 언제부터 그런 느낌을 받은 것일까. 그러나 쉽게 떠나보내고 싶지 않은 이 감정은 무엇일까. 단순히 미련이 남아서일까. 언제 내가 여자들에게서 그런 감정을 느꼈던 적이 있었던가.

결론은 없다였다. 그녀는 다른 여자들과 달랐다. 다른 여자들처럼 시간이 지남에 따라 매력을 잃어갔지만 잡고 놓아주지 않는 무언가가 있었다. 그 정체를 알 수가 없었다.

"이건 둘을 위해서 현명한 판단이에요. 루체, 좋은 여자 만나길 바랄게요."

"물론이야. 나야 얼마든지 그럴 수 있지."

서영과의 이별을 편하게 해주기 위해서 한 말은 아니었다. 내 속에 숨어 있는 남자로서의 속 좁은 자존심이 그렇게 시키고 있었다. 자유로운 새가 된 그녀는 누구의 품으로 날아들까. 그리고 그의 무릎에 앉아서 나에게 하듯 볼을 쓰다듬으며 루체라는 말을 할까. 견딜 수 없는 불쾌한 감정이 엄습했다. 생각하고 싶지 않다. 결코 생각하고 싶지 않는 모습이다.

"그럴 거라 생각해요. 그동안 행복했어요. 그라찌에!"

서영의 목소리에 처음으로 나에 대한 그리움이 묻어나왔다. 나는 자존심을 버리며 그녀를 붙잡을 만큼 속 넓은 사람은 못되었고 내 행동을 가로막는 융통성없는 자존심을 증오했다. 그녀는 몸을 돌려 문을 열고 조용히 빠져나갔다. 문이 닫히는 소리가 그녀와의 단절을 강하게 인식시켰다.

나는 뼈 없는 연체동물처럼 허우적거리며 공간을 헤매다 소파에 무너지듯 주저앉았다. 다리에 힘이 빠짐과 동시에 마음속에 바람이 빠져나가듯 허전한 기분이었다. 그녀가 나가고 그렇게 몇 시간을 꼼짝도 않고 어떤 생각도 하지 않은 채 멍하니 앉아 있었다. 겨우 깨달은 사실은 서영은 현명했으며 애초의 의도대로 자신의 생각을 행동으로 옮겼다는 사실이었다.

그녀는 아무렇지도 않게 떠나갔는데 나는 버려진 낙엽처럼 비참한 기분으로 시간에 휩쓸려 다니고 있었다. 그건 너무 억울하다. 서영은 감정에 어떤 타격도 입지 않았는데 나만 충격받은 사람처럼 시간을 헛되게 보내는 건 억울했다. 난 프로다. 그리고 자신을 떠나 버린 여자에게 목매거나 정신을 못 차릴 정도로 얼간이가 아니다.

원래 생각했던 기간보다 짧기는 했지만 결과는 그리 나쁘지 않았다. 여자가 먼저 헤어지자고 하지 않았나. 내가 애써 말을 꺼낼 필요도 없었으며 사람의 진을 빼놓는 에너지 소모도 없었다. 또 나에게 욕을 하지 않은 유일한 여자였다. 그럼에도 그 어떤 여자보다도 밉게 느껴졌다.

사람의 관계라는 게 어떤 연애도 힘든 부분들이 다 있으며 내 생각처럼 이상적인 연애는 실지로 도움이 되지 못했다. 어찌 보면 더 위험한 것인지도 모른다. 상대방도 같은 의견을 갖고 있다는 이유로 마음 놓았다가 당혹스런 감정을 낳고 있었으니까.

차라리 욕을 들어먹더라도 예전의 연애가 더 낫다고 생각했다. 이런 감정에 휘둘리는 일은 두 번 다시 없을 테니까. 그래서 예전의 내 모습으로 돌아가기로 마음먹었으며 그녀에 대한 감정의 찌꺼기를 정리해야겠다고 생각했다. 이제는 각자 개인 플레이를 해야 할 상황이었다.

그녀의 포획물이 김훈이 됐든 이준우가 됐든 이제는 상관할 명분이 없다. 나는 나, 그녀는 그녀였다. 이제는 서로 다른 삶을 꿈꾸며 자유로운 연애사를 이뤄갈 것이다. 서영의 삶에 나는 지나가는 남자였을 뿐이며 그녀 또한 내 삶 속에 지나가는 여자였을 뿐이다. 이제는 그물을 거두고 다른 포획물을 위해 다시 그물을 던져야 할 때였다. 이제 서영은 나에게 더 이상 사냥감도 아니며 그 어떤 것도 아니었다.

나는 오디오로 가까이 가 그 위에 올려져 있는 CD를 보았다. 빌어먹을 마일즈! 그녀가 그렇게 좋아하던 마일즈는 버림을 받은 채 오디오 위에 덩그러니 놓여 있었다. 이 재수없는 음악가를 찾는 수고를 서영은 할 것인가? 나는 CD 자켓을 훑어보다 희열의 미소를 지었다.

마일즈의 공연 실황을 다룬 음반이었다. 제일 아끼는 CD였다. 그녀는 다시 온다. 나는 확신했다. 조만간 마일즈는 서영의 손에 넘어가겠지만 나는 깨닫게 할 작정이었다. 내가 얼마나 매력적인 인간이며 당신이 놓친 것이 얼마나 값진 것인지를 철저하게 느끼도록 만들어 후회하게 만들 작정이었다. 그렇게 하면 내 명예는 어느 정도 회복되며 나름대로 자신에게 만족할 수 있을 것 같았다.

나는 CD를 들어 요모저모 훑어본 뒤 오디오에 넣어 음악을 틀었다. 차분한 음악이 흘러나왔다. 그러나 인상을 찌푸리는 대신 입가에 미소가 머물렀다. 자, 이제는 느긋하게 기다려 보자. 그녀를 해결하고 다른 여자를 사귀어도 늦지 않았다. 마일즈는 여전히 안 좋았지만 한 가지는 내 삶에 일조한 셈이다. 그녀가

방문한다는 거, 그리고 내가 그 방문에 기대감을 갖고 있다는
거. 지금으로선 그거면 충분했다. 그거면.

카페에 앉아서 조용한 분위기 속에서 커피를 마시는 것은 역
시나 즐거운 일이다. 나는 오랜만에 호젓하게 홀로 앉아서 상념
에 잠겨 있었다. 최근 들어 서영과의 결별 이후에도 내 글은 어
떤 타격도 받지 않고 있었다. 싱숭생숭하고 불안한 마음과는 달
리 글은 거짓말같이 술술 잘 나오고 있었다. 물론 내 소설 속에
그녀를 모델로 한 여주인공은 많은 고난을 당하고 있었고 여주
인공에 가하는 학대로 인해 나는 일종의 희열을 느끼고 있었다.
사디즘의 가학적인 심리를 알 수 있을 것 같았다.
　한적한 오후의 한때는 겨울의 풍경 속에 잠들어 있었다. 그
속에 내 마음도 서서히 잠식되어 갔다. 백일몽에서 현실로 돌아
오게 만든 것은 여자의 목소리였다.
　"저, 잠깐 얘기해도 돼요?"
　나는 고개를 끄덕이는 것으로 승낙을 하자 여자는 내 맞은편
에 사뿐히 앉았다. 내 둥지로 날아온 사냥감을 보았다. 여자의
나이를 가늠해 보건대 스물여섯은 되어 보였다. 나는 여자의 겉
모습에 속지 않는다. 대게 겉으로 보이는 여자의 외모란 나이보
다 어려 보이게 마련이다. 물론 반대의 경우도 있지만 그런 여
자는 내 리스트 항목에 들어가지도 못한다.
　나는 긴 머리 여자를 선호했다. 남자들 대부분이 그럴 것이

다. 머리 긴 여자에게서는 무언가 품어주는 듯한 안락함을 느끼게 한다. 내가 어떤 얘기를 해도 이해하고 품어줄 것 같은 느낌. 그러나 내 앞에 여자는 그걸 비웃기라도 하듯 숏커트의 도회적인 분위기를 물씬 풍기고 있다. 나는 서영에 대한 반동으로 여자를 받아들이기로 마음먹었다. 긴 머리의 여자는 그녀를 생각나게 했고 그건 내가 바라는 바가 아니었다.

자리에 앉은 여자는 나를 향해 방긋 웃었다. 입가로 귀여운 덧니가 드러난다. 커트의 차가운 이미지를 완화시켜 주는 그녀의 덧니가 매력으로 느껴졌다. 예전처럼 조바심도, 구미도 그다지 당기지 않았지만 나는 선수며 알아서 잡혀오는 먹잇감을 놓칠 만큼 바보가 아니었다. 이제는 취향을 고집하고 싶지 않았다. 취향대로 사귀어봤지만 그다지 성공적인 사례를 보지 못했다. 나는 표정 관리를 하며 상체를 탁자로 접근시켜 그녀와의 거리를 좁혔다.

"전 이채현이라고 해요. 그쪽은요?"

"강시준이라고 합니다."

"혹, 여자 친구 있으세요?"

"있다면요?"

"뭐, 있다고 해서 달라질 것은 없어요. 요즘 세상에 애인 없는 사람은 없을 뿐만 아니라 있다고 해도 못 만날 이유 또한 없죠. 중요한 건 승자가 누구냐죠."

어이없을 정도로 당당하게 말하는 여자가 밉지 않다. 이 여자는 헤어질 때 억척스럽게 매달리는 스타일일까, 아니면 싫증난다고 여지없이 차버리는 스타일일까. 나는 여자를 만나면 헤어질 상황을 생각하게 된다. 그건 다년간의 경험으로 겪은 수난을 되풀이하지 않기 위함이다.

"연애에 대해서 어떻게 생각하세요?"

내 물음에 여자는 별로 당황하거나 의아해하지도 않았다. 어떤 질문이든 받아들일 자세가 되어 있는 여자랄까.

"한마디로 즐기는 거죠. 늘 같은 남자랑 산다는 거 재미없지 않아요? 그냥 즐기며 살 거예요. 그리고 저는 마음에 드는 사람을 보면 꾸물거리지 않아요. 좋아하는 것을 두고 왜 멍청히 보기만 해요? 전 솔직한 게 좋아요."

나는 동질의 인간에게서 받을 수 있는 공감대를 느꼈다. 여자는 선수였다. 나와 같이 이성을 하나의 사냥감으로 생각하며 연애를 하는 것에 일종의 즐거움과 쾌감을 느끼고 자신이 버린 상대방에게 별다른 가책을 느끼지 않는 바람둥이였다. 선수끼리 사귀는 것도 괜찮은 방법이겠지. 나는 그녀에게 우호적인 미소를 지었다.

"저도 그래요. 어떤 음악을 좋아하세요?"

최소한의 분란은 막고 싶다. 다시는 마일즈의 악몽을 되풀이하고 싶은 생각이 없다.

"전 음악을 듣지 않아요. 그런 건 나약한 인간들이나 듣는 감성주의적 산물일 뿐이에요."

음악을 듣지 않는다? 세상에 음악을 듣지 않는 인간이 있다니. 나는 황당한 기분을 감추기 힘들었다. 하지만 최소한 음악 갖고 분쟁은 일어나지 않을 듯했다. 그러나 서영이나 그녀나 한 가지의 공통점은 있었다. 둘 다 내 음악을 좋아하지 않을 거라는 것.

나는 담배를 꺼내 입에 물었다. 여자의 의견을 물어볼 필요는 없었다. 여자가 담배를 피운다는 사실을 이미 알아차렸기 때문이다. 그녀의 중지 끝이 니코틴으로 누렇게 찌들어 있었다. 나는 담배를 여자에게 권했고 그녀는 별다른 거부 없이 곽에서 한 개비를 꺼내 입에 물었다.

불을 당겨 그녀의 담배에 먼저 불을 붙인 난 내 담배에도 불을 붙이며 한 모금을 깊이 빨아들였다. 둘은 담배로서 서로의 감정을 교류하고 있었다. 서로 간에 불필요한 형식은 필요없었다. 단도직입적인 것이 더 편할 때가 있는 법이다.

"서로 점잖은 그만두죠. 내가 보기엔 그쪽도 선수인 듯한데 편하게 얘기하죠. 우리 바로 본론으로 들어가는 건 어때요?"

"좋죠."

그녀는 즉각적으로 대답했다. 내가 일어남과 동시에 그녀도 따라 일어섰다. 카운터에서 계산을 끝내고 나가자 그녀는 이미 나와서 나를 기다리고 있었다. 우리는 근처 모텔로 직행했다. 그리고 나는 잠시 모든 생각에서 벗어날 수 있었다.

그녀가 온다는 전화를 받은 난 거실을 훑어봤다. 서영이 이곳을 떠나고 보름이 지나 있었다. 그녀가 찾아가겠다는 CD는 거실 탁자에 얌전히 놓여져 있었다. 서영이 온다면 기분이 어떨까. 많이 변해 있을까. 지금 사귀는 남자는 누굴까. 설렘과 질투가 뒤섞여 묘한 불안감을 조성하고 있었다. 나는 소파 주위를 왔다 갔다 하며 그녀가 나타나기만을 목 빠지게 기다렸다.

그녀는 거처를 회사 근처로 옮겼다. 예전보다 훨씬 멀어진 셈이다. 어찌 보면 부딪칠 기회가 없으니 더 좋았지만 다시 시작된 산책은 그녀의 빈자리를 절실히 깨닫게 만들었다. 글을 쓰는 작업 시간은 예전보다 길어졌다. 여자를 위해 할애하는 시간이라고 해봤자 일주일에 한 번 채현과의 만남이 다였다. 내 일과 중 대부분을 차지하던 여자는 글로 바뀌어 있었다.

그녀와의 만남은 말 그대로 욕구 분출이었다. 그 대상이 꼭 그녀가 아니라도 된다는 말이었다. 여자는 적극적인 방식을 추구했다. 전희보다는 본격적인 행위를 더 좋아했고 무엇보다 자신이 상위에 서 있는 체위를 선호했다.

여자는 내가 자신의 위로 올라서는 걸 용납하지 않았다. 아무래도 남자 휘두르길 좋아하는 스타일 같았다. 그러나 상관없었다. 나는 그녀에게 잘 보이고 싶다는 생각도, 내 자신이 우월하다는 과시를 하고 싶다는 생각도 없었다. 그저 느끼고 배출하면 그뿐이었다. 그녀는 나의 단순한 배출구였다. 그걸 그녀도 알고 있는 눈치였지만 개의치 않는 것 같았다. 말 그대로 섹스만을 위해서 만나는 상대. 그녀와 나의 관계가 그랬다. 그런 관계가 주는 느낌은 마음을 황폐하게 했다.

난 최소한의 스토리가 있는 로맨스를 선호했다. 그건 감성적이었으며 나름대로의 분위기도 있었다. 어차피 커트 머리를 선택한 그 순간부터도 분위기는 이미 없었던 것인지도 몰랐다. 그녀의 몸은 뻣뻣했으며—나는 순간 나긋나긋하던 서영의 부드러운 몸을 상상했다— 가슴에 안아도 누군가처럼 쏙 들어오는 느낌도 없었다. 채현은 내 취향을 만족시키지 못했으며 나로 하여금 끊임없이 솟아오르는 욕구를 자극하지 못했다. 그녀는 육체적으로는 강했을지 모르나 나의 정신적인 욕구를 자극할 수 있는 상대는 되지 못했다.

나의 리비도(성적 욕망)를 가장 많이 자극했던 여자는 서영이었다는 얘기다. 지금의 난 그녀가 온다는 사실만으로도 급격히 흥분해서 온몸이 발기된 상태였다.

시간이 경과하고 그녀가 나타났다. 벨이 울리고 문을 연 나는 여전히 탄력있는 서영의 모습에서 신선한 자극을 받았다. 한동안 그녀에 대해 관심없었다는 게 믿어지지 않을 정도였다. 들어서는 그녀에게서 늘 맡던 과일 향이 났다. 순간적으로 서영을 안고 싶어졌다. 그녀의 표정은 편안하고 행복해 보였으며 그게 나를 화나게 만들었다. 나는 편안하지 못했으며 행복은 더 더욱 아니었다. 서영을 다시 보는 순간 나는 그녀와 떨어져 있는 시간이 존재하지 않았던 것처럼 우기고 싶었으며 예전처럼 동거

관계로 돌아가기를 꿈꿨다.

"루체, 오랜만이에요. 보름 지났을 뿐인데 마치 더 많은 시간이 흐른 기분이네요."

루체. 그녀의 입으로 듣는 그 애칭은 나에게 향수를 불러일으켰다. 그녀는 역시 특별했다. 묻고 싶었다, 지금은 누구를 사귀며 나랑 있을 때보다 더 행복하냐고.

"커피 할 테야?"

나는 엉뚱한 말만 주절거리고 있었다. 부드러운 미소로 대답을 하는 그녀를 놔두고 주방으로 가 미리 받아놓은 원두 커피를 잔에 부어 다시 왔다. 서영에게 내 매력을 어떻게 보여줘야 할까. 어떻게 하면 그녀가 다시 나를 원하게 만들까.

적어도 나를 놓친 것을 후회할 정도의 생각은 갖게 해야 했다. 외모적으로는 모든 준비가 완벽했다. 나는 여러 번 컬한 드라이로 자연스러운 헤어스타일을 유지하고 있었고 브이 자 라인의 검은 니트 티와 베이지 색 바지는 차분하고 깔끔한 이미지를 만들고 있었다. 거기다 강한 눈빛과 모호한 미소는 매력을 더 가중시키고 있었다. 하지만 가장 중요한 부분이 빠져 있었다. 결정적으로 그녀의 눈길을 끌 만한 그 뭔가가 필요했다. 나는 그것을 찾지 못하고 잔을 그녀에게 건넸다.

"잘 지내지?"

물론 형식적인 인사였다. 그녀는 행복한 미소를 지음으로써 내 염장에 불을 질렀다. 너무도 잘 지내고 있다는 대답의 표현이었다. 역시나 그녀에게 나를 어필하는 일은 힘든 것일까. 커피 잔을 가만히 바라보는 그녀의 얼굴에는 잔잔한 평화가 깃들어 있었다. 저 여자에게 저런 표정을 만든 사람은 누굴까. 아니면 나와 헤어진 것이 그녀에게 평화를 가져다 준 것인가.

"정신없이 바빴어요. 이제야 좀 짬이 났네요. 시준 씨는 여전히 좋아 보이네요?"

그녀와 있을 때만큼이야 하겠는가. 그러나 그녀의 눈에 나는 좋아 보여야 한다. 최소한 그녀가 없어도 나는 여전히 변함없는 매력으로 다른 여자에게 호감을 산다는 정도의 모습으로 비춰져야 한다. 나는 모호한 웃음을 날리며 말했다.

"키아라, 당신도 좋아 보여."

"그래요? 그렇다면 그런 거겠죠. 아뇨, 당신이 보는 게 정확해요."

그녀의 말은 이것도 저것도 아닌 뉘앙스를 풍겼다. 어찌 보면 아니라는 말 같기도 하고 어찌 보면 행복하다는 말 같기도 했다. 이 여자를 붙들고 싶다. 내 감정은 그렇게 말하고 있었다.

"참, 김훈 씨 이번에 책 계약했대요."

금시초문이었다. 그는 나에게 어떤 연락도 하지 않았다. 서영은 나랑 헤어진 뒤 김훈과 사귀고 있는 것이 분명했다. 그에 대해 세부적으로 알고 있는 것이 달리 무슨 이유겠는가. 나는 자못 온화한 표정을 지으며 커피를 마시고 있었지만 혀끝에 닿는 커피의 맛은 쓰디쓴 한약 같았다.

"글을 안 쓴다고 하던 친군데. 어쩌다가 마음이 바뀌었대?"

"아, 소설은 아니구요. 그냥 평소 알고 있던 음악적 지식을 풀어낸 글인가 봐요. 끝까지 거절하더니 마지막에 마음이 바뀌었나 봐요."

"그랬군."

그 말밖에는 달리 할 말이 없었다. 살 때도 공통적인 화제가 없었던 우리는 헤어졌다 만난 것이니 더욱 대화의 황폐화를 느낄 수밖에 없었다. 평소 때 늘 나누던 이야기는 성에 대한 것이었다. 그러나 지금 시점에서 그런 이야기를 대화로 잡을 수는 없는 일이었다.

"루체, 찰리 좀 틀어주시겠어요?"

"찰리?"

내 귀를 의심했다. 그녀가 말하고 있는 것이 찰리 파커인가. 보름 전만 해도 서영은 듣기조차 싫어했고 내가 그녀에게서 이질감을 느낀 결정적인 원흉이 된 것이 바로 재즈에 대한 다른 견해였다. 그런데 이제 와서 그녀는 찰리 음악을 듣고 싶다고 말하고 있다. 애초에 이런 행동을 보였다면 우리의 이별은 좀 더 미루어졌을 것이다.

"갑자기 왜 듣고 싶어진 거지?"

나는 이마로 장난꾼처럼 살짝 내려오는 앞머리를 옆으로 넘겼다. 그 손길을 그녀가 보고 있었다. 문득 생각났다. 그녀는 자주 내려오는 내 앞머리를 자신의 손으로 쓸어 넘겼었다. 그리곤 그 일을 무척 재미있어했다. 그녀의 눈에 따뜻한 빛이 순간적으로 반짝였다.

"어떤 음악이든 견해를 두지 않고 받아들이는 것이 좋을 거라는 생각이 들었어요. 전 여태껏 음악에 대해 오만했는지 몰라요. 이제 다시 들어보고 싶어요. 섣부른 음악에 대한 지식은 쓸데없는 선입견을 낳게 되죠. 그 사실을 누군가가 깨닫게 해줬어요."

물론 그 누군가가 김훈이라는 걸 알고 있었다. 평소 그는 무슨 장르든 어떤 예술이든 선입견을 갖지 않고 보는 게 중요하다고 말했다. 그녀의 이런 변화가 하나도 기쁘지 않았다. 나의 고집은 여전히 음악에 오만할 것을 약속했다.

나는 오디오로 다가가 그녀에게 들어보겠냐고 물었었던 수입 음반을 틀었다. 찰리 파커의 한계를 모르는 고난도의 빠른 템포의 연주가 우박처럼 공간으로 마구 쏟아져 나왔다. 그녀는 차분한 태도로 눈을 감고 조용히 음미했다.

한 곡의 연주가 끝나자 그녀는 눈을 떴다. 나는 조용히 오디오를 껐다.

"사고를 바꾸면 감상도 달라지는군요. 예전에 왜 이 음악을 그토록 듣기 싫었었는지 이해가 안 가네요. 아마도 제 생각이 너무 편협했나 봐요. 시준 씨가 좋아하는 이유를 알 거 같아요."

지금 내가 그녀에게 다가가 안는다면 매몰차게 뿌리칠까. 나는 그 생각을 실행에 옮기고 싶었다. 그러나 그녀의 다음 말로 내 행동은 불발로 끝났다.

"어머, 시간이 이렇게 됐네? 오늘 김훈 씨 만나기로 했는데."

그녀는 시계를 보고 놀라는 시늉을 하며 탁자 위에 있는 CD를 얼른 가방에 챙겨 넣었다. 결국 나는 그녀를 끌기 위한 결정적인 매력을 가하지 못한 셈이다. 서영은 나를 향해 환하게 웃으며 말했다.

"시준 씨도 좋은 여자 만나서 잘 지내고 있겠죠? 당신은 매력적인 사람이니까 걱정은 안 돼요."

그 많은 매력이 그녀에게는 통하지 않은 셈이다.: 내가 지금 절실히 원하는 사람은 나의 매력을 남에게 적선하고 있었다.

"차오! 나의 루체."

그녀는 내 볼에 가볍게 키스하고는 문밖으로 사라졌다. 어쩐지 가슴이 휭하니 뚫리는 기분이었다. 이제는 정말 끝나 버린 건가. 인정하고 싶지 않는 무언가가 내부에서 솟구쳐 올랐다. 울컥거리는 이 감정은 뭐야. 제길!

어느새 내 볼에는 낯선 감촉이 느껴지고 있었다. 나는 볼을 한 손으로 쓱 닦으며 코를 훌쩍였다.

"뭐냐, 사내 자식이 남부끄럽게!"

그러나 나를 놀리듯 또다시 한 줄기의 액체가 내 볼을 적시고 있었다. 나는 닦을 생각도 않고 망연히 서 있었다. 키아라, 그녀는 내 손을 떠나갔다. 찰리가 싫어 마일즈에게 간 것이다. 그 찰리도 이제는 당신처럼 선입견을 없애고 들을 수 있다고 말하고 싶었지만 이미 늦어버렸다.

　나는 손으로 눈물을 찍어 뜨거운 액체의 정체를 내 눈으로 확인했다. 그리고 입에 댔다. 무색의 소금물. 나는 기쁠 때 흘리는 눈물보다 슬플 때 흘리는 눈물이 더 짜다는 소리를 누군가에게 들었던 일을 상기했다. 혀에 닿는 눈물의 맛은 많이 짰다. 그녀의 존재는 이미 오래전에 사라졌다. 나는 손가락에 남아 있는 염분의 농도로 나의 슬픔을 측정했다.

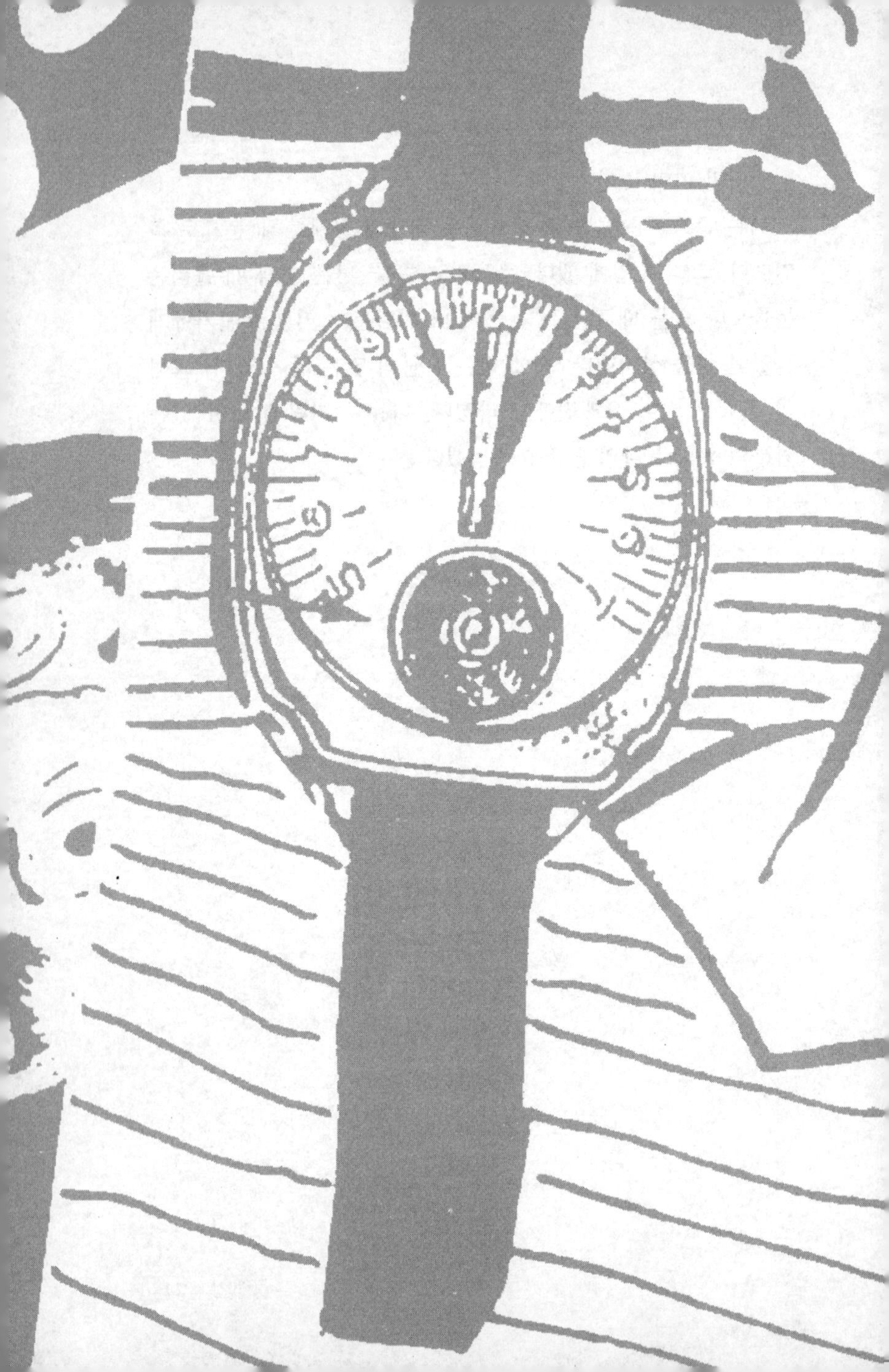

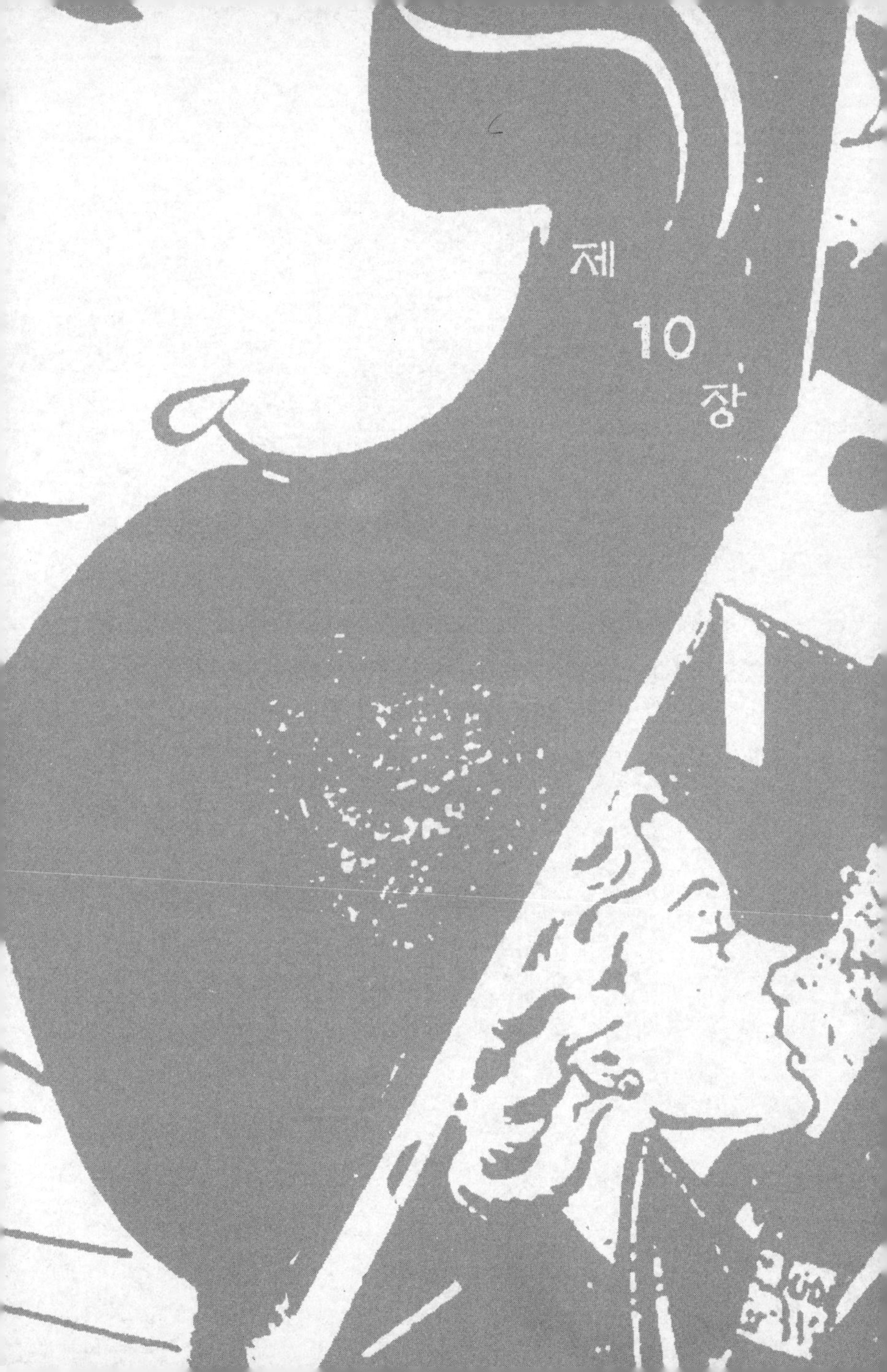
제
10
장

[**나**좀 도와줘!]

전화를 받고 이곳에 도착한 지 이미 삼십 분이 지나 있었다. 눈앞에는 배도우의 진땀 흘리는 모습과는 대조적으로 느물거리는 미소를 지으며 그를 한시라도 놓지 않으려는 사십대 후반의 여자가 앉아 있었다. 그는 곤경에 빠져 있었다. 그들의 꼴을 아까부터 본 나로서는 한심하기 이를 데 없었다.

앞에서도 말했듯이 이 친구는 자신에게 다가오는 여자라면 누구도 가리지 않고 사귀는 이였다. 이 여자 역시 그에게 접근했고 사귀는 동안 자신의 마지막 열정의 상대가 되리라 생각하고 물고늘어지리라 작심한 듯했다. 한마디로 그는 오지게 걸린 셈이다. 이제는 헤어지고 아니고의 문제가 아니었다. 잘못하면 그의 남은 인생을 이 여자에게 저당 잡힐 판이었다.

"도우 씨 친구 분은 이미지가 영 다르다. 물론 매력있긴 하지만. 그런데 여자 친구 있어요?"

"아, 물론 있죠."

아무런 표정을 담지 않고 관찰을 하고 있던 나에게 나름대로 거부감을 갖고 있던 여자는 말을 받아주자 반색을 하며 계속해서 물어왔다.

"어떤 분일까?"

딴에는 애교를 부리려고 코를 찡긋거리며 입술을 내밀었지만 오히려 역효과만 불러일으켰다.

"어린 여자죠."

"얼마나 어려요? 설마 도둑놈 심보를 갖고 있는 건 아니겠죠?"

그녀가 장난스럽게 눈을 빛내며 물어왔다.

"설마, 누님만큼이야 하겠습니까?"

여자의 얼굴이 일시에 굳어지며 날이 선 어조로 물어왔다.

"지금 말하는 뜻이 무슨 의도죠? 나는 저 사람을 사랑해요. 풋내기들이 하는 사랑과는 다르죠."

"그럼 그 풋내기와 하는 누님의 사랑은 뭡니까?"

공격의 날을 직선적으로 들이대자 여자는 말을 잇지 못하고 모욕감으로 얼굴을 붉혔다. 배도우는 변해가는 사태에 방관자처럼 그저 바라볼 뿐이었다. 내가 어떤 해결책을 만들어주길 간절히 원하며.

"내가 명칭한 건 어린 여자 쪽이었지, 당신을 두고 하는 말은 아니었어요."

그녀는 나에게 아직 최소한의 예의를 지키려고 노력했다. 나는 자신이 잡으려는 남자의 친구였으니까.

"뭐가 다릅니까?"

"네?"

"뭐가 다르죠? 어린 여자와 나의 관계나 내 친구와 누님의 관계나. 누님의 관점에서 보면 내가 어린 여자를 보는 것이나 누님이 이 친구를 보는 것이나 설익긴 마찬가지 아닌가요? 내 나이의 반은 더 사신 분인데 현명하리라 생각합니다. 이 친구를 이제 이쯤에서 놔주시죠."

드디어 여자의 이성이 한계에 온 듯했다.

"뭐 이런 게 다 있어!"

"저도 같은 말을 하고 싶습니다."

조금의 감정의 굴곡도 보이지 않은 채 나는 아주 차분한 태도로 조용히 말했다.

"야! 네가 끼어들 일이 아니야!"

조금 전까지의 요조숙녀의 모습은 자취를 감춘 채 지금 내 앞에서 큰 소리를 내고 있는 여자는 기가 센 영락없는 사십대 후반의 아줌마였다. 화장으로 감추고 있던 그녀의 나이가 일시에 드러났다.

"제 친구의 인생을 날로 드시려고 하지 않습니까? 취향이 회
쪽인 건 알겠는데 사람까지 그런 식으로 드시면 탈납니다."

"정말 뭐 이딴 게 다 있는 거야?"

여자는 가슴까지 들썩거리며 흥분해 있었다. 그러나 내 심장
은 고요한 호수와도 같았다.

"저도 같은 말을 드리고 싶네요."

그녀의 손이 갈고리처럼 내 가슴으로 덮쳐 왔다. 나는 남자였
고 그것도 강한 남자였다. 덮쳐 오는 그녀의 손을 두 손으로 잡
은 채 뒤쪽으로 밀어버렸다. 그녀는 뻣뻣한 나무토막처럼 뒤로
나자빠졌다. 주변 사람들이 구경난 듯 우리를 보았다. 식당 주
인도 재미난 구경거리를 놓치고 싶지 않다는 듯 말리기는커녕
구경꾼 사이에서 동참하고 있었다.

"늙는 게 추해 보입니다. 이제 좀 있으면 손자를 볼 나이 아닌
가요? 물론 이 친구도 잘한 건 없습니다. 제가 따로 혼낼 생각이
지만 이건 아닙니다. 두 분의 사이가 단지 사랑이라는 타이틀로
지속될 수 있다고 생각하십니까? 이미 그렇지 않다는 걸 알 나
이가 아닙니까? 더구나 이 친구는 헤어지길 원하고 있습니다.
끝까지 붙잡으려는 심보가 뭡니까? 여생을 젊은 놈과 즐기고 싶
다는 생각입니까? 제가 볼 때는 그 외에 다른 뜻도 담겨 있다고
생각됩니다."

여자는 시근덕거리던 가슴을 진정시켰으며 사납던 눈빛도 수

그러들었다. 이미 망신이란 망신은 다 당한 상태였다. 나와 체력적으로 겨루기에 나이를 먹은 탓일까. 여자는 좀 전의 기세와는 180도 바뀌어 있었다.

그녀는 핸드백을 들더니 문 쪽으로 조용히 사라졌다. 한차례의 폭풍이 지나갔다. 나는 다시 자리에 앉았으며 배도우의 입가에는 환한 미소가 걸렸다. 당장 한 대 갈겨주고 싶은 심정임에도 불구하고 역시 놈은 잘생겼다. 나는 그걸 인정하지 않을 수 없었다.

"수고했어!"

그의 말에 감정이 폭발했지만 화를 죽이고 마음을 다스렸다. 그러나 목소리에는 감정이 묻어나왔다.

"처신 잘하고 다녀! 최소한 자신의 앞가림은 해야 할 거 아냐!"

"할 말 없음."

말을 하며 양손을 싹싹 비비는 애교 어린 그의 행동에 나는 픽 웃고 말았다.

"이번 한 번뿐이야. 다음부터는 이런 지저분한 일로 날 부르지 마."

"옛썰!"

거수경례까지 한 그는 자신이 마시던 잔을 나에게 권하며 술을 따랐다.

"양선우, 그 자식 결혼한다는 소식 들었어?"

나는 고개를 저었다. 하지만 이미 예상한 바였다.

"어디 그런 복이 있나 몰라."

"그럼 너도 해라."

"제대로 된 여자가 있어야지."

"너 같은 잡식성도 보는 눈은 있냐?"

"무슨 소리야? 나름대로 수준은 있다고. 단지 내 단점이라면 나 좋다고 붙는 여자 거절하지 못한다는 점이지. 그런데 그런 여자들 중엔 제대로 된 물건이 없더라고."

그는 여자가 마시던 잔에 남아 있던 알코올을 비워 버리고 술을 따르려는 걸 내가 빼앗아 따랐다. 마시는 그의 모습이 을씨년스러웠다.

"벌써 삼십댄데 해놓은 건 하나도 없네."

"글은 어때?"

"요즘 죽을 맛이다. 차라리 대마초 힘이라도 빌리고 싶다니까. 집중력에는 정말 짱인데. 한 번은 글을 이틀 동안 써본 적도 있어. 정신 차리고 보니까 이틀이나 지났더라고. 하지만 역시나 그건 할 게 못 되긴 해."

그는 입맛을 쩝쩝 다셨다.

"많이 인간 됐네."

"안 그래도 여자도 끊어보려고 한다. 산속에라도 들어가 글이라도 써야 할 판이야."

"가능할까?"

"내 성격 모르냐?"

물론 한다면 할 놈이다. 나는 미소만 지은 채 그에게 다시 한 잔을 따랐다.

"나 소식없으면 산으로 들어간 줄 알아라."

그가 빠지면 팀의 연주도 어려워질 것이다.

"넌 글 잘되냐?"

"뭐, 그럭저럭."

"신기해. 네 머리는 아이템 창고냐? 얘기들이 어떻게 끊임없이 나올 수 있냐?"

"조만간 떨어질지도 모른다."

그가 내 빈 잔에 술을 따랐다. 우리들은 술을 마시고 있었지만 어찌 보면 그건 단순한 술이 아니었다. 젊음을 의미없이 마시고 있었는지 모른다. 우리가 이미 탕진해 버린 시간처럼.


한차례 일을 치른 채현은 담배 한 개비에 불을 붙여 다른 하나에 옮긴 후 내 입에 물려주었다. 여자랑 일을 치르고 같이 담배를 피우는 것은 그녀가 처음이었다. 예전에는 담배 피우는 여자를 사귀지 않았다. 하지만 서영과의 이별 이후 많은 것이 달라졌다. 성욕이 감소된 것도 그중 하나였다. 서영으로 인해 나는 많은 부분이 고장나 있었다.

"재미없어!"

그녀의 말에 나는 멀뚱히 그녀를 보았다.

"내가 못 느낀다고 생각한 거야? 나를 안으면서 누구를 생각하는 거야? 최소한 나를 좋아하지는 않는다고 해도 섹스 할 때만은 다른 여자 생각을 말아야지. 난 자존심도 없는 여잔 줄 알아?"

그녀는 와일드한 성격이라 만난 지 얼마 안 되어서 말을 놓고 있었다. 여자의 얼굴이 찌푸려졌다.

"하지만 당신 매력있어. 그래서 아직까지는 끝내고 싶다는 생각을 망설이게 만들어. 자존심이 상하는데도 말이야."

여자의 입에서 나오는 연기가 몽롱한 섹스처럼 나른하게 퍼져 갔다. 채현의 도발적인 허벅지나 탄력있는 가슴을 보면서도 나는 왜 감동하지 못할까. 서영을 보면서 자주 느꼈던 감동이 왜 느껴지지 않을까. 이제는 여자들에게 식상해 버린 것일까, 아니면 서영은 자신에게만 매력을 느끼도록 나에게 주술이라도 걸어놓은 것일까. 여자는 자신의 손을 내 가슴에 얹어놓고 쓰다듬기 시작했다.

"당신은 그 점이 마음에 들어. 다른 놈들처럼 한 번 한 것만으로도 헉헉대며 나가떨어지지 않는 체력. 그런 자식들은 짜증나거든."

그녀의 눈에 열기가 번지기 시작했지만 나는 그녀의 손을 마치 더러운 물건이라도 되는 듯 치워 버렸다. 갑자기 내 자신에게 역겨움이 일었다. 지금 내가 무얼 하고 있는 거지. 마음에도 없는 여자를 안고 있다면 섹스머신과 다를 게 뭐야. 갑자기 환멸감이 들었다.

　예전의 난 적어도 정도라는 게 있었다. 연애를 할 때는 가치 기준이 있었고 마음이 동할 정도가 되어야 사귀기 시작했다. 그러나 지금의 나는 될 대로 되라는 자포자기의 심정이 깔려 있었다. 지금 눈앞의 여자는 예쁘기는 했지만 내 취향은 아니었다. 여자를 사귀는 데 있어 나름대로의 품위가 있다고 생각했는데 이건 아니었다. 나는 서둘러 바지를 입기 시작했다.

　"자기야, 왜 그래?"

　"자기?"

　나는 그녀를 사정없이 쏘아보았다.

　"다시는 나에게 그따위 애칭 붙이지 마! 그리고 우리 이쯤에서 끝내자."

　"내가 투정부렸다고 삐친 거야?"

　여자는 내 허리를 감싸 안았지만 나는 차갑게 뿌리쳤다. 이제는 그녀의 존재가 보기 흉한 딱지처럼 거추장스럽게 느껴졌다.

　"지금 너를 안은 내 자신이 용서가 안 돼. 그렇게 말하면 대답이 됐니?"

　여자는 사나운 기세로 내 등을 때리기 시작했다. 맨살에 와 닿는 여자의 매질은 가히 폭력 수준이었다. 나는 아프지만 꿋꿋이 견뎌냈다. 그건 내가 여자에게 가한 나쁜 짓에 대한 응징이라고 생각했기 때문이다. 어느 정도 힘을 쓴 여자는 시간이 지나자 제풀에 지쳤다. 여자는 한차례 긴 숨을 토해내며 말했다.

“그래, 나쁜 놈아! 잘 먹고 잘살아라! 그래도 널 원망하진 않는다. 나름대로 좋았으니까. 어쨌든 나 안으면서 생각한 년이랑 잘되기 바란다.”

여자는 담배를 또 꺼내 물었다. 옷을 다 입은 나는 여자에게 아무 말도 하지 않고 문 쪽으로 향했다. 이대로 나가도 될 일이다. 그러나 한 번은 봐야 할 것 같은 의무감에 고개를 돌렸다. 담배를 피우는 여자의 모습은 슬퍼 보였다. 처음으로 그녀가 여자답고 매력적으로 보였다. 참 슬픈 일이었다, 헤어지는 마지막 순간에 그렇게 보인다는 것은. 나는 문을 열고 조용히 나갔다.

기다리는 내 마음은 긴장되었다. 상대방이 어떤 반응을 보일지 감을 잡을 수 없었기 때문이다. 건물 밖으로 사람들이 밀려 나왔다. 오늘은 재수없는 이준우의 얼굴을 보이지 않기를 바랐다. 서영에게 사심을 갖고 있는 놈들은 전부 재수없었고 다행히 내 바람을 신은 들어주었다. 여자는 혼자 사람들 틈에 섞여 나왔다. 나는 그녀 쪽으로 바삐 다가갔다.

“시준 씨! 여긴 어쩐 일이에요?”

서영은 무척 반가워했고 나는 그녀의 반응이 즐거웠다.

“우리 약속 생각나?”

서영은 내가 하는 말의 뜻을 쉽게 파악하지 못했다. 검지를 볼에 대고 한참을 생각하던 그녀는 고개를 저었다.

“생각 안 나? 언젠가 당신이 나에게 그 빌어먹을 스파게티를 해주던 날."

내 말에 그녀는 소리 내어 웃었다. 서영은 딱 한 번 요리를 한 적이 있었는데 요리와는 체질적으로 상극임에 틀림없었다. 면은 불다 못해 풀어져서 툭툭 끊어졌으며 소스의 오묘한 맛이라니. 그건 어떤 맛이라고 표현하기에도 힘든 맛이었다. 유일하게 느낄 수 있었던 강한 맛은 짠맛이었다. 마치 소스가 바다인 듯 국수 가닥은 헤엄치듯 뒤척이고 있었다. 내가 그 음식을 먹고 내뱉은 첫마디는 '빌어먹을'이었다. 그 뒤 우리는 스파게티를 언급할 때면 앞에 수식어로 그 말이 항상 따라붙었다.

"이제 생각났어요. 그날 당신은 날을 잡아 스파게티 잘하는 집에 데리고 가겠다고 약속했었죠."

그녀는 쉽게 웃음을 거두지 못했다.

"이미 끝난 마당에 그 약속을 지킬 필요가 있나요?"

내가 가장 두려웠던 것은 서영의 입에서 나올 이 말 때문이었다. 역시나 그녀를 찾는 명목으로는 너무 미약했을까. 아직까지 서영에게 미련이 남아 있는 내 마음을 눈치챈 건 아닐까. 어깨에서 힘이 빠졌다.

"하지만 뭐, 좋아요! 기분 전환으로 괜찮겠죠. 우리가 원수 사이도 아니고 굳이 발을 딱 끊고 지내는 것도 그렇죠."

내 어쭙잖은 구실은 쉽게 받아들여졌다.

나는 택시를 잡았다. 오늘 같은 날은 그녀의 차로 가고 싶지 않았다. 나는 운전수에게 우리가 가야 할 목적지를 말했고 차는 이태리 전문 음식점 앞에 섰다.

"여기는 파스타 요리 전문점이야. 특히나 스파게티는 끝내주지."

이 집 주인은 이태리 사람이었다. 이태리 남자들 특유의 적당한 키와 호감 가는 미소가 매력적이었다. 그리고 그의 아내는 젊은 시절에는 한숨이 나올 정도로 아름다웠을 외모였겠지만 나이와 함께 불어난 살로 인해 이제는 흔적만을 짐작해 볼 수 있을 뿐이었다. 안주인은 주문을 받기 위해 앉아 있는 우리 앞으로 왔다.

"어떤 걸로 주문하시겠어요?"

이미 십 년을 넘게 산 덕분에 그녀의 한국말은 상당했다.

"아시죠? 제가 오면 늘 주문하던 그걸로 두 개 주세요."

"요즘 들어 통 안 오시더니 애인 만나느라 그랬군요. 벨로(아름다워요)!"

"그라찌에!"

서영의 감사하다는 말에 안주인은 눈을 빛내며 말했다.

"이탈리아에서 사셨군요? 어디 사셨나요?"

그 다음부터 그들은 서로 주거니 받거니 하며 이탈리아 어로 재잘거리기 시작했다. 안주인은 감탄사를 연발하며 즐거운 기색을 감추지 못했다. 거기서 내가 알아듣는 거라곤 맘마미아 또는 밀라노 정도였다.

내가 따분한 기색을 감추지 못하자 눈치 빠른 안주인은 얘기

를 마무리짓고 주문 받은 음식을 전달하기 위해 남편이 있는 주
방으로 향했다. 서영의 얼굴에선 만족스런 한숨이 새어나왔다.

"여기서 고향 사람을 만나리라고는 생각도 못했어요. 음식이
맛없다 하더라도 충분히 좋은 느낌의 식당이에요. 앞으로 여기
자주 와야 할까 봐요."

나는 아쉬움을 금할 길 없었다. 그녀와 헤어지기 전에 이곳을
왔다면 둘의 좋지 않았던 사이가 전환되는 계기가 되었을지도
모를 일이었다. 아쉬움을 지우기도 전에 주문 받은 음식이 나왔
다. 맛을 본 서영은 감탄사를 연발했다. 자신의 집에서 먹던 스
파게티 맛과 비슷하다는 것이었다.

이 집의 특징은 주문은 안주인이 받지만 주문한 음식을 날라
오는 건 종업원의 몫이었다. 후식으로 커피를 종업원이 아닌 안
주인이 직접 들고 오는 모습에 조금 의아했다. 그것 또한 종업
원의 몫이었기 때문이다. 그녀는 잔잔한 웃음을 서영에게 보이
며 물었다.

"맛이 괜찮았나요?"

"에 델리찌오조(맛있어요)!"

안주인이 굳이 커피를 들고 온 것은 서영을 한 번 더 보기 위
함이었다. 그들 사이에는 같은 고향을 갖고 있다는 공유 의식이
싹트고 있었다. 그녀의 대답에 안주인은 기뻐했다. 오늘 어설픈
시도는 뜻밖에도 큰 성과를 거둔 셈이었다. 안주인은 사라졌고
우리는 남은 커피를 평온한 분위기 속에서 마셨다.

　음식점을 나오는 두 사람 사이의 분위기는 어색함이 가시고 예전의 친밀한 분위기가 자리잡고 있었다. 지금 그녀의 상대는 누굴까. 나는 자꾸만 고개를 드는 궁금증을 참기 어려웠다.

　"사귀는 사람과는 잘돼가?"

　넌지시 떠보는 내 말에 그녀는 긍정도 부정도 아닌 애매한 미소만을 보였다. 내 시도는 어떤 답도 받아내지 못했다. 나는 한숨을 쉬며 포기했다. 그것도 그녀의 사생활에 해당하는 사항이었고 내가 물어볼 권리 따위는 애초부터 없었다.

　"참, 부장은 이혼 문제 어떻게 됐대?"

　몇 달을 끌며 해결되지 않았던 문제였다. 나는 이준우의 상황을 물으며 그녀와의 연결 여부를 알아보려는 속셈이었다.

　"드디어 부인이 도장을 찍어줬다네요. 이제 홀가분하게 살 수 있어서 좋다고 하던걸요."

　서영의 대답은 내 궁금증을 만족시키지 못했다. 하지만 부장이 자유로워졌다는 것은 나쁜 뉴스였다. 늘 보는 그녀를 마음 놓고 유혹할 수 있다는 얘기였다. 서영은 호락호락한 여자는 아니었다. 아무렴, 키아라는 보통 여자가 아니지. 그러다 내 마음은 금세 불안으로 바뀌었다. 나에게 먼저 사귀자고 제안한 것도 그녀였고 나랑 살기 위해 들이닥친 것도 그녀였다. 그녀는 이성적이고 합리적이긴 했지만 때로는 무분별한 충동을 보이기도 했다. 그녀의 이런 이중성이 나를 불안하게 했다. 어쩌면 나에게 그랬듯 그녀는 이준우에게 자신의 충동을 보일지 몰랐다.

핸드폰을 확인한 서영이 갑자기 서둘렀다.

"이런! 너무 늦었네요. 시준 씨, 다음에 봐요."

시간은 아홉 시를 가리키고 있었다. 이 시각에 누굴 만난다고 저리 서두르는 것일까.

"만날 사람 있어?"

"김훈 씨 만나기로 했어요. 여기서 인사해요. 차오!"

그녀는 급히 서두르더니 택시를 잡았다. 택시를 타고 가는 서영을 보며 나는 일말의 기대를 했지만 그녀는 한 번도 쳐다보지 않았다. 그녀는 이제 나에게 조금의 관심도 없었다. 그저 무덤덤한 친구 같은 관계일 뿐이었다. 내가 서영을 보며 느꼈던 화학적 반응을 그녀는 느끼지 못하는 듯했다.

이토록 집착하는 이유가 뭘까. 생각을 해보지만 명확한 해답은 떠오르지 않았다. 그냥 안 보면 눈에 밟혔다. 눈에 밟히면 보고 싶어졌다. 그리고 보고 싶어서 만나면 안고 싶었으며, 아마도 안고 나면 보낼 자신이 없을 것 같았다. 그러나 내 마음을 실행으로 옮기기도 전에 이미 그녀는 어떤 하나의 선을 그어놓곤 나를 막고 있었다.

허탈감이 일었다. 달마는 동쪽으로 가는 대신 여자를 붙잡았다. 자신의 히든카드인 마일즈를 들이밀며 그녀에게 마수를 뻗쳤으며 순진한 찰리에게서 천금 같은 여자를 빼앗아갔다. 달마는 그의 흉측한 외모만큼이나 음흉했으며 성스러운 분위기까지 풍기며 사람들을 현혹시켜 놓고 철저하게 뒤통수를 갈겼다.

　나는 갑자기 달마가 미워졌다. 그리고 강한 능력을 갖고 있음에도 나를 차버린 여자의 심리를 도저히 이해할 수 없었다. 감히 나를 차? 그녀가 내 곁을 떠나 버린 이후로 한 번도 나지 않가 화가 불시에 솟구쳤다. 서영이 미웠다. 끊임없이 불안하게 하고 화나게 하는 그녀의 존재가 더없이 미웠다.

　나는 택시를 잡는 대신 발길을 돌렸다. 집까지는 터무니없이 멀었지만 잠깐은 걸을 필요가 있었다. 지금 내게는 머리를 식힐 차가운 공기가 필요했다. 나는 상념에 사로잡혀 천천히 걸음을 옮겼다. 머리는 쉽게 식혀질 것 같지 않았다.

　오늘의 스파게티는 제법 맛있었고 그녀와 함께 먹는 두 번째 스파게티였지만 역시나 빌어먹을 스파게티였다. 그녀는 지금 내 옆에 없었으며 흉측한 달마의 옆에서 미소를 짓고 있을 것이다. 빌어먹을 스파게티에 빌어먹을 데이트였다. 내 구두는 끊임없이 바닥을 가격했으며 입에선 거친 말투들이 반복해서 나왔다. 의도는 좋았지만 결과는 참혹했다.

　그녀를 잊는 거다. 까짓것 어려울 거 뭐 있어! 나는 마음속으로 내 자신을 끊임없이 세뇌시키고 있었다. 세상에 사람은 많고 그중 절반은 여자다. 그리고 나는 타고난 사냥꾼이다. 잠시 정신을 혼란시킨 여자가 있었지만 본분을 잊어서는 안 된다. 나는 여전히 건재하며 세상의 여자들은 내 손길을 기다리고 있다. 나는 그들에게 내 속에 있는 많은 사랑을 조금씩 베풀 뿐이다. 그것이 쓰든 달든 받아들이는 것은 그들의 몫이다.

나는 조금씩 마음이 안정되었다. 강시준, 넌 프로페셔널이다. 프로는 자신의 중심이 있어야 하는 법이다. 이제 정신 차려라! 나는 택시를 잡기 위해 손을 들었다. 그리고 택시에 몸을 실었다.

출판 기념회가 있었다. 내 작품은 아니었지만 잘 아는 작가의 기념회인데다 내가 책을 내는 출판사라 외면할 수가 없었다. 내키지는 않았지만 어쩔 수 없이 기념회장에 도착했다. 역시나 보고 싶지 않은 얼굴이었다. 아는 작가란 다름 아닌 김훈이었고 그곳을 가면 다시 서영을 봐야 한다는 부담감이 있었다.

건물 안으로 들어서자 이미 와 있는 출판사 관계자들과 인사를 나누고 몇몇 아는 작가들과도 대충 인사를 한 뒤 눈은 자연히 어떤 얼굴을 찾아 헤맸다. 이번 기념회는 출판사에서 큰맘 먹고 여는 것이었다. 그만큼 김훈은 앞에 전작으로 인해 좋은 대우를 받고 있었고, 이번 음악에 관한 전문서는 나름대로 출판사에서 기획 상품으로 기대를 갖고 있는 작품이었다. 물론 이번 기념회를 필두로 이름 있는 몇몇 작가들은 계속해서 기념회를 가질 것이고 나도 그 속에 포함되어 있었다.

두리번거리던 내 눈은 어느 한 곳에 고정되었다. 내 시선이 닿아 있는 끝에는 서영이 밝은 미소를 지으며 김훈과 함께 한 폭의 그림을 만들고 있었다. 이 둘 사이에만 있으면 이상하게도 그들에게서 소외되고 있다는 느낌을 지울 수 없었다. 여자는 이가 맞는 그릇처럼 그 자리에 잘 어울렸다. 김훈이 먼저 나를 발견하고 다가왔다. 그의 움직임에 그녀도 뒤따랐다.

"와줬구나!"

"당연하지, 누구 기념회인데."

"요즘 들어 나한테 뭔가 불만스러운 거 같아 안 올 줄 알았다."

"그럴 리가."

말을 그렇게 했지만 정곡을 찌르는 말에 나는 어색하게 웃었다.

"반갑네요, 시준 씨."

그녀는 말 그대로 반갑게 맞이했지만 손을 잡거나 안거나 하지는 않았다. 그건 명백한 우리의 거리를 말해 주고 있었다. 그녀는 나에게 이제 당신은 내 애인이 아니에요 하고 말하고 있었다. 그건 씁쓸한 느낌으로 나를 가라앉게 만들었다. 서영을 바라보는 내 눈길이 우울해졌다.

"오랜만이네."

그녀에게선 우리의 헤어짐이 주는 슬픔을 느낄 수 없었다. 너무도 생기있어 보였으며 어찌 보면 나랑 헤어진 것이 그녀에겐 더 도움이 된 것 같은 느낌마저 들 정도였다. 그녀에게 있어 나는 그저 섹스 파트너일 뿐인가. 그때 낭랑한 여자 목소리가 들려왔다.

"오빠, 축하해요!"

나는 소리나는 쪽을 돌아보았다. 목소리의 주인공은 긴 머리에 갸름한 얼굴과 천진한 어린애 같은 얼굴을 한 애송이였다. 내가 선호하는 외모를 갖고 있긴 하지만 너무 어렸다.

"옆에 분은 오빠 애인?"

김훈은 손을 내저으며 말했다.

"아니야, 그냥 좋은 친구야."

과연 그 말이 진실일까. 어쩌면 이 여자애에게서 자신의 사생활을 지키고 싶어서 거짓말을 하는지도 모른다. 그의 말에 모호한 미소를 짓고 있는 서영의 모습은 무얼 의미하는 것일까. 그리고 오빠라고 부르는 이 여자는 김훈과 어떤 사이일까.

"그럼 이쪽 분은?"

"친구야. 나랑 같은 작가고."

여자애의 눈이 나에게 향하자 빛을 발했다. 좋은 징조가 아니다. 나는 이 여자를 사귈 만큼 어린 나이가 아니다. 더구나 나이 차이가 많이 나는 여자를 좋아하지도 않는다. 이 애는 기껏해야 스물두세 살 정도로밖에는 보이지 않았다.

"안녕하세요."

볼을 붉히며 바라보는 여자애를 보자 한숨이 나왔다. 이 애는 순진했고 연애를 함에 있어 이런 순정파는 나에게 맞지 않다. 내가 원하는 것은 부담없는 관계다. 이 애는 이미 그 점에서 탈락이다.

나는 애써 외면하려 고개를 돌리다 서영의 표정을 보게 됐다.

그녀의 얼굴에 일순 어떤 감정이 스쳐 갔다. 여자애에게 무심했던 내 마음은 서영의 표정으로 생각이 바뀌었다. 그럼 잠깐만 놀려봐?

"이름이 어떻게 돼?"

"한순영이요."

"이종사촌이야."

김훈이 자신의 사촌을 소개하고 나는 은근슬쩍 서영의 표정을 살폈는데 역시나 약간 긴장한 표정이었다. 나는 그녀의 마음을 초조하게 만들고 싶은 심술이 생겼다.

"너한테 이렇게 예쁜 여동생이 있었어? 남자 친구도 많겠다."

"없어. 워낙 그쪽으로는 숙맥이라 따라온다 해도 도망갈 거야."

김훈의 설명에 여자애는 반박하듯 말했다.

"나 그렇게 착한 애 아니에요, 오빠! 물론 따라오는 애는 있었지만 쫓아냈어요. 나는 나 좋다고 따라오는 애는 싫어요. 일단은 내가 좋아해야죠."

그렇게 말하는 여자애의 볼은 발갛게 상기되어 있었다.

"네가 좋아하는 스타일은 있고?"

김훈의 놀림에 여자애는 진지한 눈빛으로 나를 쳐다보았다.

"여기, 이 오빠 같으면 돼요."

여자애는 애교있게 말하며 내 팔짱을 서슴없이 꼈다. 정말 요즘 애들은 감당이 안 된다. 순진한 것과 적극적인 것은 다른 것인가 보다. 대범한 여자애의 행동은 나를 주춤하게 만들었다. 김훈은 사촌 동생의 모습에 할 말을 잃은 듯하더니 픽 웃었다.

"하여튼 이 자식은 어디 가나 여자들의 관심이 떠나지를 않는다니까."

장난을 치려는 내 마음은 이제 흥미를 잃었다. 여자애의 적극적 공세는 더 이상 장난을 치고 싶다는 마음을 잃게 했다. 게다가 서영이 또한 더 이상 자신의 감정을 보이지 않았다. 그녀의 감정은 갑옷이 씌워진 것처럼 형식적인 미소 뒤에 숨겨져 있어 알아낼 수가 없었다.

"순영 씨는 애야. 앞으로 나한테 오빠라고 불러. 하지만 오빠 이상은 안 돼, 알았어?"

나는 엄한 표정을 지으며 여자애에게 못 박듯 말했다. 나를 말똥히 보던 여자애는 방긋 웃으며 말했다.

"짝사랑의 묘미는 상대방이 어떻게 생각하든 나 혼자 바라보는 거죠. 그리고 상대방이 나란 존재를 몰라주는 것에 더 매력이 있어요. 전 오빠를 짝사랑할 거예요. 오빠가 저를 좋아하든 안 좋아하든 상관없어요. 저 짝사랑 경력만 오 년이에요. 그리고 그사이 상대도 두세 번 바뀌었구요. 다만 다른 점은 오빠 같은 경우는 처음부터 상대방이 내 마음을 알고 시작한다는 거죠. 전 주로 끝낼 때 제 마음을 밝혔거든요, 당신을 사랑했었다고."

당돌한 아이다. 나는 당황해서 그 애의 말을 듣고만 있었다. 김훈 역시 마찬가지였다. 자신의 사촌의 얘기가 뜨악할 뿐인 모양이다. 여전히 서영의 표정을 읽을 수 없었다.

"오빠가 할 일은 한 가지예요. 멋진 모습으로 있어주기만 하면 돼요."

갈수록 가관이었다. 나는 순간적으로 김훈과 눈이 마주쳤고 약속이나 한 듯이 웃음을 터뜨렸다. 사촌의 행동은 어린애들의 어설픈 장난이었다. 스물셋이라고 했지만 요즘 애들의 조숙한 감정에도 불구하고 정신적 연령은 갈수록 퇴화되어 가고 있었다. 이제 자신은 구세대였다. 늙어 보이길 바라지는 않지만 요즘 애들의 사고방식을 따라갈 수 없었다. 쉽게 오른 감정처럼 그네들은 쉽게 식어버리기도 한다. 나는 그 애의 행동에 그다지 심각하게 생각할 필요가 없다는 것을 깨달았다.

"그래, 이렇게 힘주고 있으면 된다는 거지?"

나는 능청스러운 표정까지 띠었다. 여자애는 진지하게 고개를 끄덕였다. 그러더니 핸드폰을 꺼내서는 내 앞에서 사진을 찍었다.

"지금 이 시간부터 시작이에요. 오빠는 이제 내 마음에서 피해갈 수 없어요."

"슬퍼해야 하는 거야?"

"그럴걸요. 저 제법 집요하거든요."

나는 김훈과 눈이 다시 부딪쳤고 그는 눈을 찡긋해 왔다. 더이상 여기에 있을 이유가 없었다. 나는 이미 서영을 지우기로 했고 원래의 내 삶의 방식으로 돌아올 필요가 있었다. 그럼에도 그녀의 곁을 떠날 마음이 쉽게 일지 않았다. 하지만 가야 한다.

　나는 김훈에게 약속이 있어 가야겠다고 말을 했다. 그는 악수를 청하며 와줘서 고맙다는 인사를 남겼고 여전히 표정을 나타내지 않는 서영에게 인사를 하고 설익은 여자애의 뜨거운 눈길을 받으며 회장을 나왔다.

　인생에 있어 영원한 자기 것이란 없다. 온전한 자신마저도 때로는 자신의 것이 아닐 때도 있다. 욕심을 부린다는 것은 옳은 자세가 아니다. 이미 내 것이 아닌 것에 집착을 보이는 것은 어리석은 짓이다. 나는 마음을 비우며 택시를 잡았다.

　"압구정으로 갑시다."

　운전수가 차를 출발시켰다. 오늘은 눈을 즐겁게 할 필요가 있었다. 물 좋은 곳에서 다른 먹잇감을 보며 마음을 달래고 싶었다. 세상에는 너무도 매력적인 여자가 많다는 사실을 인식시키고 그래서 마음속에 남아 있는 감정의 찌꺼기를 버릴 필요가 있었다. 지금의 나는 온전한 내 것이 아니었다. 온전한 내 것을 만들기 위하여 지금 가고 있는 것이다. 차는 섰고 나는 차에서 내렸다.

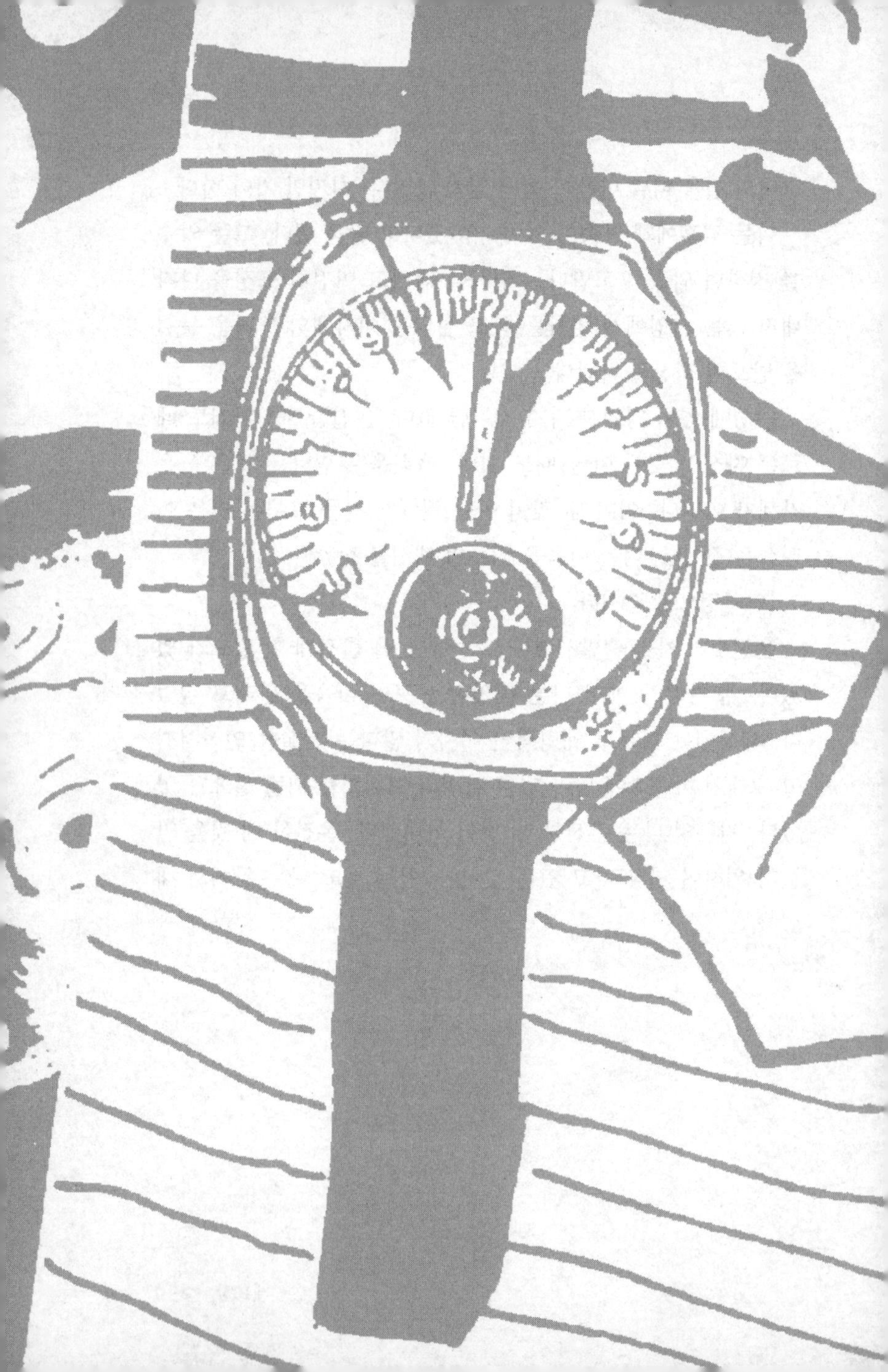

제
11
장

"**정**말 마음을 정한 거야?"

　얼굴에 수염이 너저분하게 나 있는 배도우의 인상은 평소의 그의 모습과는 다른 느낌을 주었다. 그는 산으로 들어간다고 연락을 했고 마지막으로 내 모습을 보고 싶다고 했다. 우리는 술잔을 앞에 두고 있었다. 장소는 연습 후 늘 가던 곳이었다.

　"이번에 들어가면 얼마나 있을지 모르겠다. 다만 네가 좀 걱정이 되더라."

　"내가 왜?"

　나를 쳐다보는 배도우의 눈빛에서는 진지한 열정이 느껴졌다.

“나를 닮은 네 녀석이 걱정돼서다. 여자를 너무 우습게 보잖아.”

“그건 여자들도 마찬가지야.”

“인마, 넌 입이 열 개라도 할 말이 없어. 지금까지 얼마나 많은 여성들을 울렸냐? 그래도 나는 최소한 그들이 미련을 둘 만큼 진지하게 대하지 않았지만 넌 여자들에게 자신을 좋아하게 될 거라는 건덕지를 남겨놓잖아. 넌 나쁜 자식이야, 묘하게 그런 구석을 남겨놓으니까. 그게 여자로 하여금 매달리게 만들지.”

“난 그렇게 말한 적 없어. 여자들에게 사귀기 전에 분명히 밝혔고 여자들도 이미 알고 시작한 일이야.”

“말은 그렇게 하지.”

그는 담배를 꺼내 입에 물었다. 코로 뿜어져 나오는 연기가 그의 얼굴을 몽환적으로 보이게 했다.

“그러면서 너는 여자에게 모든 것을 요구해. 자신은 아무것도 보여주지 않으면서 상대방의 일은 모두 알기를 원하지. 그게 얼마나 이기적인 줄 아니?”

“글쎄? 내가 물어봤던 적은 없어. 여자들이 나에게 자진해서 말했지. 여자들이란 미주알고주알 말하길 좋아하잖아.”

그러면서 나는 서영을 떠올렸다. 그녀는 프라이버시 부분에서는 단호한 태도를 보였고 그것이 서운했다. 그러고 보면 그의 말은 어느 정도 일리가 있었다.

"한마디만 충고하지. 사랑에도 밤이 필요해. 사람들은 낮만을 꿈꾸고 원하지. 하지만 밤을 모르는 사랑은 진정한 사랑이 아니며, 아픔을 모르는 행복이란 무너지기 쉬운 모래성과 다를 바 없어. 그것은 강하지 않은 파도에도 흔적도 없이 사라지지. 혼자 곰곰이 생각하며 깨달은 것은 인생은 버리는 물처럼 쉽게 탕진할 수 없다는 사실이야. 글을 써야겠어. 내 자신이 만족을 느낄 만한 글을 말이야. 너도 좀 더 진지하게 삶을 바라봐. 이 말을 해주고 싶었어."

그의 말은 일리가 있었지만 난 생각이 달랐다. 인생이란 한 점이나 다를 바 없다. 수많은 역사 속에 많은 사람들이 태어나고 죽어간다. 그런 많은 삶 속에서 자신은 점이나 마찬가지다. 그런 점 같은 인생을 위해서 정신을 소모시키며 끊임없이 생각하고 진지하게 살아가려고 노력할 필요가 있을까. 어차피 복잡한 인생이다. 그런 삶을 굳이 인상 찌푸리며 살 필요가 있을까. 난 엔조이하자는 사람이다. 뭐든 즐거우면 된다. 즐겁게 살다 죽는 게 꼭 나쁘다는 법은 없다. 하지만 나는 그에게 웃음을 띠며 말했다.

"알았어. 명심할게."

그는 안심한 표정으로 내 잔에 술을 따랐다. 그가 산으로 가면 최소한 일 년은 있다 올 것이다. 그리고 나를 보곤 아마도 실망할 것이다. 그의 말은 명심하되 실행할 생각은 없기 때문이다. 그나저나 저 자식 욕구는 어떻게 해결할 거지? 문득 그런 생각이 들었다.

어이없음에 한숨이 나왔다. 지금 눈앞에 있는 이 여자를 어떻게 대해야 할까. 주문한 샌드위치를 맛있게 먹으며 커피로 목을 축이는 어린 여자애를 어떻게 타일러야 할까. 나는 담배를 꺼내 입에 물었다. 연기를 뿜어냄과 동시에 여자의 목소리에서 탄성이 울려나왔다.

"우와! 오빠는 어쩜 담배 피우는 것도 그렇게 멋있어요?"

내 눈에는 약간의 짜증이 배였다. 아침에 일어나서 산책을 하고 작업을 시작하려는 순간 전화벨이 울렸다. 무시하려고 생각했지만 전화가 몇 차례 계속해서 걸려오자 나는 수화기를 들 수밖에 없었다.

"여보세요."

[오빠, 저 순영이에요!]

"누구시더라?"

나는 머리 속으로 아는 여자들의 얼굴을 그려보지만 목록에는 들어 있지 않았다.

[김훈 오빠 사촌 동생요.]

그제야 어린 여자애의 얼굴이 떠올랐다.

"웬일이야?"

[배고파요! 밥 좀 사주세요.]

차마 거절할 수 없었다. 나는 트레이닝 차림으로 휘적거리며 밖으로 나갔다. 여자는 김훈에게 정보를 알아냈는지 어느새 아파트 앞에서 기다리고 있었다. 피곤한 일이다. 이럴 땐 어떤 말보다 한 명의 다른 여자가 좋은 해결책이다. 그러나 지금 나에겐 여자가 없었다. 조만간 구할 것은 의심할 여지가 없었지만.

나는 여자를 데리고 근처 카페로 들어갔다. 간단한 식사와 커피를 파는 곳이다. 의도적인 것이었다. 너에게 성의를 보이지 않겠다는 의도로 이런 곳으로 왔지만 여자는 아랑곳하지 않고 기쁜 기색을 보이며 샌드위치와 커피를 시켰다.

속이 비었음에도 나는 뱃속을 음식으로 채우고 싶은 생각이 없었다. 지금은 쓰리겠지만 빈속을 카페인으로 달랠 수밖에 없었다. 시킨 음식이 나왔고 맞은편에서 나는 커피로 애써 마음을 달래고 있었다. 어린 여자에게 화를 낼 수도 없는 일이다. 특별히 중단된 적이 없던 작업이 누군가로 인해 방해받기는 처음이었다.

"그거 먹고 나면 가라."

"왜요?"

눈을 빤히 뜨고 본다.

"나 작업하다 나왔다. 가서 계속 써야지."

"작업? 집필 말하시는 거예요?"

"그렇게까지 표현하기는 그렇고, 어쨌든 방해받고 싶지 않아."

"알았어요."

그녀의 표정엔 전혀 불쾌한 기색이 보이지 않는다. 오히려 나를 보는 눈빛에 장난스런 열정까지 빛난다. 이 여자를 어떻게 해야 하지.

"내가 하나만 충고할까?"

그녀가 고개를 끄떡인다.

"네가 말하는 짝사랑이란 일방적으로 한쪽에서만 상대방을 좋아하는 거잖아."

"네."

"그럼 그런 감정은 상대방이 모르게 해야 하는 거거든. 혼자 좋아하고 마음에 두되 상대방 앞에 나타나거나 자신의 존재를 드러내지 않는 게 짝사랑의 기본 룰이야."

"오빠는 이미 알고 있잖아요."

"물론 나는 알지. 하지만 나한테 전화해서 이런 식으로 행동하면 안 되는 거거든."

내 스타일이긴 하지만 어린 여자는 역시 풋내나서 싫다. 여자의 사촌 오빠란 사람도 신경을 긁어놓더니 이번엔 동생까지 나를 힘들게 한다. 이 집 사람들이 정말 싫어지려고 한다. 지금은 조용히 쉬고 싶다. 그런데 지금 이 여자애는 나를 놓아줄 생각이 없어 보인다.

"왜요?"

"말했잖아. 그게 짝사랑의 규칙이라고."

"그런 쓸모없는 걸 누가 정했대요?"

누가 지었을까. 순간적으로 여자에게 휘둘려서 머리 속으로 묻는 나 자신이 우스웠다. 그게 무엇이 중요한가. 지금 중요한 건 여자의 존재가 나를 괴롭히지 않는 것이다.

"어쨌든!"

"그딴 거 필요없어요. 룰이란 것은 내가 정해요. 그런 룰 때문에 가슴 아파하다 끝낸 사람이 저예요. 이제는 그런 거 안 따질 거예요."

여자는 오만하게 말했다. 자신있는 젊음이 부럽다. 이제 삼십대 초반일 뿐인데도 나는 어느새 그런 배짱을 가질 힘을 잃었다. 사랑을 해보지 못한 사람의 자신감이기도 하다. 여자에게서는 아직 사랑을 해보지 못한 사람에게서 나는 어설픈 열정이 보인다.

내 첫사랑은 고등학교 때였다. 철저한 짝사랑이었다. 그녀는 멋있었고, 아름다웠고, 완벽했다. 내가 상상할 수 있는 모든 것을 갖고 있었다. 그녀는 나보다 네 살이나 연상이었으나 그런 나이는 장애가 되지 않았다. 나는 더 이상 내 감정이 주체되지 않을 즈음 그녀에게 고백했다. 그러나 되돌아온 것은 비웃음이었다. 그녀는 내 고백을 하나의 장난으로 받아들였다. 얼굴이 벌겋게 달아오르도록 웃어대던 여자는 나를 향해 말했다.

"넌 사랑을 알기엔 아직 어려. 그리고 난 어린애는 취미없어."

붉어진 얼굴이 식을 때까지 정신없이 달려갔지만 볼의 열기는 쉽게 식혀지지 않았다. 나는 그날 치욕이 어떤 것인지를 알았으며 사랑의 실체가 아름다움 뒤에 숨겨진 냉정한 상처라는 걸 깨달았다. 그때 이후로 사랑을 믿지 않았으며 여자라는 존재도 믿지 않았다. 첫사랑이라고 이름 붙이기도 뭐한 그 추억은 가슴속에 깊이 숨어 가끔씩 고개를 들 때면 아픔보다는 불쾌한 느낌이 더 강했다.

지금 이 여자를 보면 그때의 나 자신이 생각난다. 하지만 그때의 나보다 더 당당하며 자신감있다. 내가 가진 상처를 이 애에게 남기고 싶은 생각은 없다. 하지만 그것이 이 애를 나에게서 떼어놓기 위한 유일한 방법이며 현실을 미리 인식한다고 해서 나쁠 것은 없다. 나는 그런 상처를 준 예전의 여자에게 오히려 감사하고 싶다.

난 마구 웃기 시작했다. 웃지 말라고 여자는 몇 번을 애기했다. 하지만 여자가 볼을 붉히고 화가 난 표정으로 째려볼 때까지 웃음은 계속됐다. 여자가 화가 나다 못해 눈물까지 보이자 나는 그제야 웃음을 그쳤다.

"내 눈에 넌 풋내기일 뿐이야. 그리고 난 어린애는 취미없어. 이제 그만 가줄래?"

여자의 얼굴에 치욕이라는 풋말이 붙어 있었다. 그녀는 먹던 샌드위치를 팽개치고 커피도 남겨놓은 채 달려나가 버렸다. 나는 마치 아무 관련 없는 사람처럼 남은 커피를 조용히 다 마시고 종업원에게 리필을 부탁했다.

창문 너머로 여자가 사라진 것은 이미 오래전 일이다. 나는
또 다른 나를 만든 것이다. 사랑을 믿지 않는 또 다른 상처받은
영혼을. 하지만 그 영혼은 현명함을 지닐 것이다. 비록 남자를
가볍게 보고 사랑을 믿지 않겠지만 현실이 어떻다는 것을 누구
보다도 예리하게 볼 수 있는 지혜를 갖게 된 셈이다. 나는 내가
행한 일을 마음에 접어둔 채 조용히 리필된 커피를 들어 입으로
가져갔다.

이준우로부터 연락을 받은 것은 늦은 오후가 되어서였다. 정
신없이 이야기 속에 빠져 글을 쓰고 나서 기지개를 켜니 온몸이
뻐근하게 느껴졌다. 만족스런 피곤함이었다.

전화가 온 것은 그때였다. 앙칼진 애완견처럼 사정없이 짖어
대고 있는 전화기를 향한 내 시선은 오랜만에 우호적이었다. 전
화를 받고 상대방이 이준우임을 알고도 선뜻 만날 마음이 든 것
도 어쩌면 기분이 좋은 탓이었을지 모른다. 어쨌든 그와 약속을
정했고 전화를 끊은 난 준비를 하고 집을 나섰다.

날씨가 조금씩 풀리는 느낌이었다. 택시를 잡기 위해 도로로
나서자 오랜만의 맑은 날씨는 햇살의 따스함을 느끼게 해주었
다. 나는 두꺼운 코트 대신에 약간 얇은 자켓을 걸치고 세련된
목도리로 보온을 충당했다. 나는 멋스러운 스타일을 즐기는 편
이며 조금의 추위는 내 매력에 어떤 영향도 끼치지 못했다.

약속 장소에 가보니 이준우는 벌써 술을 시켜서 한 잔 마시고

있었다. 그의 분위기로 보건대 결코 좋은 일은 아닌 듯했다. 그가 나를 만나자고 했을 때는 분명 서영과 연관된 일임에 틀림없었다. 그리고 저런 모습은 뭔가 일이 틀어지고 있다는 것을 의미했다.

나는 입가에 퍼지는 미소를 애써 감추고 그에게 다가갔다. 그는 내 기척을 느끼고 고개를 들었다. 입은 꽉 다물어져 있었으며 눈은 우울해 보였다. 나는 악수를 나눈 후 맞은편에 앉았다. 발 빠른 웨이터가 잔을 하나 들고 왔다. 그는 양주병을 들어 내 잔을 채워주었다.

"절 보자고 한 이유가 뭡니까?"

잔을 따르자마자 본론으로 들어갔다. 기분이 좋다고는 하나 그는 내가 싫어하는 존재임에는 변함이 없었고 오래 끌고 싶은 생각도 없었다. 남자는 한숨을 깊이 내쉬었다.

"서영 씨와 헤어진 건 알고 있습니다."

이래서 나는 그를 좋아할 수 없다. 무얼 말하고 싶은 것일까. 이미 헤어진 나를 부른 것은 필시 이유가 있을 것이다.

"혹, 서영 씨가 사귀는 남자가 누군지 아시는가 해서……."

그걸 묻기 위해서 나를 불렀다면 그는 헛다리를 짚은 셈이다. 자세히 알지도 못할뿐더러 안다고 하더라도 가르쳐 주고 싶은 생각은 없다. 서영이 택한 남자는 김훈이란 말인가.

"얼마 전 그녀에게 고백했습니다, 좋아하고 있다고. 그러나 그녀는 웃으며 거절하더군요. 자신은 이미 마음에 두고 있는 사람이 있다고."

그가 거절당한 것은 기뻤지만 이미 그녀를 사로잡은 사람이 있다는 것은 나를 우울하게 했다. 그녀를 잊자고 몇 번을 다짐했건만 어째서 감정이 조절되지 않는 것일까. 나는 왜 바보같이 감정의 노예가 돼야 하는가.

"우울합니다."

우울한 것은 그만이 아니다. 나는 잔을 단숨에 입 안에 털어 넣었다. 식도를 타고 넘어가는 알코올의 강한 도수가 장을 자극했다. 찌릿함이 강렬하게 속을 강타했다.

"아내에게서 마음이 떠난 뒤 처음 좋아하게 된 여자였습니다."

이놈은 바보다. 지금 나에게 할 소린가. 예전의 애인이었던 나를 두고 해야 할 얘기인가. 아마도 같은 실연을 당했다는 공감대를 얻어내려는 모양인데 나는 기분이 더러울 뿐만 아니라 그를 상대하고 싶은 생각은 추호도 없었다.

놈은 상대하기에 너무 무디다. 이런 미련스러움을 견딜 수 없다. 감성이나 감각이 무딘 놈들은 여자도 그랬겠지만 나도 감당하기 힘들다. 예술가는 극도의 예민한 감각을 가지고 있다. 바늘로 찔러도 스펀지같이 푹 들어가기만 할 뿐 어떤 감각도 느낄 수 없는 이런 놈과는 대화해 봤자 어떤 해결책도 나오지 않는다. 물론 내용 자체가 해결책이 있을 수 없다.

지금 나는 그가 던진 파장으로 인해 혼란스러운 상태였다. 그녀에게 이미 애인이 생겼다는 건 짐작했지만 다른 사람의 입을 통해서 듣는 것은 또 달랐다. 상상과 현실은 다른 법이다. 그의 말은 현실이었다.

"누구인지 물어봤지만 대답을 해주지 않은 채 웃기만 하더군요."

당연한 일 아닌가. 자신의 애인을 다른 남자에게 말할 여자가 어디 있겠는가. 이 사람은 업무적 능력은 뛰어날지 모르지만 연애에 있어서는 꽝이다. 아마도 그의 아내가 떠나간 이유는 단순히 무관심해서만은 아닐 것이다. 그의 무딘 감성이 아내의 마음에 상처를 줬을 것이다. 이 남자에게 어울리는 여자는 그와 같은 부류의 여자여야 할 것이다. 그래야 서로가 상처도 받지 않을 것이며 지내는 데 불평도 없을 것이다. 어쨌든 서영이 그를 택하지 않은 것은 탁월한 선택이었다.

"정말 모르십니까?"

속이 쓰리다. 짐작이야 가지만 그녀의 마음속에 있는 남자가 내가 아니라는 사실이 실로 안타깝다. 나는 남자를 보며 이제는 그만두어야 할 때라는 걸 깨달았다. 그와는 더 이상 할 말이 없었으며 그 또한 나에게 묻고 싶은 말이 없을 것이다.

"가봐야겠군요."

남자의 눈엔 나와 마찬가지로 잃은 것에 대한 슬픔이 있었다. 그는 그저 고개를 약간 끄덕이더니 다시 잔으로 시선을 돌리고 술을 따랐다. 인생은 뜻한 대로 이뤄지지 않는다. 내가 살아온 바로는 한 번도 제대로 이뤄진 일은 없었던 것 같다.

삶은 트릭을 만들어놓고 그 함정에 빠져 가는 것을 즐기는 야비한 구경꾼이다. 정신을 똑바로 차려도 희생물이 되는 것을 막을 도리가 없다. 양주 한 잔으로 우울한 기분을 날려 버리기엔 모자란 감이 있다. 내가 마신 딱 한 잔의 양주는 그녀를 잃은 후 느끼는 한 움큼의 미련과 같다. 적지도 크지도 않은, 안타깝기도 시원하지도 않은, 행복하지도 고통스럽지도 않은, 취하지도 멀쩡하지도 않은 어정쩡한 한 잔의 양주의 취기와도 같다.

뭐든 명확한 것이 있었던가. 내 자신조차도 어떤 인간인지 알 수 없는 마당에 삶 자체를 명확하게 파악한다는 것은 어려운 일일지 모른다. 지금의 취기는 기분을 더럽게 만들 뿐이다. 나는 처음으로 알코올의 필요성을 느꼈다. 나는 좀 더 술의 힘을 빌리기 위해 눈에 보이는 가장 가까운 술집을 향해 들어갔다.


양선우의 결혼식 날은 내가 생각하는 이론처럼 우중충한 날이었다. 좋은 시절을 추억하며 삽질하기 좋은 날이었다. 그동안 나는 여자들과 여러 차례의 만남을 가졌지만 이상하게도 내 취향이었음에도 불구하고 어떤 이끌림도 느낄 수 없었다. 정력을 탕진해 버린 노인처럼 내 마음은 바닥을 보이고 있었다. 어떤 여자에게서도 성적 자극을 받을 수 없었을 뿐만 아니라 마치 발기부전증 환자가 돼버린 기분이었다.

나를 발견하고 악수를 하는 양선우의 손은 여전히 바스락거리고 있었다. 그의 황량한 분위기에서 유일한 습기를 느낄 수 있는 곳이라면 눈이었다. 그의 눈은 열정과 흥분으로 빛나고 있었다. 눈은 곧 그 빛을 거둬들일 것이다. 가정을 가진 삶이란 힘겹기 때문이다. 그러나 그 혼자의 삶을 뒤돌아보면 차라리 결혼이 낫다는 결론을 내렸다. 그의 삶은 회색 그 자체였고, 나빠져봤자 그보다는 나으리라는 생각이 들었다.

"축하해!"

내 한마디에 그의 얼굴은 더 환해졌다. 그에게 있어 인생의 황금기라면 이 시기가 아닐까.

"하객 분들은 안으로 들어와 주시기 바랍니다."

사회자의 목소리가 낯이 익었다. 김훈이었다. 양선우는 사회를 나에게 부탁했었다. 하지만 체질적으로 남 앞에 나서기 싫어하는 내 성격 때문에 결국 사회자 자리는 김훈에게 돌아갔다. 물론 배도우는 산으로 들어가 연락이 끊긴 상태였다.

신부는 보이지 않았다. 아직 준비가 끝나지 않았나 보다. 여자 쪽은 재혼이었고 결혼 생활이 그다지 평탄치 못했던 모양이다. 내가 듣기론 여자가 단지 애를 낳지 못해서 소박맞았다는 정도였다. 어찌 보면 잘된 일인지도 모른다. 우울질 인간에게서 나온 자식은 아버지의 분위기에 질식해 죽을지도 모른다. 신은 그에게 공평한 만큼의 삶을 주신 것이다.

나는 우인임에도 불구하고 부조금을 냈다. 식장 안으로 들어가 신랑 쪽 하객 좌석에 앉았다. 신부 측이든 신랑 측이든 하객

들은 많지 않았다. 무심코 주위를 둘러보다 서영을 발견했다. 어쩌면 건물을 들어서는 순간부터 줄곧 그녀를 찾고 있었는지 모른다. 이미 다른 사람에게 간 여자지만 사람이란 떠나고 나서야 그 존재의 가치를 깨닫는 법이다. 나는 놓쳐 버린 것이 너무도 크다는 것을 최근 들어서야 깨달았다.

이상한 감정이 내 가슴에 퍼져 가고 있었다. 한 번도 깨닫지 못한 느낌이라 당혹스럽긴 하지만 그리 나쁘지만은 아니었다. 그녀를 볼 때마다 빨라지는 맥박의 정체를 알 수 없었지만 나는 이 감정을 이상한 두근거림이라고 명명했다.

서영은 식장 안으로 들어서자 나를 발견하지 못한 채 곧장 사회자 석으로 걸어갔다. 쭉 뻗은 각선미가 내 눈을 현란하게 만든다. 내 무릎 위에 앉았던 그녀의 무게와 감촉이 새삼 살아나 뜨거운 감정이 솟아났다.

"눈앞의 보석을 알아보지 못하는 자는 그 값어치를 즐길 자격이 없네."

그녀의 아버지가 했던 말이었다. 나는 행운의 사나이가 되는 기회를 놓쳐 버렸다. 그것도 스스로 차버린 결과였다. 좀 더 그녀에게 관심을 기울였다면, 자신의 관심이 떨어졌다는 것을 내비치지만 않았다면 지금도 우리들의 관계는 계속됐을 것이다. 하지만 그녀에 대한 감정을 깨달을 수 있었을까. 어쩌면 여전히 모를 수도 있는 일이었다.

이상한 두근거림은 나로 하여금 그녀에게 계속해서 눈길을 보내게 만들었다. 나는 저항할 수 없는 힘에 의해 서영을 바라보았다. 말을 나누던 그녀가 그제야 나를 발견하고 미소를 보냈다. 이상한 두근거림이란 놈이 흥분하기 시작했다. 맥박은 템포수를 빨리하고 있었다. 말을 끝낸 그녀가 내 쪽으로 다가와 옆에 앉았다.

"결혼식에 오는 기분이 어때요?"

여전히 그녀에게는 시원한 수박 냄새가 난다. 내 안의 욕망은 그녀를 갈구한다.

"늘 일어나는 일상 중에 하나일 뿐이지."

그녀의 한숨 쉬듯 내뱉는 소리가 묘하게 섹시하다.

"갑자기 결혼이란 게 하고 싶어져요. 정말 그딴 거 생각도 하기 싫었는데. 아무래도 늙어가나 봐요."

그녀의 늙는다는 소리에 나는 웃음을 터뜨렸다. 서영은 의아한 듯 나를 보며 물었다.

"왜 웃죠?"

"당신한테 늙는다는 소리는 안 어울려. 항상 애같이 깜짝 놀랄 행동을 해서 황당했던 일이 한두 번이었어야지. 당신은 늘 그렇게 살아갈 거야."

"그냥…… 요즘 좀 심란해요."

"왜?"

그녀는 미간에 주름을 잡았다.

"부장님이 나를 좋아했었나 봐요."

이미 알고 있는 사실이다.

"어느 날 갑자기 고백하더군요."

그것도 알고 있는 사실이다.

"거절하긴 했지만 그 뒤부터 따라붙는 부장님의 눈빛이 몹시 부담됐어요. 슬픈 눈빛으로 나를 쳐다보는데 모르는 척하기도 한두 번이지 정말 힘들어요."

그놈에게 상대방이 불편할까 봐 자신의 감정을 감추는 섬세함 따위를 바란다는 건 무리다.

"정 안 되면 밀라노로 가야 할지도 몰라요."

절대 안 될 말이다.

"사적인 감정 때문에 직장을 그만둔다는 것은 프로 정신에 위배되는 거 아냐? 내가 알기로 당신은 프로 의식이 있는 사람이라고 생각했는데."

"저도 그런 식으로 그만두고 싶은 생각은 없어요. 하지만 흔들리는 건 사실이에요."

계속될 것 같던 얘기는 결혼식이 시작됨으로 인해 중단되었다. 신랑 입장이라는 사회자의 말이 떨어지자 양선우가 약간 불안정한 걸음으로 급하게 입장했다. 초보 신랑의 어설픈 걸음걸이가 몇몇 하객에게 웃음의 물결을 만들었다.

곧이어 신부 입장이 이어졌고 푸짐한 몸매의 신부가 자신보다 몇 살 많아 보이는 남자의 팔짱을 끼고 나타났다. 아마도 오빠인 듯했다. 내 관점에선 수준 미달이었지만 양선우에게 있어서 신부는 세상에서 제일 아름다운 여자였다. 자신의 동정을 가져간 여자를 바라보는 남자의 눈빛엔 열정과 꿈이 담겨 있었다.

끝날 듯하면서도 계속해서 이어지는 지루한 주례사는 마침내 끝을 맺고 양측 어른들께 인사를 한 뒤 새 출발을 알리는 신랑 신부의 행진이 이어졌다. 우인들의 사진 촬영이 이어지자 신부 측은 전부 애 엄마인데 반해 신랑 측 우인들은 대부분 홀아비 냄새가 풀풀 풍기는 노총각들이 많았다.

그 속에 서영은 홍일점처럼 돋보였다. 그 옆을 지키는 건 물론 나였다. 하지만 그녀의 오른쪽은 김훈이 지금 서영의 남자친구는 자신이라는 듯 당당하게 서 있었다. 그 자식을 밀어내고 싶은 충동이 일었다.

사진 촬영이 끝나자 김훈은 피로연이 있다며 내 팔을 끌었다. 나는 얼떨결에 서영과 함께 그를 따라갔다. 테이블 하나를 차지하고 앉은 우리들은 탁자에 미리 올려져 있던 떡을 집었다.

“선우 그 자식 다시 봤어.”

“왜?”

갑자기 내뱉는 김훈의 말에 나도 모르게 묻는 말이 튀어나왔다.

“부모가 무척 반대했다더군. 몰랐는데 선우 집안이 조상 대대로 내려오는 양반 집안이라 배경을 무척 따진다는 거야. 여자

집안이 별다른 족보도 없는 데다 한 번 소박맞았다고 문중에서 반대가 대단했대. 그런데 저 녀석 어디에 그런 고집이 있었는지 밀어붙였다는 거야. 정말 대단해!"

"가난한 양반이 밥 먹여준대? 무슨 얼어 죽을 놈의 족보."

내가 보는 관점에서 양선우는 잘 어울리는 임자를 만난 것이고, 그런 자잘하게 붙은 타이틀은 살아가는 데 아무런 소용도 없는 것이다. 내 말에 동의하듯 서영이 또한 고개를 주억거렸다. 피로연이 끝날 즈음 신랑 신부는 우리 테이블로 다가가 마지막 인사를 했다.

"결혼식에 와주셔서 정말 감사합니다."

역시나 말수 적은 양선우는 침묵을 지킨 채 모든 일 처리는 신부가 맡고 있었다.

"우리 정말 예쁘게 살아볼게요. 또 다른 친구 분은 산에 갔다고 하셨죠? 그분을 못 봐서 안타깝긴 하지만 기회가 있겠죠. 어쨌든 신경 써주셔서 감사해요. 제가 나중에 꼭 연습실에 들러서 연주 들으러 갈게요."

"실망하지 않으실 거예요."

서영의 답변에 신부와 서영 사이에는 같은 팀의 남자 친구를 둔 여자의 공감대가 형성되었다. 신부와 그녀는 서로 손을 맞잡으며 친밀감을 표했다.

신랑 신부가 신혼여행을 떠나기 위하여 자리를 비우고 세 사람도 피로연장을 나왔다. 그때 김훈의 핸드폰이 울렸다.

“어, 그래? 알았어. 곧 갈게!”

전화를 끊은 그는 급하게 말했다.

“아는 도반에게서 연락이 왔는데 술 한잔하자네, 어쩌지? 서영 씨, 미안해요.”

“괜찮아요. 얼른 가보세요.”

“그래도 바래다드려야 하는데…….”

“걱정 마! 내가 바래다줄게.”

나는 그를 안심시키기보다는 뜻밖의 기회가 생겼다는 마음에 선심 쓰듯 말했다.

그가 사라지고 둘만 남자 나는 그녀의 차가 있는 곳으로 향했다. 바래다준다는 의미가 집까지 동행한다는 것이지 외관상으로 볼 때는 내가 그녀의 차를 얻어 타는 형상이었다. 물론 지금 사는 그녀의 집은 회사와 가까웠고 내가 집으로 돌아갈 땐 어차피 택시를 다시 타야 했지만 남들이 볼 때는 내가 신세를 지는 걸로 비춰졌다. 조수석에 앉은 나에게 그녀는 출발하며 말했다.

“부탁 하나 들어줄래요?”

그녀가 나에게 먼저 말을 걸리라고는, 그것도 부탁을 하리라고는 상상도 못한 일이었다.

“무슨 일인데?”

그녀는 머리가 아픈지 이마를 손으로 문지르며 말했다.

“파파가 한국에 나오신대요.”

“파파?”

사람을 심장 떨리게 만들던 심술쟁이 영감탱이를 말하는 것
이었다.

"당신을 보고 싶다고 하세요."

순간 내 얼굴은 나 자신이 느낄 정도로 긴장되었다.

"나를 왜?"

"내가 사귀는 사람이 어떤 사람인지 알고 싶다는 거예요. 파
파를 누가 말리겠어요."

"그럼 김훈에게 부탁해. 우린 이미 끝난 사이잖아."

그녀와 다시 시작하고 싶긴 했지만 영감탱이는 사절이었다.

"김훈 씨 곧 인도 간대요. 날짜도 사흘 뒤로 잡혔구요."

"그럼 나보고 어쩌란 소린데?"

그녀는 차를 한쪽으로 세우고 말했다.

"파파가 일주일 후에 입국한다고 했으니까 제가 하루 전에 당
신 집으로 옮길게요."

"집으로 들어온다고?"

귀가 번쩍 뜨이는 말이었다. 그녀가 제 발로 내 집으로 들어
온다고 했다. 그동안 그토록 원하던 일이었지만 들어오는 조건
뒤에는 영감탱이가 따라붙었다. 김훈은 한국을 떠나고 서영은
내 집으로 들어온다? 그럼 그사이 그녀가 나에게 넘어올 확률은
어느 정도일까.

"다른 남자를 만난다면 굳이 그럴 필요 없지만 당신과는 동거
하는 걸 이미 아시니 할 수 없잖아요. 정 싫다면 할 수 없고요.

단지 파파에게 한국에서 남자도 없이 혼자 있는 모습을 보여주기 싫은 것뿐이에요. 보나마나 혼자 있는 거 보면 밀라노로 가자고 조르실 텐데 그걸 설득하기도 용이치 않고요.”

“알았어.”

나는 마지못해 허락한 듯한 표정을 지었지만 입가로 미소가 스멀거리며 삐져 나왔다. 차는 그녀의 집 앞에 섰다.

“얼마나 있다 가신대?”

“마음먹고 오시나 봐요. 한 달 정도 계신다고 했어요.”

“한 달씩이나?”

내키지 않았지만 영감이 한 달이나 머문다는 것은 서영이 또한 그럴 거라는 이야기였다.

“어디서 지내신대?”

“호텔에서 지내신다는 거 제가 그냥 우리 사는 데서 지내자고 했어요, 괜찮죠?”

절대 괜찮지 않았다. 한 달을 그녀와 둘이 있을 거라는 단꿈은 여지없이 무너졌다. 거기다 까탈스럽고 괴팍한 노인네와 지낸다는 것은 생각만 해도 끔찍했다. 약속은 이미 한 상태고 다시 물릴 수도 없었다. 그렇지만 그녀라는 달콤한 선물이 남아 있었다.

“할 수 없지. 그럼 그날 보지.”

나는 그녀가 차에서 내려 집까지 들어가는 것을 확인하고 발길을 돌려 도로로 나왔다. 만족스럽게 먹지 못한 음식은 사람에게 강한 욕망을 불러일으키기 마련이다. 아예 입을 대지 않은 사람보다 맛을 이미 본 사람이 그 맛을 잊지 못하고 강한 집착을 보인다. 서영에 대한 내 마음이 그랬다. 나는 그녀에게 집착을 갖고 있었다.

택시는 쉽게 잡히지 않았다. 봄이라고 하기엔 쌀쌀한 날씨였지만 그래도 예전 같은 한기는 느껴지지 않았다. 이십 분이 지난 후에야 겨우 택시를 잡을 수 있었다. 운전수에게 목적지를 얘기하고 차 시트에 등을 기댄 채 눈을 감았다. 그녀를 되찾느냐 다시 놓치느냐는 이제 나에게 달렸다. 나는 다가올 그녀와의 일을 생각하며 깊은 생각에 잠겼다.

그녀가 돌아왔다. 나갈 때와 똑같은 가방을 들고 나타났다. 그 감정을 표현한다면 감격과 가장 유사했으나 어쨌든 몹시 들떠 있었음에는 틀림없었다. 물론 얼굴에 나타내지는 않았다. 많은 시간이 지났는데도 그녀는 전혀 어색하지 않게 자신의 방이었던 방문을 열고 들어갔다.

나는 그녀를 환영한다는 의미로 주방으로 가 원두를 끓였다. 커피에 대해 별다른 견해를 가지고 있진 않은 나는 세 가지를 섞어 먹었는데 나름대로 맛이 있었다. 원두커피가 준비되고 어느 정도의 시간이 흐르자 그녀는 편안한 차림새로 방에서 나왔다. 나는 미리 준비한 잔에 커피를 따라 거실로 들고 갔다. 소파에 앉는 그녀에게서 나른한 한숨이 흘러나왔다.

"잘하는 짓인지 모르겠어요."

"그게 무슨 말이야?"

"당신 집으로 다시 들어온 일 말이에요."

"달리 방법이 없었잖아."

"그렇긴 하지만 옳은 방법은 아니라는 생각이 들어요."

그녀는 나에게서 커피를 받아 한 모금 마시고는 손가락으로 잔의 테두리를 어루만졌다. 오랜만에 보는 그녀의 행동이 그리움으로 다가왔다. 익숙한 모습을 다시 이렇게 본다는 것이 얼마나 행복한 일인지 몰랐었다.

"내일 오시지? 몇 시야?"

"마중 가게요?"

그녀가 의외라는 듯 나를 보았다. 그럴 것이다. 나는 무척 이기적인 인간이고 남을 배려할 줄도 몰랐다. 서영에게는 의외일 수도 있지만 나를 이렇게 바꾼 것이 자신이라는 것을 그녀는 알까?

"가봐야겠지, 같이 한 달을 지낼 사람인데. 그리고 당신 아버지잖아."

중요한 건 그 점이었다. 그녀의 아버지라는 것. 서영을 나에게 되돌리는 데 결정적 역할을 할 사람이 그녀의 아버지라는 사실은 불운이라면 불운이었다.

"너무 신경 쓰지 않아도 돼요. 나 혼자 가서 모시고 오면 돼요. 시준 씨까지 굳이 나서지 않아도 괜찮아요."

안 될 말이다. 나는 나에게 유용해질 수 있는 아군을 함부로 대할 수 없다. 내 속셈을 알 리 없는 그녀에게 상냥한 미소를 지으며 말했다.

"그럴 수야 있나. 절대 그렇게 하면 안 되지. 내일 같이 나가자."

그녀가 감격한 표정을 짓는다. 물론 이런 점도 노린 것이었다. 가능하다면 오늘밤이라도 그녀를 안고 싶다. 그게 가능할까. 이미 몸을 섞었던 사이인데 어려울 건 또 무언가. 나는 회심의 미소를 지었다.

"글은 잘돼요?"

"거의 끝나가."

"한번 읽어봐도 돼요?"

고개를 저었다. 나는 수정을 하거나 글을 쓸 때 누군가가 옆에 있는 것을 상당히 꺼릴 뿐만 아니라 보여주는 것도 좋아하지 않는다. 완결을 내고 나면 나는 한 달 동안은 푹 쉬어버린다. 그리고 새로운 마음으로 다시 본다. 그렇게 보면 내 소설을 객관적으로 볼 수 있는 눈을 갖게 되며 다음은 수정 작업이다. 이런 작업을 거친 소설은 출판사로 넘어가고 그곳 편집부에서 에디팅해서 다시 넘어오면 마무리 수정을 한다. 편집부에서 마지막 검토를 거치면 소설은 책으로 나오며 글은 이로써 내 손을 떠나는 것이다.

나는 누구에게 내 글을 보인다는 것이 마치 자신을 발가벗기는 것 같아 좋아하지 않는다. 그런 점에선 그녀도 예외일 수 없다. 서운하겠지만 할 수 없다. 약간 서운한 것이 낫다. 아직 완결되지 않은 소설을 보여준다는 것은 설익은 글을 보이는 것 같아 더욱 창피하다.

"키아라, 마일즈 음반 갖고 왔어?"

"갑자기 그건 왜요?"

"한번 듣자. 당신이 온 날을 기념하기 위해서."

서영이 의아한 듯 보았다. 그리고 웃으며 말했다.

"당신, 많이 변한 거 같아요."

물론 변한 것은 아무것도 없다. 단지 내 음흉한 의도를 실행시키기 위한 작전일 뿐이다. 그녀는 자신의 방으로 가서 음반을 들고 왔다. 라이브 실황은 아니나 그녀가 좋아하는 곡이 많이 들어 있는 음반이었다. 오디오 쪽으로 간 그녀는 CD를 넣고 내 옆으로 와서 앉았다. 앉으며 일으키는 바람 속에 그녀의 향기가 풍겼다. 아, 그녀를 안을 수 있다면…….

연주가 흘러나왔다. 이상한 일이다. 정말 싫어했던 음악인데 지금은 그다지 싫지 않다. 상대방을 향한 마음이 음악적 취향도 다르게 만드는가 보다. 나는 제법 심취해서 들을 수 있었다. 음악이 흐르는 동안 둘 사이에는 어느 정도 공감대가 형성되었으며 그녀의 손이 자연히 내 손에 얹어졌다. 그러나 그 행동에는 어떤 유혹의 뜻도 담겨 있지 않았다. 재즈 음악 속에서 지금 그녀와 사랑을 나눈다면 로맨틱한 분위기가 되겠지. 가늘게 눈을 뜨고 나를 보는 그녀의 눈빛에 요기가 흐른다. 흥분이 아닌 음악의 감동에서 오는 물기지만 물기 띤 그녀의 눈은 유혹적이다. 숨을 쉬기 위해 벌어진 입 모양도 역시나 유혹적이다. 나는 내 생각을 행동으로 옮기기 위해 그녀의 허리를 끌어안았다. 저항하지 않는다. 허리를 안은 우리는 편안한 포옹 자세를 취하고 있다. 내 눈이 서영의 입술에 못 박혔고 입술로 얼굴이 내려가는 순간 그녀가 갑자기 몸을 뗐다.

"더 이상의 접촉은 노우예요. 우리 사이는 끝났다고 당신 입으로 말했잖아요. 이렇게 내가 들어왔다고 해서 우리 사이가 예전 같을 거라는 착각은 하면 안 돼요. 전 선의 경계가 확실해요. 지금 우리는 친구 사이고 이런 관계로 전환되는 것은 바람직한 일이 못 돼요. 그건 파파가 있는 동안도 마찬가지예요."

그녀의 말은 명백하게 선을 긋고 있었다. 나는 멋진 밤이 되리라 생각했던 내 계획이 물거품이 됐다는 현실을 깨달았다. 너무 성급했는지도 모른다. 그러나 포기할 생각은 없다. 앞으로 시간은 많다. 나는 아무렇지 않은 표정으로 말했다.

"미안해. 순간적으로 감정이 자제가 안 돼서 그랬어. 예전의 우리로 착각했었어. 다시는 그런 일 없을 거야."

그건 헛소리다. 바보가 아닌 이상 자신이 원하는 여자에게 손 하나 대지 않는다는 게 말이 되는가. 기사도 정신이니 신사니다 헛소리다. 그런 인간이 되느니 차라리 속물로 남겠다. 그러나 나는 그녀에게 천연덕스럽게 그런 말을 하고 있었다.

“자야겠어요.”

서영은 일어났다. 그리고 잠을 설치게 할 만큼 매력적인 미소를 지으며 말했다.

“루체, 잘 자요.”

그녀가 친근하게 부르던 호칭. 서영도 어느새 예전의 우리 느낌에 잠시 동화된 건 아닐까. 나는 잠시 행복한 착각에 빠지고 싶었다.

그녀가 자신의 방으로 사라졌다. 찰칵! 문을 잠그는 소리가 났다. 그건 나에 대한 거부의 표시였다. 절대 당신을 가까이 하지 않겠다는 서영의 명백한 의사 표현이었다. 가슴에 얼음의 날이 가르고 지나갔다. 나는 다소 의기소침해졌으나 곧 회복됐다.

이제 시작이다. 시작에서 이렇게 좌절해 버리면 어떻게 서영을 찾을 수 있겠는가. 나에게는 아직 그녀의 아버지라는 히든카드가 남아 있었다. 그것이 비록 아주 힘들고 곤욕스런 존재라고 해도 어떻게든 이용해 볼 생각이었다.

그녀는 내 품으로 날아왔다. 날아온 새를 돌려보내고 싶은 생각은 없다. 내 속에 둥지를 틀게 할 생각이다. 그 뒤에는 어떻게 할지 아직 생각해 보지 않았지만 일단은 그녀를 나에게 오게 하는 게 급선무였다. 그 뒤의 일은 나중에 생각해도 될 일이다. 지금은 그것만이 중요했다.

자리에 들어서도 쉽게 잠을 이루지 못했다. 엎치락뒤치락거리기를 수차례, 결국 선잠이 들기는 했으나 잠이 깨어나는 순간까지 나는 얼굴도 없는 노인에게 끊임없이 시달리는 꿈을 꿨다. 눈을 떴을 때는 자명종이 울리고 있었다. 본격적인 시작인가. 나는 샤워를 하기 위해 욕실로 향했다. 그녀는 아직 깨지 않았다.

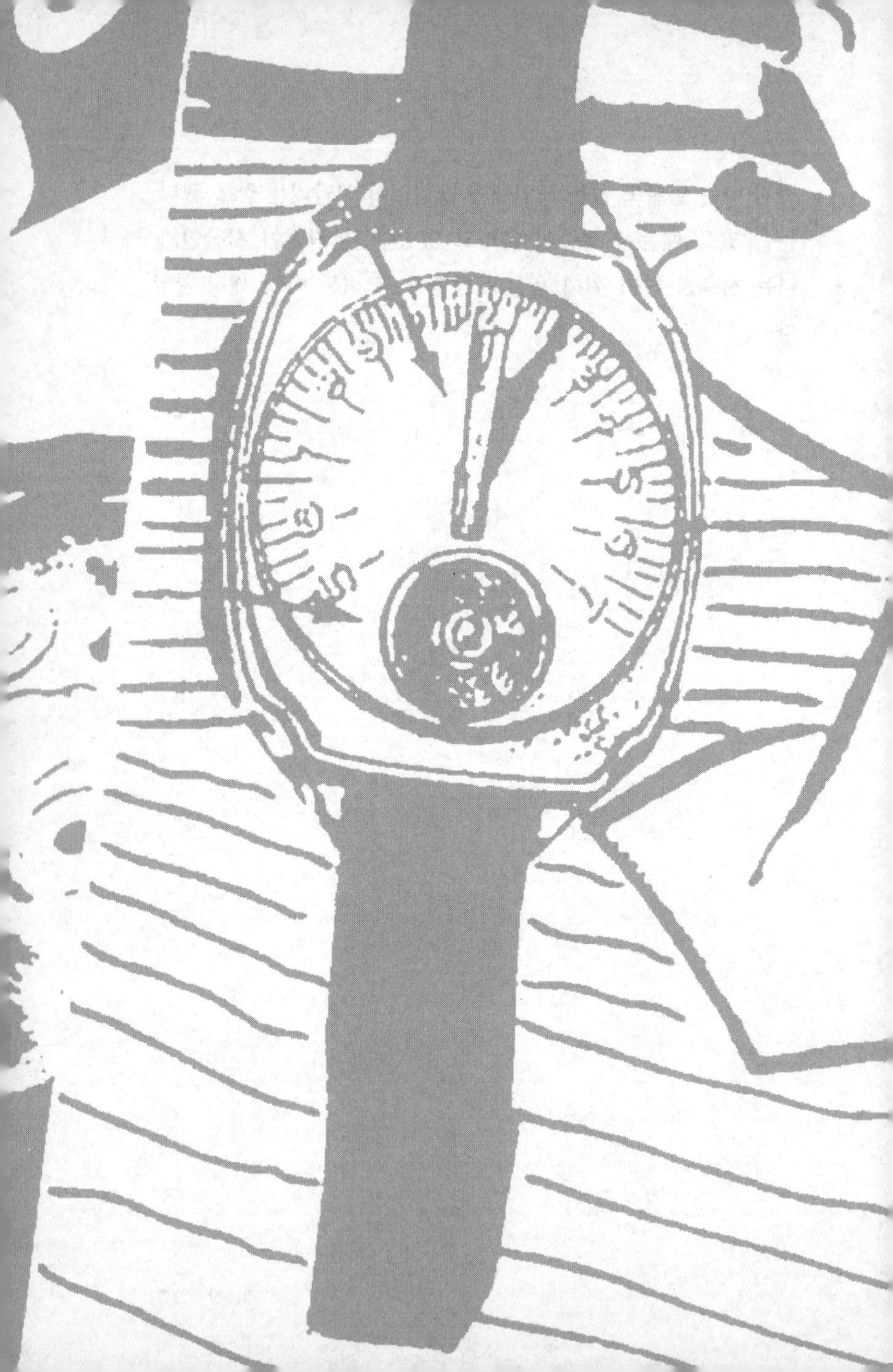

제
12
장

**"오,** 맘마미아!"

입국장 밖으로 사람들이 물결쳤다. 입국하는 사람들을 환영하기 위해 서 있는 환영객 중에 그녀와 내가 가장 어려 보였다. 제발 성깔 더러운 노인네가 아니길 바랄 뿐이다. 귀에 익숙한 그 말은 목소리만 들어도 누군지 알 수 있었다.

일흔의 나이라고는 짐작할 수 없는 당당한 풍채를 한 노인이 우리 앞에 나타났다. 어떻게 저런 얼굴에서 서영이 태어날 수 있었을까. 선이 굵은 외모와 거친 인상은 그녀의 아버지가 보통은 넘을 거라는 걸 나타내고 있었다. 나에게 해결책이 될 그가 어려운 관건이 될 것임을 말하고 있었다. 부녀는 포옹했다. 그녀의 몸은 그의 안에서 바스라질 것 같았다. 정말 어울리지 않는 부녀지간이었다.

"파파, 이쪽은 제가 말하던 강시준 씨예요."

그의 눈이 나를 향했다. 그 눈에서 장난기가 반짝였다. 안 좋은 징조다. 그는 나를 호락호락하게 대할 생각이 없는 사람이다.

"그리고 이쪽은 우리 파파 김춘근 씨예요."

그가 손을 내밀었고 나는 그 손을 불안스럽게 잡았다.

"자네가 그 불한당이로군."

"아빠는!"

서영이 자신의 아버지의 과격한 표현에 불만을 표했다. 그녀의 행동에 그는 소리 내어 웃었다. 염색을 했는지 그의 머리는 연한 갈색을 띠고 있었다. 그러면 뭐 하는가. 그의 이름은 한국 사람도 웃을 촌스러운 이름이었다. 외국의 세련됨과는 전혀 어울리지 않는 이름이다. 외모를 본다면 그래도 마틴이나 커크가 어울릴 것 같은데 춘근이라니.

우리는 그녀의 차로 갔다. 물론 그녀의 아버지가 조수석을 차지하고 나는 뒷자리로 밀려났다. 배려가 있는 노인네라면 조수석을 나에게 양보했을 것이다. 그러나 이 노인네는 전혀 그럴 생각이 없어 보였다. 당연한 듯 조수석으로 가 앉는다. 이래서야 저 늙은이를 아군으로 만들 수 있겠는가. 한숨이 나왔다.

"여행은 어떠셨어요?"

“네 엄마가 없는데 좋을 리가 있니. 그냥 한번 다녀가면 될 것을 늙은이를 이렇게 고생을 시켜야겠니?”

“그럼 그냥 진득하게 기다리시던지요. 어떻게 엄마 없이 한 달을 지낼 생각을 하세요?”

“그런데 정말 많이 변하긴 했구나. 예전의 모습은 찾기 힘들어. 마치 다른 나라에 온 기분이야. 예전에 내가 알던 모습은 하나도 남아 있지 않구나.”

그는 서영의 말에는 대답도 하지 않은 채 엉뚱한 말을 했다. 그녀의 입가에 미소가 어리는 것이 룸미러로 보였다.

“여전하시네요, 말하기 곤란하면 이야기 피하시는 거.”

차 안에서는 주로 두 사람의 대화로 이루어졌다. 나는 가만히 경청하고 있었다. 한편으론 그를 파악하는 데 유용한 시간이었다. 그는 대책없는 늙은이였으며 쉽게 끓어오르는 다혈질적인 기질을 갖고 있었다. 이런 사람이 의외로 단순해서 다루기 쉬울 것 같았지만 그의 쉽지 않는 외모는 감당하기 부담스럽게 만들었다.


“내 방은 어디냐?”

좁은 아파트로 들어선 노인네가 뱉은 첫마디였다. 그녀는 자신의 방을 가리키며 그를 안내했다. 순간적으로 돌아가는 내 머리는 기쁨을 감추지 못했다. 그녀의 방을 내주면 그녀는 나와 잔다는 결론이 나온다. 역시나 신은 나를 버리지 않으셨다.

할렐루야! 신을 믿지 않았지만 나는 속으로 그렇게 외치고 있
었다.

　노인이 방에서 옷을 갈아입고 나올 동안 우리는 거실 소파에
나란히 앉아 있었다. 옷을 갈아입고 나온 그는 대뜸 나에게 물
었다.

　"자네 술 좀 할 줄 아나?"

　"즐기지는 않습니다."

　"그건 마음에 들지 않는군. 사내란 자고로 술을 할 줄 알아야
세상을 안다 할 수 있지."

　"이탈리아에서 많은 세월을 사셨으면서도 아버지의 생각은
전혀 바뀌지 않았군요."

　"난 한국 사람이다."

　그는 아주 자신있게 말했다.

　"내 친구 아버지 중에 그런 생각을 갖고 있는 사람은 아무도
없어요."

．　"그들은 한국 사람이 아니지. 피가 어디 가는 건 아니다."

　"그럼 전 한국 사람이 아니겠군요."

　"아니지. 자넨 한국 사람이지만 풍류를 모르는 젊은이야."

　세상은 많이 바뀌었다. 지금 노인의 발상은 구십 년대까지 통
하는 사고방식이었다. 풍류가 술로 평가되지는 않는다.

　"파파, 혈압 때문에 술 자제해야 하시는 거 아시죠? 아님 엄
마한테 이를 거예요."

미리 엄포를 놓는 딸을 향해 그는 일단 기세를 죽였다.

"지금 술을 먹자는 얘기도 아닌데 뭐."

"파파, 뭐 드시고 싶으세요? 요 근처에 한식집이 있는데."

"그럼 그쪽으로 가자. 그냥 이 차림새로 가면 되겠지?"

그의 차림은 평상복이긴 했지만 이미지가 손상될 차림새는 아니었다. 그녀는 괜찮다고 했고 나도 따라 일어섰다. 그가 그런 나를 저지했다.

"아, 자넨 따라올 것 없네. 오랜만에 부녀지간의 시간을 갖고 싶으니까. 자넨 여기서 그냥 배달시켜 먹게."

황당했다. 이런 대접은 전혀 예상하지 못한 일이었다. 서영은 미안해하며 난처한 표정으로 자신의 아버지와 나갔고 나는 실감나지 않는 현실에 멍하니 그대로 서 있었다. 만만치 않은 상대였다. 이러다가는 아군이 아니라 오히려 방해꾼을 하나 들인 입장이 될지도 몰랐다. 어쩔 수 없다면 안 되는 술이라도 마셔서 그의 비위를 맞춰야 할 판이었다.

이놈의 영감탱이. 나는 속으로 이를 악물었다. 아무도 나에게 이런 대접을 한 사람은 없었다. 그녀의 아버지만 아니었다면 벌써 쫓아냈을 것이다. 나는 앉으며 속으로 화를 삼켰다. 일단은 민생고를 해결해야 했다. 뱃속에서는 음식을 달라고 아우성이었다.

나는 전화기를 들어 음식을 시켰다. 일단은 먹어야 한다. 먹어야 힘도 나고 희망도 생기는 법이다. 배달되어 온 음식을 먹으면서 어떻게 영감을 구워삶을지 궁리를 했다. 입 안에서 느껴지는 음식은 아무 맛이 없었다. 아니, 아무런 맛도 느낄 수 없다는 게 옳은 표현일 것이다. 그러나 뾰족한 수는 떠오르지 않았다. 당분간은 관찰하면서 그를 파악하는 게 더 나을 듯했다.

그날 그는 아주 만족한 표정으로 자신의 딸과 들어왔다. 그리고는 천연덕스럽게 나에게 커피를 요구했다. 나는 아무 말도 하지 않고 주방으로 갔다. 하지만 내 머리 속은 영감을 몇 번이나 목 졸라 죽이고 있었다. 알고 보면 사람을 죽이는 거 참 간단한 일이었다. 머리 속의 생각을 실행으로 옮기면 끝이었다. 생각이 머리 속에서만 맴도는 게 문제긴 하지만.

차를 그의 앞에 내려놓자 노인은 천연덕스럽게 마시며 말했다.

"커피를 괜찮게 끓이는군. 그런데 자네 커피를 너무 많이 마시는군. 좋은 습관은 아니야."

큰 머그잔을 보고 하는 소리다. 항상 내 커피 잔은 머그잔이었고 그걸 당연시 생각했지만 보통 사람의 눈에는 이상해 보일 수도 있다. 그러나 난 늘 이렇게 마셔왔고 아직까지 속병이 나 본 적은 없었다.

"어쩔 수 없죠. 작가의 고질병입니다. 커피와 담배는 빼놓을 수 없는 기호품입니다."

"그런 고정관념을 깨게. 마음먹기 나름이네. 정신을 혹사시키기 위해 육체까지 병들게 할 필요가 있는가."

밉살스럽기 그지없다. 이런 영감을 구슬려서 내 염원을 이뤄야 된다는 것과 한 달을 같이 지내야 한다는 것은 악몽이나 다를 바 없다.

"그렇게 말하신다면 술도 마찬가지 아닌가요?"

"적당한 술은 인생을 풍요롭게 한다네."

말이란 갖다 붙이기 나름이다. 담배나 커피도 마찬가지가 아닌가. 나에게 있어 기호품은 인생을 음미하는 하나의 통로 역할을 한다. 어쨌든 난 그녀와 오늘밤을 같이 보낸다. 그것만은 그에게 감사하고 싶다.

"자네에게 혹 재즈 음반 있나?"

"몇 가지 있습니다만."

"버드 음반이 있는가 모르겠군."

이럴 수가!

"찰리를 좋아하십니까?"

"물론이지. 그의 체로키는 거의 환상적인 연주야. 그는 천재라고 할 수 있지. 나는 천재라는 인간들의 의식 구조를 이해할 수 없지만 그들을 존경하는 건 사실이지. 버드 음악을 들어보고 싶군."

나는 신명이 나서 오디오 옆 CD꽂이에서 버드 음반을 찾아서 CD플레이어를 켰다. 버드의 알토 색소폰이 거실을 울리고 있었다. 한동안 음악에 심취해 있던 우리들을 깨운 것은 서영의 목소리였다. 그녀는 입가에 미소를 짓고 있었다.

"파파, 기억나세요, 찰리 음악을 틀 때 파파가 어땠는지?"

노인은 생각나는지 싱긋이 웃었다.

"굉장했었지. 네 엄마가 화가 나면 누구도 감당할 수 없었어. 난 그런 모습을 너에게 보일 수 없었고. 그래서 너에게 방으로 들어가라고 말한 뒤 찰리의 음악을 틀고 볼륨을 최대한으로 올려놨었지. 내 딴에는 우리의 싸우는 모습을 보이지 않으려는 의도였지만 넌 이미 모든 걸 알고 있었지."

"하지만 정상적으로 두 분이 사이가 좋을 때는 마일즈를 틀어놨었어요. 그래서 지금도 전 찰리의 음악을 들으면 거부감이 먼저 들어요. 이제는 많이 고쳐지긴 했지만. 음악은 음악일 뿐이라는 생각을 가지게 되었죠."

서영이 찰리를 싫어한 이유에는 단순한 시끄러움이 아니라 그녀의 어린 시절이 숨어 있었다. 그녀는 음악적인 면에서도 편협적이지 않았다. 오히려 편식은 내가 하는 편이었다. 나에게 마일즈는 별다른 자극이 없는 평온한 음악일 뿐이었다.

"그럼 이번에는 마일즈를 들어볼까?"

그 역시도 그녀와 비슷한 생각을 갖고 있는 듯했다. 마일즈를 듣고 난 그는 다음의 말로 나를 기쁘게 했다.

"역시나 찰리가 더 낫군. 격정적인 연주는 사람을 열정적으로 만들지. 그에게서는 두려움을 모르는 젊음이 느껴져."

나는 최근에 샀던 수입 CD를 그에게 내밀었다. 그의 눈에 기쁨이 번뜩였다.

"이건 내가 못 들어본 음반인걸! 구하기 쉽지 않은 음반인데!"

밀라노에서도 구하기 쉽지 않은 음반이라는 이야기다. 나는 선뜻 그 음반을 그에게 선물했다. 그는 무척 감격하는 눈치였다. 이제야 내 계획이 제대로 실행되고 있었다.

"고맙네, 난 어떤 선물보다 음악 선물을 가장 좋아하네. 음악은 사람의 영혼을 풍요롭게 한다네."

시간은 어느새 열 시를 훌쩍 넘고 있었다. 그녀는 내일 출근을 해야 했고 눈치 빠른 그녀의 아버지는 피곤하다며 먼저 방으로 들어갔다. 밤 인사를 하고 방으로 돌아왔다. 문을 닫고 마주선 우리는 어색하게 서로를 보았다. 서영이 먼저 말을 꺼냈다.

"제가 밑에서 잘게요."

"침대는 넓고 둘이 자기엔 충분해."

그녀가 나를 빤히 쳐다본다.

"루체, 이제 우리는 남남이에요. 한침대에서 잔다는 건 어울리지 않아요. 그냥 제가 밑에서 이불을 깔고 잘게요."

나는 다소 의기소침해졌다.

"내가 밑에서 잘게. 당신을 밑에서 재울 수야 없지."

하지만 툴툴거리며 이불을 펴는 내 모습은 투정 부리는 어린애와 다를 바 없었다. 그녀는 말없이 조용히 웃기만 했다. 그런 서영이 더없이 얄밉다. 선택권을 그녀가 쥐고 있다는 것이 못마땅하다. 나는 스탠드 불을 약하게 한 뒤 침대 밑에 누웠다. 한숨 소리가 들려왔다.

"루체, 사귀는 여자 있나요?"

"지금은 없어."

잠시 동안 그녀는 말이 없다. 그리고 잠시 뒤 다시 묻는다.

"우리가 헤어진 게 잘한 일이라고 생각하나요?"

"잘 모르겠어. 당신은?"

"잘했다고 생각하려고 해요. 안 그랬다면 당신은 나에게 진저리쳤을지도 모르고 우리는 다른 연인과 다를 바 없이 서로를 미워하며 헤어졌을지도 모르니까요. 서로의 연이 깊어지기 전에 헤어진 건 잘한 일이에요."

그녀의 말은 어쩐지 나에게 하는 말이라기보다는 자신을 이해시키려는 말로 들렸다. 내가 착각한 것일까. 나는 용기를 내어 물었다.

"당신은 사귀는 남자 있어?"

그녀에게서 대답이 없다. 왜 말이 없을까. 사귀는 걸 떳떳이 말할 여자였다. 지금의 그녀 행동은 이해가 되지 않는다.

"……노력 중이에요."

뒤늦게 대답하긴 했지만 애매모호했다. 사귄다는 건지 아니면 앞으로 사귈 거라는 건지 명확하지가 않다.

"안녕히 주무세요."

그녀는 더 이상 나와 말하고 싶지 않다는 뜻을 그렇게 표현했다.

"잘 자, 키아라."

마음은 굴뚝같았다. 그러나 난 원하지 않는 짓을 할 정도로 나쁜 놈이 아니었다. 속으로 끓어오르는 욕구는 이성을 배반하고 나를 힘들게 만들었다. 눈앞에서 그녀와의 섹스가 떠올랐으며 살 냄새는 바로 옆에서 나고 있었다. 젖혀진 시트 사이로 서영의 다리가 드러났다. 허벅지를 살짝 드러낸 다리는 나를 유혹하고 있다. 그녀를 살펴보니 잠이 들었는지 고른 숨을 쉬고 있다. 참으로 대단한 심장을 갖고 있는 여자다. 아니, 여자라는 동물의 특성인지도 모른다.

가끔씩은 남자들도 이해할 수 없는 놀라운 능력을 여자들은 보여준다. 지금의 서영의 모습도 그랬다. 그녀의 다리로 가려던 내 손은 잠시 멈칫한 뒤 다시 제자리로 돌아왔다. 이성이 욕구를 이겼다.

"잘 자, 키아라."

나는 서영이 들을 수 없을 정도로 낮게 뇌까렸다. 그날 밤 나는 무던히도 뒤척였고 달빛을 받은 그녀의 무심한 실루엣은 그런 나를 더욱 힘들게 만들었다. 그리고 잠이 들 때까지 오랫동안 그 모습을 감상해야 하는 벌을 감수해야 했다. 그녀는 아름다웠다. 무심했기에 더욱 아름다웠다. 내 눈은 그녀의 실루엣을 탐닉하며 서서히 감겨졌다.


아침 일찍 일어나 서영이 있음에도 불구하고 나는 모닝 섹스 대신에 산책을 해야 했다. 집으로 돌아와 커피를 끓이자 그녀는 출근 준비를 하다 당연한 듯 커피를 한 잔 따라서 마신 후 생긋 웃어 보이곤 나갔다. 문제는 그 다음이었다. 어이없게도 집에는 다루기 힘든 노인과 둘만 남게 된 것이다. 노인과 지낼 일을 생각하긴 했지만 그녀가 출근하고 나면 둘만 남게 된다는 사실은 미처 생각지 못했다. 황당했다. 어쩐다?

잠에서 깬 노인은 욕실로 직행했다. 그동안 난 작업을 하기 위해 컴퓨터 앞에 앉았다. 잠시 후 가벼운 샤워를 마친 그는 나에게 다가오며 말했다.

"아침은 없나?"

나름대로 구상을 하고 자판을 막 두드리려던 난 작업에 방해를 받자 짜증이 밀렸지만 그는 손님이었기에 마음을 가라앉혔다.

"저희는 아침을 커피로 끝냅니다."

"난 아침을 먹어야 하네."

"지금 먹을 거라곤 커피밖에 없습니다."

"자네는 손님을 보통 이런 식으로 대접하나?"

화가 나는 마음과는 달리 조용히 일어나서 주방으로 갔다. 식탁에 남아 있던 식빵을 토스트기에 넣고 계란 프라이를 했다. 구운 식빵 사이에 계란 프라이를 넣은 후 식탁에 놓고 커피도 잔에 따라 옆에 놓았다. 그리고는 작업을 하기 위해 의자에 앉았다. 주방으로 간 노인은 다시 나에게 왔다.

"다른 건 없나? 저것 가지고는 끼니가 되지 않네."

입에서 험한 말이 나올 것 같았지만 입을 꾹 다물고 다시 주방으로 갔다. 냉장고 문을 열자 야채와 과일이 보였다. 나는 그것들을 잘게 썰어 마요네즈를 버무려 샐러드를 만들어 내놓았다. 그리고는 다시 의자로 갔다. 앉기가 무섭게 노인은 다시 왔다.

"나는 햄도 필요하네. 있다면 그것도 내놓게나."

그녀의 아버지기에, 자신의 아군을 만들기 위해 나름대로 노력했지만 노인은 도를 넘고 있었다. 나는 하인이 아니었으며 그 또한 내 주인이 아니었다.

"전 지금 글을 써야 합니다."

"난 아침을 먹어야 하네."

"전 작가입니다."

"난 손님이네."

참아야 한다. 이를 악물며 주방으로 갔다. 냉장고에서 햄을 꺼내 썬 뒤 프라이팬에 볶아 식빵 옆에 놓았다. 그제야 노인은 만족한 듯 의자에 앉아 식사할 준비를 했다. 나는 작업을 하기 위해 돌아섰다.

"자네도 아침은 안 먹더라도 앞에 앉아서 커피라도 하게. 손님을 혼자 먹게 하는 법이 아니네."

젠장! 나는 주먹을 꽉 쥐며 잔에 커피를 따라 그의 맞은편에 앉았다. 그는 내가 만들어놓은 음식을 쩝쩝거리며 밉살스럽게도 먹었다. 내 입으로 들어가는 커피가 쓰게 느껴졌다. 그의 먹

는 모습을 보니 늘 아침을 먹지 않는 나였지만 이상하게도 입맛
이 동했다.

그는 나 따위는 안중에도 없다는 듯 한 번도 눈길을 주지 않
은 채 음식을 먹느라 정신이 없었다. 이럴 거면 왜 사람을 앞에
앉혀놓는가. 그는 아침을 다 해치웠고 나는 식욕을 없애기 위해
커피를 두 잔이나 마셔야 했다. 먹는 동안 그는 한 번도 음식을
권하지 않았다.

이미 글은 망쳐 버렸다. 쓸 때의 흐름을 깨버리면 그 흐름은
다시 잡히지 않는다. 노인의 방해로 나는 오늘 써야 할 글을 놓
쳐 버린 셈이다. 그렇다고 그를 원망할 수도 없었다. 나는 마음
을 접고 그를 내 편으로 만들기 위해 시간을 할애하기로 마음먹
었다.

"하고 싶은 거 있으세요?"

그는 곰곰이 생각하더니 말했다.

"한국에 자이로드롭이란 게 있다더군. 그걸 타보고 싶네."

"그 나이에 무리가 되지 않을까요?"

그는 싱긋 웃으며 나를 보았다.

"내 나이는 상관하지 말게. 이미 나이를 잊은 지 오래네. 나이
를 생각했다면 그런 놀이기구를 타겠다는 발상 따위는 하지 않
았겠지."

그의 말은 옳았다. 문제는 나였다. 나는 위험한 기구를 좋아
하지 않는다. 차든 버스든 타면 멀미를 잘하는 예민한 체질이었

고 특히나 고소공포증까지 갖고 있었다. 어린 시절 애들이 꺅꺅
거리며 타는 놀이기구를 타고 하얗게 질린 이후로 바이킹조차
도 타본 일이 없었다. 나는 놀이기구를 싫어하는 건 물론 두려
워했다. 그런데 점점 미워지려는 이 노인이 날 보고 그 기구를
타러 가자고 한다. 방법이 없단 말인가.

"더 좋은 기구들도 많은데요?"

"예를 들면?"

"회전목마 같은 거라든지."

"말같이 생긴 타는 기구가 원반 위에 붙어서 빙빙 돌아가는
거 말인가?"

"그렇습니다."

"지금 장난하는가? 그게 무슨 재미가 있다고 날보고 타라는
건가! 노인이라고 깔보지 말게!"

대책이 없었다. 내가 유일하게 타는 기구가 회전목마였다. 할
수 없다. 그를 태우고 나는 구경만 하면 될 것이다.

우리는 놀이동산으로 향했다. 택시를 잡아서 조수석에 앉은
난 뒤를 보았다. 그의 큰 덩치가 혼자 앉아 있는데 뒷좌석이 꽉
차 보였다. 평소 덩치가 있다고 자부하는 나였지만 어쩐지 내
어깨가 왜소해 보일 정도였다.

놀이동산에서 내려 입구로 들어갔다.

"다른 것도 타보시겠어요?"

"아니, 됐네. 난 자이로드롭만 타면 되네."

자유이용권을 끊어버린 나로선 낭패였다. 그럴 줄 알았다면 진작 물어볼 것을. 어쨌든 자이로드롭이 있는 쪽으로 갔다. 줄을 서야 했지만 노인은 그 기구를 보자마자 열광했다. 아이처럼 좋아하는 그를 보자 잠시 웃음이 나왔다. 저 나이에 저런 마음을 갖고 있기에 그가 젊게 사는지도 몰랐다. 삶에 다소 비딱하고 냉소적인 나는 어찌 보면 애늙은이 같은 경향이 있었다. 그녀의 천진스러움도 아버지에게서 물려받은 것일까. 줄은 쉽게 줄어들었고 노인은 기구에 올라탔다. 문제는 그 다음이었다.

"자네도 올라앉게."

"저는 표를 끊지 않았습니다."

"그럼 끊어오게."

"그냥 타십시오."

"나는 혼자는 절대 타지 않겠네!"

노인의 태도는 완강했다. 그의 고집으로 시간이 지연된 것에 대해 사람들의 원성은 대단했으며 기구를 담당하는 직원은 눈살을 찌푸리며 빨리 표를 끊어오시는 게 어떻겠냐고 언질을 주었다. 모든 상황은 나를 압박하고 있었다. 할 수 없이 매표소로 가서 표를 끊어 직원에게 내민 후 그의 옆에 앉았다. 잘 지내려고 노력했지만 정말 정이 가지 않는 늙은이다. 나는 곧 다가올 공포감에 이를 악물었다. 이미 얼굴빛은 하얗게 바래져 갔지만 그것을 알 리 없는 노인은 밉살스럽게 말을 걸어왔다.

"이런 건 공유해야 재미난 법이지."

영감탱이 지옥이나 떨어져라!

"기대되는군!"

그의 얼굴은 즐거워 못 견디겠다는 듯 들떠 있었다. 천국과 지옥이라는 타이틀을 찾는다면 우리 두 사람 얼굴에서 찾으면 될 것이다. 기구가 서서히 올라갔다. 내 입에선 여태껏 들어보지 못한 기괴한 소리가 나왔다.

"그렇지, 몸으로 즐겨보는 거야!"

그는 내 소리가 즐거움에 들떠 나오는 비명이라고 생각했나 보다. 노인은 허공에 뜨는 발을 바르작거렸으며 입은 귀밑까지 걸렸다.

"생각보다 훨씬 재미있는걸!"

나는 이미 코마 상태에 돌입했다. 속에선 내장이 요동치며 욕지기가 밀려왔다. 노인의 좋아서 지르는 비명이 신경을 긁어댔다. 우라질 영감탱이! 기구가 끊임없이 들썩이는 동안 정신은 이미 혼미해져 있었다. 절규하는 내 비명과 함께 들려오는 것은 그의 즐거운 탄성이었다.

"한 번 더 타야겠어."

기구에서 내린 그는 그렇게 말하며 뒤로 가서 다시 줄을 섰고 나는 그가 뭐라든 더 이상은 타고 싶은 생각이 없었다. 내 안색이 안 좋아 보였는지 그도 더는 권하지 않았다.

벤치에 앉아 욕지기를 다스리고 있는데 노인이 옆에 앉으며 말했다.

"거 보게! 아침을 꼭 먹어야 하네. 자네처럼 아침을 거르면 속이 쓰려서 힘을 쓸 수 없는 거라네. 얼굴이 하얀 게 아무래도 체력이 많이 다운되어 있는 것 같군."

도대체 눈치가 없는 것인지 아니면 느물스럽게 모르는 척하는 것인지 얄밉기 그지없었다. 노인은 자신의 원을 풀었는지 이른 점심을 먹자고 했다. 속이 뒤틀려서 진정시키고 있는 사람에게 밥을 먹자고 하다니. 나는 겨우 속을 달래며 일어섰다. 이 모든 것을 감수하는 것은 그가 서영의 아버지이기 때문이었다.

놀이 공원을 나와 근처 식당을 두리번거리던 그가 손으로 가리킨 곳은 중국집이었다. 하필이면 기름진 음식을 먹으려고 하다니. 속이 더 메슥거렸다. 문을 열고 자리에 앉은 난 주방에서 나는 기름진 냄새에 입맛이 싹 가셨다.

"뭘로 하시겠습니까?"

식당 주인의 말에 나는 그나마 가장 기름기가 없는 우동을 시켰고 그는 잡채밥을 시켰다. 중국 음식을 먹어보지 않은 그에게 식당 주인이 추천한 것이었다. 음식이 나오고 젓가락을 들었지만 속은 우동조차도 받아주지 않았다. 맞은편의 그는 나와는 대조적으로 왕성한 식욕을 자랑하고 있었다.

식당을 나올 때 여전히 빈속인 나와는 달리 노인은 자신의 부른 배를 두드리고 있었다.

"이제 뭘 하고 싶으십니까?"

"요즘 제일 잘 나가는 한국 영화가 뭔가?"

"글쎄요, 통 영화를 보지를 않아서……."

그는 혀를 끌끌 찼다.

"예술을 한다는 사람이 예술적 정보가 어두워서야 되나. 일단 가보세!"

그냥 집으로 가자고 말해 주길 바랐다. 하지만 그는 그럴 마음이 전혀없었다. 결국 우리가 선택한 영화는 '터미널'이었다.

영화관을 나오며 노인은 행복한 표정이었다.

"세상은 아직 아름다운 곳이네."

"보는 사람에 따라 다르겠죠."

"자넨 젊은 사람이 시각이 비딱하군."

"현실이 그렇습니다."

노인은 물끄러미 나를 봤다. 그의 눈은 내 속을 보듯 집요했다.

"자네 우리 애를 좋아하는군. 그렇지?"

"그렇습니다."

안 그렇다면 미쳤다고 내가 이 짓을 하고 있겠는가.

"우리 애가 좋아할 만한 걸 가르쳐 줄까?"

순간 혹했다. 노인이 정말로 그런 방법을 알려준다면 여태껏 내가 가졌던 노인에 대한 악감정을 모두 버리리라 생각했다. 그는 내가 안달하는 것을 즐기기라도 하듯 금세 입을 열지 않았다. 속이 무척 탔지만 겉으로는 내색하지 않으려 애쓰며 차분히 기다렸다.

“우리 애는 말이야⋯⋯.”

그 순간 핸드폰이 울렸다. 결정적인 순간에 울리는 벨소리를 무시하려 했으나 노인은 받으라고 말했다. 할 수 없이 플립을 열었다. 서영이었다.

[루체, 저예요.]

“응, 웬일로 전화를?”

[오늘 파파도 계신데 저녁 밖에서 먹어요. 제가 퇴근 시간 무렵에 데리러 갈게요. 한두 시간 후면 갈 거 같네요. 그때 봐요!]

우린 시간이 어중간해 집 근처의 커피숍에서 시간을 보냈다. 아까의 언질에 대해서 노인은 말이 없었다. 그렇다고 내가 물어보기도 뭐했다. 우리는 그저 커피만 홀짝이고 있었다. 그는 지쳐 보였고 그런 말없는 휴식은 나에게도 필요했다.

그녀가 우리를 데리고 간 곳은 기와 지붕이 있는 한옥집으로 한정식을 하는 집이었다. 조용한 분위기가 일단은 마음에 들었다. 방마다 격자무늬 미닫이 문이 가로놓여져 있어 다른 방과 차단되어 있었다.

“오늘 재미있게 지내셨어요?”

그녀의 말에 노인은 따사로운 미소를 지었다. 그의 거친 인상도 딸에게 향할 때에는 부드러워졌다.

“재미있었지. 이 친구에게 얘기해서 놀이기구도 타고 영화도 봤지. 그런데 좀 걱정이 되더구나.”

“뭐가요?”

“내가 보기엔 이 친구 영 힘을 못 쓸 것 같단 말이야. 아무래도 우리 딸을 행복하게 해주지 못할 것 같다는 생각이 든단 말이야.”

그의 짓궂은 말에 서영이 볼을 살짝 붉혔다.

“파파는!”

이 영감이 점점. 그건 내 권위에 도전하는 발언이었다. 아무렴 내가 그런 허약한 놈들과 비교가 되겠는가. 보여줄 수도 없고 증명할 수도 없었지만 상관없다는 생각이 들었다. 어차피 가장 잘 아는 건 서영이니까.

저녁 식사에서도 그의 왕성한 식욕은 증명되었다. 나 또한 하루 종일 별로 먹은 것이 없는 터라 나름대로는 많이 먹었다. 식사가 끝나자 후식으로 오미자 차가 나왔다. 분홍빛의 고운 색깔을 가진 차였다. 다섯 가지 맛을 가졌다는 차는 맛도 좋았다.

“참, 우리 집으로 연락이 왔었다.”

“누구한테요?”

“로미오.”

그놈의 부모 중에는 세익스피어가 친척인 영국인의 피가 섞여 있을지도 모르겠다. 아니라면 멀쩡한 정신으로 어떻게 저런 이름을 짓겠는가.

“뭐라고 하셨어요?”

“한국에 있어서 연락이 잘 안 된다고 했다.”

“잘하셨어요.”

내가 아무리 개방적이라고는 하나 자신의 여자의 과거 남자 얘기를 듣는 것은 불쾌했다. 거기다 이름이 로미오라니. 흔히 여자들이 생각하는 이상적인 남자의 대명사인 로미오란 이름이 그놈에게 붙여져 있다는 사실이 재수없었다.

"그놈 끈질기게 물고 늘어지더군. 자신이 너와 헤어진 건 착오였다, 무척 후회한다, 그러면서 다시 만난다면 절대 놓치지 않겠다며 잡소리를 늘어놓더군. 네 연락처를 알아내려고 별의별 소리를 다 하는 거야. 결국 한마디로 보내 버렸지."

"뭐라고 하셨어요?"

"두 세이 운 바스타르도~!"

그녀와 노인은 한바탕 웃었다. 영문을 모르는 나에게 서영은 그 말은 너는 잡종 같은 놈이란 뜻이라고 통역해 주었다. 그 말이 유쾌해서 난 뒤늦은 웃음을 지었다. 그는 분명 매력적인 요소를 갖고 있는 노인네였으며 통렬한 욕 하나로 유쾌한 사람이라는 것을 느낄 수 있었다.

집으로 돌아온 노인은 아무래도 나이는 속일 수 없었던지 일찍 쉬겠다며 방으로 들어갔다. 우리들도 피로를 느껴 방으로 들어섰으나 약간의 어색함이 흘렀다. 나는 용기를 내어 말했다.

"키스도 하면 안 돼?"

"아시잖아요."

"오늘 당신 아버지 모시고 다니느라고 나 수고한 거 알지?"

그녀가 고개를 끄덕였다.

"그 상으로 당신의 키스를 바라면 안 될까?"

서영은 나를 보았다. 약간의 망설임이 그녀의 눈빛에 보였다. 그리고 그 망설임에는 물기가 어렸다.

"좋아요. 이번 한 번뿐이에요."

나는 기쁜 표정으로 서영에게 다가갔다. 내 손은 자연스럽게 그녀의 등으로 돌려졌고 입술과 입술이 맞닿았다. 익숙한 감촉이었다. 그러나 색다른 느낌이었다. 서영과의 키스는 항상 섹스를 위한 워밍업이었다. 그건 어떤 느낌이라기보다는 자극을 유발하기 위한 촉진제였다.

지금 우리가 나누고 있는 키스는 키스 그 자체를 즐기는 것이었다. 말할 수 없이 따스한 기분이 내 가슴으로 흘렀으며 한 번, 두 번을 해도 만족되지가 않아 무려 다섯 차례의 키스가 이어졌다. 결과는 대만족이었다. 행복한 기분이었다. 즐겁고 행복한 기분이었음에도 불구하고 허벅지 사이의 녀석은 눈치없이 발기했다. 나는 서영이 더 이상의 스킨십은 용납하지 않을 것임을 알고 있기에 아쉽지만 그녀에게 둘렀던 팔을 풀었다.

"잘 자, 키아라."

서영의 정수리에 내 입술이 가볍게 닿았다.

"잘 자요, 루체."

그녀의 목소리는 젖어 있었다. 서영 또한 나에 대한 욕망이 일었음을 감지했다. 지금은 그 정도로 만족하기로 했다. 그녀가 나에 대해서 그런 감정이 일었다는 것만으로 만족하기로. 밤은 깊었고 우리들은 쉽게 잠들지 못했다. 그러나 밤은 길었고 그 밤을 견딜 만한 지구력이 우리에겐 없었다. 우리는 잠이라는 친구에게 꺾였고 밤은 아직도 깊게 가라앉아 있었다.

신은 야속하지 않았다. 적어도 꿈속에서 나는 서영의 육체를 끊임없이 탐닉하고 있었고 내 입가에는 행복한 미소가 감돌고 있었다. 우리 둘 사이에는 이미 끝났다는 현실의 벽이 놓여 있었지만 그 벽은 우리의 감정까지는 어쩌지 못했다. 나는 짐작한다, 그녀도 나와 다르지 않음을. 그녀 또한 나처럼 꿈속에서 나의 육체를 탐닉하고 있음을.


또 둘이 남았다. 서영은 야속하게 노인을 남겨두고 회사로 가버렸다. 나는 작업을 하는 대신 그의 아침을 준비했고 자판을 두드리는 대신 그의 식사에 참여했다. 오늘은 나도 아침을 먹고 있었다.

"자네도 이제 예의란 걸 깨달았군. 이렇게 아침을 같이 먹어 줘야 나로서도 덜 부담스럽네."

언제 그에게 부담이란 게 있었던가. 아침을 조금도 양보하지 않고 챙기던 그의 모습에서 내가 느낄 수 있었던 것은 부담보다는 당당함이었다. 그러나 아무 대꾸도 하지 않았다. 역시나 아침부터 먹는 식사는 위가 부담스럽다. 나는 속이 답답해짐을 느꼈다. 거북함을 커피로 달래며 작업을 하러 거실로 갔다.

"오늘은 나에게 뭘 보여줄 텐가."

가던 발걸음은 그의 말로 멈춰졌다. 오늘도 또 허탕을 쳐야 한단 말인가. 나는 노트북을 아쉬운 눈길로 보았다.

"무얼 하고 싶으세요?"

"난 자네에게 부담이나 방해를 주고 싶지 않네."

이미 그는 그 모든 걸 주고 있었다.

"그냥 집에서 DVD나 보지 뭐. 이탈리아는 전부 외국 영화들이라 한국 영화 보기가 쉽지 않지. 그래도 한국 말로 하는 영화를 봐야 나 같은 사람은 편한 법이지."

"알겠습니다."

나는 재킷을 걸치고 근처 비디오 가게로 발길을 옮겼다. 요즘 몇 달 가지 않은 탓에 가게 주인은 반갑게 맞았다. 노인이 볼 수 있을 만한 재미있으면서도 너무 가볍지 않은 것을 주인에게 선별해 달라고 한 뒤 몇 개를 빌렸다. 혹, 입이 심심할까 빵집에 들러 빵도 사서 집으로 돌아왔다.

노인은 거실에 앉아 음악을 듣고 있었다. 물론 찰리 파커 연주였다. 그의 음악적 기호가 내 기분을 누그러뜨렸다. DVD를 건네준 뒤 노트북을 들고 내 방으로 자리를 옮겼다. 거실에서는 영화 소리 때문에 집중을 할 수 없으리라 생각했기 때문이다. 노트북을 켜자 노크 소리가 났다.

"저 기계는 내가 한 번도 다뤄본 적이 없어서 어떻게 켜야 할지 모르겠구먼."

물론 그럴 수 있는 일이다. 나는 거실로 가서 그가 어떤 걸 볼

건지 물어본 다음 DVD를 넣었다.

"이제 보시기만 하면 됩니다. 영화가 끝나면 말씀하십시오. 다른 걸로 바꿔 드리겠습니다."

"영화는 혼자 보면 재미없네. 같이 보는 건 어떤가?"

영화는 혼자 봐야 집중할 수 있다. 같이 본다면 옆에 있는 사람으로 인해 산만해서 집중도가 떨어질 뿐만 아니라 영화를 깊이 이해할 수 없다. 그래서 나는 영화를 혼자 보는 것이 좋다.

"할 일이 있어서요."

"아까 자네에게 예의를 안다고 한 말은 취소네. 난 자네 집에 온 손님이야. 손님 대접이 영 소홀하구먼."

오늘도 글렀다. 노트북은 저 혼자 돌아가다 꺼질 것이다. 나는 한숨을 쉬며 그의 옆에 앉았다. 영화가 정신없이 돌아갔지만 내 눈에 인지된 화면은 뇌로 연결되지 않았다. 눈은 읽고 있었지만 그저 그뿐이었다. 영화가 끝났지만 재미가 있었는지 없었는지조차 알 수가 없었다. 영화가 진행되는 동안 내 머리 속은 온갖 상념들로 들끓었으며 소설 내용부터 그녀에 대한 생각까지 끊임없이 생각하기를 멈추지 않았다. 그래서 뇌 속으로 들어갈 영화 내용 따위는 없었다.

노인의 웃음소리와 즐거운 눈빛이 보였다. 하루를 또 망쳤지만 그나마 그가 재밌었다면 다행스러운 일이었다. 그는 다른 DVD를 나에게 내밀었다. 나는 플레이어로 가서 DVD를 바꿔 끼웠다. 다시 영화가 시작되고 내가 옆에 앉자 그는 선심 쓰듯 말했다.

"나도 예의를 모르는 사람은 아니네. 이제 자네 일 보게나."

정말 고마워서 눈물이 날 지경이다. 젠장! 나는 의미없이 영화를 보느니 내 방으로 와서 쉬는 게 낫다는 결론을 내렸다. 역시나 노트북은 꺼져 있었다. 나가고 싶다. 나가서 바깥바람을 쐬며 공기를 마시고 싶다. 그러나 손님을 놔두고 혼자 나갈 수는 없는 일이었다. 꼭 시집살이를 하는 기분이었다.

내가 왜 이 짓을 하고 있지. 답은 명백했다. 그녀를 놓치고 싶지 않은 것이다. 그녀의 아버지가 나를 좋게 보고 서영에게 좋게 얘기해 준다면 모든 것이 잘 풀리리라 생각했다. 그의 말이 맞다. 그녀는 보석이다. 놓치기 아까울 만큼 애착이 가는 보석이다.

그의 노크 소리를 듣고서야 시간이 흐른 걸 깨달았다.

"배가 고프군."

"드시고 싶으신 거 있으세요?"

"키아라한테 라면이란 게 있다는 소릴 들었는데 그걸 먹어보고 싶군."

그나마 쉬운 주문이다. 난 웃는 표정을 지으며 주방으로 갔다. 라면은 항상 떨어지지 않고 사놓는 식량이었다. 쌀이 떨어져도 라면을 떨어뜨린 일은 없었다. 남들이 들으면 웃을 일이다. 나는 가스레인지 불을 켜고 냄비에 물을 부었다. 두 개의 라면은 가지런히 쌓인 채 자신의 차례를 기다리고 있었다. 노인은 내 옆에서 신기한 듯 지켜보고 있었다.

"거기 앉으시죠, 다리 아프실 텐데."

나는 주방의 의자를 가리켰다. 그는 식탁에 팔을 걸치며 말했다.

"자네를 보면 남같이 느껴지지 않네."

나는 그가 남같이 느껴졌다.

"키아라 전에 애가 하나 더 있었지. 남자 아이였네. 참 영리해 보이는 아이였는데 돌도 되기 전에 죽어버렸지. 어이없는 죽음이었어. 갑작스럽게 경기를 일으켰는데 병원에 갔을 땐 이미 손을 쓸 수가 없었네. 그 애가 컸다면 자네보다야 나이가 많겠지만 아마도 자네 같은 모습을 하지 않았을까 싶네. 그래서 자네를 보면 남같이 보이지가 않아."

그의 자식으로 태어나지 않은 것이 행운이었다. 하지만 노인의 말은 나에게 잔잔한 여운을 남겼다.

라면을 우동 그릇에 담아 식탁에 놓았다. 마주 보며 젓가락을 든 우리는 잠시 눈이 부딪쳤는데 처음으로 나는 그의 눈을 똑바로 쳐다보았다. 자세히 보지 않아 몰랐었는데 그의 눈에선 내 맘을 뭉클하게 하는 따뜻한 어떤 것이 느껴졌다. 아버지에게서조차 느끼지 못한 감정이었다. 우리 사이에 무언가가 통했다는 느낌이었다.

라면을 다 먹은 뒤 그가 말했다.

"딸에게 한 달을 있겠다고 말했지만 그렇게 오래 있을 생각은 없네. 나에게는 사랑하는 여인이 있고 그녀를 떠나서 이렇게 오래 있는 것은 견디기 힘든 일이지."

다행스런 일이었다.

"생각도 못했던 맛이군. 정말 특별한 맛이야."

그는 이탈리아로 들어갈 때 라면을 한 박스 사가야겠다고 말했다. 그러더니 내 어깨를 꽉 쥐며 말했다.

"내가 자네를 남같이 느끼지 않는 이유는 또 하나 있지."

그의 다음 말을 기다렸다.

"자넨 젊었을 때의 나를 닮았어. 젊었을 때 난 사랑을 믿지 않았지. 여자들 또한 많았어. 나에게 있어 여자는 단순한 욕망이었네. 많은 여자들이 거쳐 가자 어느 순간 이런 생각이 들더군. 이런 삶이 과연 옳은 것인가. 하지만 해답은 얻을 수 없었네. 그리고 또 조금의 세월이 흘렀지. 그러다 만난 것이 지금의 아내일세. 아내도 처음에는 나를 스쳐 간 여자 중의 하나일 뿐이라고 생각했지. 하지만 그녀는 나를 안달나게 했지. 말할 수 없는 독점욕이 생겼어. 그녀를 그냥 보냈다가는 다른 놈이 채갈 거라는 사실을 깨달았고 그게 용납이 안 되더군. 차라리 다른 놈에게 줄 바에는 내가 데리고 있겠다 생각했네. 그래서 결혼이란 걸 했지. 하지만 후회는 없어. 여전히 그녀는 나를 안달나게 하여 질투 많은 사내로 만들고 있지."

그는 남자만이 공유할 수 있는 얘기라는 듯 의미있는 미소를 지었다. 그의 얘기는 나에게 뭔가를 느끼게 했지만 그 뭔가가 무엇인지 정확하게는 알 수 없었다.

"자네도 그걸 깨닫기 바라네. 내가 느꼈던 해답."

나는 애매모호하게 웃음 지었다.

"쉬어야겠네. 좀 피곤하군."

노인은 방으로 들어갔다. 먹은 그릇들을 치우며 곰곰이 생각해 보았다. 그가 원하는 것은 서영과의 안착인가. 아니면 나의 삶이 잘못됐다는 것인가. 그릇을 다 씻을 때까지 정확한 결론은 나오지 않았다. 그 두 가지 다인 것도 같았고, 어느 것도 아닌 것 같기도 했다.

마음이 심란해졌다. 노인이 예전처럼 밉기만 한 것도 아니었다. 머리가 복잡해졌다. 나도 쉬어야겠군. 찰리의 음악을 틀었지만 오늘따라 그의 연주는 불협화음같이 들려 정신이 견뎌주지 않았다. 나는 어처구니없게도 마일즈를 틀었다.

이상한 일이었다. 그토록 싫었던 음악이 이제 내 마음과 정신을 편안하게 해주고 있었다. 무엇이든 편견을 버려야 한다. 잠깐의 감정으로 자신의 취향에 맞지 않다고 해서 좋지 않은 음악이라는 것은 맞지 않다. 오늘 들은 마일즈는 좋았다. 마음이 안정을 찾았으며 이미 이 음악을 좋아하고 있음을 깨달았다. 나는 핸드폰으로 그녀에게 문자를 보냈다.


『지금 마일즈를 듣고 있어. 당신이 좋아하는 이유를 알 것 같아.』

아마도 그녀가 이 글을 읽는다면 웃을 것이다. 오늘밤 그녀는 나에게 자신을 허락해 줄까. 나는 일말의 기대를 가지며 조용히 눈을 감았다. 나른한 피로감이 내 전신을 휩쌌다.

서영에게서 전화가 왔다.

[시준 씨 여기 공항이에요. 김훈 씨 마중 나가는 길이에요. 곧 올 시간 다 됐네? 나중에 봐요.]

드디어 김훈이 인도에서 돌아온다. 오늘은 토요일이었고 서영이 쉬는 날이었다. 녀석은 일부러 맞추기라도 한 듯 그녀의 쉬는 날에 입국하고 있었다. 예전이라면 그 공항에 내가 나가 있었겠지만 지금은 그녀가 그 자리를 지키고 있었다. 이제 그 녀석까지 왔으니 그녀를 탈환할 기회를 영영 놓쳐 버린 것인가.

"키아라한테서 온 전화인가?"

노인은 방에서 나오며 말했다.

"네, 친구가 인도에서 온다고 마중 나갔다네요. 물론 저도 아는 친구이긴 하지만요."

이 노인이 그를 싫어한다면 서영이 나에게 올 기회는 있다. 하지만 곧 도리질을 했다. 김훈이란 놈은 어떤 사람에게든 좋은 인상을 남길 친구였다. 그런 일은 절대 일어나지 않을 것이다. 노인이 있은 지도 일주일이 되었다. 그나 나나 이제 둘이 있는 것에는 어느 정도 익숙해졌고 서로 간에 분란이 일어날 일은 없었다. 하지만 가끔씩 트러블을 일으키긴 했다.

"혹시 그놈이 우리 딸을 노리는 건 아니겠지?"

"글쎄요."

노리는 게 아니고 이미 사귀는 중이라고 말할 수는 없었다. 그녀와 나는 공식적으로 애인 사이었으니까. 아마도 김훈이 인도를 가지 않았다면 그녀의 애인은 그로 바뀌어 있었을 것이다.

"대답이 요상하군."

"만약 그녀가 그러고 싶다면 전 제 입장을 강요할 수는 없지요. 그것도 그녀의 의사니까요."

"얼핏 듣기엔 아주 관대한 태도 같지만 아마도 자네 마음속에는 불길이 일고 있을 거야. 왜냐하면 말이야, 사내놈이란 아주 이기적이고 독점욕이 강하거든. 내가 보기에 자네는 우리 딸에게 아주 지대한 관심을 가지고 있지. 나에게는 천연덕스럽게 그렇게 말하고 있지만 아마도 속에서는 천불이 날 걸세. 김훈이라는 그 친구를 내 딸이 마중 간다는 것만 갖고도 말이야."

무서운 노인이었다. 조만간에 나와 그녀의 사이가 탄로나는 것도 시간문제였다. 그의 말은 내 심정을 정확하게 표현하고 있었다. 다만 그 강도에 있어서는 노인이 생각하듯 강한 정도는 아니었다. 왜냐하면 나는 그녀에게 권리를 내세울 입장이 아니었기 때문이다.

"하긴 아침에 나가는 폼이 누군가를 만나러 가는 것 같긴 했어. 이곳으로 온다고 하던가?"

“글쎄요.”

내가 묻고 싶은 말이었다. 하지만 밖에서 둘이 만나나 집으로 데리고 오나 기분 나쁘긴 매한가지였다. 차라리 집으로 데리고 오면 눈으로 보니 덜 답답하지 않을까 생각됐다.

그래서 그녀가 김훈을 데리고 왔을 때 나는 긴장된 시선으로 노인을 바라보았다. 노인의 반응이 나에겐 중요한 문제였기 때문이다. 그러나 그는 나와 대면했을 때와는 달리 김훈에게 우호적이었다.

“어서 오게. 어떤 사람일까 궁금했지.”

나의 아군이라 생각했던 노인은 바로 앞에서 보란 듯이 나를 배신했다. 어쩌면 노인은 그가 나보다 마음에 들었는지도 모른다. 여태껏 노인에게 했던 정성들이 허망하게 느껴졌다. 공을 들일 필요도 없는 일이었다. 노인의 지금 태도는 나에게 그동안의 일들이 헛정성이었다고 말하고 있었다.

“시준 씨, 커피 좀 부탁해요.”

부녀가 나를 열받게 하려고 작정을 한 모양이다. 내가 이 집에서 커피나 대접하는 사람인가. 그러나 마음과 달리 나는 주방으로 향하고 있었다. 거부할 어떤 변명도 찾지 못했기 때문이다.

커피를 거실로 들고 가자 화기애애한 분위기가 흐르고 있었다. 인도에서 있었던 일이나 김훈이 가지고 있는 박식한 얘기들은 두 사람을 사로잡고 있었다.

"자네도 김 군처럼 여행도 다니고 하게. 글을 쓴다는 사람이 너무 집에만 있군."

노인은 한술 더 뜨고 있었다. 나도 한때는 여행을 다녔었다. 여행을 중단한 시기를 가늠해 보니 그녀를 만난 후였다. 무엇이 그녀로부터 떠나지 못하게 만들었을까. 어쨌든 노인의 말은 나를 화나게 만들었다. 누군가와 비교된다는 것은 기분 나쁜 일이다. 그것도 전 애인이었던 여자의 남자 친구라면. 여행을 떠나고 싶다. 지금 내 발목을 잡고 있는 것은 노인이다. ·

"누군가가 가고 나면 떠나야지요. 이번에는 아예 긴 여행을 할 생각입니다."

글은 끝나가고 있었고 완결을 내고 나면 아무래도 떠나야겠다는 생각이 들었다. 하지만 말은 노인에 대한 불만을 나타내듯 비딱하게 나왔다.

"이번에 인도에 가서 느낀 것은 사람들의 사고방식이었어. 그 사람들에게는 내 것이라는 관념이 없었는데 그게 나로선 존경스럽더군. 늘 갈 때마다 느끼는 거지만 하나씩 뭔가를 배우고 오는 느낌이야."

나로선 이해할 수 없는 관념이다. 세상에 영원한 자신의 것이란 없다. 자기 자신조차도 자기 것이라고 할 수 없다. 그래서 사람들은 자신의 것에 더 애착을 가지는지 모른다. 사람은 사랑도 어떤 소유로 받아들인다. 그 생각이 무척 싫었던 나지만 이제는 이해할 수 있을 것 같았다. 그건 일종의 집착이었다. 자신의 것에 대한 믿음을 가지려는 집착. 믿음을 가질 수 없는 세상에 사는 우리는 물건이든 사람이든 믿음이라는 감정을 부과하고 그것에 집착하려 한다.

지금의 나도 그런 사람 중의 하나였다. 물건에서는 소유를 주장했지만 여자에게는 자유로운 편이었다. 그러나 지금의 난 여자에 있어서도 집착을 보이고 있었다. 나는 자신의 것은 무엇이든 잘 챙기는 남자다. 지금 김훈의 말에는 내 것을 챙기는 것에 대해 책망하는 느낌이 든다. 난 그의 말에 동조할 수 없었다.

"무언가를 배웠다면 이번 여행은 득이 있었던 셈이군."

나의 말은 공허하게 울렸다. 두 부녀가 다른 화제로 넘어갔기 때문에 아무도 내 말을 관심있게 듣고 있지 않았다. 역시나 소외되었다. 서영이 소외시키는 것은 참을 수 있었지만 이제는 노인까지 합세하고 있다. 참 어찌도 그리 닮은 부녀지간인지.

점심을 먹고 일어서려는 김훈에게 노인은 뜻밖의 말을 던졌다.

"우리 애와 사귈 마음이 있는가?"

김훈은 잠시 동안 노인을 조용히 쳐다보았다. 서영이 또한 자신의 아버지 말에 놀라는 표정이었다.

"서영 씨가 그럴 의사가 있다면 전 반대하지 않습니다. 하지만 지금은 힘들지 않을까요?"

그러면서 그는 나를 보았다. 아마도 서영과 나의 지금 상황을 그녀에게서 들었을 것이다. 자신과 사귀고 있다면 모든 일들이

탄로날 테니 그는 그녀의 입장을 고려해서 말한 것이리라. 그는
적절하게 답변했다. 노인은 김훈을 물끄러미 쳐다보고 딸을 본
뒤 마지막으로 나를 보았다. 참으로 눈물나는 일이다. 김훈이
오고 처음으로 노인은 나에게 눈길을 주었다. 감격해야 하는가.

"이만 가보겠습니다."

그가 가고 저녁 나절을 평소 때와 다름없이 보낸 뒤 우리는
잠을 자기 위해 방으로 들어왔다. 여전히 서영의 자리는 침대
위였고 내 자리는 그 밑이었다. 이제는 그녀를 어떻게 해볼 생
각 따위는 이미 사라져 있었다.

서영은 한숨과 함께 뜻밖의 말을 던졌다.

"루체, 나를 원해요?"

침을 꿀꺽 삼켰다. 이 여자는 지금 자신이 일으키는 파장이
얼마나 큰지 아는 것일까. 나는 잠시 생각했다.

"당신은 여전히 매력적이니까."

그녀는 대답하지 않았다. 잠이 들었다고 착각한 순간 서영은
말했다.

"그럼 내 옆으로 올라와요."

내 귀를 의심했다. 그녀가 한 말은 무슨 뜻일까. 나보고 자신
에게 오라고 했다. 내가 잘못 들은 것일까. 나는 다시 확인하기
위해 물었다.

"뭐?"

"내 옆으로 와요."

서영은 이제 자신의 왼손으로 옆 자리를 두드렸다. 나는 그녀의 환대에 잠시 얼떨떨했다. 그녀가 이제 김훈을 버리고 나한테 돌아오는 것인가. 내가 아는 서영은 양다리를 걸칠 여자가 아니었다. 그렇담 공항에서 그에게 이별을 고했는지도 모른다. 그래서 김훈은 그렇게 애매모호한 말을 했던 것일까. 그랬다면 그놈은 이 집에 있는 것이 힘들었을 것이다. 떠난 여자와 그녀의 아버지를 상대하며 여자의 옛 애인을 상대해야 했으니. 승리의 미소가 내 얼굴에 번졌다.

나는 서영을 탈환한 것인가. 장담하는 것은 너무 이른지도 모른다. 어쩌면 그녀의 마음에 변덕이 일어 일시적인 충동이 일었을지 모른다. 내일이 되면 '어제 일은 실수였어요, 루체' 라고 말할지도 모른다. 그렇게 만들 수는 없다. 실력을 보여 서영이 절대 나를 잊지 못하게 할 생각이다.

나는 그녀 옆으로 갔다. 내가 다가가자 여자는 흥분되는지 떨리는 숨결이 느껴졌다. 역시 아직 나는 서영에게 자극적인 남자다. 희열의 미소를 지으며 그녀에게 키스했다. 허리에 둘려진 내 손은 염치없이 서영의 엉덩이를 더듬었다. 그녀의 두 손이 내 목으로 둘러졌다. 나는 거침없이 허벅지 안쪽을 쓰다듬었다. 그녀의 다리가 열린다. 나는 입고 있던 나머지 옷들을 벗어버렸다. 이미 우리 사이에 껍질 따위는 필요치 않았다. 그게 옷이든 마음이든.

"루체. 오, 나의 루체."

"키아라……."

내 눈은 서영을 찾아 헤맨다. 나의 눈에 있는 똑같은 물기를 그녀에게서 발견한다. 두 눈은 말한다. 이제 준비가 되었고, 우리 사이를 방해할 것은 아무것도 없다고. 나는 그녀의 길목으로 내 자신의 욕망을 밀어 넣었다.

지금 이 순간만은 행복했다. 열에 들뜬 서영의 욕망 어린 모습과 빛의 실루엣을 받은 그녀의 탐스러운 몸매와 그걸 만끽하는 내가 있기에. 지금은 어떤 것도 우리를 방해하지 않았다. 나는 남은 밤을 잠으로 보내는 어리석음을 저지르고 싶은 생각이 없었다. 그 시간은 나에게 주어진 시간이었고 마음껏 활용하든 어리석게 낭비하든 내 몫이었다. 나는 전자를 택했으며 그녀를 다른 놈의 손에 넘기고 싶은 생각이 없었다. 오랫동안 잠들었다고 생각했던 내 욕망은 눈을 뜨고 눈앞의 먹이를 탐욕스럽게 먹어치웠다. 익숙한 맛이긴 했지만 놀라운 자극으로 와 닿았다. 그날 나는 계속되는 쾌감에 정신을 차릴 수가 없었다. 그건 여태껏 느낄 수 없었던 최고의 엑스터시였다.


"음, 좋아! 아주 좋아!"

아까부터 노인은 감탄사를 연발했다. 갑자기 무슨 변덕이 생겼는지 그는 나에게 서울의 최고 번화가를 가자고 했고 제일 먼저 머리에 선뜻 떠오르는 압구정동으로 안내했다. 젊은 여자들이 지나갈 때마다 그의 눈은 자연히 돌아갔고 그때마다 감탄사를 연발하고 있었다.

절대 감정 상태를 드러내지 않는 나로선 노인의 이런 행동이 창피할 수밖에 없었다. 나는 그에게 어떤 호칭을 쓰지 않았기에 그를 불러야 할 때 그것이 제일 난감한 일로 작용했다. 그의 이름을 부를 수도 없었고 그렇다고 아버지라고 부를 만큼 내 비위는 좋지 못했다. 결국 호칭은 생략한 채 말했다.

"자제하시죠."

나는 그에게 자그맣게 속삭였다.

"뭘 말인가?"

"나이를 생각하셔야죠."

"아름다움을 보고 감탄하는 일이 나이와 무슨 상관인가? 이런 것을 보고도 무덤덤한 자네의 정서가 메마른 것이 아닌가?"

"감상도 감상 나름이죠. 저 사람들이 뭐라고 생각하겠습니까?"

"남의 이목이 뭐가 그리 중요한가? 신의 창조물 중에 가장 아름다운 것이 여자라고 생각하네. 나는 내 아내를 보고도 감탄하며 내 딸아이도 마찬가지네. 아름다움을 있는 그대로 감상할 줄 모르고 남이 보지 않는 곳에서 은밀하게 즐긴다면 그것이 더 나쁜 것일세. 그건 어떤 의도를 갖고 있는 것이니까."

그의 말에 난 죄라도 지은 듯 얼굴이 화끈거렸다. 안 보이는 곳에서 은밀하게 즐기는 것이 예전 내 전공이었기 때문이다. 물론 지금은 그 어떤 것도 눈에 들어오지 않았다. 지금 내가 관심을 가진 것은 서영이뿐이었다.

우리가 목을 축이기 위해서 카페에 들어설 때까지 그의 감탄은 계속되었다. 자신이 감상의 대상이 된 것을 안 여자들의 반응은 다양했다. 대수롭잖게 생각하고 싱긋이 웃으며 가는 여자도 있었고, 이상한 노인 보듯 불쾌한 표정을 지으며 가는 여자도 있었다. 그리고 어떤 여자는 그의 반응에 관심을 보이고 적극적으로 말을 걸어오기도 했다. 물론 그 여자의 궁극적인 목표는 나였다. 여자는 노인에게 말을 걸며 교묘히 나에게로 옮겨왔다. 그러나 나는 지금 그 어떤 것도 상대하기 귀찮았다.

"그쪽도 생각이 같으세요?"

여자는 노인에게 어떤 얘기를 물어놓고 나에게도 질문을 던졌다. 나는 말하기 싫다는 표시로 입에 지퍼를 달았다는 듯이 손으로 입가를 잠그는 동작을 했다. 미소 짓던 여자의 얼굴이 굳어졌다. 그녀는 내가 반응을 보이지 않자 시들해졌는지 바쁜 일이 있다며 급히 가버렸다. 카페에 앉은 노인은 주문을 해놓고 나에게 장난스런 미소를 던졌다.

"자네, 우리 딸아이에게 확실히 빠졌구먼."

그건 명백한 사실이었다. 물론 나의 이 관심이 오래가지 않으리라 생각했다. 난 싫증을 잘 내는 인간이었다. 이번 일은 예외적이긴 했다. 그녀와 살았던 기간은 예전의 전적으로 보자면 이미 관심을 잃었어야 옳았다. 그런데도 아직까지 그녀를 바라보고 있었다.

"그렇지 않다면 이미 저희는 헤어졌겠죠."

물론 관심을 가지고 있음에도 우리는 헤어졌다.

"그렇겠지. 자네가 보는 내 딸의 모습은 어떤가?"

그의 질문은 부담스러웠다. 좋다고 했다간 많은 책임을 안을 소지가 다분히 있었고 아니라고 했다간 그의 뺨을 맞기 좋았다. 뭐든 적당한 것이 좋은 법이다. 나는 중용의 미를 안다.

"아름답죠, 그리고 매력있는 여잡니다. 그 가치가 어느 정돈지 알아보고 있는 중입니다."

"하긴 쉽게 판단할 수 있는 가치가 아니지."

그는 흡족한 듯 미소를 지었다. 일단은 성공한 셈이다. 그러나 그의 다음 말은 방심하던 나의 허를 찌르는 소리였다.

"알아본 정도로는 어떤 걸 느꼈나?"

역시 만만히 볼 노인이 아니다.

"지금 섣불리 판단하고 싶지 않습니다. 그녀의 모든 것을 깨달은 후에 말씀드리겠습니다."

나에게서 뭔가를 알아내려는 듯이 빤히 보던 노인은 자신의 커피 잔으로 눈을 돌리며 말했다. 무덤덤한 어조에는 어둠이 깔려 있었다.

"자네가 느끼는 가치가 값진 것이길 바라네. 나는 딸아이가 다시 상처받기를 원하지 않네."

그건 그녀를 모르고 하는 소리다. 헤어지자고 먼저 말한 사람은 서영이었다. 그녀는 생각보다도 쿨한 여자였으며 나보다도 감정의 조절을 잘하는 여자였다. 매정하다고 느낄 만큼.

하룻밤을 지낸 이후로 서영은 나와의 접촉을 더 이상 원하지 않았다. 내 노력에도 불구하고 서영은 나를 원하기는커녕 냉정하게 자신의 위치를 고수하고 있었다. 김훈과 헤어졌다고 생각했던 것은 나의 오산이었을까. 그와 헤어졌다면 그녀가 이렇게 나올 리가 없었다. 서영의 충동에 나는 일시적인 놀이 상대가 됐을 뿐인가. 서영에게 얽매이기를 거부하면서도 그녀가 떠남을 아쉬워하고 있었다. 갈팡질팡하는 자신의 마음을 뭐라고 해야 할까. 어쨌든 나는 그녀를 잡는 데 실패한 셈이다. 마음이 우울해졌다. 어찌 보면 상처받은 것은 나였다. 흔히 속된 말로 나는 처음으로 여자에게 차였다. 차인다는 기분이 이렇게 더럽고 슬픈 것인가.

"이미 그녀는 값진 여자고 아마도 자신의 아버지를 닮았다면 상처 따위는 입지 않는 당찬 여자겠지요. 제가 아는 그녀는 오히려 저를 찰 여잡니다."

나의 마지막 말에 노인은 안심한 듯 그에게선 기분 좋은 활기가 느껴졌다.

"자네의 말은 적어도 자네 쪽에서는 찰 마음이 없다는 거군. 그렇담 안심이네. 적어도 내 딸의 마음이 돌아서기 전에는 헤어질 이유는 없겠군."

당신의 딸은 이미 마음이 변해서 나를 찼습니다. 내 눈은 그렇게 말하고 있었지만 그는 눈치채지 못했다. 노인은 처음으로 따뜻한 눈빛으로 나를 봤다.

"자네가 마음에 드네. 자넨 멋있는 남자는 아니지만 적어도 귀여운 구석이 있어."

그는 칭찬이라고 말하고 있었지만 남자에게서 이런 얘기를 듣는다는 것은 욕이나 마찬가지였다. 기분이 좋지 않았지만 아무 말도 하지 않았다. 이제 그를 이용해서 그녀를 되돌려 보겠다는 헛된 생각은 하지 않았다. 그가 나를 좋게 얘기한다 한들 서영의 마음을 붙잡을 수 있으리라는 생각은 들지 않았다.

우리 나라 사람이라면 어느 정도 가능했다. 부모의 입김은 자식에게 상당한 영향을 끼쳤고 그건 어느 정도 먹혀들었다. 하지만 외국에서 살아온 그들에게 그건 어울리지 않는 일이었다. 서구적인 사고방식에 젖어 있는 독립적인 그녀가 자신의 생각을 굽히고 부모의 의사에 따라갈 것 같지는 않았기 때문이다. 그녀가 나와 이런 해프닝을 벌이고 있는 이유도 알고 보면 부모의 뜻에 따르지 않기 위해서였다. 자신의 의견을 관철시켜 이곳에 남아 있기 위함이었다.

"자네와 같이 있다면 나는 마음 놓고 키아라를 여기에 둘 수 있을 것 같은 생각이 드네."

이 노인은 대체 나의 무얼 믿고 이토록 안심한단 말인가. 객관적으로 평가해 볼 때 나는 결코 믿을 수 없는 놈이었다. 그가 보는 잣대가 무엇인지는 모르겠지만 그건 분명 문제가 있었다.

"사실은 내일쯤 귀국할 생각이네. 아내도 생각나고 애초부터 오래 있을 생각은 없었으니까."

　갑작스럽게 꺼내놓는 그의 말은 나를 상당히 당혹스럽게 만들었다. 그가 떠난다는 것은 서영이 내 집에서 나간다는 것을 의미했다.

　그리고 그동안 노인과 정이 들었는지 이상하게도 내 가슴으로 울적한 기운이 스쳤다. 하지만 그녀가 떠난다는 것은 더한 슬픔으로 다가왔다. 카페에서 차를 마시고 일어난 그는 올 때와는 달리 여자들에게 눈길을 주지 않았다. 그 또한 어떤 생각에 사로잡혀 있었다.

　저녁에 돌아온 그녀에게 노인은 자신이 떠난다는 것을 통보했다. 나만큼이나 서영도 놀라는 눈치였다. 아버지가 이렇게 빨리 가리라고는 생각지 못한 모양이었다. 한 달로 예상됐던 그의 귀국은 보름 정도 앞당겨진 셈이다.

　그는 떠날 내일을 위해 일찍 잠을 청하러 방으로 갔다. 우리도 방으로 돌아왔다. 침대에 누운 그녀에게 나는 물었다. 갑자기 궁금해졌기 때문이다.

　"이준우 부장은 여전히 당신에게 치근거려?"

　그에 대한 라이벌 감정 때문에 내 말은 곱게 나오지 않았다.

　"아뇨, 그는 지금 다른 여자를 사귀고 있어요."

　축하할 일이었다. 드디어 남자는 나의 여자에게서 눈길을 뗐으며 어쩌면 그와 닮은 여자를 만났을지도 모르는 일이었다. 그러기를 바랐다. 그도 이제는 상처받지 않고 같은 동류의 인간과

별 어려움 없이 살아야 하지 않겠는가. 물론 서영은 엄밀히 따지면 내 여자는 아니었다.

"잘됐군."

이건 정말 내 진심이었다. 내일 노인이 떠나면 그녀도 곧바로 짐을 싸서 나가 버릴까. 그게 궁금했다. 물어보고 싶었지만 어찌 된 까닭인지 입이 붙어버려 말을 할 수가 없었다. 어쩐지 물어본다는 것 자체가 창피했으며 두렵기도 했다. 묻는다면 당연한 일이 아니냐고 면박을 줄지도 몰랐고, 최소한 떠나려는 순간에 창피를 당할 수는 없는 일이었다. 나도 나름대로의 자존심은 지키고 싶었다.

잠을 이룰 수 없었다. 내일이면 그녀가 이곳을 떠난다고 생각하자 마음이 심란했다. 서영은 침대 위에서 아무런 고민 없이 금세 색색거리며 잠이 들었다.

무심한 여자다. 나 또한 무심한 남자다. 여태껏 깨닫지 못했던 사실이다. 나의 냉정함이 누군가에는 상처가 될 수 있다는 사실. 나름대로는 자유연애를 꿈꾸며 두 사람의 거리의 선을 지키는 것이 합리적이고 깔끔한 마무리라 생각해 왔었다. 물론 나는 그 거리라는 걸 지켜야겠다는 생각이 들 정도로 좋아하는 여자는 없었다. 그래서 여자에게 이별을 고할 때도 마음이 아프기는 했지만 상대방이 어떤 심정이 되리라고는 생각지도 않았다. 하지만 이제 깨닫는다. 상대방의 무관심이 다른 상대방에게는 커다란 상처가 될 수 있음을.

그녀가 나에게 상처를 줄 의도였다면 그건 성공한 셈이다. 나는 그녀를 잡아두려고 보냈던 하룻밤이 오히려 나를 옭아매는 족쇄가 되었음을 깨달았다. 자신의 함정에 스스로 빠져 버린 셈이었다. 그럼에도 나는 화나기보다는 슬퍼졌다. 더 이상의 인연을 만들 수 없다는 사실이 그저 슬플 뿐이었다.

공항에서의 노인의 모습은 여전히 씩씩했다. 서영은 아버지를 배웅하기 위해서 하루 휴가를 냈다.

"다음에 밀라노에 올 때는 이놈과 꼭 같이 왔으면 하는 게 아비 바람이다. 물론 넌 아비에게 알아서 할 거라고 말하겠지만."

"아시네요."

부녀 간에는 따뜻한 미소가 오갔다. 이상한 일이다. 내 코가 속절없이 매워지는 건 뭐란 말인가. 그리고 눈가에 열기가 번지는 건 왜일까. 나는 누군가에게 정을 줄 정도로 따뜻한 놈도 아니며 누군가를 마음에 담아둘 만큼 속없는 놈도 아니다. 하지만 가슴에 퍼지는 파동은 나를 배반하고 있었다. 나는 눈에 힘을 주고 숨을 내쉬었다.

"강 군, 자네가 한국에 있어서 다행이네. 내 딸 옆에 있어서. 한국이란 낯선 땅에 내 딸아이를 맡기고 가네. 자네가 분실물이라고 누군가에게 떠넘기지 않는 한 딸아이는 자네 옆에 있겠지. 나와 같은 행운이 자네에게도 돌아오길. 디오 티 베네디카(신의 축복을)!"

노인은 그 말만을 남기고 출국장 쪽으로 걸어 들어갔다. 디오티 베네디카…… 그의 말처럼 나에게도 신의 축복이 내려져 그녀와의 인연이 다시 연결되기를 바란다. 노인이 손을 흔들었다. 다시 나의 눈에는 열기가 번진다. 손을 흔들며 고개를 외면했다. 그녀가 혹 나의 감정을 눈치챌까 봐서다.

난 이 두 부녀가 밉다. 나를 안심시켜놓고는 어느새 내 속으로 들어와 감정을 휘젓고 있다. 노인도, 그녀도 나에겐 미운 존재들이다. 미워할 수 없는 미운 존재들. 그녀가 나를 향해 방긋 웃으며 말한다.

"이제 집으로 가요."

집으로 가자고 말한다. 그녀는 집의 진정한 의미를 알고 말하는 것인가. 나의 집이 서영에게도 자신의 집일까. 그러길 간절히 원했다. 그녀의 차를 타고 집으로 돌아온 서영은 웬일인지 자진해서 주방으로 간다. 여태껏 없는 일이다.

"뭐 하게?"

"커피 타게요."

마지막으로 떠나기 전에 호의를 베풀겠다는 건가. 나는 우울한 기분이 되어 소파에 앉았다. 마지막으로 그녀의 시중을 받는 것도 나쁘지는 않을 것이다. 그 일이 그다지 기쁘지는 않지만. 서영이 커피를 타 나에게 머그잔을 내민다. 내 취향을 기억하는 그녀를 잊을 수 있을까. 쉽지 않은 일이지만 적응해 갈 것이다. 내 옆으로 앉으며 그녀가 말했다.

“나 여기 당분간 머물러도 돼요?”

잠시 내 귀를 의심했다. 지금 그녀가 머문다고 했는가. 놀란 눈으로 보자 나를 보며 웃는다.

“역시 당신 집은 편해요. 익숙한 느낌도 들고. 우리…… 다시 시작해 보자고 하면 너무 뻔뻔한가요?”

그라지에 디오(하나님 감사합니다)! 나는 어느새 속으로 외치고 있었다. 서영의 행동은 매번 나를 놀라게 한다. 종횡무진하는 그녀의 감정을 내가 어떻게 미워할 수 있을까. 그녀의 결정이 고마울 뿐이다. 하지만 난 느긋한 표정으로 말했다.

“당신이 그렇게 생각한다면 나로서도 나쁠 건 없지. 사실 우리 사이에 헤어지고 싶다는 감정이 생겼던 것도 아니고, 좀 더 서로를 알고 지내는 것도 괜찮은 일이지.”

내 허락에 그녀는 안심한 표정이었다. 그것도 잠시 장난스런 미소가 떠올랐다.

“당신, 사실 내가 그립지 않았나요?”

“당신은?”

“내가 먼저 물었어요.”

나는 그녀를 보았다. 반짝거리는 그녀의 눈빛이 사랑스럽다.

“그리웠지.”

“나도. 루체, 나도 당신이 그리웠어요.”

서영이 내 목을 끌어안는다. 그토록 내 것이길 원했던 그녀의 냄새였다. 나는 서영의 머리 속으로 내 코를 파묻는다. 정말 좋은 냄새다.

그녀의 달짝지근한 입술도, 수박 같은 시원한 냄새가 나는 피부의 목덜미도 나를 황홀하게 한다. 나는 열망하던 일을 실행하기로 마음먹었다.

"루체, 너무 서두르는 거 아니에요? 아직까지는 친구 관계로 있는 건 어때요?"

그러면서 그녀는 나에게 몸을 의지한다.

"키아라, 당신이 정말 내 착한 심성에 호소하고 싶다면 그렇게 말하면서 당신의 다리를 내 허리에 감진 말았어야지."

그녀의 경쾌한 웃음소리가 공간에 퍼져 갔다. 나 또한 소리없는 웃음을 입가에 흘리고 있었다. 웃음은 곧 격렬한 호흡으로 바뀌어갔다. 우리는 다시 한 번 서로가 잘 맞는 상대란 걸 확인했다. 우리는 너무나 잘 맞는다. 어쩌면 그것이 나로 하여금 그녀를 놓지 못하게 하는 끈이 되고 있는지도 몰랐다.

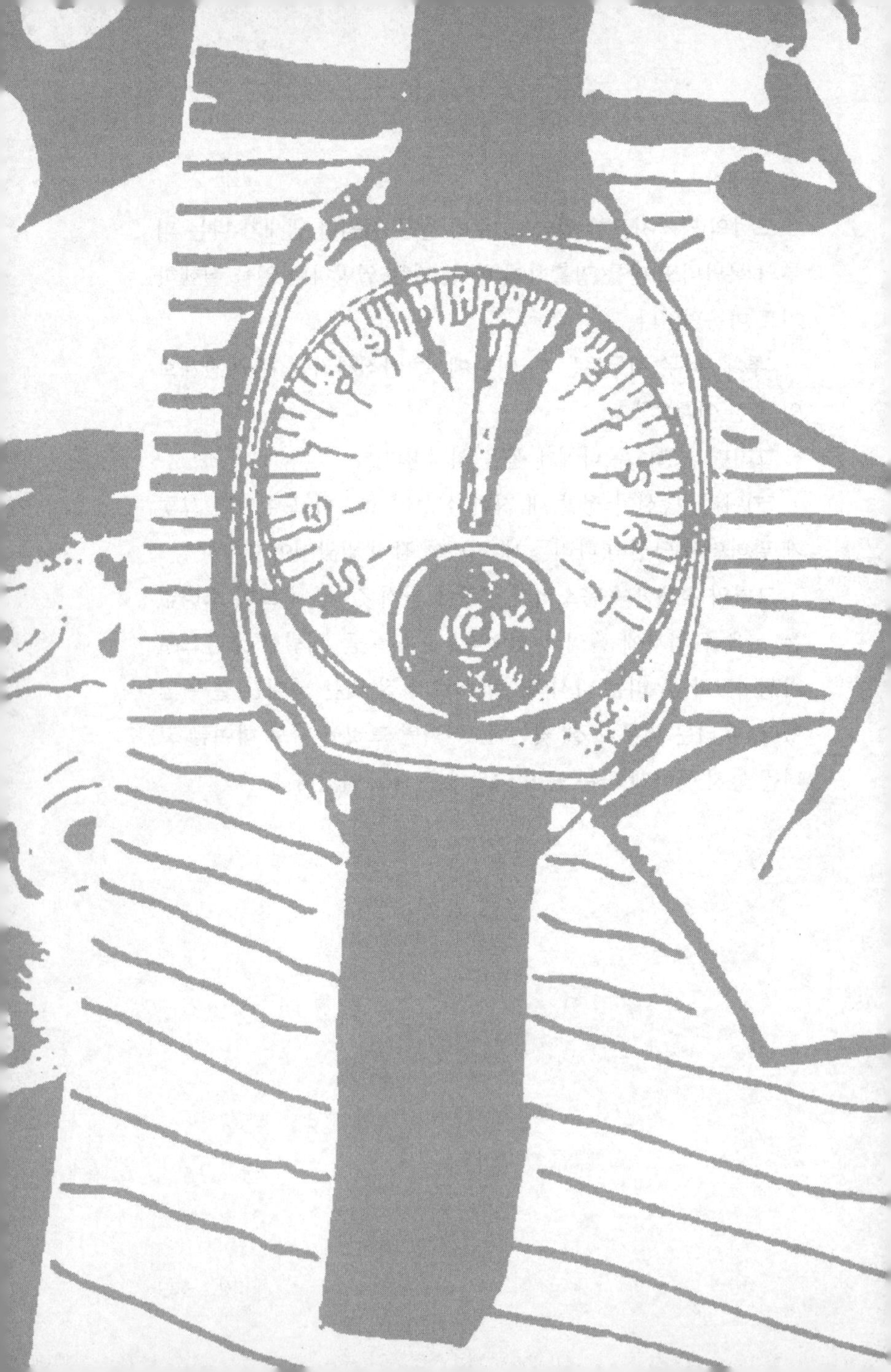

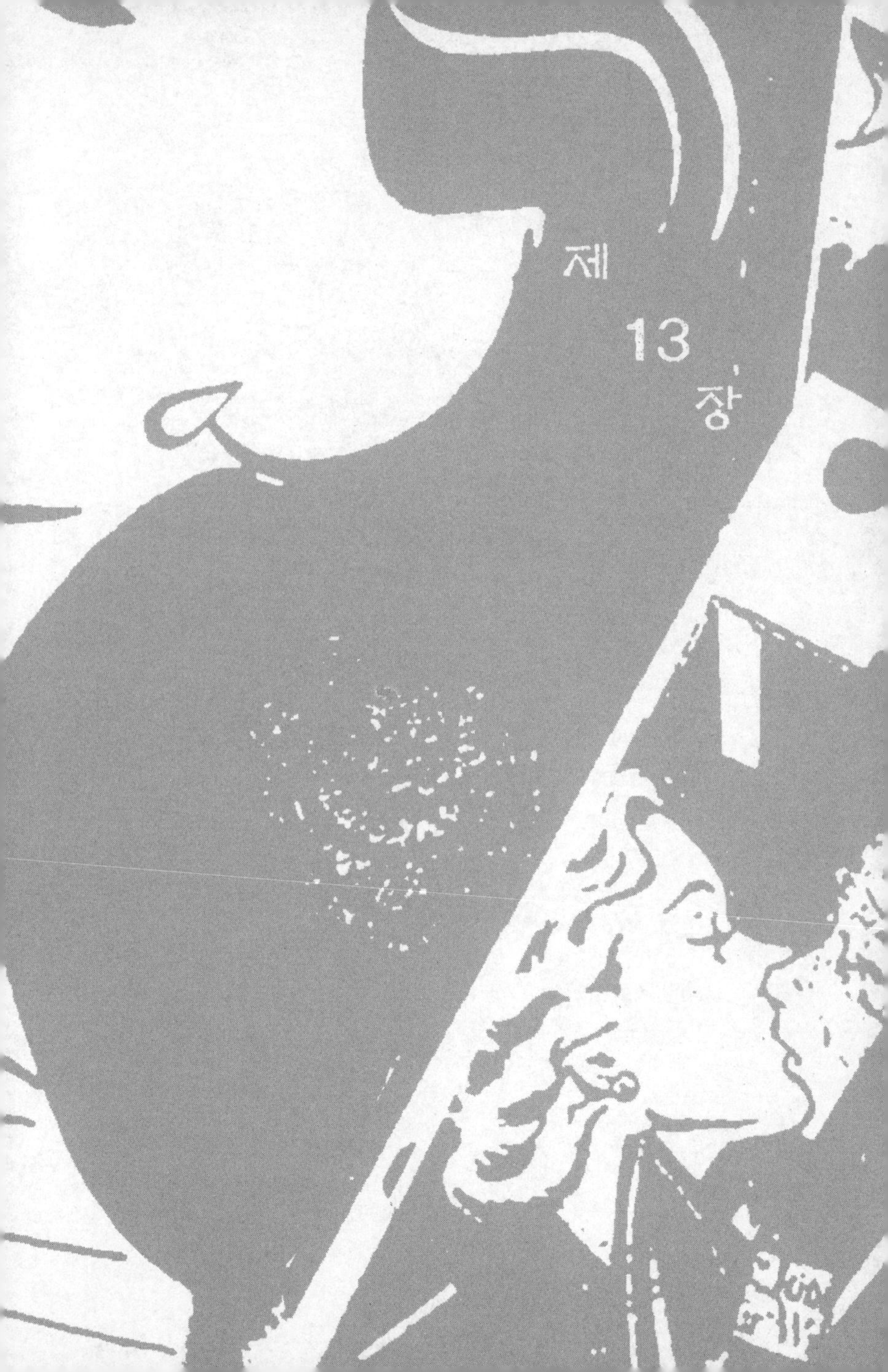
제
13
장

김훈이 찾아왔다. 그것도 그녀가 회사에 간 시각에. 나는
바짝 긴장했다. 어쩌면 돌아오지 않는 서영에 대해 나와 담판
지으러 온 것인지도 모른다. 아니면 그가 인도에서 오던 날 그
들 사이는 이미 끝장났던 것일까. 문을 연 나는 그의 안색부터
살폈다. 얼굴은 그다지 어둡지 않았으며 나를 보는 눈초리도 나
쁘지 않았다. 나는 속으로 안도했다. 어쩌면 그는 나와의 사이
를 캐물을 의도가 없을지도 모른다. 이미 그녀를 마음속에서 밀
어내고 포기하고 있을지도.

그를 거실로 안내했다. 그리고 늘 떨어지지 않는 커피를 한
잔 따라서 그의 앞에 놓았다. 그는 고맙다는 말을 하며 커피를

마셨다. 우리 사이에는 잠시 침묵이 흐르고 그 분위기를 장식한 것은 유달리 좋은 봄볕이었다.

"아버님 가실 때 배웅했어야 하는 건데. 그때 갑자기 일이 있어서 오지 못했어."

아버님? 내가 그렇게도 벼르면서 하지 못한 호칭을 그는 천연덕스럽게 뱉어내고 있었다. 그렇게 말할 만큼 그는 서영을 친밀하게 느끼고 있었던 것인가. 어쨌든 그녀는 이제 김훈에게 돌아가지 않는다. 온전한 내 여자였다. 나는 여유롭게 그에게 미소 지을 수 있었다.

"아무래도 이곳을 당분간 뜰 것 같아."

그렇겠지. 그녀가 떠나갔으니 마음이 심란하고 괴로울 것이다. 같은 남자로서 충분히 이해되는 부분이었다.

"배도우가 있다는 곳으로 나도 들어갈 생각이야. 그 자식처럼 책을 쓰기 위해서 묻히겠다는 거룩한 뜻 따위는 없고 그냥 마음을 다스리고 싶어."

"역시 달마답군."

나름대로는 괴로웠을 것이다. 아무리 수양을 많이 한 사람이라고 해도 여자라는 동물 앞에서는 감정을 다스리기가 쉽지 않을 것이다. 나는 그처럼 감정에 휩쓸려 자신을 잃어버리는 사람은 아니다. 그녀와 헤어져 있는 동안도 힘들긴 했지만 내 생활이 흔들릴 정도는 아니었다. 하지만 감정에 휩쓸린 사람치고는 눈빛이 고요하다.

"서영 씨가 많이 힘들었을 거야. 너와의 사이를 많이 고민하는 것 같았어."

이건 또 무슨 소린가. 자신의 애인이었던—그는 지금 그녀의 애인이 아니므로 과거형이 된다—남자에게 내 얘기를 했단 말인가.

"한 번씩 카운슬러가 돼줬지. 어느 날인가 너와 헤어졌다고 찾아온 거야. 자신은 다시는 남자로 인해 고통받기 싫다면서 그런 감정이 생기기 전에 너와 헤어졌다고. 네가 자신을 싫어하기 전에 좋은 모습으로 헤어지는 게 좋을 것 같아서 먼저 헤어지자고 했다더군. 물론 난 바보 같은 소리라고 했어. 사람을 사랑하는 게 무서워서 미리 도망친다는 게 말이나 돼?"

물론 말이 되는 소리다. 많은 상처를 받아본 일이 있는 그녀로선 그럴 수 있었다. 나를 사랑하는 감정이 생기려고 했던 것일까. 그런데 이제 와서 다시 시작하자는 소리는 무얼까.

"난 잘못된 판단이라고 말했지. 그리고 얼마 후 다시 와서 말하더군. 아무래도 자신의 결정이 잘했던 것 같다. 이제 새 출발 해볼 생각이다. 너와의 일도 견딜 만하다 하더군."

극복했다는 소린가. 그다지 좋은 기분은 들지 않았다. 그녀가 너무 심각해지는 것은 내가 바라지 않는 사실인데도 오히려 편안해진다는 게 마음에 들지 않았다.

"다른 남자를 사귀어볼 생각이라고. 그리고 한동안 뜸했지."

얘기가 점점 이상한 방향으로 흘러가고 있었다. 내가 잘못 짚은 것인가. 서영이 사귀던 남자는 김훈이 아니었단 말인가.

"그리고 내가 인도를 갔다 오던 날 공항에 나타나서는 그러더군. 너를 다시 만날 생각이라고. 아무래도 다른 남자에게 관심을 가질 수 없다고. 모험을 하겠다고 하더군."

아무렴 나 같은 남자가 또 있을라고. 기분이 나아졌지만 한편으로는 찜찜했다. 결국 김훈은 그녀와 아무 사이도 아니었다. 괜히 속으로 그를 경계하며 미워했던 일들이 미안해졌다. 그런데 서영과 잠깐 동안이지만 사귄 놈은 대체 누구란 말인가. 그게 몹시도 궁금했다.

"어쨌든 잘된 일이야, 자네랑 서영 씨 사이가 좋아 보여서. 국수 먹게 해줄 거지?"

꿈도 꾸지 말라고 말하고 싶었다. 나는 원래부터 체질적으로 결혼과 맞지 않는 인간이다. 그녀를 간절히 원한다 해도 그 생각에는 변함이 없다. 결혼하는 순간부터 인생은 삽질이 되어버린다. 아마도 그가 결혼하는 것이 더 빠른 일이 될 것이다. 나는 대답을 웃음으로 무마했다.

"양선우는 잘사는 모양이야. 한 번 갔었는데 정말 좋아 보였어. 이제 우리 팀은 해체되는 건가?"

배도우가 사라져서 한동안 멈췄던 연주는 그가 같이 사라짐으로 더 이상 의미를 갖지 못했다. 양선우 또한 가정을 가진 사람이라 혼자일 때처럼 그런 시간을 낸다는 것이 쉽지 않을 것이다. 사실상 해체나 마찬가지였다. 나는 고개를 끄덕였다.

"팀이 해체됐다고 우리들의 관계까지 사라지는 건 아니겠지?"

그의 우려에 나는 유쾌하게 말했다.

"당연하지. 팀원이기 이전에 친구가 아닌가."

김훈은 일어서며 나에게 악수를 청했다. 갔다 오면 막걸리나 한 사발 하자고 했지만 어쩌면 그곳에 묻혀서 아주 안 올지도 모른다는 말을 꼬리처럼 달아놓고 갔다. 흘리듯 한 말이었는데 어쩐 일인지 뒤에 한 말이 더 가슴에 강하게 남았다.

그가 떠나고 나서 나는 혼자 커피를 마셨다. 어찌 보면 그녀에게 속은 셈이었다. 자신의 애인은 김훈이라는 뉘앙스를 풍기고 다니며 나를 안달나게 만들어 넘어오게 만든 여자였다. 물론 서영의 의도가 아니었다고 하더라도. 그가 아니어서 다행이었다. 차라리 모르는 놈을 만났다는 설정이 나에게는 편했다.

하지만 정말 궁금했다. 나와 헤어져 한동안 나를 잊을 수 있을 것 같은 생각을 하게 만든 놈이 누굴까? 나는 그게 궁금했다.

롤러코스터는 사람을 현기증나게 만든다. 시작될 때의 그 긴장감이 난 싫다. 그래서 같은 의미로 긴장을 주는 기구를 타지 않는다. 그녀는 나에게 롤러코스터다. 나에게 때때로 긴장감을 주지만 피하기보다는 그걸 즐긴다.

내가 그녀를 놓지 못하는 이유가 거기에 있다. 기구와는 달리 그녀가 주는 긴장감은 나를 끊임없이 자극하고 끊임없이 몰입하게 만든다. 사람이 롤러코스터 같다면 그건 위험한 일이었다. 그 긴장에 빠지면 결코 헤어나올 수 없다. 사람의 감성을 자극하며 그 자극이 어지러운 일임에도 손을 놓을 수 없다.

서영은 어딘가 모르게 자신이 빠져나갈 통로를 만들어놓는다. 지금은 나에게 열중해 언제까지나 있을 듯 보이지만 어느 순간 남처럼 냉정하게 돌아설 것 같은 여지를 늘 보여준다. 그게 나로 하여금 그녀에게 집착하게 만든다.

언젠가 이런 말이 오갔다. 만약 내가 당신에게서 관심이 사라진다면 당신은 어쩔 것인가 물은 일이 있었다. 그녀는 아무렇지도 않게 어깨를 으쓱이며 말했다.

"헤어져야죠. 이미 마음이 떠난 사람을 붙잡고 있는 것이 가장 어리석은 일이에요."

그런 여자다. 내가 자신에게 아무 의미가 없다는 듯이 대수롭지 않게 말하는 그녀에게 서운한 감정이 일었다. 서영의 그런 여지가 나를 안달나게 한다. 언제 돌아설지도 모른다는 생각과 온전히 내 것이 될 수 없다는 생각이 나를 빠져들게 만든다.

만약 그녀가 의도적으로 그랬다면 상당한 고수였을지 모른다. 하지만 서영을 그렇게 만든 것은 그녀의 사고방식과 본능이었으며 자신이 하는 일이 상대방에게 어떤 효과를 미칠지를 전혀 모르고 있었다.

그래서 무섭다. 롤러코스터 같은 그녀를 싫어할 날이 과연 올 것인가. 안 오는 것도 겁나고 오는 것도 겁난다. 그런 날이 온다면 실망할 것이며 안 온다면 평생을 한 여자에게 매인다는 끔찍한 결과를 낳는다. 내가 원하는 것은 무언가. 그건 나도 알 수 없다. 갈팡질팡한 내 마음이 나는 겁난다. 자신이 원하는 것이 무엇인지 지금에는 알 수 없다. 항상 명백한 걸 좋아했던 나임에도 말이다.

나는 오늘 한 통의 전화를 받았다. 정신없이 뱉어내는 상대방의 외국어를 감당할 자신이 없었던 난 수화기를 서영이에게 넘겼다. 그녀는 마침 토요일이라 집에 있었다.

"로미오?"

바로 그 잡종이다. 모든 남자들의 대명사이며 세익스피어 친척으로 가늠했던 놈. 어떻게 전화번호를 알았을까. 노인이 알려 준 것인가. 그 영감이 갑자기 장난이 치고 싶었는지도 모른다. 삼각관계를 만들어놓고 우리의 감정 싸움을 즐기고 싶어진 건가. 한참의 얘기가 오간 뒤 그녀는 수화기를 내려놨다. 미간에 주름이 잡혀 있었다.

"한국에 왔대요, 예전에 사귀던 남자."

그녀가 사귀던 남자라는 건 이미 알고 있는 사실이다. 노인이 뇌에 자극이 올 정도로 일깨워 준 덕분에. 한국에 왔다는 사실은 솔직히 충격이었다.

"당신 전화번호는 어떻게 안 거야?"

"밀라노에 친한 친구가 있어요. 그애한테 사정사정해서 알아냈나 봐요."

노인의 장난은 아니었다.

"좀 있다 만나기로 했는데 같이 만날래요?"

만약 그녀라면 당신의 일이니 당신이 알아서 하세요. 전 관여하지 않겠어요라고 말했을 것이다. 그러나 나는 그놈이 어떻게 생긴 놈인지, 서영을 어떤 식으로 생각하는지 궁금했다.

"그러지."

난 그녀가 준비하는 동안 샤워를 가볍게 하고 옷 중에 제일 괜찮은 옷으로 외출 준비를 서둘렀다. 외적인 무장. 일단은 그놈에게 꿀릴 수 없는 일이다. 이탈리아 놈들은 세계적으로 이름난 바람둥이가 아닌가.

준비가 끝난 우리들은 약속 장소로 갔다. 멀리서도 놈의 모습이 한눈에 들어왔다. 이국적인 용모가 사람들 사이에서 돋보였다. 생각보다 놈은 그리 큰 편이 아니었고 내 키와 거의 비슷했다. 하지만 역시나 용모는 뛰어났다. 옅은 갈색 머리와 조각 같은 이목구비가 한 번도 자신감을 잃지 않았던 내 외모를 초라하게 만들었다. 웃을 때의 미소는 넓은 바다의 상쾌함을 연상시킨다. 앞에서 밝혔듯이 나는 미남은 아니다. 하지만 나름대로의 매력으로 남에게 위축된 적은 없었다.

하지만 지금 눈앞에서 웃고 있는 이놈만은 내가 당할 수 없다. 내 시선은 놈에게서 서영에게로 옮겨갔다. 대단한 여자다. 이런 남자를 대하고도 눈썹 하나 까딱하지 않고 무뚝뚝한 표정이다. 하긴 자신에게 상처를 준 남자니 당연할 것이다.

그녀가 딱딱한 표정으로 이탈리아 어로 말했다. 물론 난 무슨 뜻인지 알지 못한다. 남자의 변명하는 모습과 빠른 말들이 오갔다. 대체 무슨 얘기를 나눌까. 나는 단지 그들의 행동과 표정으로 대충의 내용을 짐작할 뿐이다.

그녀는 나와 재수없는 놈을 위해 주문을 했다. 놈의 취향을 기억한 것이다. 그런 부분에서는 영민하다는 사실은 경험을 통해서 이미 알고 있었다. 주문한 차가 나오고 말을 할 필요 없는 난 차만 비우며 그들의 모습을 유심히 관찰했다. 내 특기를 살리는 시간이다.

남자의 행동이 점점 비굴해지고 여자의 태도는 갈수록 냉정해진다. 나는 그녀의 대응이 무척 마음에 든다. 지나 버린 과거는 미련없이 버리는 여자다. 그게 또한 겁난다. 우리 사이가 끝난다면 그녀는 나를 저렇게 대할 것이다.

나는 서영과 완전한 인연의 고리를 끊는 것이 싫다. 우리 사이의 만남이 끝난다고 하더라도 적어도 친구라는 명목만으로도 남기를 바란다. 그게 어찌 보면 나의 이기심일지도 모른다. 이성으로 사귀던 남녀가 친구 사이로 남는다는 것은 무척 힘든 일이다. 그건 어찌 보면 언제 불이 붙을지 모르는 도화선과 같다. 나는 어쩌면 한 번쯤은 또 그런 관계로 회귀하기 위한 여지를 남겨놓기를 원하는지도 모른다.

이야기를 하던 남자는 잠시 나를 본다. 나는 강한 눈빛을 보내지만 놈은 별 반응이 없다. 나 따위는 자신에게 아무런 문제도 되지 않는다는 태도다. 자존심이 상한다. 뭐라고 한마디 하고 싶지만 언어가 통하지 않으니 어쩔 수 없는 일이다. 단지 놈을 강하게 응시할 뿐이다. 내 태도는 관망에서 응시 모드로 바뀌어 있었다.

남자란 자만심과 남에게 우월하다는 것을 내세우고 싶어하는 족속이다. 나는 내 태도가 그에게 먹혀들지 않자 보란 듯이 그녀의 어깨에 팔을 둘렀다. 서영이는 갑작스런 내 행동에 태연했지만 놈은 동요를 일으켰다. 내 자만심은 보상받았다. 놈의 얼굴엔 당혹한 빛이 어렸다. 내 행동이 좀 더 적극적으로 변했기 때문이다. 어깨로 갔던 내 손은 그녀의 목덜미를 만지며 희롱하고 있었다.

그녀는 갑자기 자신의 핸드백에서 과도를 꺼내더니 그의 앞에 내밀었다. 그의 얼굴은 나로 인해 놀라다 그녀의 행동에 다시 놀라고 있었다. 서영이 그에게 뭐라고 말했다. 그러자 남자의 눈빛에 일순 절망적인 표정이 어렸다. 그녀가 내뱉은 말 중에 알아들을 수 있었던 것은 줄리엣과 그의 이름인 로미오 정도였다. 남자는 그녀가 내미는 과도를 집어 들지 못했다. 언제 챙긴 것일까. 그리고 그에게 왜 내밀었을까. 나는 궁금증을 잠시 뒤로 미루기로 했다.

남자의 입에서 한숨이 흘러나왔다. 그리고 서영의 입가에는 조소가 어렸다. 그녀는 일어서며 대화 속에 줄리엣이라는 말을 다시 언급했다. 남자는 처진 어깨만큼이나 고개도 떨구었다. 나가는 그녀의 옷깃이 매몰찼다. 영문도 모르는 채 나는 그녀를 따라 나왔다. 밖으로 나온 서영의 표정은 다시 밝아졌다. 안에서의 냉정한 태도와는 딴판이었다.

"당신 아까 그 남자한테 뭐라고 하며 칼을 내민 거야?"

도저히 궁리를 해봐도 알 수 없는 일이었다. 서영은 싱긋 웃으며 말했다.

"당신이 정말 로미오라면, 그리고 내가 당신의 줄리엣이라고 생각한다면 내 앞에서 칼로 자신을 찔러보라고 했죠. 그러면 당신의 마음을 믿겠다고."

무서운 여자였다. 맺고 끊음이 확실할 뿐만 아니라 미련없는 일에는 단호했다.

"그럼 일어나면서 한 얘기는 뭐야?"

"난 당신의 줄리엣이 아니라고 했죠. 자신의 줄리엣을 찾아보라고. 그리고 다시 내 앞에 나타난다면 이번에는 직접 시범을 보여준다고 했죠."

쿨하다 못해 섬뜩한 기분이 들었다. 그러나 그녀는 여전히 아름다웠다.

"이제 끝났어요. 아마도 저 사람은 오늘 호텔에서 지내겠지만 내일 비행기로 당장 이곳을 떠날 거예요. 루체, 우리 나온 김에 영화나 한 편 보고 들어가요."

전 애인을 물리치고 난 뒤의 행동으로선 상당히 의외이긴 했지만 나는 그녀를 미워할 수 없었다. 내 팔을 조여오는 그녀의 감촉이 상당히 좋았기 때문이다.

"어떤 영화를 볼까?"

"아주 진한 영화를 봐요."

그녀의 요구대로 영화관을 가긴 했지만 어떤 영화도 진한 건 없었다.

"없는데?"

"그럼 그냥 가요."

그녀는 마음이 바뀌었는지 집으로 가자고 했다.

"영화 보고 싶다며?"

"내가 원하는 게 없잖아요."

"당신 로맨스 좋아하지 않았어?"

"지금은 진한 게 보고 싶어요."

"없으니 문제지."

"그러니까 집으로 가요."

서영은 의미심장한 눈빛으로 나를 봤다.

"영화가 없다면 실습을 하는 게 낫죠. 사실 영화보다는 실습이 더 재밌어요. 그리고 실습의 좋은 점이 뭔지 알아요?"

그녀의 눈에는 즐거운 빛이 어렸다.

"뭔데?"

"두 번을 하든 세 번을 하든 똑같은 내용이 없다는 거예요."

여자의 얘기는 나로 하여금 상상을 불러일으켰고 순간적으로 흥분된 몸은 뜨거운 열기와 함께 주체하기 힘든 욕망을 일깨

왔다.

"키아라, 못 참겠어."

그녀는 낮게 소리 내어 웃으며 말했다.

"좋은 방법이 생각났어요."

"뭔데?"

나는 아까부터 계속 묻기만 하고 있었다.

"차를 타고 집에 도착하는 순간까지 감정을 식힐 방법이에요.
끝말잇기를 하는 거예요."

"효과가 있을까?"

"아마도."

서영은 차에 올라 시동을 걸었다.

"나부터 해야 하는 거야?"

차를 출발시키며 그녀는 고개를 끄떡였다.

"세 글자로 말하기다. 지하철."

우리는 애들이나 할 유치한 놀이를 집에 도착할 때까지 하고
있었고, 그녀의 말처럼 그건 어느 정도의 효과가 있었다. 하지
만 집 안으로 들어서는 순간 잠들었던 욕구는 다시 치솟았고 그
녀가 현관을 들어설 사이도 없이 나는 서영을 번쩍 안아 침실로
잽싸게 날랐다. 평소 때의 그녀의 중량감은 전혀 느낄 수 없었
을 뿐만 아니라 침실로 옮기는 속도 또한 최고의 기록이었다.
나는 몹시 급했고 진한 영화를 한시 바삐 보고 싶었다.

"루체, 그거 알아요?"

그녀의 옷을 헤집던 내 손길이 순간적으로 멈췄다. 나는 의아한 눈빛으로 그녀를 보았다.

"뭘?"

역시 또 묻고 있다.

"오늘 당신은 끝말잇기를 하는 동안 무려 세 단어나 틀렸어요. 내가 모르는 척 지나가긴 했지만 이해할 수 없는 일이에요. 작가인 당신이 어떻게 틀릴 수 있죠?"

차를 타고 오는 동안의 시간은 욕망과의 싸움이었다. 나는 그걸 무던히도 이겨내기 위해서 집중했지만 역시나 눈앞에서는 그녀의 탐스런 몸이 유혹하고 있었다. 어쨌든 그녀가 제안한 게임은 효과가 있었다.

"당신이 하나 모르는 게 있지."

이제 내 입가엔 웃음이 스멀거렸다.

"뭐가요?"

"차 안에서 난 아무 생각도 할 수 없었어. 그저 앵무새처럼 입으로만 읊조릴 뿐이었지."

"왜요?"

이제 그녀가 묻고 있었다.

"조금 나아지긴 했지만 바지 속의 이 녀석이 날 끊임없이 자극하고 있었거든."

그녀의 옷을 탐욕스럽게 벗기던 난 현기증을 느꼈다. 롤러코스터다. 서서히 조여오는 긴장감과 앞으로 있을 일에 대한 희열로 나는 어지러웠다. 그녀의 자극적인 소리가 내 귀를 가득 채우고 있었다.

잠시의 현기증은 고조되는 쾌감에 의해 사라져 갔다. 우리가 얼마나 갈지, 어떻게 변해갈지는 중요하지 않았다. 나는 현실적인 사람이고 이 순간이 중요했다. 미래를 미리 생각하고 따져보는 일 따위는 그러길 원하는 사람에게 맡기면 될 일이었다. 지금은 행복했고 그거면 충분히 만족했다. 나에게 삶이란 그때 그때의 감정에 충실함을 말했다. 나는 그녀에게 충실했고 지극히 현실적이었다.

롤러코스터는 그녀의 몸속에 있었다. 그것은 속도를 내는 기구처럼 내 속에 있는 오르가즘을 들쑤시고 있었다. 약속된 희열과 기대했던 쾌감이 서로 교차하며 빈번하게 찾아왔다.

"루체, 한 번 더."

그녀가 원한다. 나도 원하는 바다. 우리의 눈빛이 어둠 속에서 서로 만났고 서로 포옹했다. 다시 타볼까. 나는 그녀의 몸에 탑승했다. 그리고 흔들리기 시작했다. 그녀를 새롭게 느끼는 순간 깨달았다. 이건 중독성이 있다. 아마도 나는 쉽게 벗어나지 못할 것이다. 그래도 내리고 싶은 생각은 없었다. 혼미해지는 흥분 속에서 나는 느끼고 있었다. 내가 그녀에게 서서히 빠져들어가고 있음을.


그녀와 새로 동거한 지 두 달이 되었다. 나는 여전히 모닝 섹스로 아침을 시작했으며 커피 한 잔과 함께 컴퓨터 앞에 앉았다. 앞에 소설을 마감한 이후로 새로운 글이 떠오르지 않는다. 출판사에 넘긴 건 보름 전이다. 모니터 화면이 켜지고 한글 파일을 열었지만 내 손가락은 자판에 오르지 않는다.

이토록 먹통일 수 있을까. 갑자기 머리 속으로 새로운 장르를 시도해 보는 건 어떨까 하는 생각이 든다. 스릴러 작가라 해서 스릴러만 쓰라는 법이 있는가. 나는 예전에 그토록 애착을 가졌던, 그러나 기대를 배반해 채택되지 않았던 소설을 한참을 헤맨 후에야 컴퓨터에서 찾아냈다.

어떤 내용이었는지 잘 기억이 나지 않는다. 한때 나름대로 문학이라는 열정으로 적었지만 지금 보니 조잡스럽고 유치하기 그지없다. 다만 내 눈길을 놓지 않는 것은 그 내용이 지금의 나와 흡사하다는 것이다.

계약 동거. 그것이 거기서 다루고 있는 메인 주제였다. 자유연애주의자이며 사람을 바라보는 시선이 다소 냉소적인 주인공은 어느 날 자신과 비슷한 사고방식을 가진 여자 주인공을 만나 계약 동거를 시작한다. 그 여자의 모습은 어딘가 서영을 닮아 있었다. 전체적인 애기를 읽어본 나는 채택되지 않았던 이유를 알 것 같았다. 그려진 남자 주인공의 시선은 아주 편협했고 유치했으며 그로 인해 전체적인 흐름이 귀에 거슬리는 잡음처럼 덜컥거리고 있었다.

자부심을 가졌던 문장조차도 지금에 보면 딱딱하고 경직되어 있어 기교만 내고 있을 뿐, 가슴을 건드리는 어떤 느낌도 주지 않았다. 내가 편집자라도 채택하고 싶지 않은 글이었다. 아마도 그 당시 글을 쓰는 내 사고가 그런 모습이었을 것이다.

나는 새로운 글을 쓰려던 마음을 접고 눈앞의 소설을 다시 가다듬어야겠다고 생각했다. 이 소설을 수정해서 세상에 내고 싶다는 생각은 들지 않았다. 다만 한번 다듬고 다시 평가를 시도해 본 후에 시간이 흐르고 다시 수정하고 이런 반복을 거치는 것도 재미있을 것 같았다. 여유롭고 편안한 시선으로 글을 다듬으며 지내고 싶었을 뿐이다. 새로운 글이 떠오르지 않을 때 이런 작업도 괜찮을 것 같았다.

내가 글을 보고 있을 때 그녀는 내 어깨를 잡으며 슬쩍 넘겨보려고 했다. 난 어김없이 온몸으로 모니터를 막아섰다. 남에게 글을 보여주고 싶지 않는 마음도 있지만 가장 중요한 것은 그 주제가 우리 둘의 애기와 흡사하다는 것이다. 서영은 포기했는지 아예 시도도 하지 않는다.

알고 보면 참 신기한 일이었다. 원칙적으로 그녀의 아버지와 지낸 기간을 빼고 동거를 한 지 한 달 보름이 되었지만 권태나 불편함, 습관적인 무덤덤함은 생기지 않았다. 이미 한 번 동거를 했던 전적이 있고 서로에 대해서 알 건 다 알았는데도 말이다. 이건 나로선 예외적인 일이었다. 여자에 대해 환상이나 신비가 없으면 싫증을 내는 나로선 말이다.

그녀에 대해서 더 이상의 궁금함은 없었다. 다만 한 가지, 나로 하여금 뭔가 긴장하게 하는 끈을 갖고 있다는 사실이다. 그녀의 편안한 시선은 내가 놓치면 후회할 것 같은 어떤 생각을 만들고 있었다. 다른 누군가를 만난다 하더라도 섬세한 마음의 배려나 서로 간에 오가는 마음의 친밀감은 느껴지지 않을 것 같았다. 그녀를 버리고 다른 누군가를 선택했을 때 놓친 것이 얼마나 큰 것인가를 후회하게 된다는 사실 자체가 두려웠다. 그러면서도 다른 누군가를 만나서 정말 그런지 알아보고 싶었다.

고개를 저었다. 이미 그녀와 헤어졌을 때 깨달은 사실이었다. 난 어느 여자에게도 집중할 수가 없었다. 같이 살면 슬그머니 딴마음을 먹었다가도 헤어지면 집착하게 되는 감정 상태를 갖고 있는 난 객관적으로 생각할 때 아주 형편없는 놈이었고, 그다지 좋아지지 않는 모습이었다. 한 가지 좋은 점이라면 그런 모습을 깨닫는 순간 그 전철을 밟지 않는다는 사실이었다. 나는 다른 만남을 시도해 보려던 생각을 얼른 접어버렸다.

그녀는 여전히 열정적이었으며 단호했고 충동적이었으며 합리적이었다. 서영은 야누스적인 기질을 가진 여자였다. 그런 상대적인 기질이 나에게는 흥미로웠으며 질리지 않는 관심을 주게 되는지도 모른다.

파일에 적힌 글들을 읽으며 다시 한 번 자신에게 물어봤다. 삶의 척도의 기준은 무엇인가. 우리가 아는 행복의 기준은 무엇인가. 자유로운 삶, 물론 좋다. 누군가에게 얽매이지 않고 자신의 생각대로 행동하며 마음만 먹으면 배낭 하나 덜렁 메고 가는 추진력있는 삶이란 얼마나 멋진 것인가.

그러나 막상 여행을 끝내고 돌아왔을 때 자신을 맞이하는 것은 썰렁한 공기와 먼지처럼 쌓여 있는 고독이었다. 누군가 교감을 나눌 상대가 없다는 것은 외로운 일이다. 내가 생각하는 방식이 과연 옳은가. 글을 읽으며 다시 한 번 신중하게 생각해 봐야겠다는 생각이 들었다. 하지만 답은 없는 것 같았다.

나는 항상 자만하던 내 방식을 더 이상 누군가에게 강요해서는 안 된다고 생각했다. 글의 엔딩 부분은 둘이 헤어지는 것으로 마무리되어 있었다. 결국은 여자의 집착 때문에 남자는 피곤함을 느끼고 자신이 꿈꾸는 이상적인 연애란 존재할 수 없다며 이별을 고하고 떠나는 장면이었다.

과연 그런가? 지금 내가 겪는 서영이란 여자는 이상적인 존재였다. 어떤 집착이나 강요도 보이지 않았으며 섭섭할 정도로 무심했다. 오히려 집착을 보이고 있는 것은 나였다. 나는 엔딩 부분을 고치기로 마음먹었다. 다소 신파적일지 모르는 해피엔딩을 굳이 넣은 내 정신상태를 이해할 수 없었지만 그렇게 하는 것이 이치에 맞다고 생각했다.

나는 집착하는 여자 대신 아주 합리적인 여자로 성격을 바꾸어 버렸다. 그리고 매달리는 대신 쿨하게 여자가 이별을 고하도록 만들었다. 남자는 당황하며 자신이 여자에 집착하고 있었다는 사실을 깨닫고 그녀의 청을 거부하고 다시 시작해 보자고 말을 한다. 처음엔 받아들이지 않지만 여자는 결국 생각을 바꾸고 남자의 청을 받아들인다. 결말은 이렇게 마무리 지었다.

『어떤 미래도 보장하지 못한다. 어떤 결말도 지어진 것은 없다. 다만 믿을 수 있는 것은 우리의 감정이다. 서로에게 끌리는 우리의 감정. 그 감정이 확실한 미래를 보장하지 않는다 하더라도 상관없다. 현실에 최선을 다해서 충실하다면 그 결과가 슬프든 행복하든 걱정하지 않는다. 최소한 그 시간에 성실했다는 생각이 우리를 만족시키리라 생각하기 때문이다.』

자판에서 손을 뗐다. 수정을 해야 하지만 일단은 스토리 라인만 손을 봤다. 다시 문장이나 눈에 거슬리는 가지를 쳐내는 작업이 남아 있지만 대충의 구성은 잡아놓은 셈이다. 서영은 나에게 어떤 존재일까? 소설 속의 남자 주인공처럼 그녀에게 집착을 보이고 있는 나.

어쩌면 우리는 헤어질지도 모른다. 그렇다면 나의 행동은 소설 속의 남자처럼 그녀를 붙잡을까. 물론 그럴 것이다. 후회할 일을 저지르고 싶지는 않다. 그녀를 잃고 후회하느니 차라리 자존심이 조금 상하더라도 붙잡을 것이다. 그런 자신의 모습이 바보스럽다고 생각하지 않았다. 예전이라면 이런 자신의 모습을 멍청한 행동으로 치부하고 비웃었을지 모른다. 생각은 바뀌기 마련이다. 아마도 자존심 때문에 붙잡기를 포기한다면 그것이 더 유치한 행동이다. 지금의 내 생각은 그랬다.

　초인종이 울렸다. 시계를 본 나는 그녀의 귀가 시간임을 확인했다. 내가 문을 열어주지 않는다면 그녀는 자신의 열쇠로 열고 들어올 것이다. 그리고 말할 것이다. 있으면서 왜 열지 않았냐고. 나는 그럴 것이다, 잠시 생각에 빠져 있었다고. 당신과의 사랑에 대한 생각에 빠져 있었다고. 그녀는 웃을 것이다. 그리고 내 목을 두를 것이다. 루체, 당신은 짐승이야. 그녀의 향기가 난다. 상큼한 바람에 섞인 그녀의 향기가 벌써부터 내 코끝을 자극하며 흥분시킨다. 키아라, 당신은 특별한 여자야.

　여전히 초인종이 울린다. 그리고 드디어 문이 돌아가는 소리가 난다. 나는 문을 향해 시선을 고정시킨다. 문이 열린다. 익숙한 그녀의 모습이 보인다. 내가 상상했던 모습으로 그녀가 말한다. 있으면서 왜 열지 않았냐고.

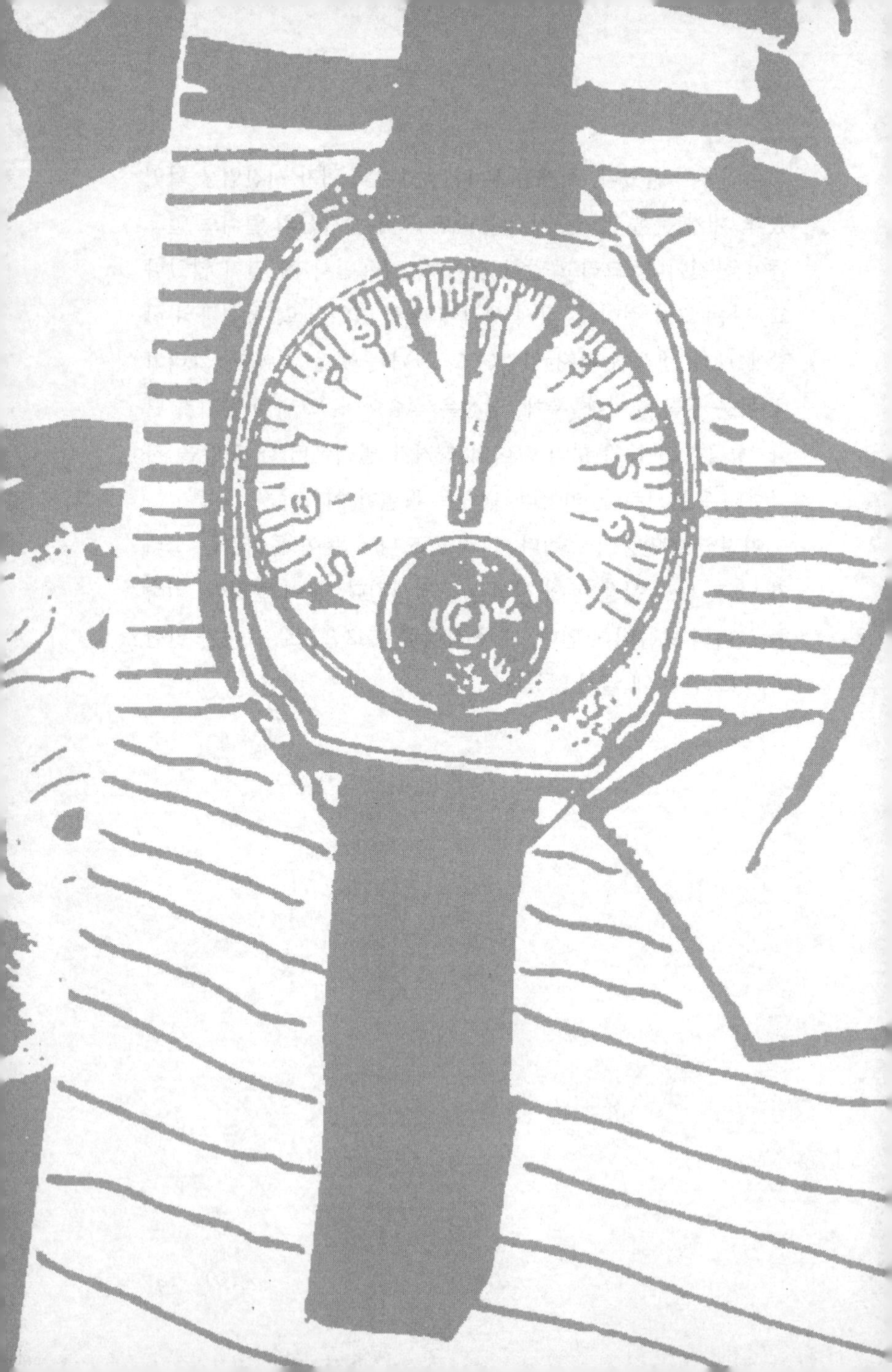

제
14
장

주말이었다. 아침부터 눈이 왔다. 조금씩 날리던 눈은 숱
적은 노인네의 듬성한 머리 속처럼 거리에 바닥이 드러나는 눈
이불을 만들고 있었다.

"봄이 다 와가는데 웬 눈이야?"

퉁명스런 내 말과는 달리 서영은 감동한 눈빛으로 나를 봤다.

"우리 시외로 나가요. 첫눈이잖아요. 눈 맞으면서 드라이브하
는 것도 좋을 거예요."

올 겨울은 날씨도 춥지 않았고 눈 구경이라고는 한 번도 하지
못했다. 겨울이 다 끝나가는 막바지에 오는 눈에 심드렁해하는
나와는 달리 그녀는 달랐던 모양이다. 눈이란 펑펑 와야 맛이

난다고 생각하는 나지만 서영은 눈 자체만으로도 충분했나 보다. 그녀의 의견을 좇아 차를 몰고 나왔다. 시외로 진입해서 어느 정도 갔을 때 내가 그토록 원하던 펑펑 내리는 눈이 왔다. 도로는 순식간에 눈으로 덮였다. 반갑지 않았다. 아무리 펑펑 오는 것을 좋아해도 바퀴가 미끄러워지기 쉬운 환경을 만드는 눈을 좋아할 수는 없었다. 나도 모르게 입에서 거친 소리가 튀어나왔다.

"젠장!"

"루체, 그래도 좋잖아요."

운전을 하던 서영은 나와는 딴판이었다. 그녀는 황홀한 눈으로 고속도로에 쌓인 눈을 바라보았다. 여자는 현실적인 동물인 듯하면서도 엉뚱한 순간에 어이없는 꿈을 꾸기도 한다.

"눈 덮인 세상을 상상해 봐요. 너무 멋있지 않아요?"

물론 멋있지 않다. 눈이 계속해서 쏟아지자 처음에는 거북이 걸음처럼 느리게 가던 차들은 이제는 완전히 멈춘 상태였다. 여기저기 사람들의 투덜거리는 소리와 원성이 쏟아져 나오고 있었다. 오로지 그 속에서 서영만이 행복한 표정을 짓고 있었다. 나 또한 차례로 줄을 선 차량들을 짜증 섞인 시선으로 보고 있었다.

최소한 집에 있었다면 이 상황을 즐겼을 것이다. 펑펑 오는 눈을 보며 나름대로 기뻐했을 것이고 어쩌면 그녀에게 행복한 미소를 지었을지도 모르는 일이었다. 하지만 내 눈에 느껴지는 것은 드라이브는 다 글렀고 이 상황이 언제까지 지속될지도 모른다는 사실이었다.

"어차피 어딜 정하고 가는 건 아니었으니까 상관없지 않아요? 그냥 눈 자체만 즐기면 돼요. 사람은 주어진 현실에 불만을 갖기보다는 가진 것만으로도 소중하게 생각할 수 있는 마음가짐이 필요해요."

도로가 정체되자 여기저기서 불만의 소리가 터져 나왔다. 칭얼대는 아이의 울음소리, 달래다 지쳐 화가 난 부모의 훈계. 그런 사람들에게 아랑곳하지 않고 서영은 차에서 내려 눈을 뭉치기 시작했다. 한 뭉치, 두 뭉치……. 주먹만한 눈이 그녀의 옆으로 쌓여갔다.

"뭐 하는 거야?"

서영이 소리없이 웃었다. 순간 그녀의 눈에서 장난기 어린 총기가 빛났다. 서영이 만들던 눈이 그녀의 손을 떠나 나에게로 향했다. 나는 움찔하고 고개를 옆으로 비켜서며 눈 세례를 피했다.

"뭐 하자는 거야?"

서영은 내 대답에는 안중에도 없는 듯 여전히 눈을 던져 댔다. 서서히 오기가 나기 시작했다. 내 손에도 어느새 눈뭉치가 쥐어졌다. 눈치챈 서영의 웃음소리를 시발점으로 내 손의 눈뭉치는 그녀를 향했다. 서영이 다시 공격했다. 우리는 유치한 아이들처럼 눈을 갖고 놀고 있었다.

"저러고 싶을까? 쯔쯔쯧!"

"속 편한 사람들이로군."

못마땅한 눈으로 보던 사람들은 우리들을 향해 가시를 쏘아 댔지만 때로는 우리의 모습에 동조하는 이도 있었다. 몇몇의 사람들은 우리 옆에서 동참하기도 했다. 젊다는 것은 아름답다고 했던가. 아직까지 순수함을 가지고 있는 이십대는 우리와 호흡을 같이 하고 있었다.

미래는 불투명하며 과거는 아름답지 못하다. 다만 그들에게 삶의 의미는 젊다는 오기와 시간이 많이 남았다는 안도인지도 몰랐다. 그들은 젊었고 세상에 대한 여유도 있었다. 그들은 우리의 눈싸움에 기꺼이 동참했다.

멀리서 냉소적인 시선으로 우리를 바라보는 사람은 사십대 이상의 사고가 굳어버린 어른들이었다. 그들은 어떤 일에도 자신의 발을 담그려 하지 않으며 섣불리 나서려 하지 않는다. 세상을 살아가는 데 있어 영악하며 어떤 손해도 보지 않으려 하는 무리들이다. 그들은 많은 상처와 경험을 통해 그런 행동을 배웠다. 그러면서 자신들의 똑똑함을 대견스러워한다.

세상을 바라보는 내 시각 또한 차갑지만 약지는 않았다. 나는 누구의 삶에도 개입하기를 원하지 않으며 누구의 의미가 되고 싶다는 생각도 없다. 하지만 냉소적인 내 시각은 사람에 한해서지 삶에 대해서가 아니다.

그게 그들과 나의 차이다. 내 냉소는 오로지 인간에게만 국한

되어 있다는 것이다. 삶에 대해서는 오히려 충동적인 면도 있으며 감상적이기도 하다. 삶을 일그러뜨린 인간이 미운 것이지 삶이 원망스러운 것이 아니다. 한 시간 가까이 지속되던 우리의 눈싸움은 서로가 온통 눈에 덮여 눈사람의 형상을 한 후에야 끝이 났다. 만족한 한숨과 행복한 미소는 서로를 따뜻하게 만들고 있었다.

"어렸을 때 이후로 처음 해보는 눈싸움인 것 같아요."

젊은 사람 중 하나가 말했다.

"마음만 먹으면 할 수 있는데 왜 못했을까?"

다른 사람이 말했다. 그렇다. 누구나 마음만 먹으면 할 수 있는 일을 우리는 하지 못했다. 늘 보는 하늘도, 그리고 별도. 고개만 들어보면 바로 눈앞에 있는데 우리는 땅을 보며 걷는다.

그녀가 아니었다면 나도 이런 기분을 느껴보지 못했을 것이다. 어렸을 때 가슴 설레며 아무 생각 없이 하던 놀이의 즐거움. 초등학교 이후로 난 눈에서 노는 것을 그만두었다.

서영의 예기치 못한 이런 천진함이 나를 놀라게 하며 기쁘게도 한다. 우리는 눈을 털며 눈싸움에 동참했던 사람들과 가벼운 인사를 한 뒤 헤어졌다. 차 안으로 들어오자 온몸은 운동으로 인해 후끈거렸다.

"카섹스라는 거 해봤어요?"

뜬금없이 묻는 그녀의 말에 나는 옷을 털던 손길을 멈췄다.

"아니. 키아라는?"

어찌 보면 납득하기 힘든 일이다. 바람둥이, 그것도 고수라고 자부하는 자가 카섹스를 경험하지 못했다는 것은 이해되지 않는 일이지만 난 내가 어떤 일을 치를 때 누군가가 보는 것을 상당히 꺼려한다. 차 안에서의 일을 치른다는 것은 예민한 성격인 나로선 신경이 쓰여서 상당한 부담감을 갖게 된다. 그래서 언제나 내가 사랑을 나누는 곳은 침대이거나 적어도 소파였다. 남들의 방해를 받지 않고 누군가가 보지 않는다고 생각할 수 있는 곳.

"아직요, 하지만 시도해 보고 싶어요."

색다르겠지. 어떨까? 아마도 즐거운 경험이 될지도 모른다. 하지만 역시나 사람의 눈은 나를 신경 쓰게 만든다.

"누가 보지 않을까?"

"하긴 그 때문에 저도 시도 못했어요."

우리는 서로의 눈을 보았다. 눈가에 웃음이 고였다.

"평생 하지 못할 거예요."

맞는 말이었다. 우리는 서로에게 충실할 때 무엇이든 개입하는 걸 원치 않는다. 우린 서로를 한동안 깊이 보았다. 말할 수 없는 친밀감이 통했다.

"키아라."

"말하세요, 루체."

"당신은 꽃이야."

"어떤 꽃이요?"

"당신은 어떤 꽃으로도 비유할 수 없어. 왜냐하면 내 마음의 꽃이니까."

그녀의 손이 내 볼을 쓰다듬었다.

"참 감동적인 말이에요. 눈싸움을 하고 난 후로선 말이에요."

나는 그녀가 풍기는 뉘앙스에 웃었다. 그녀 또한 내 웃음에 전염되어 같이 웃었다. 나는 선수임에도 말로서 여자를 유혹하기보다는 행동으로 표현하기를 좋아했다. 낯간지러운 밀어는 내 체질상 맞지 않는 일이었지만 나는 점점 유치해지고 있었다. 사랑이 원래 유치하다고 하지 않던가. 나는 어쩌면 서영을 사랑하는지도 모른다. 그것이 결국 내 자신을 옭아맨다 할지라도.

레스토랑에 앉아 주변을 휘둘러보았다. 오늘 어쩐 일인지 서영은 집으로 전화를 해 퇴근 시간에 맞춰 나오라며 약속 장소를 말해 줬다. 자주 외식을 하기도 해서 별다른 생각 없이 전화를 내려놨지만 그녀가 직접 전화를 해서 나오라고 하긴 처음이었다. 일단 집에 들러서 옷을 갈아입고 같이 나갈 때가 많았기 때문이다. 거기다 호텔 레스토랑을 오는 것도 처음이었다. 둘이서 외식을 하긴 해도 그런 곳은 보통은 아담하거나 저렴한 곳이 많았다. 이곳은 보기만 해도 비싼 곳임에 틀림없었다.

천장에 흐드러진 샹들리에가 눈을 부시게 했고 번쩍거리는 실내 장식들이 위축감을 자아냈다. 물론 나에게는 그 위축감이 작용하진 않았다. 처음 오는 곳도 아니었고 얼마든지 출입할 수 있는 곳이었지만 음식이란 편안한 분위기에서 부담없는 가격으로 먹는 것이 훨씬 즐겁다는 게 내 지론이었다. 그녀가 굳이 이곳을 선택한 이유가 뭘까. 예민한 감각이 뭔가 심상치 않은 어떤 일이 기다리고 있다고 말하고 있었다.

종업원이 물을 갖고 와 그 물을 마셨지만 갈증은 계속 일었다. 약속 시간이 십 분 지나 있었다. 서영은 조금 늦을지 모른다는 토를 달아놓았었다. 오 분의 시간이 더 지나고 서영이 나타났다. 입구에서 걸어오는 그녀의 걸음은 경쾌했으며 오늘따라 늘씬한 몸매가 유달리 돋보였다. 그녀를 이렇게 객관적인 관점에서 보았던 게 언제였던가. 서영과의 관계가 익숙해질수록 그 시각은 그녀라는 삼인칭에서 당신이라는 이인칭으로 바뀌어져 있었다. 이인칭의 시각이 되면서 전체적으로 보기보다는 얼굴이라는 한 부분만을 봤다는 생각이 들었다. 때로는 이렇게 삼인칭 시각으로 본다는 게 멋진 일이라는 생각이 들었다. 서영이 새롭게 느껴졌다. 앉으면서 그녀가 일으키는 바람에서 과일 향이 묻어나왔다. 시원한 수박 내음.

"좀 늦었죠? 부장님이 잠깐 붙들어서……."

나는 잠시 긴장했다.

"그 사람이 왜 당신을 붙들어?"

"고민 상담요."

"고민이라니?"

"사귀는 여자가 자신에게 너무 무심하다고 속상해해요."

나는 웃음을 참을 수 없었다. 내 웃음소리에 서영의 눈이 동 그래졌다. 정말 웃긴 일이다. 그렇게 무딘 인간이 무심하게 느 껴졌다면 상대편 여자는 그보다 몇 등급은 더 무딘 여자였다. 정 말 천생연분인 커플이었다.

"왜 웃어요?"

"정말 잘 맞는 커플이라는 생각이 들어서."

우리는 식사를 시켰고 와인도 입에 맞는 걸로 각자 골랐다. 서영은 쉽게 입을 열지 않았다. 내가 먼저 물어봐야 하는가. 나 는 한숨을 쉬었다. 힘든 일이다.

"키아라, 당신이 이곳에서 보자고 한 것은 무슨 일이 있기 때 문인 것 같은데……."

"당신은 정말 예민해요. 실은 할 말이 있어요."

드디어 그녀가 이곳으로 부른 이유를 말하려고 한다. 그런데 느껴지는 이 위기감은 무얼까.

"밀라노로 발령이 날 것 같아요. 아직까지 정해지지 않았지만 곧 저한테 말이 올 거예요. 그렇게 되면 생각해 봐야 할 일이에 요. 파파는 오길 원하고 상황이 이런 식으로 풀리니……."

서영은 말을 하며 나를 보았다. 어떤 대답을 기대했겠지만 나 는 아무 말도 하지 않았다.

"만약 발령이 난다면 일단은 휴가를 내서 파파한테 다녀올 생 각이에요. 그리고 마음이 정해지면 바로 그곳에서 다니려고요. 당신에게 얘기해야 할 문제라 좀 더 다른 자리에서 말하는 것이 서로가 생각하는 데 있어서 도움이 될 거라 생각했어요."

서영이 떠날지도 모른다.

"꼭 가야 하는 거야?"

"그런 건 아니지만 회사에서는 웬만하면 가길 바라죠. 더구나 저는 이탈리아 사람이니 회사 입장에서 볼 때는 유리하겠죠."

붙잡아야 한다. 마음은 굴뚝같은데 나를 막아서서 못하게 막는 이 감정은 무언가. 말은 목구멍에서 맴돌 뿐 소리가 되어 나오지 않았다. 답답한 일이었다.

"가는 게 당신에게 이롭다는 말이지?"

"그렇죠."

"당신이 원하는 길을 가야겠지."

이런, 바보 같은 놈! 내 자신에 혀를 찼다. 그녀에게 가지 마 이 한 마디만 하면 될 터였다. 쓸데없는 자존심이 매달렸을 경우 그녀가 거절할 것에 대해 두려워하고 있었다.

"그렇겠죠."

. 서영은 자신에게 말하듯 낮게 뇌까렸다. 그리고 나를 향해 살짝 웃었다. 그녀는 지금 헤어지는 얘기를 하고 있었다. 자신이 떠나면 그날부로 우리는 이별하는 거였다. 그걸 알면서도 우리는 담담하게 고기를 썰고 있었다.

"밀라노는 언제 갈 생각이야?"

"아마도 다음주에 회사에서 얘기가 나올 거예요. 그러면 바로 갈 예정이니까 다음주 목요일쯤 되겠네요."

일주일 남았다. 말해야 해. 그러나 나는 꽉 다문 조개처럼 입을 굳게 닫고 있었다.

"루체, 참 즐거웠어요. 나에게 한국은 당신을 생각나게 할 거예요. 이런 얘기 너무 이르다는 것은 알지만……."

서영의 표정이 슬퍼 보인다. 눈이 왜 이리 매워질까. 코 밖으로 갑자기 맑은 액체가 흘러나와 나는 들키지 않게 냅킨으로 입을 닦는 척하며 살짝 닦았다. 그녀가 하는 말이 새삼스럽게 가슴을 아프게 한다.

"여태껏 내 곁을 스쳐 간 남자 중에 당신이 제일 괜찮은 남자였어요. 그리고 좋은 기분으로 헤어지기도 처음이고요. 그냥 이 말은 하고 싶어요. 당신은 좋은 남자고 늘 마음 한쪽에 담아둘 거라는 거. 그리고 당신이 했던 말도 담아둘 거예요."

"무슨 말?"

나는 약간 쉰 목소리로 물었다. 이미 내 마음처럼 목소리도 잠겨 있었다.

"내 마음의 꽃이라는 말. 당신이 처음으로 나한테 했던 로맨틱한 고백이었어요."

약간 슬퍼 보이긴 했지만 그녀는 덤덤해 보였다. 가슴이 여러 갈래로 찢어지는 것 같은 내 마음과 같을까. 갑자기 술이 생각났다. 식사가 어느 정도 끝나자 후식을 먹는 대신 나는 바(Bar)로 자리를 옮기자고 했다.

호텔 안에는 같은 층에 바가 있었다. 들어서자 맨하탄의 노래가 나왔다. 〈키스, 그리고 안녕〉이라니. 노래는 사람의 감정을 묘하게 자극하고 있었다. 자리에 앉은 후 나는 호기있게 양주를 시켰다. 흑인 가수의 독백식의 내레이터가 기분을 더욱 울적하게 만들었다.

"시준 씨, 당신 술 잘 못하잖아요."

"오늘은 당신을 위한 축하 겸 송별회잖아. 이런 날을 그냥 보낼 수 없지. 내가 좋은 남자는 못 됐더라도 멋지게는 보내줘야지."

웃으며 보내는 것이 멋진 것이라는 말을 누가 했을까. 전부 헛소리다. 지금 내 얼굴은 웃고 있지만 가슴으로는 쓴물이 흐르는 기분이다. 서영이 조용히 웃는다. 그녀 역시 기쁜 표정은 아니다. 다시 한 번 시도해 보자. 까짓것 죽기밖에 더해. 애매한 뉘앙스를 풍기는 서영의 미소가 어쩐지 불안하다. 내가 붙잡았는데 거절하면 어쩌지. 내 불안이 발목을 붙잡는다. 결국 말을 꺼낼 수 없었다. 양주는 내 손에서 자신의 액체를 비워갔다. 속을 타고 흐르는 알코올이 내 속을 뜨겁게 달궜다.

"시준 씨, 너무 마시는 거 아니에요?"

나를 보며 걱정하는 그녀를 보면 마음이 흔들린다. 정말 미친 척하고 말을 꺼내볼까.

"있잖아……."

"참, 있잖아요."

둘이 동시에 입을 열었다.

"당신 먼저 말해."

그녀는 머뭇거리다 먼저 말했다.

"내 짐 다 못 가져갈 것 같거든요. 급하게 가게 되어서. 당신이 나중에 업체에다 전화해서 짐을 옮겨달라고 연락해 줬으면 해서요. 일주일 동안 여러 가지 처리할 일이 많아서 거기까지 신경 쓸 여유가 없거든요."

"걱정 마. 내가 알아서 처리할게."

"근데 당신 좀 전에 하려던 말이 뭐였어요?"

"별거 아냐. 그냥 아무 의미 없는 말이었어."

그녀는 이미 떠날 마음을 먹고 있다. 하려던 말은 입에서 사라진 지 오래였고 용기는 흔적도 없었다. 우리는 잠시 침묵에 잠겨 창밖의 야경을 바라봤다. 둘이서 이렇게 조용하게 무언가를 같이 주시한 적이 있었던가. 없었던 것 같다. 둘이 있을 땐 서로 토닥거리거나 사랑을 나누었고 조용히 있었던 순간은 음악을 들을 때뿐이었다. 이젠 그녀의 음악이 좋아지려 하는데…….

참으로 달랐던 우리들. 음악부터 시작해서 성격, 영화 모든 취향이 달랐지만 지금 우리는 같은 곳을 말없이 바라보고 있었다. 조금씩 서로에게 동화되어 가는 것일까. 아니면 내가 그녀에게 동화되어 가는 것일까.

양주는 이미 삼 분 지 일이 비어 있었다. 얼굴은 다소 붉어졌지만 정신은 또렷하기만 해 더 미칠 것 같았다. 차라리 완전히

취해 버리면 다소의 망각을 경험하겠지만 운이 없는 놈인지 그
마저도 허락되지 않았다.

"이제 그만 마셔요."

그녀가 양주 잔을 빼앗아 자신의 앞으로 가져갔다. 마셔도 마
셔도 취하지 않는 술. 나도 더 이상은 노우였다. 취하기 위해 마
신 술이 사람의 정신을 더 예민하고 또렷하게 만들고 있었다.
속에선 불이 난 듯 뜨거워지고 있었고 이대로 심장이 타버리면
아파할 것도 없을 것 같았다.

아까부터 알 수 없는 통증이 내 가슴에 나타나고 있었다. 그
런 아픔을 겪어보지 못한 심장은 면역성을 만들어내지 못했고
조그만 자극에도 많은 고통을 수반했다. 나는 몹시 울적했고 기
분이 더러웠다. 나를 향해 근심 어린 시선을 하는 그녀 또한 연
기를 하는 것 같았다.

내가 느끼는 고통을 못 느낀다는 사실에 갑자기 서영이 얄미
워졌다. 일어서며 부축하려는 그녀의 손을 거절했다. 다소 냉정
한 내 태도에도 서영은 동요하는 기색 없이 조용히 뒤를 따랐
다. 멀쩡한 정신만큼 발걸음도 비틀거리지 않았다. 술이 약한
나지만 마음속에 자리잡은 오기가 정신이 흐트러지는 걸 용납
하지 않는 듯했다. 좀 전까지는 취하지 않았지만 지금은 취하기
를 거부하고 있었다. 떠날 날이 얼마 안 남은 그녀에게 추한 모
습을 보일 수 없었다. 집으로 와서도 나는 오기를 부렸다. 멀쩡
하게 샤워를 하고 평상복으로 갈아입었다.

“먼저 자.”

같이 자기를 기다리는 서영에게 나는 조용히 말했다. 그녀는 한숨을 쉬며 방으로 들어갔다. 오늘은 누구도 안을 마음이 나지 않았다. 나는 냉장고에 들어 있는 맥주 캔을 꺼내서 식탁에 앉아 들이켰다. 차가운 맥주는 싱거운 맹물처럼 아무 맛도 느낄 수 없었다. 서영은 자신의 길을 가길 원한다. 그걸 붙잡는 일은 좋은 남자로서 할 일이 아니다.

나에게 다소 정이 들었을 것이다. 그래서 어느 정도 마음이 아프기는 하겠지만 내 옆에 있고 싶은 생각은 없다는 것이다. 만약 그랬다면 저렇듯 담담하게 행동하거나 나에게 자신의 짐을 보내달라는 부탁을 벌써부터 하지는 않았을 것이다. 나는 그녀가 떠나는 순간까지도 좋은 남자로 남고 싶었다.

캔이 비었다. 빈 캔을 움켜쥐고 으스러뜨렸다. 내 손에서 캔은 비명을 지르며 절규했다. 마치 내 마음같이. 어딘가를 향해 고함이라도 지르고 싶은 감정. 깨었던 취기는 천천히 올랐다. 나는 거실로 가서 가만히 소파에 누었다. 차가운 가죽의 감촉이 뜨거운 볼을 식혀주었다.

그녀가 간다. 내 눈앞에서 사라진다. 나는 반복되는 테이프처럼 같은 문장들을 중얼거리고 있었다. 그리고 조용히 눈을 감았다. 올랐던 취기는 더 이상 정신을 잡아두지 않았다. 꿈속에서 나는 그녀를 향해 화를 내고 있었다.

시간이 지나고 있었다. 우리는 서로에게 들키는 것을 꺼리는 사람처럼 서로의 눈을 피하고 있었고 대화에서도 가급적이면 깊이 있는 말은 삼갔다. 어느 순간 이별을 한다는 사실을 회피하고 싶었는지 모른다.

그녀는 아침이면 내가 타놓은 커피를 마시고 갔으며 퇴근을 하면 약속이나 한 듯이 저녁을 먹었고 이제는 나도 좋아하게 된 마일즈를 들었다. 외관상으로는 달라진 것은 없었다. 하지만 우리는 많이 달라져 있었다.

자연스러움은 경직되어 있었고 서로에게 오가는 미소는 어색했다. 둘 다 이별을 예감하고 있었고 준비를 하고 있었다. 이별을 앞에 둔 사람이 아무리 이성적인 사람이라 하더라도 표정을 관리한다는 것은 생각처럼 쉬운 일이 아니었다. 우리는 자꾸만 움츠러들고 있었다.

이제 난 2차 수정에 들어가고 있었다. 가지치기를 하고 있다는 얘기였다. ·내 감정은 주인공에게 더 많이 이입되어 생명의 입김을 불어넣고 있었다. 남자란 여자가 매달려도 감정을 조절할 수 있는 마스크를 유지하는 게 멋있다고 생각한 나였지만 지금은 그런 것조차 덧없는 수작이라는 생각이 들었다.

서영이 일을 마치고 들어오면 보는 것은 내 등이었다. 아침에도 등을 보고 갔으며 퇴근해서도 보는 것도 등이었다. 그녀와 헤어진다는 불안감이 나에게 글에 집착하게 했고 오전만을 작업 시간으로 쓰던 나는 저녁 시간도 사용하고 있었다.

며칠 남지 않은 그녀와의 헤어짐은 나로 하여금 서영의 시선에서 자꾸 도망가게 만들었다. 내 등에 쏟아지는 것은 그녀의 한숨이었다. 그러나 더 이상 어떤 말도 하지 않았다. 저녁을 마주하고—물론 시킨 음식이었다—앉은 나에게 서영은 말했다.

"루체, 오늘은 우리 같이 자요."

나는 무언가에 도망치는 사람처럼 서영이 이탈리아로 발령이 날 것 같다는 말을 들은 뒤로 잠자리를 피하고 있었다. 그녀를 편하게 안을 마음이 들지 않았기 때문이다. 더구나 사랑 중에 내 감정이 노출될까 걱정이 되기도 했다. 그렇게 되면 서영은 부담을 느낄 것이고 그건 내가 바라는 바가 아니었다.

"아무래도……."

의도적으로 피하려는 내 말을 서영이 막아섰다.

"루체, 이대로 떠나고 싶은 생각은 없어요. 나는 오늘 당신의 체온을 느끼고 싶어요. 사랑을 바라는 게 아니에요. 당신은 그냥 나를 안아주기만 하면 돼요. 당신의 체온과 귓가에 당신의 숨소리를 느끼면서 잠들고 싶어요. 내가 원하는 건 그거 하나뿐이에요."

그녀는 내 눈을 똑바로 쳐다보며 단호하게 말했고 그 말을 거스를 어떤 핑계도 찾아낼 수 없었다. 서영의 그런 모습들이 나를 미치게 하며 힘들게 한다는 사실을 알까.

"알았어, 오늘은 같이 잘게."

내 대답에 서영의 얼굴에 즐거운 빛이 어렸다. 입꼬리도 위로 치켜지고 있었다. 모레는 그녀가 가는 날이다. 그런데 지금 서영은 나에게 안아달라고 한다. 가혹한 형벌이다. 그녀를 단지 안고 잔다는 사실도 나는 두렵다.

우리는 저녁을 마친 뒤 음악을 듣고 침실로 향했다. 그녀가 내 앞에서 한 오라기도 걸치지 않은 채 허물 벗듯 옷을 벗어버린다. 오랜만에 보는 서영의 영상이다. 달빛은 정확히 그녀의 몸에 명암을 넣으며 매력적인 실루엣을 만들고 있다. 서영만큼 자극적인 실루엣을 만드는 여자를 또 만날 수 있을까. 갑자기 가슴이 아려온다.

그녀가 나에게 다가오며 내 윗도리를 벗긴다. 나는 서영에게 완전히 몸을 맡긴 수동적인 인형처럼 그녀가 하는 대로 따른다. 내 몸에서 윗도리가 벗겨진다. 그녀의 손이 바지 후크에 가서 풀은 뒤 거침없이 지퍼를 내린다. 난 외출할 때를 제외하곤 팬티를 착용하지 않는다. 바지가 벗겨지고 나 또한 여지없이 몸이 드러났다.

그녀가 손을 내민다. 나는 그 손을 잡고 침대 안으로 들어갔다. 그래, 안고만 자자. 서영은 나에게 등을 보인 채 내 가슴에 싸여 잠을 청하고 있다. 그녀의 정수리에서 향기가 난다. 그녀에게서만 나는 냄새다. 그건 말로도, 글로도 표현할 수 없는 향기다.

"루체, 당신 몸은 당신의 정액만큼이나 뜨거워요. 그건 말할 수 없을 정도로 자극적이죠. 그러나 가장 나를 자극하는 것은 당신의 눈빛이에요. 무언가를 나타내는 당신의 눈빛.”

나는 알고 있다. 내 눈빛이 몰고 오는 반향을. 강하지만 다소 냉정한 눈빛, 매너있지만 마음을 완전히 주지 않는 태도 때문에 여자들은 안달하고 집착한다. 나는 서영이 그 여자들처럼 행동하길 바랐다. 하지만 그녀는 단지 자극적인 요소로서만 나를 원하고 있었다.

“내가 떠나길 원하나요?”

아니! 그렇게 말하고 싶다. 그러나 나는 바보다.

“나는 누구에게도 내 생각을 강요하고 싶지 않아. 그저 당신이 원하는 일을 하길 바랄 뿐이야.”

“당신은 합리적이고 이성적인 사람이에요.”

나는 그런 그릇이 못 된다. 단지 바보일 뿐이다.

“키아라, 나는 평범하고 어리석은 남자일 뿐이야.”

“당신은 평범할 수 없어요. 특히 나에겐.”

그녀에게 특별하다는 것만이라도 만족해야 하는가. 서영에게서 신음 비슷한 묘한 소리가 흘러나왔다. 그녀의 소리는 항상 나의 남성을 요구한다. 끊임없이 흔들고 자극한다. 내 속으로 열이 솟아올랐다. 그러나 그녀를 탐닉하는 대신 그러안고 잠을 청했다.

욕망이 허무하다는 생각이 든다. 이렇게 안고 있으면서, 마음만 먹으면 얼마든지 취할 수 있으면서도 우리의 거리는 너무 멀다. 몸은 이렇게 붙어 있지만 마음은 간격을 두고 있다. 치솟았던 욕구는 시간이 지남에 따라 조용히 사그라들었다.

그녀의 숨소리가 들려온다. 규칙적인 호흡으로 잠들었음을 알 수 있었다. 나도 조용히 눈을 감았다. 욕구를 풀 여자를 두고 잠을 이루는 것은 처음 있는 일이었다. 이 여자 때문에 나는 불감증을 갖게 될지도 몰랐다. 그녀가 떠나고 나면 마음의 불감증은 더욱 심해지겠지. 내 한숨에 서영의 머리카락이 여린 풀잎처럼 흔들린다.

나는 그녀의 냄새를 코에 새기고 그녀의 숨소리를 귀에 새기고 마지막으로 달빛의 부서지는 그녀의 실루엣을 눈에 새겼다. 그리고 반복해서 그 감각들을 외웠다. 그녀가 떠났을 때 선명하게 떠올리기 위해. 수면의 늪으로 빠지는 순간까지도 나는 계속해서 암기했다. 그렇게라도 하지 않으면 모든 것을 잃어버리라도 하는 듯이.

제
15
장

**침**실 밖으로 소리가 들린다. 부산하게 거실을 가로지르는 사람의 발소리, 그리고 물건들이 덜그럭거리는 소리, 뭐가 빠졌지 하며 혼자 중얼거리는 소리. 이미 잠을 깬 지 오 분이 지나 있었다.

나는 한쪽 자리가 움푹 패어진 침대에서 쉽게 몸을 일으키지 못했다. 묵직하게 가라앉는 앙금이 내 가슴을 누르고 일어나기를 거부하고 있었다. 다시 방문을 열고 들어가는 소리. 가방을 거실로 끌고 나오는 소리.

언제 일어난 것일까. 그녀는 소풍을 가는 사람처럼 들떠 있는 것 같다. 이제 다시 볼 수 없다는 슬픈 내 기분과는 달리 서영은 자신의 고향으로 돌아간다는 것이 기쁜 것일까? 나는 그녀에게 아무런 의미도 아니었던 것일까? 참 무정하다.

그녀가 문을 조용히 열고 들어온다. 고양이 걸음처럼 살금거리며 들어와 화장대 위에 있는 자신의 화장품들을 챙기기 시작한다. 아직은 이른 시간이었고 서영은 자신의 존재로 인해 내가 잠을 깰까 봐 조심하고 있었다. 한쪽 눈을 살짝 뜬 나는 그녀의 표정을 살폈다. 방금 샤워를 했는지 머리는 물기에 젖어 있었고 그런 순수함이 소녀 같아 보였다. 서영이 내 쪽으로 시선을 준다. 나는 얼른 눈을 감았다. 옆으로 다가온 그녀는 내 볼을 가볍게 쓰다듬으며 말했다.

"오늘 같은 날 아직까지 자고 있는 당신의 무신경함을 사랑해야 할까. 잠자는 숲 속의 왕자는 공주님의 키스로 백 년간의 긴 잠에서 깨어났다."

그녀의 촉촉하고 차가운 입술이 내 입에 닿았다. 입술을 떼려는 서영의 허리를 꼭 끌어안고 나는 깊은 키스를 했다. 그녀의 손이 저절로 내 목으로 둘러졌다. 입술이 떨어지고 서영의 얼굴은 붉게 상기되어 있었다. 우리는 서로에게 아직 열정적이었다. 지금이라도 붙잡아? 그러나 다음 말로 인해 내 용기는 사라졌다.

"준비해요. 시간 늦지 않게."

미리 인터넷으로 비행기 표를 예매해 놓은 그녀는 핸드폰으로 시간을 확인했다. 늦은 시간은 아니었지만 항상 이르게 준비하는 그녀의 습관 때문에 깬 나에게 서영은 독촉했다. 나는 무거운 몸을 일으켜 욕실로 향했다. 따뜻한 물세례는 기분을 풀어주지 못했다.

내 손을 잡고 주방으로 이끄는 그녀를 따라 들어간 나는 식탁에 차려 있는 아침상에 놀랐다. 계란을 중간에 끼워 넣은 토스트는 향긋한 커피와 함께 우리를 기다리고 있었다. 다소 얼떨떨한 기분으로 식탁에 앉았다.

"마지막 식사는 제 손으로 만들고 싶었어요. 아주 간단한 식사지만."

목이 멘다. 서영의 이런 행동들이 자꾸 나를 아프게 만든다. 그녀는 자신이 떠나고 난 뒤 나를 오래도록 붙잡아두려고 자신도 모르게 그물을 친다는 것을 알까. 마른 입 안으로 빵을 밀어 넣었다. 그리고 입 안을 적시기 위해 커피를 마셨다. 빵은 커피에 의해 풀어졌다. 목구멍으로 넘어가는 음식이 무의미했다. 어떤 것도 정신적인 코마 상태에 들어간 나를 자극하지 못했다.

식사를 끝내고 로봇처럼 습관적으로 옷을 입기 시작했다. 그 와중에도 그녀는 자신의 짐을 여러 번 확인했고 빠진 것이 없는지 주변을 두리번거렸다. 부산스러운 그녀의 행동이 즐거운 비명으로 보여 얄미웠다. 나 떠나서 잘사나 보자 하는 앙심도 들었다가 그녀가 행복했으면 좋겠다고 순수하게 바라기도 했다.

"영감에게 안부 전해줘."

내 말에 서영은 빙긋 웃었다.

“유일하게 당신을 마음에 들어했죠.”

“별로 못 느끼겠던데? 날 골탕 먹이려고 작정한 노인네 같았어.”

“파파는 관심이 없는 사람은 말조차 걸지 않아요. 그리고 같이 있는 것 자체도 견디지 못하죠.”

그녀는 내 어깨를 두드리며 쓸쓸하게 말했다. 그녀의 말에서 우리의 이별이 임박해 왔음을 느꼈다. 사랑은 이율배반적이다. 그녀를 대하는 내 태도가 그랬다.

나는 서영의 짐을 들고 집을 나와 택시를 잡았다. 그녀의 차는 아파트 주차장에 세워져 있었다. 나보고 쓰라며 남겨두고 갔지만 과연 내가 그걸 운전할 수 있을까 싶었다. 운전이 자신없는 게 아니었다. 운전이야 배우면 되는 것이지만 그녀와의 추억이 배어 있는 그 차를 탈 수 있느냐가 문제였다.

공항으로 가는 택시는 순탄했지만 우리는 아무 말도 할 수 없었다. 다가온 현실이 우리들을 침묵하게 말했다. 나도 그녀도 조금은 힘들 것임에 틀림없었다. 그 강도가 나에겐 더 크겠지만.

“다 왔습니다.”

기사에게 택시비를 지불하고 공항 정문으로 들어섰다. 공항은 산만함과 활발함, 메이길 거부하는 떠나는 자의 정서가 배여 있었다. 그녀는 먼저 티켓팅을 하고 직원에게 자리 배정을 받은 후 남은 시간을 활용하기 위해 공항 안의 커피숍으로 향했다.

공항 밖으로 보이는 하늘은 먹구름이 끼여 있었으며 바람이 심하게 불고 있었다. 어수선하고 멍한 내 마음과 같았다. 커피를 좋아하는 우리는 커피를 앞에 놓고 서로를 바라보았다.

"한국에는 다시 안 올 거야?"

"아마도, 돌아가면 파파가 다시 나가는 건 원하지 않을 거예요. 그리고 이 땅엔 제가 애착을 가질 어떤 것도 없어요. 당신은 또 좋은 여자를 사귀게 되겠지요?"

그녀가 따스함과 정겨움이 배인 눈으로 보았다.

"아마도."

여태껏 누군가를 이만큼 좋아한 적도 없지만 앞으로도 좋아할 일은 생기지 않을 것 같았다. 그녀가 나에게 남기고 가는 것은 그녀외의 다른 여자에 대한 불감증이었다. 어떤 자극도 다른 여자에게선 느끼지 못할 것이다. 붙잡고 싶다. 그러나 나는 용기없는 못난 사내였다.

"먼저 일어날게. 당신이 출국장으로 들어가는 모습을 보고 싶지 않아. 난 이렇게 생각할래, 당신이 다시 입국장으로 나올 날이 있을 거라고."

서영은 나의 볼을 쓰다듬었다. 요즘 들어 그녀는 이 동작을 자주 애용했다. 내가 측은하게 느껴지는 것인가.

"당신도 나에게 약간의 애정이 있었군요. 난 단지 당신의 섹스 파트너일 뿐이 아닐까 생각했는데……. 기뻐요, 밀라노 가서도 당신의 생각을 하게 될 거예요."

그녀를 붙잡아!

부담을 줘서 발목을 잡고 싶지 않아.

어쩌면 그녀도 바랄지 모르잖아.

아닐 거야, 원했다면 솔직히 얘기했을 거야.

두 가지 마음이 내 안에서 싸우고 있었다. 하지만 부정적인 마음이 승리했다. 내가 일어서자 서영은 앉은 채로 말했다.

"전 여기서 더 있다 갈게요. 어차피 남은 시간을 때울 필요도 있고요. 잘 가요, 루체."

나는 서영을 뒤로하고 공항을 나왔다. 마음이 이상했다. 가슴으로 바람이 든 느낌이었다. 속이 다 비어버린 가슴으로 황량한 바람이 불어대는 느낌. 바싹 말라 버리는 마음이 초라해서 옷깃을 여몄다.

대기하고 있는 택시에 오른 뒤 기사에게 가야 할 곳을 얘기했다. 차창 밖으로 지나가는 풍경들이 눈에 들어오지 않았다. 멍한 정신은 어떤 생각도 떠올리지 않았다. 그저 머리가 하얗게 비어버린 느낌이었다.

"손님, 다 왔는데요."

기사의 소리에 서둘러 돈을 꺼내서 택시비를 치르고는 내렸다. 엘리베이터를 타고 내려서 현관을 열고 들어서며 멈칫했다. 썰렁한 공간이 나를 맞았다. 그녀가 없는 집은 동굴 같은 느낌이었다. 음습하고 끝이 보이지 않는 어둠의 공간.

조용히 들어가 소파에 힘없이 주저앉았다. 이제 다시 예전의 생활로 돌아가야 해. 또 누군가를 찾아다니고 늘 하듯 글을 쓰겠지. 이젠 나를 막을 그 어떤 것도 없으니 신나게 여행도 갈 수 있을 거야. 이젠 정말 혼자야. 난 자유야. 가뿐한 기분이 들어야 함에도 어떤 해방감도 들지 않았다.

좋은 여자를 만날 수 있을 거야. 서영이보다 좋은 여자는 얼마든지 있어. 더 개방적이고 더 멋있는 여자는 어디든 깔려 있어. 그런데 기분이 왜 자꾸 가라앉지? 주위를 둘러보던 내 시야에 그녀가 미처 챙기지 못하고 놔둔 몸뻬가 들어왔다. 그건 버젓이 소파 한쪽에 걸쳐져 있었다. 가방에 넣는다는 게 미처 챙기지 못한 모양이었다. 그마저도 정겨웠다. 서영과의 생활 속에 들어 있는 것은 어떤 것이든 그리웠다.

갑자기 그녀가 보고 싶어졌다. 이대로는 정말 살 수 없어. 그녀가 없으면 난 살 수 없어. 그녀가 필요해. 충격 같은 번개가 뇌를 때리며 멍해 있던 정신을 되찾게 만들었다. 서영을 원래 있던 자리에 되돌려 놔야 해. 그녀가 있을 자리는 여기야. 난 벗었던 신발을 다시 신으며 현관을 열고 달려나갔다.

택시는 쉽게 잡히지 않았다. 이마로 땀이 흘러내리고 가슴은 타 들어가 입 안이 바짝 말랐다. 그녀가 떠났을지도 모른다는 사실이 내 가슴을 서늘하게 만들었다. 시계를 보자 아직 여유는 있었다. 운전을 할 줄 몰라 차를 모셔둬야 하는 처지가 답답했다. 차를 놔두고도 몰고 나가지 못하다니. 겨우 택시를 잡아 공항을 애기했지만 도착하기에는 시간이 촉박했다.

"아저씨 돈은 많이 드릴 테니 좀 빨리 달립시다."

"돈 조금 벌려다 벌금 딱지 끊기면 그게 더 많이 들어요."

"벌금 나오면 제가 책임질 테니 걱정 마시고요."

기사는 만족스러운 듯 입가에 미소를 띠더니 갑자기 속력을 내며 달리기 시작했다. 꽉 쥐였던 손바닥에 땀이 고여왔다. 제발 떠나지 마. 나는 그렇게 되뇌고 있었다. 갑자기 펑 하는 소리가 들리며 차가 미끄러지는 느낌이 들었다.

"제길!"

운전수는 투덜거리며 차를 세우곤 밖으로 나가 타이어를 살폈다.

"무슨 일입니까?"

"타이어가 펑크 났어요."

나는 시간을 확인했다. 꾸물거릴 시간이 없었다. 서둘러 차에서 내렸다.

"손님, 조금만 기다리시면 교체되니까 기다리세요."

"죄송합니다. 시간이 없어서요."

차비를 지불하자 운전수는 미련이 담긴 시선을 보내며 돈을 받았다. 그로선 큰 고객을 놓친 셈이다. 내가 알 바 아니었다. 지나가는 택시를 잡으려 했지만 보이지 않았다. 차라리 그 택시로 다시 갈까. 저만치 보이는 택시는 쉽게 끝날 것 같지 않았다.

다급한 마음에 걸음을 옮겼다. 조금이라도 걸으면 시간을 단축할 수 있다는 헛된 생각 때문이었다. 내 앞으로 빈 택시 하나가 멈췄다. 구세주라도 만난 듯 얼른 올라탄 나는 공항으로 가자고 말했다. 이미 많은 시간이 흘렀고 공항에 도착했을 땐 시간을 맞출 수 있을지도 의심스러웠다. 그러나 쉽게 포기하고 싶지 않았다.

달린 속력만큼이나 급하게 정거하는 차의 급브레이크가 날카로운 마찰음을 내며 택시는 멎었다. 나는 기사에게 후한 차비를 급하게 지불한 뒤 공항 정문으로 뛰어갔다. 등으로 땀이 흘러내렸다. 앞머리가 땀으로 젖어 있었지만 신경 쓸 여력이 없었다. 내 눈은 범인을 찾는 형사처럼 세밀하게 주위를 훑어 내려갔다. 시간을 보았다. 이미 늦었다. 출국장에는 사람의 그림자도 보이지 않았다. 전광판에는 이미 다음 비행기의 출항을 알리고 있었다. 너무 늦었다. 그녀는 떠나 버렸다. 나는 공항 대합실 의자에 힘없이 주저앉았다.

바보 같은 짓이었다. 그녀를 위한다는 구실로 떠나보낸 것은 정말 바보 같은 짓이었다. 이제는 그녀가 없다는 사실이 못 견딜 만큼 고통스러웠다. 이렇게 힘들 줄 알았다면 이기적이더라도 내 욕심을 채울 것을. 그냥 떠나지 말아달라고 애원할 것을.

사람은 어리석은 동물이다. 보내고 나서야 그 존재의 가치를 깨닫게 되며 뒤늦게 후회한다. 차 오르는 슬픔이 가슴을 먹먹하게 했다. 그녀의 사소했던 표정이나 모습들이 스크린 화면처럼 눈앞에서 돌아갔다. 가슴도, 머리도, 모든 감각도 그녀가 차지하고 있었다. 이럴 줄 알았다면 붙잡을 것을.

들어올 때 기대했던 희망과는 대조적인 절망적인 심정으로 공항 정문을 나섰다. 공항을 오기 위해 힘들게 잡았던 택시들은 얌전한 학생처럼 나란히 대기해 손님을 기다리고 있었다. 나는 외면한 채 한 귀퉁이로 가 담배를 꺼내 물었다.

볼 위로 생소한 느낌이 느껴졌다. 빌어먹을 눈물! 난 절대 약한 남자가 아니다. 이 눈물의 정체는 단지 매운 담배 연기 때문이다. 오늘따라 독한 연기 때문이다. 난 정에 약한 남자가 아니다. 손으로 휙 닦아냈다. 다시 흘러내리는 눈물. 젠장, 난 누구보다도 강한 남자란 말이야. 담배를 쥔 손끝이 떨려온다. 입가도 조금씩 경련을 일으키고 있었으며 눈앞이 뿌옇게 흐려왔다. 난 정말 약한 남자가 아닌데……. 어느새 난 하늘을 보고 흐느끼고 있었다.


삼십 분을 공항 앞에 서 있었다. 감정을 수습하고 심호흡을 한 뒤 택시를 잡으려고 걸음을 옮긴 순간 누군가 내 등을 쳤다. 순간적으로 화가 솟구쳤다. 지금 나를 건드리는 인간은 다 죽여버리고 싶었다. 한소리 하려고 몸을 돌린 순간 뜻밖의 상대에 놀라 내 눈은 휘둥그레졌으며 입은 바보처럼 벌어졌다.

"키아라?"

"그래요, 나예요."

환한 미소를 지으며 서 있는 여자가 정말 서영인가. 나는 환상인지 의심스러워 눈을 비비고 다시 보았다. 역시 그녀는 아까와 같은 모습으로 서 있었다.

"어떻게 된 거야?"

"비행기가 뜨긴 했는데요, 기후가 너무 나빠 회항했어요. 오늘 비행기가 뜨는 건 아무래도 무리인 것 같아요. 그래서 당신 집에서 하루 더 신세져야 할 것 같아요. 불편하면 호텔 잡아도 돼요."

"무슨 소리야? 넓은 방을 놔두고 왜 밖에서 자!"

어이없게도 그런 사실도 모르고 삼십 분을 생쇼를 한 셈이었다. 좀 전의 한심한 행동이 창피해졌으나 그것보다 그녀가 돌아왔다는 기쁨이 훨씬 더 컸다. 나는 언제 그랬냐 싶게 말짱한 얼굴로 줄 선 택시를 잡아타고 그녀와 집으로 향했다. 아깝게 놓친 기회를 다시 잡을 순간이 돌아온 것이다.

문을 열고 들어선 그녀는 피곤한 듯 소파에 털썩 주저앉았다.

"주스 줄까?"

"부탁해요."

유리 잔을 꺼내 냉장고 문을 연 뒤 주스를 꺼내 빈 잔에다 부었다. 경쾌한 소리가 잔을 울렸다. 두 개의 잔은 내 손에 들려진 채 거실까지 와서 탁자에 놓여졌다. 그중 하나를 그녀가 집어서 급하게 마셨다. 잔을 들어 나는 천천히 마셨다.

"피곤한 느낌이에요. 이젠 모든 일이 끝났구나 생각했는데……."

마시던 잔을 내려놓고 그녀를 보았다.

“키아라……”

그녀가 나를 본다. 그 눈에는 익히 내가 봐왔던 정다운 흔들림이 있다.

“가지 마.”

“네?”

그녀는 의아한 듯 나를 봤다.

“가지 말라고.”

놀라던 그녀의 눈이 차분해지며 진지하게 묻는다.

“왜요?”

“당신을 보내고 싶지 않아.”

“아까는 보냈잖아요.”

“알아. 그래서 후회했어.”

그녀의 눈이 묻듯이 나를 본다.

“내가 말했지? 당신은 내 마음의 꽃이라고. 당신이 떠나가면 내 마음은 무덤이 될 거야. 마음을 잃어버린 무덤. 날 사랑하지 않아도 좋아. 조금이라도 나에게 정이 남아 있다면 이기적일지 모르지만 나를 위해서 여기 남아줘. 떠나지 마. 난 당신을 사랑해.”

“나도 당신을 사랑해요.”

그녀의 조용히 내뱉는 말은 사랑 고백이라고 깨닫기엔 너무도 덤덤했다. 분명 다른 말을 너무 원한 나머지 듣고자 하는 말로 혼동했을 것이다. 나는 되물었다.

“뭐?”

“나도 당신을 사랑해요, 루체.”

분명한 사랑 고백이었다. 어이없었다. 그녀도 나와 같은 마음이었는데도 불구하고 나는 정말 실수할 뻔한 것이다. 비행기가 회항하지 않았다면 어떻게 됐을까. 인연의 미묘한 틈으로 인해 이별했을지도 모르던 우리들은 다시 만났다.

나는 그녀를 와락 끌어안았다. 익숙한 그녀의 향기를 마음껏 들이키며 나는 행복감에 젖어 있었다. 문득 의문이 들었다.

“당신, 날 사랑하면서 왜 떠나려고 했던 거지?”

“애초의 우리의 계약 때문이었어요. 서로에게 관심이 없어진다면 부담 주지 않고 쿨하게 헤어지기로 했잖아요. 중간에 당신이 나를 대하는 태도가 예전과 달라진 것을 알고 내가 먼저 헤어지자고 한 것도 그것 때문이었어요. 하지만 정말 겁났던 것은 내 마음이었어요. 냉정하고 분별있게 행동하려고 했지만 자꾸만 당신에게 끌려가고 있었죠. 그런 내 마음이 겁났어요. 이쯤에서 헤어지면 아픔이 덜하리라 생각했죠. 그래서 당신에게 헤어지자고 했던 거예요.”

“견딜 만했어?”

“처음엔 괜찮은 것 같았어요. 하지만 사흘이 지나자 다시 돌아가고 싶어 얼마나 힘들었는지 몰라요. 하루에도 플립을 몇 번이나 열었다 닫았다 했는지 몰라요. 미칠 것 같았죠. 마치 시들어가는 잎사귀 같았죠. 그때 파파가 온다는 연락이 왔어요. 나는 그걸 빌미로 당신에게 부탁을 했던 거죠. 조금이라도 당신 옆에 있을 수 있다는 것은 행복한 일이었죠. 그리고 당신도 싫어하는 기색이 아니었어요. 오히려 나를 원했죠. 처음엔 단순한 놀이 대상으로 나를 원한다고 생각하고 거절했지만 뒤에 가선 당신이 어떻게 생각하든 상관없다는 생각이 들었어요. 나는 당신이 그리웠고 다시 사랑을 나누고 싶었어요. 뒤에 더 고통스럽든 후회하든 그건 나중에 생각하기로 했어요. 하지만 당신에게 부담을 주기는 싫었어요. 때문에 많은 표정 관리가 필요했죠. 특히나 오늘은 더했죠. 나는 당신이 공항을 떠난 순간 울어버렸어요. 너무도 가슴이 아파서 울지 않으면 심장이 터져 버릴 것 같았어요. 눈물은 탑승해서도 멈추지 않았어요. 그러면서 혼자 칭찬했어요. 잘한 일이다, 좋은 이미지를 주고 떠날 수 있어서 다행이다, 당신에게 부담스런 존재가 되지 않을 수 있어서 다행이다, 그렇게 말하며 울었죠."

그때의 일이 생각나는지 그녀는 다시 눈물을 흘렸다. 우리는 마음속으로 같은 생각을 하고 있었던 것이다. 나는 그녀에게 조용히 수건을 내밀었다.

"내 마음을 누군가가 알아내서 들어준 것 같은 생각이 들어요. 어쩌면 신일지도 모르죠. 어쨌든 내 마음을 들어준 존재에게 감사해요. 서로 좋아하면서도 엇갈릴 뻔했던 우리 사이를 다시 이어준 존재에게 감사하고 싶어요."

우리는 둘 다 신에게 감사하고 있었다.

"당신 그럼 나랑 헤어지고 남자가 없었던 거야?"

“없었어요. 당신은?”

나는 대답하지 못했다. 하지만 그녀는 이미 알고 있었다.

“불공평해요. 당신은 나를 사랑하면서 어떻게 다른 여자와 사랑을 나눌 수 있어요?”

“미안해. 하지만 그 당시는 당신에 대한 내 마음을 알지 못했을 때야. 여자와는 무의미한 관계였어. 오히려 다른 여자를 통해서 당신이 아니면 아무런 느낌도 가질 수 없다는 걸 깨달았어. 다른 여자를 안으면서 당신을 상상했으니까. 그걸 깨닫는 순간 여자와는 깨끗이 정리했어. 당신에겐 정말 미안해.”

물기가 어렸던 그녀의 눈은 맑게 빛나고 있었다.

“육체란 중요하지 않아요. 내가 원한 건 정신이에요. 당신의 정신이 나를 인식한 순간 당신의 육체 역시 나만 인식하고 있었어요. 전 그런 일을 마음속에 담아둘 만큼 속 좁은 여자가 아니에요. 그리고 당신은 나에게 사과했어요. 그건 자신의 일을 부끄럽게 생각한다는 거예요. 그거면 됐어요. 우리의 사랑을 막을 건 이제 아무도 없어요.”

“그럼 당신 밀라노에 가지 않을 거지?”

“당연하죠. 아쉽지만 회사에 갈 수 없다고 얘기해야죠.”

서영의 얼굴이 밝게 빛나고 있었다.

“뭐라고 얘기할 건데?”

“당신이 그 사유를 말해 주세요.”

내 얼굴에는 어느새 장난스런 빛이 어렸다.

"그럼 이렇게 말하지. 한국에서 제일 멋진 남자를 만나서 그가 프러포즈를 했고 그 구혼을 물리치기엔 너무도 잘생긴 남자라 거절하면 후회할 것 같아 승낙했다고."

그녀가 눈을 흘기며 말했다.

"여전히 잘난 체로군요."

"내가 말하지 않았던가, 나는 잘난 맛에 사는 남자라고."

"재수없어요!"

나는 유쾌하게 웃었다.

"당신이 고른 남자야. 내가 재수없다면 당신의 수준을 의심해야 할걸?"

"정말 말로는 이길 수 없다니까."

서영은 투정 비슷하게 내 가슴을 때렸다. 그러나 우리 둘은 웃고 있었다. 모든 게 순탄하게 흘러갔다. 문득 소설의 마지막 구절이 생각났다.


『어떤 미래도 보장하지 못한다. 어떤 결말도 지어진 것은 없다. 다만 믿을 수 있는 것은 우리의 감정이다. 서로에게 끌리는 우리의 감정. 그 감정이 확실한 미래를 보장하지 않는다 하더라도 상관없다. 현실에 최선을 다해서 충실하다면 그 결과가 슬프든 행복하든 걱정하지 않는다. 최소한 그 시간에 성실했다는 생각이 우리를 만족시키리라 생각하기 때문이다.』

**처**음 그녀를 만나던 시기에 적었던 책이 출간됐다. 제일 먼저 받아 읽어본 사람은 서영이었다. 그녀는 미간에 주름을 잡으며 자못 심각한 듯이 책을 읽어나갔다. 거의 중반부쯤 왔을 때 그녀가 말했다.

"여자 주인공이 너무 고생이 많아요. 읽는 저도 안타까울 만큼. 왜 이렇게 수난이 많은 거죠?"

죄책감이 느껴졌다. 그 부분은 그녀가 이별을 선언하고 떠난 뒤 찾아오던 질투심과 복수심에 적었던 바로 그 대목이었다. 그러나 나는 아주 능청스런 표정을 지으며 말했다.

"그래야 읽는 독자들이 더 절절해지잖아."

"그렇긴 해요."

그녀의 눈은 다시 책 속으로 빠져들어 갔다. 내가 잊은 채 놔뒀다가 수정을 거쳤던 소설은 지금의 책이 출간됨과 동시에 계약이 이루어졌다. 기대하지 않았던 일이라 기뻤지만 한편으로는 내 자신을 발가벗긴 채 내놓는 것 같아 부끄러웠다. 어차피 글은 내 손을 떠났다. 편집을 통해 다시 약간의 수정이 필요하겠지만 끝났다고 봐야 했다.

인생은 아이러니하다. 기대하지 않는 순간에 일들은 이루어진다. 그녀에 대한 사랑도 그랬으며 소설 또한 마찬가지였다. 내 병은 그녀를 만남으로서 나았다. 여자를 보면 벗기던 버릇도, 성에 대한 끊임없는 갈구도 서영이란 한 여자를 만남으로 치료되었다.

그녀가 눈썹을 찌푸린다. 무언가 안 좋은 상황이 전개되고 있는 모양이다. 나는 그녀의 찌푸린 눈썹을 손으로 사랑스럽다는 듯이 쓰다듬는다. 그녀가 책에서 고개를 들어 나를 본다. 찌푸렸던 표정은 내 손가락에 의해 지워지고 환한 미소가 떠오른다. 나는 그녀를 향해 손으로 꽃 모양을 그리며 가슴에 담는 표정을 짓는다. 그녀가 손으로 동그란 모양을 만들며 답례를 한다. 그리고 내 왼손을 끌어 손바닥을 위로 한 다음 자신의 검지로 적는다. 루체.

내 가슴속으로 빛이 스며든다. 그 빛은 곳곳을 돌아다니며 따스한 기운을 퍼뜨리고 있다. 갑자기 의문이 든다.

"맘마미아는 언제 오신대?"

영감의 별명이다. 한국에서 지내는 동안도 무지하게 연발하는 맘마미아 때문에 얼마 전 내가 지은 별명이다. 내 호칭에 그녀는 싱긋이 웃을 뿐이다.

"다음 달에 오신대요. 물론 이번에는 엄마도 함께요."

"한동안 소란스럽겠군."

말과는 달리 내 입가에는 미소가 어리며 유쾌한 기분이 든다. 영감은 여우다. 이미 이렇게 될 줄 알고 있었던 것이다. 나를 점찍고 골탕 먹이기도 했지만 서영의 말처럼 그건 관심이었고 자신의 딸의 반려자로서의 테스트였다. 나는 무사히 통과했고 영감의 뜻처럼 그의 딸에게 발목을 잡혀 버렸다. 후회는 없다. 아니, 즐거운 속박이다. 나는 그녀의 허리를 끌어안으며 묻는다.

"나란 남자에게 잡힌 걸 후회하지 않아? 당신도 자유주의자였잖아."

그녀의 입가가 꿈틀거리며 올라간다. 보고 있노라면 입술도 하나의 개체처럼 자신의 생각을 갖고 있는 것처럼 보인다.

"자유주의자라고 생각해 본 적 없어요. 사람을 사랑하는 일에 진저리났을 뿐이죠. 어쩌면 두려웠는지도 몰라요. 하지만 역시나 또다시 사랑에 빠져 버렸죠. 후회하냐고 물었나요?"

나는 고개를 끄떡였다.

"물론 후회해요."

갑자기 기분이 저조해졌다.

"왜냐하면 우리가 좀 더 일찍 만났다면 나는 조금 덜 아팠을
거고 당신 또한 자유주의를 가진 여자를 만나겠다는 건방진 생
각을 하지 않았을 테니까요. 세상에 그런 여자란 없어요. 딱 두
부류만이 존재하죠. 사랑을 할 수 없는 사람과 사랑에 빠지는
사람. 사랑을 할 수 없는 사람은 자기애가 강해서 누구도 사랑
하지 못해요. 하지만 보통 사람은 대부분이 누군가를 좋아하게
되면 사랑에 빠질 수밖에 없어요. 물론 예외도 있죠. 사랑을 겁
내는 사람. 우리 둘을 두고 하는 말이에요. 서로의 상대를 만나
지 못했다면 아마도 여전히 자유주의 운운하며 현실적인 사랑
을 꿈꾸고 있었겠죠. 우리가 좀 더 늦게 만났다면 지금의 상황
이 달라졌을 수도 있어요. 적당히 나이 먹고 좀 더 세상을 알았
다면 아마도 서로에 대한 감정이 냉소적이었을지도 몰라요. 하
지만 중요한 건 우리는 지금 만났다는 거예요. 그리고 서로를
사랑하고 있죠. 중요한 건 그거예요. 루체, 좀 전에도 말했지만
당신은 내 빛이에요."

.  그녀의 말로 인해 내 기분은 다시 업되었다. 사람의 감정을
말 한마디로 올렸다 내렸다 하는 여자. 그러나 그녀는 사랑스럽
다. 계약된 소설이 책으로 나온다면 그녀의 반응은 어떨까. 나
는 책이 나오는 순간 그녀에게 건네며 말할 것이다, 우리들의
얘기라고. 아파했던 여자와 건방진 남자의 사랑 얘기라고. 그녀
는 어떨까. 나를 향해 웃어줄까, 아니면 자신들의 얘기를 글로
냈다고 화를 내며 원망할까. 전자일 것이라고 확신한다. 내가

아는 여자는 합리적이고 쿨하니까.

나는 이라터 마니아다. 남자들은 어느 정도 이라터 마니아다. 나는 날마다 여자를 벗긴다. 물론 모든 여자를 벗기는 것은 아니며 오로지 한 여자에 한해서다. 나는 병을 갖고 있다고는 생각하지 않는다. 그런 내 독특한 시선은 나를 병들게 하지도 않았으며 정상적인 생활을 힘들게 할 정도로 영향을 주지도 않았다. 나는 다만 즐길 뿐이다. 다만 다른 남자보다 좀 더 강할 뿐이다. 다른 여자가 아닌 그녀만을 사랑할 뿐이다……

『이라터 마니아』는 남녀 색정중 환자를 통칭하는 말이며 흔히 섹스 중독증이라고도 불려진다. 여기서 내가 말하고자 하는 것은 진짜 환자를 가리키는 건 아니다. 남자는 누구나 성에 대해 강한 욕구를 갖고 있으며 그런 성향을 표현한 것이다.

되돌아보면 나는 항상 꿈을 꾸는 아이였다. 사춘기에 들어서자 그 공상은 한층 심해졌고 늘 자신의 앞에 나타날 멋진 남자를 꿈꿨다. 그 꿈을 혼자 머리 속으로만 간직하기 아까워 글로 풀어내기도 했으나 그 시도는 몇 장을 가지 못했다. 난 끈기없는 내 자신에게 실망했으며 작가란 나와는 동떨어진 먼 나라의 얘기라고 생각했다. 그런 내가 지금은 끈기를 갖고 그를 쓰며 작가란 어울리지 않는 타이틀을 달고 있다. 참으로 재밌는 일이다. 상 한 번 타본 일이 없는 나로선 개천에서 용 날 일인지도 모른다.

남편은 그랬다, 당신은 결혼해도 연애 때와 하나도 변한 게 없냐고. 당신이 꿈만 먹고사는 소녀냐고. 현실에 맞게 좀 더 억척스러워지라고. 지금은 그런 나 자신을 평가해 줄 남편은 곁에 없다. 결혼 생활 동안 당신은 뭐 하나 잘하는 게 없다고 나를 깎아내린 사람도 남편이었지만 책 계약이 이루어졌을 때 작업실이라도 하나 있어야겠네 하며 가장 추켜세워 준 사람도 그였다. 그는 내 속에서 그저 추억으로 살아 있다. 내가 지낸 한 부분의 사람일 뿐이다.

사람은 변화 속에 산다. 변화를 받아들이지 못하고 과거에 얽매인다면 그만큼 슬픈 일이 또 있을까. 난 변화적인 사람이고 싶고 지금의 생활에 행복해한다. 비정함이란 사람이 보는 시각에 따라 다르다. 남편을 잃고 일 년이 넘었다고 벌써 행복해하고 호호거린다고 참 냉정한 사람이다 생각하면 나는 비정한 사람이다. 그러나 현실에 충실하며 적응력이 뛰어난 사람이라고 생각한다면 난 가장 현실적인 사람이다.

아들 또한 행복해한다. 아버지 없는 자리가 그 애에게 그늘을 만들진 못했지만 한구석의 아픈 추억이 된 건 사실이다. 그러나 아들 또한 현실적인 아이며 우린 간혹 떠나간 그를 그리워하며 웃으며 추억을 꺼내기도 한다.

『이라터 마니아』는 변화된 삶에 서서히 변화되기 시작하는 사고를 겪으며 사랑에 있어서도 자유로운 것이 결코 방종은 아니며 좀 더 다른 시각을 갖고 있는 사람들의 얘기를 적은 것이다. 다소 현실적인 감이 떨어진다고 생각할지 모르나 현 세대는 성을 금기시하기보다는 노출시키며 누구든 자유로운 성을 꿈꾼다.

유교적 관습은 여자를 처녀막이라는 족쇄에 옭아맸으며 육체의 쾌락은 방종이라는 이름으로 불려졌다. 하나, 주변의 젊은 세대는 더 이상 처녀막에 얽매이지 않는다. 한 남자를 만나면 평생의 한 사람이라고도 생각하지 않는다. 구세대가 본다면 너무 가벼운 그들의 관점을 비웃겠지만 그들 나름대로도 충실하다고 볼 수 있다. 다만 그들은 정신적인 사랑이 아닌 육적인 사랑을 하는 까닭에 그 감정은 오래가지 못한다.

서양식 사랑. 마음이 통하면 바로 육체적 사랑으로 들어가고 서로의 감정이 식었다고 생각하면 솔직히 얘기하고 합의 하에 헤어지는 남녀 간의 만남. 그게 예전에는 아주 비윤리적이며 비인간적인 관점으로 보였지만 지금 다른 사고를 갖고 있는 난 그런 만남도 어떤 면에서는 실용적이며 합리적이라고 생각한다.

처녀막은 필요없다. 그건 육체의 불필요한 껍데기일 뿐이다. 우리가 인식해야 할 것은 정신적인 처녀막이다. 그 처녀막이 주는 중요성은 처음 뭔가를 받아들이며, 상대방으로 하여금 처음으로 그 사람을 깨뜨린다는 의미다. 처음이 주는 의미는 크다. 그래서 소중한 것이다.

정신적인 처녀막. 그것이 내가 이 소설에서 추구하는 바이며 여러분에게 얘기하고 싶은 말이다. 『이라터 마니아』는 내 가슴속에 자리잡고 있는 성의 관념이며 그걸 풀어내고 싶었다. 작가는 무기력한 존재다. 육체적인 노동과는 맞지 않는 정신적 노동을 추구하는 사람이다. 그들은 조그마한 힘도 갖지 못하는 어찌 보면 평범한 사람들보다 더 왜소한 존재일지도 모른다. 그러나 끊임없이 말하고 싶어한다. 내 생각은 이런데 여러분은 어때요? 하며 자신의 얘기를 이해받고 싶어한다.

글이란 힘들다. 재미있는 작업임에도 불구하고 많이 힘든 것은 사실이다. 오늘도 나는 컴퓨터 앞에서 꿈을 꾼다. 그리고 그 꿈을 실현시키기 위해 자판을 두드린다. 이 일을 얼마나 할 수 있을까. 오래가기를 바란다면 욕심일까. 내 자신을 깨닫게 하는 이 작업이 너무 좋아서 오늘도 글을 쓴다. 다른 인물, 다른 생각을 가진 등장인물을 떠올리며 꿈을 꾼다.


이것만은 하고 싶지 않았다. 글을 쓸 때 도움을 준 사람들을 열거하는 행위는 다소 진부적으로 보였으며 체질적으로 맞지 않다고 생각했다. 하지만 그들이 왜 그렇게 쓰는가를 이제는 이해할 것 같다. 나에게 조금이라도 힘이 됐던 그들에게 감사하고 싶은 생각 때문이다.

　여주인공의 소재를 유용하게 주며 격려했던 보메, 언니가 적은 글 중에 최고라며 칭찬을 아끼지 않았던 민은아, 처음 님포 마니아란 이름으로 글을 쓸 때 그건 여자 색정증 환자라고 바로 잡아주었던 김랑, 글을 쓰며 푸념하는 내 얘기를 짜증내지 않고 들어줬던 김현미와 서향, 잘될 수 있을 거라고 자신감을 주던 소지음, 글이 막힐 때 기발한 생각으로 도움을 줬던 가우리, 느낌이 좋다고 힘을 줬던 정인, 내 글이라면 무조건 좋다고 해주는 라하라크티, 잘 가다듬으면 좋은 글이 되겠다고 쪽지를 보내줬던 르네 언니, 어색한 문장에 조언을 했던 봄바람, 팬으로서 내 카페를 찾았고 이제는 작가가 되어 여전히 내 독자로 남아서 애정을 갖는 카밀리아, 로망에서 완결했을 때 몰래 읽고 싶은 글이라며 기쁨을 줬던 독자 백유경님, 늘 독자로서 카페를 찾으며 변함없는 사랑을 주고 있는 제르미날님, 특별히 말을 하지 않았지만 늘 지켜보는 것만으로도 커다란 힘이 되었으며 정신적 사고를 넓혀줬던 친구, 그 외의 사람들. 인복이 많아서인지 내 주위에는 많은 좋은 사람들이 있다. 그들에게 고맙다고 말하고 싶다. 마지막으로 내 글을 끝까지 읽고 작가 후기까지 읽어주는 독자들에게 가장 고맙다는 마음을 전하고 싶다.

—하나이.

# 

## 이조영

1968. 4. 7 生 / AB형

출간작 〈더블 스텝〉

차기작 〈오아시스 내 청춘〉

완결작 〈Doughnut and Banana〉, 〈너바라기〉,

〈순수의 계절〉 그 외

〈노다지 하숙집에는 앙큼 고양이가 산다〉 완결 후

2부 〈피터팬 바이러스〉 준비 중

# 『적과의 만찬』

일제 때부터 전해져 내려오는 전통 한식집 '백궁' 을 둘러싼,

가지려는 남자와 빼앗기지 않으려는 여자의 불꽃 같은 전쟁.


"좋아. 나도 생각을 해보지. 앞으로 백 일 주지.

내가 이 땅을 포기할지 안 할지는 그 안에 결정지을 거요.

대신 당신도 내게 해줘야 할 일이 있어. 내 세 끼를 해결해 주는 거요."


● 이조영 지음 값9,000원

도서출판 **청어람**  chungeoram@chungeoram.com

☎ 032-656-4452  FAX 032-656-4453